逆袭的男一们

扶华 著

江苏凤凰文艺出版社
JIANGSU PHOENIX LITERATURE AND ART PUBLISHING

司马焦走到她面前，
伸出一只手：『来。』

目录

contents

故事一

廖停雁：坚持到最后我就赢了

01

“快！快护着女郎逃走！”一个护卫大声嘶吼着，举剑挡开了一个山匪的袭击。

被护卫们包围的牛车里，坐着个戴帷帽、脸色发白的女郎，还有一名健壮仆妇。听到护卫的大喊，站在车辕上的一名护卫拉开牛车帘子焦急地道：“女郎，请快下来，让我们护送您离开！”

健壮仆妇赶紧将帷帽女郎扶下牛车，一下背在背后，由几个护卫开路，护着逃出了战圈。

几个护卫带着她们迅速离开混战场所，有几个山匪想去追，又被其他护卫给拦住。

活生生的厮杀就在眼前，血腥味和地上躺着的尸体以及残肢，令帷帽女郎有些不适地转过头去。提着剑在一边的高壮护卫见状，粗声道：“女郎放心，只要我们到官道上，摆脱这些山匪，就没事了。”

帷帽女郎轻轻“嗯”了一声，又说：“是不是有山匪跟来了？”

护卫道：“那些山匪都已经被牵制住，不会这么快追上来。”

女郎又道：“说不定有埋伏，还是小心为好。”

护卫应声，但眼看离官道不远，他放松了不少。帷帽女郎趴在健壮仆妇背后，仗着有帷帽遮着其他人看不见，默默地翻了个白眼。此时此刻，她的内心已经疯狂大喊起来——怎么会这么突然地开始了剧情？完全没有反应过来啊！

来到这个世界，变成一个小姑娘已经快八年了，自从知道这是自己看过的一本小说后，她就一直思考着剧情开始之后怎么办。谁知道剧情会这么突然降临，不过是去隔壁县探望外祖，回来的途中竟然遇到山匪，天知道这里什么时候来的一群山匪，她这几年从这条路经过都不知道多少次了，次次都没事，偏偏今天出了事。

是的，没错，那本小说男女主角相遇就是因为女主角遭遇了山匪袭击，但书里又没写女主角具体哪天去哪里回来遇到的山匪，所以她侥幸地想着肯定不是这一次，又额外带上了不少护卫，谁能想到山匪更多！讲道理，这么个小破山头为什么那么多山匪？

嗖——

一支箭突然从树丛中激射而出，站在右侧的一个护卫猝不及防，被射中胸口，当即倒了下去。

“不好，还有埋伏！”护卫惊道。就在这时，树丛里又接二连三地射出几支箭，打散了几个护卫，接着从树丛里钻出几个山匪，其中一个腰间挂把大刀，眼神在帷帽女郎身上舔过一遭，狞笑道：“廖使君的女儿，名动河下的美人？哈哈哈哈，识相的，把她留下就放你们一马！”

“贼子休要多说！”护卫怒喝，提剑上前周旋。

刀剑铿锵声伴随着人被砍中的惨号不绝于耳，健壮仆妇也是个女中豪杰，眼见其他护卫都脱不开身，情势不容乐观，她二话不说一个人背着帷帽女郎继续逃跑。这慌不择路地一路跑下去，身后的喊杀声越来越远，可还没等那仆妇放下心来，一个山匪突然追了过来。仆妇只好放下背上的女郎，推了一把：“女郎快跑！”她随手捡起地上一根树杈就想朝那山匪迎过去。

然而帷帽女郎迅速抓住她的手，二话不说拉着她一起往某个方向逃。

后面的山匪越来越近，近得都能听到他口中的呼哧粗喘，仆妇想牺牲自己去拦上一拦，好为女郎谋得一条生路，可女郎把她拉得那么紧，她又无法挣脱，只好跟着继续往前逃，眼见自家柔弱的女郎有些吃力，便半夹半拖着对方在树林里狂奔。

而这位姓廖名停雁的廖女郎，正在心里大骂，这软底的鞋子穿着确实舒服，但也真不适合逃跑，就这一小段路，她感觉脚底都快磨穿了。万恶的封建主义官僚家的小姐，让她上演丛林极限逃生，不是扯淡吗？！

虽然她并不想开始剧情，但都这样了，那按照原剧情男主角是不是该出现，英雄救美了？

正这么想着，她只感觉到呼呼风声，身边的大树上突然跳下来一个黑影，接着只听闷哼一声，山匪被突然冒出来的男人打晕在地。

仆妇惊魂未定，警惕地看着一身布衣的青年，同时把自家女郎护在身后。

青年手里拿着一把柴刀，背后背一把弓箭，看装扮是个平民，但长相十分俊朗，穿着布衣也难掩他身上的出众气质，肩宽背阔，身形挺拔，眼神清正，气质沉稳，极容易令人心生好感。这有别于路人甲的颜值，廖停雁瞬间确定，这人肯定就是男主角了。

看清楚他的装扮容貌，仆妇稍稍放心了些，行了一礼道："多谢这位义士相救。"

青年笑道："不用谢，我看这人似乎是山匪，想必附近也不止他一人，恐怕此地不安全，二位不妨跟我来，我引你们去官道上。对了，还未介绍，我叫陈韫，是附近陈村中一名猎户，今日是来山中打猎的。"

他的目光在仆妇身后的沉默女郎身上一掠而过，没有多注意。而廖停雁，发现这个情况后，更加谨慎地拽住了自己的帷帽，把自己的脸遮得严严实实。

感谢天，感谢地，感谢男主角对她没兴趣。原著里男女主角初遇这一幕她记得清楚，男主角杀掉追着女主角的山匪，一转身，刚好女主角脑袋上的帷帽被树枝钩落，两人对了个眼，当时男主角就被惊艳到了，然后女主角就被看得脸红了，两人的"奸情"就此开始。

另外，原文这里讲述初遇只有男女主角两人，没有仆妇。但卢姑照顾了廖停雁两年，廖停雁也不可能让她像原著那样去死，几乎使出了吃奶的劲把她留了下来，现在好歹是保住了一条命。

作为一个半途过来的女主角，廖停雁表示理解不了原女主角的心理，男主角确实很帅不错，可她刚眼睁睁地看着那么多人死在眼前，还正逃命，现在腿软又头晕，还想吐，要不是咬牙忍着，现在就能厥过去，实在没心情谈情说爱。

关键是知晓剧情，她可不敢和男主角谈恋爱。

想到这个一路虐心虐肺的剧情，廖停雁就恨不得分分钟和男主角分道扬镳，大家隔得越远越好。

谁能想到呢，这个现在还是平民的男主角，在不久之后就会带领起义军起义，最后一路当上了开国皇帝。而她这个身份，名动河下的第一美人，廖使君之女，标准的贵族女郎，就是女主角，日后的皇后。结局虽然是好的，但在那之前，她和男主角谈恋爱又分手，分手又和好，被女配插足中途产生误会无数还流产，这个和女主角相爱的男主角因为需要女配家的兵权支持，迫不得已娶了女配，还搞出了个孩子，总之男女主角两人纠纠缠缠虐恋情深，当初看得她心绞痛，要不是为了看恶毒女配最后被虐的剧情，她一定坚持不下来。

哦，结局是女配终于死了，女配的儿子也死了，然后女主角原谅了男主角，两人的儿子成为下一任皇帝。

只要回想一下女主角丰富的被虐经历，廖停雁都忍不住颤抖，所以走剧情和谈恋爱她都拒绝。来到这种不知道哪个时空里的架空朝代就够心塞了，她只想安安分分混吃等死，该死的狗血剧情都走开。

原著里暧昧的两人行变成了三人行，气氛非常之正经严肃，男女主角之间隔了一个能徒手杀猪的健壮仆妇，两人一点火花都没擦出来，然后他们成功到达官道，成功拦下一个巡逻府兵，拿出信物表明身份，使君府很快就派人来接。

直到被扶上牛车，廖停雁都没跟陈韫说一句话，把一个沉默是金的贵族女郎表演得淋漓尽致。

有没有礼貌不要紧，最重要的就是不要引起男主角的任何兴趣和好感。很好，虽然剧情开始，但已经被她走歪了。

…………

因为无意间救下了那个有名的大美人廖女郎，陈韫得到了廖家的感谢，廖家的大管事亲自带着厚礼去他家道谢，引来无数人围观。

这在陈村是个轰动的消息，附近的村民们都忍不住来跟陈韫打听。

“七郎，听说你昨日里救了廖家那个女郎，廖家给你送了丰厚谢礼，可是真的？”

陈韫无奈一笑：“只是举手之劳而已，当不得那么多谢礼，我已经婉拒了。”

问话之人满脸不信：“怎么可能？那可是能让你后半辈子衣食无忧的丰厚报酬啊，哪有人会这么傻全部拒绝掉？你不想说实话就算了，何必拿这种话来唬我！”

旁边另一人道：“其他人不会，七郎又不一样，大家谁不知道七郎的为人，哪会说瞎话骗人？倒是七郎，你可见了那廖女郎了，是否真如传言中那样貌美？”

陈韫想起昨日那个沉默的女郎，有些失神。虽然她戴着帷帽，但被扶上牛车的时候，恰好有风吹开了小半片白纱，露出了半张脸。肤若凝脂，皎若明珠，虽未曾看见全部容貌，但即便只有这一瞥，也令陈韫印象深刻。

确实是个如传言中一般的明珠美人。

“七郎？怎么不说话，你可真看见了？”

陈韫迟疑了片刻，还是道：“廖女郎戴着帷帽，我并未看见她的容貌，此事对女郎来说毕竟不是什么好事，还是不要再谈论了。”

人群散开，陈韫背起自己新打来的猎物，准备去城中售卖。

02

廖停雁有些恹恹地坐在几案前，两个奴仆把几案上基本没动过的饭菜一一撤走。卢姑见自家女郎又没有吃多少，有些担忧地劝道："女郎，多少还是吃些吧，不吃东西，身体怎么受得了呢？"

"我吃不下。"廖停雁想起昨天那场面就后怕，昨晚上还做了噩梦，怎么可能吃得下东西？何况府中的饭食大多是肉食，蔬菜比较少，这种时候她吃得下才怪了。不管是前生二十多年，还是来到这里的八年，她还是第一次看到那么残酷血腥的画面，当时忙着逃命没那么大反应，等到安全回家了，她才吐了一场。

卢姑跪坐在她身侧："不然，奴去为女郎取些羊乳？"

正在这时，府内大管家进了室内，向廖停雁道："女郎，我们送的谢礼，那位陈郎君并未收下，女郎特地吩咐的那些黄金，他也未接受。"

廖停雁略头疼，啊对，男主角就是这样，前期非常正义有原则，拒收谢礼，原文似乎也有的。

"那就算了。"廖停雁不想多谈这个，等大管家走了，她站起来道："备牛车，我去崔女郎那儿走一趟。"

崔家女郎，是廖停雁的闺中好友，这个朝代娱乐不多，想去什么地方都很麻烦，除了寺庙上香、拜访亲戚，就只有和附近的小姐妹们来往能打发时间，崔女郎算是和廖停雁处得最好的一个。

牛车驶向崔家途中，廖停雁无意间透过帘子缝隙，看到了街边一个摆摊的身影。

男主角陈韫？他前期确实是靠打猎为生的一个猎户，后来局势越来越动荡，他才聚集了很多人起义。

廖停雁想着，招过卢姑吩咐道："那边那个，好歹也是救命恩人，既然他不肯收我们的谢礼，便让府中奴仆看着，日后凡是他来城中售卖猎物，就全部买下，也算报答。"

卢姑应道：“是，女郎。”

廖停雁满意了，放下帘子，不再去想这事。虽然不想和男主角谈恋爱，但他既然救了自己一次，怎么着也要稍稍回报。

来到崔家，见到崔女郎，二人在房中坐下，崔女郎叽叽喳喳说起廖停雁昨日的事：“你不知道，你的事都传遍了，真是担心死我了！听说廖使君昨日就带着一大队府兵去剿山匪，如今可回来了？”

“父亲要到下午才会回来。”廖停雁无奈道，“你可别再说这些，我脑袋都听疼了，说些有趣的事吧。”

崔女郎坐在她身侧，拉过她的手：“好，咱们不说这个。说起有趣的事啊，哎，你知道吗？就是一直追着你的那个戴羽戴郎君，被他爹勒令去军营中历练了，这下好了，这个烦人的家伙再也不能来纠缠你了，怎么样，是不是感觉高兴了些？”

那确实挺让人高兴的，这个叫戴羽的烦人精在原著里基本上能算是男女主角的前期感情升温剂，只要他一搞事，就能让男女主角感情更上一层楼，一个标准的嚣张无脑好色二代，廖停雁同样不想见到他。

“啊，对了，前日里，我本家大伯和伯母来了，听说他们一家准备从洛京搬到咱们河下来呢，我两位堂姐也会一起来，到时候咱们又能多两个玩伴。”崔女郎笑得开心，可廖停雁听着，却没她这样的好心情，甚至笑容逐渐消失。

不像崔女郎天真烂漫，廖停雁很清楚这些人为什么搬离洛京，他们大多是因为家中有妙龄的未婚女郎，生怕被陛下看中召进宫中，才会选择远离洛京避祸。

当今的皇帝陛下司马焦，喜爱美貌女子，宫中美人众多。若他是好色，那也就罢了，可他不是，这位陛下喜欢欣赏美人，却又时常发疯，昨日里还喜欢着的美人，隔日说不定就摆摆手让人拖下去杀掉了，据说是个暴躁易怒、凶残无比的主子。不仅是后宫美人，前朝大臣他也是看不顺眼说杀就杀。

正是因为他杀人毫无顾忌，手段又凶暴残酷，这才导致了之后的各处起义，最后亡国。

这位亡国之君司马焦，正是原著男二号，这才是廖停雁感到脑壳疼的真实原因。

从曾经的读者的角度来看，男二号司马焦，毫无疑问是个神经病。这个“神经病”是指他脑子真的有病，最少也是个狂躁症患者，病态、易怒、心思无法琢磨，原著里最让廖停雁印象深刻的一幕是，他在一次大宴群臣的宴席上，突然毫无缘由地下令把自己宠爱的一个美人剥了皮，随后把剥下来的皮送给了那美人的父亲，据说把那位官员活生生给吓死了。

既然是男二号，那女主角和司马焦当然是有接触的，就是在女主角和男主角某次吵架出走后，出巡的皇帝遇上她，惊为天人，带在了身边。摸着良心说，虽然司马焦非常可怕，但他在原著中确实没伤害过女主角，相反一直非常宠爱她。但这没什么用，反正后来男主角救回了女主角并杀了司马焦。

司马焦这个男二号，比陈韫这个男主角更让廖停雁觉得头大。要是不想和陈韫有牵扯，廖停雁可以直接避开他，可司马焦她避不开啊！

因为按原著情况，大概是男女主角相遇半年后，司马焦听闻河下有美人廖女郎，一纸诏书令她进宫陪王伴驾。原著里女主角当然是不肯进宫去，因为皇帝凶名在外，而且她那时候和男主角已经郎情妾意，怎么都不可能进宫，所以她逃出家去找男主角，然后司马焦就直接把女主角她爹给关进了大牢里。

鉴于这八年来和父亲相处得不错，廖停雁不想和原女主角一样坑爹，只能选择和原女主角相反的道路，真到了那时候，她就干脆进宫算了。反正司马焦不会杀她，只要能留得命在，不连累别人就好。这样一来，她会完全脱离原著。

在不远的将来，进宫已经基本确定，可廖停雁想到凶残的男二号还是忍不住颤抖，认命归认命，害怕归害怕，剧情现在已经开始，代表着她最多就剩半年的好日子了，这种死亡倒计时真让人轻松不起来。

出门散心没能让心情放松，反倒让人更紧张了，廖停雁忧心地回到家，发现父亲已经回来了。廖使君看到女儿的样子，以为她还在为昨日的遇险心有余悸，板着脸过来拍了拍女儿的肩："不要怕，那伙流窜过来的山匪已经被尽数剿杀了，以后不会再发生这样的事了。"

廖停雁看看他，这已经是她爹能表现出来的最柔和的表情了，虽然不会对女儿亲昵地表达关心，但他心里其实非常疼爱这个唯一的女儿。

所以廖停雁不太明白，原著女主角怎么说跑就跑，不考虑一下她爹会有什么下场？

"爹，我没事。"

"嗯，你好好休息，有爹在。"

难得的温馨片刻过去，廖使君又匆匆去忙公务，而廖停雁，依旧无所事事。家里就她一个主子在，宅子又大，每天的事就是吃和睡。

在家待了一段时间，廖停雁决定去上香，到寺庙里转转。城外的寺庙就算了，怕再出个什么意外，城内的寺庙有个香火比较旺盛的，但人太多，她也怕出乱子，最后决定去比较清静的莲山庙。

本来出门时是阳光灿烂，可是到了中途，突然下起了雨，无奈，只得和卢姑几个奴仆在山间木亭里避雨。

她们坐下来后不久，山道上又匆匆跑来一个人影。

再次看到陈韫，廖停雁第一反应是回忆原著，原著有这个避雨男女主角偶遇的情节吗？好像没有啊！虽然过去好几年，细节她记不太清楚，但"避雨遇到"这情节确实是没有的，这怎么还加起戏来了？

见亭中有人，还是贵族女郎，陈韫本不想入内，可他拿着的香烛纸钱还有两盏莲灯是要供在父母案前的，被雨打湿了可就没用了，因此他犹豫地问道："可否让我将这些放在亭中？我自己在亭外便好，绝不打扰女郎。"

廖停雁默默叹口气："请进来避雨吧，无碍。"

陈韫进了亭中，才发现又遇上了廖使君家的女郎，曾见过的卢姑朝他笑着颔首，他也回了一礼，自觉站在亭子角落远离她们，守礼得很。

廖停雁理了理自己的帷帽，心道这个男主角确实是不错的，毕竟能当男主角，人设肯定过硬，只可惜她不想陪着男主角虐心虐肺。男主角有理想，有抱负，前期善良有原则；中期各种打仗，杀伐果断，直接变枭雄；后期还有宫斗，就成了心思深沉的孤家寡人。女主角要陪着他一路改变，还一个又一个地给他生孩子，真是又累又麻烦。

她在心里想着，殊不知陈韫也在想着她的事。这些日子，他每每打了猎物进城售卖，都会很快被人全部买走，次数多了，他察觉不对，打听过后才知道，原来买走猎物的都是廖家家仆，而再一打听，那人才悄悄告诉他，是廖女郎亲自嘱咐。

陈韫默然，因为他拒绝了谢礼，所以那位廖女郎便如此迂回报答？两人虽未说话，可他心中因此对那位廖女郎生出了许多好感。如此有心，定也是位知恩图报的心善女郎。只是他想不到，两人会在这里再次相遇。

雨很快停了，廖停雁一行人准备先行。她是想早点走，谁知雨后路滑，廖停雁脚下一崴，身子前倾，虽然险险被扶住，头上的帷帽却掉在了泥里。

文中是有必须在男主角面前掉一回帷帽的设定吗？

本来避在一边让她们先走的陈韫，恰好看到这一幕。洁白的纱落下，露出一张堪称绝色的脸，那双盈盈的眼往他这边望来时，陈韫几乎呆住了。如清水芙蓉，似白花菡萏，盈盈脉脉，无以言表。

下意识瞄了一眼男主角的反应，廖停雁无语，好一个把惊艳两字写在眼睛里的生动表现。

03

廖停雁没纠结多久就想开了，反正前期男主角就是个平民，只要她不想和男主角谈恋爱，就算男主角看上她也没用，好像也没必要担心，还是去担心那个半年后要面对的凶残皇帝吧，在这个君权大于一切的时代，皇帝的杀伤力实在太大了。

想虽然是如此想，可最近三番五次遇到男主角，这巧遇的机会是不是太多了点？

寺庙上香能遇到恰好去给父母供灯的男主角，去踏青游湖被人纠缠，也能遇上男主角，男主角是无处不在吗？

“你是个什么东西，也敢站在我面前？你知不知道我是谁？”

听到戴羽那发自内心的炮灰经典三连问，廖停雁简直无言以对。这戴羽真的不愧原著“男女主角月老”的称号，他的出现就是为了推进男女主角感情的！

她难得有兴致在湖边走走，这戴羽就不知道从哪儿冒出来笑嘻嘻地缠着她说话，接着男主角陈韫也不知道从哪里冒出来，自顾自英雄救美地挡在她身前和戴羽对峙起来。

面对戴羽嚣张跋扈的蔑视，陈韫不卑不亢：“我是谁并不重要，但不管你是谁，都不该如此为难一位女郎。”

戴羽上下打量他一眼，目光里露出敌意，这种出身贫寒但是长得俊的小白脸，最容易骗到女郎的芳心，面前这家伙铁定是不怀好意，不是个好东西。

在两个男人对峙的时候，廖停雁已经带着一个奴仆转身走向另一个方向。戴羽还想好好羞辱一番陈韫，却见美人不理会他们，转身走了，他连忙喊道：“欸，廖女郎别走啊，咱们还没说完呢！”

廖停雁微微侧头，看了他一眼，平静道：“听说戴郎君最近在军营里训练，没想到这么快就出来了，想必学有所成，我爹最近正与戴将军商议清剿附近所有山匪，或许戴郎君也该一同去历练历练。”

戴羽瞬间面色发青，他哪里敢去打山匪，还不是趁着他爹忙，顾不上，这才偷跑出军营的，要是廖女郎真回去告状，他是吃不了兜着走。戴羽讪讪地闭了嘴，不敢再拦着了。

廖停雁没有理会陈韫，戴羽看陈韫待遇还不如自己，又舒心了，不屑地看了他一眼，也抬脚走了。

陈韫在原地看了看廖停雁的背影，心想，好一个心思玲珑的女郎，她表现得如此怠慢自己，那跋扈郎君就不会因此找他麻烦，她这是迂回地回护啊。

廖停雁并不知道男主角在想什么，赶紧走向一同游湖的小姐妹们，不敢落单了，一落单就要“单刷”男主角，心累。

因为这次经历，崔女郎等几个小姐妹再叫她出门时，廖停雁一律拒绝。出一次门就遇一次男主角，既然已经知道出门必遇男主角，她还出个什么门，老实待在家里睡觉算了，她就不信自己待在家里，男主角和麻烦还能从天而降。连外祖那边来信让她去参加表姐生日宴她都没去，完美避开原著接下去所有和男主角相关的剧情。

于是廖停雁就这样在家里从春天待到夏天，一次都没出过门，连她忙于工作的父亲都有点担心起来，特地来问她要不要出门散散心。

廖停雁拒绝：“女儿心情挺好，不用出门散心。”

半年时间渐渐临近，就在廖停雁以为自己还能躲懒悠闲一段时间时，从洛京来的使者带着皇帝陛下的诏书来到使君府。

河下闻名的美人廖停雁，美名传到洛京，皇帝对她很感兴趣，要求她入宫伴驾。

廖停雁心里咯噔一声，心想这不对啊，原著不是起码还要再过两个月才会有让她入宫的消息吗？怎么提前了？

更让她没想到的是，没过多久，从洛京来了大队人马，说要接她去洛京。原著光描写女主角怎么悲伤，怎么偷跑出去见到男主角，两人情深似海难舍难分了，压根儿没写过皇帝还派了这么多人来接啊。

好吧，她该知道小说是小说，真实世界是真实世界，总会有不同的地方，小说毕竟不可能写出所有细节，而且因为她的改变，剧情随之变化也很正常，但是这种突破认知的情况还是很让人头秃。可能是因为她琢磨这些的时候表情太苦恼，她父亲在某天，忽然对她说：

“不必如此，为父会想办法的。”

廖停雁跟不上她爹的思路。

廖使君有些忧伤地摸摸女儿的头发：“过几日你就托病，去你外祖家住一段时间，洛京若是来人，我会应对。父亲也不愿让你进宫送死，放心吧。”

廖停雁现在怀疑原著里女主角那么轻松跟男主角私奔了，其中肯定有亲爹帮忙。

廖使君还在说：“此去一别，你要照顾好自己，父亲不知还能不能与你相见……”

越说越像诀别了，廖停雁不仅跟不上爹的思路还进不了爹的情境，感情没到位，酝酿不出眼泪。她干脆一把抓住父亲的手：“好了，爹，你别想太多，女儿是准备进宫的。”

开玩笑，她爹对皇帝司马焦的凶残还没有准确的认知，那个神经病要是想让她进宫，别说病了，就是变成尸体也得给他抬去洛京看一眼。除非她也像原著女主角那样不管不顾直接私奔离开，连累她爹和外祖他们。折腾来折腾去，只有一个结果，何必呢？

廖使君听了女儿的话，眼中竟然闪烁起泪光，这个平时严肃刻板的男人不知道自己脑补了些什么，把自己感动得够呛：“停雁，你不必如此，我知你不愿连累父亲，但父亲又如何忍心……”

廖停雁实在不太擅长面对这种场景，只得再度打断他：“爹，我如今已经十七岁了，本就该成亲了，嫁给谁都一样，何况陛下既然看得上女儿，还特地遣了如此多人来迎接，想必女儿入宫后也不会过得太难，您放心便是。”

廖使君左看右看，没在女儿脸上发现勉强之色，只能心情很复杂地接受了女儿好像真的准备进宫这个事实。

“你当真愿意进宫？”

“当真。”廖停雁斩钉截铁。

她的人生哲理之一就是，已经做了决定就不能再左右摇摆不定，否则心态会崩。

与此同时，廖使君之女即将被洛京使节迎进宫中的消息传遍了河下，几乎人人都在谈论这事。

一部分人羡慕廖女郎能被皇帝亲自选召入宫，享受荣华富贵；另一部分人则叹息着如此美人，便要被那凶暴皇帝给糟蹋了。

“你当那宫中是什么好去处不成？我有位堂兄，上月从洛京来，他可是跟我说了，如今洛京几乎人人皆知，咱们这位陛下杀人如麻，据说那宫中日日都有被陛下因不顺心而杀死的美人尸体送出宫城……”

说话的人压低声音，在他那一桌坐着的行脚商们都竖着耳朵听，然后唏嘘感叹起来。

“廖女郎入了宫，也不知能活多久，可怜哪。”

旁边一桌坐着的陈韫皱起眉，放下了手中的茶杯。他忍不住抬头望向使君府的方向，想起那位看上去柔弱婉约的女郎。只要想到她或许会在不知什么时候悄无声息地死去，陈韫就觉得惋惜且酸涩。可他又能如何呢？他不过是一个平民罢了。在这一刻，陈韫忽然意识到自己的无力与不甘。

那样一位弱不禁风的女郎，如何能在那样险恶的环境中生存下去？她如今知晓自己的命运，是否会恐惧？

男主角眼中那弱不禁风的女郎廖停雁，此时此刻正瘫在自家临水亭子里，热得有些受不了，哪怕旁边的奴仆轮换着给她扇风，她身上那件轻薄的夏日纱裙仍然让她备感辛苦。

明明已经是夏末，可今年不知道怎么回事，这个时节了还热成这样，偏她又格外怕热，每年到了这个时候，她都特别怀念背心短裤和空调冰箱。

廖使君并不讲究生活品质，连带着廖停雁这个被亲爹养大的贵族女郎也过得比较一般，虽然比平民要好，但在贵族圈中，肯定处于中下游。廖停雁忽然想，说不定进了宫待遇会好些，皇帝虽然神经病，但毕竟是皇帝，生活品质绝对上乘。

这么一想，她竟然还有些期待。

廖停雁正给自己洗脑，大管家带着一队人穿过长廊走了过来。

“女郎，洛京派来接女郎的使者们到了，特来见过女郎。”大管家道。

他身后有八个人，看上去都是宫中出来的宦者和女官，由一名年纪较长的宦者带领着。这些人大概身份不一般，面对廖停雁的态度，只能说尚可，站在队伍最后面的一个青年宦者，还大大方方地抬头好奇地打量不远处的廖停雁。

廖停雁本是背对着他们，这会儿听到声音，转过了头来。她在家中穿着比较简便，素色纱衣，脸上未施脂粉，手腕上一个碧色清透的玉镯，头上首饰也不多，只几支攒银花的白玉钗，整个人坐在这微风习习的亭中，宛若生在玉盆里的一朵白菡萏。

当她转身看过来，饶是在宫中看惯了美人的使者们也是一怔，最后那大胆的年轻宦者，更是直愣愣地看着，毫不掩饰。

说实话，廖停雁已经习惯了众人这个眼神，毕竟女主角的人设就是个大美人，作为美人的新鲜感早在这几年磨没了。

她现在只希望至少能用这张脸，把司马焦搞定，这样的话，日子会好过很多。

“三日后便要启程回洛京，还望廖女郎尽快处理好杂事，免得误了归期。”年长宦者客客气气道。

廖停雁便也客气地朝那带头的宦者行礼：“多谢使者提醒，定不会误了时候。”一抬头，见到最后面一个年轻的宦者直勾勾盯着自己，她也没太在意。

这份罪恶的美貌，又迷倒了一个无辜的路人甲。

三日后，廖停雁和父亲告别，登上了马车。在此之前，父女两个在大厅里相对无言许久，最终这个不善言辞的刻板老男人也没对女儿说出几句好听的话，只是长长叹息几声，道了保重。廖停雁倒是忍着泪意，上前抱了抱这个父亲，结果这动作把廖使君吓了一跳——哪怕是父女，这个时代也极少有这样表达感情的方式。

“父亲，请你千万保重。”廖停雁是做了一去无回、亲人再不能相见的准备。

马车驶动，从使君府一直驶出城，慢慢离开了河下地界。

在这个朝代，大多贵族出行还是用牛车，只有一部分有身份、有权势的人才能用马车，看着绵延的长长一队迎接使者，连马车都有六驾，再加上浩浩荡荡的几百名护卫，声势浩大得让廖停雁无法理解。只是来接个美人而已，用得着这么多人、这么多马车吗？这是不是也太夸张了？

她撩着帘子往外看，忽然发现车队停了下来，宽大的马车车厢里进来了个年轻宦者。

“奴奉命来照顾女郎，若有什么事，女郎尽管吩咐。”宦者看着她，漆黑的一双眼睛莫名让人有点发毛。

廖停雁认出来，这是几日前那个一直盯着她看的大胆宦者。

04

光从颜值看，廖停雁觉得这个宦者应当在原著里有姓名才对。

于是廖停雁问：“你叫什么？”

宦者笑了笑答道：“长右。”

长右？廖停雁仔细想想，发现原著里似乎没有这号人，看来果真是个路人甲没错了。既然不是原著人物，那就代表着不会随便触发什么乱七八糟的剧情，廖停雁放松了些，随口说：“我这儿不需要人照顾，你下去吧。”

长右却说：“总管吩咐，奴不敢违抗，还望女郎让奴留下。”

廖停雁没有为难人的爱好，闻言也就没再多说。过了一会儿，廖停雁转过头看向长右，正对上他的眼睛。这人不吵不闹不多事，还是个挺赏心悦目的小白脸，唯一的缺点就是不知为什么一直盯着她，廖停雁心道，莫非是那位总管担心她半路逃跑，所以特地让这人来盯着？

有必要吗？盯贼呢？廖停雁心里嘀咕，反正车上无聊得很，便和长右说起话来。

“长右是吗？你可是在陛下跟前伺候的？”

长右眼神一闪，答道：“奴并不能时常见到陛下。”他正等着面前女郎多问些陛下的事，谁知廖停雁想了想又问：“宫中夏日可会用许多冰？”

没想到她会问这个问题，长右一怔，一时没回过神，过了会儿才边回想边说：“宫中几处主殿都会用冰，宫城内外有几个极大的冰窖，冬日藏冰，天气炎热后，每日都会送大量的冰到宫内各处。”

廖停雁盘算着，只要能混上一个不错的位分，也能有用不完的冰了，好歹作为女主角，应该能混得不错吧？

长右打量廖停雁的脸，发现她鬓发有些汗湿，顿时反应过来了，原来她怕热。其实他也觉得有些热，这马车里太闷。

“女郎稍等。”长右跳下马车，没多久回来了，将一碗淋了牛乳和碎果脯的冰摆到廖停雁面前，“女郎请用。”

什么？为什么马车行进途中还有这么好的待遇？廖停雁开始觉得进宫说不定是个不错的主意了。

她端庄地端起冰碗，一小口一小口吃起来。如果长右不在，她这会儿可能会直接抱着冰碗啃。去年冬天河下不冷，所以大家都没能存多少冰，今年夏天热的时间又太长，都夏末了，冰贵得吓死人，还根本没地方买。

吃得太投入，廖停雁没发现那位宦者长右，这会儿眯着眼睛看自己的样子，非常吓人。他笑容满面地盯着她，唇红齿白，红的像血，白的森冷，一只手拈着手腕上的一串木珠轻轻摩挲，发出簌簌的轻微声响。

这个廖女郎，不让他讨厌，这可真是奇怪了。看她慢慢吃完，长右放下了摩挲木珠的手。

“女郎可还要？”

廖停雁擦擦嘴，矜持地摇头：“不必了，多谢你。”感觉好像活过来了，好凉快！

这会儿再来看这个长右，廖停雁觉得他顺眼了很多，真是个贴心的宦者。因为需求得到了满足，廖停雁也不板着脸了，朝长右笑笑：“队伍中还专门储存冰吗？”

长右被她笑得一愣，然后也笑起来：“是啊，专给贵人用的冰。”

廖停雁只以为他说的贵人是自己，点点头，看上去又开心了不少。长右发觉她的心思，手指动了动，忽然凑近了些道：“女郎可还觉得热？奴为你打扇如何？”

廖停雁看他一眼，发现这年轻宦者一张白得过分的脸上，竟然没有丝毫汗意，顿时羡慕了。这种很少出汗的体质真好啊，不像她，夏天动不动就满身汗，讲道理，虽说有香汗淋漓这种词，可大美人一身汗还是太糟糕了。

长右在马车厢里翻了翻，翻出了把扇子，当真给廖停雁扇了起来。马车摇摇晃晃，又有凉风，廖停雁不知不觉就睡了过去。

等她睡着了，长右大大方方坐到廖停雁身侧，一条腿盘坐，一只手撑着腿凑近看她的脸。当真是毫无瑕疵的一张脸——这样的脸他看过许多。

廖停雁颊边的一缕黑发被风吹得贴在脸颊上，长右忽然皱起眉，停下扇子，伸出手指把那缕黑发撩开，左右端详了一下，这才满意了。

手指在脸颊上擦过的感觉，像在抚摩暖玉。人皮这种东西，还是长在人身上的时候摸起来舒服些，一旦剥下来，手感就不好了。长右感叹着，看廖停雁一直在睡，忽然没了兴致，一只手拿着扇子跳下马车。

见他下了马车，后面一辆马车上的宦者立即让马车停下，上前去迎。长右挥开宦者搀扶的手，自己一掀长袍，抬腿踩上车辕。这一辆马车从外表看很普通，内里却比廖停雁那辆马车更为华丽舒适。上了车后，长右直接坐下，一抬手扯掉了头上的帽冠，随手扔在一边。

在他身后上车的宦者正是使者中的总管，这会儿小心地跪坐在他脚边，给他倒了杯冰过的酒。

长右接过，仰头一口喝掉，另一只手还摆弄着一把扇子。

宦者继续为他斟酒，小心道："陛下，您何必如此……"

他话未说完，一把扇子扔到面前，动静不大，却硬生生吓得他噤了声。长右声音随意："扇风。"

伺候了他这么久，宦者清楚他的性格，知晓他此刻不想听到人说任何话，便紧紧闭嘴，拿起扇子老实地替他扇风。

这位化名长右，还扮成宦者去伺候人的，正是当今皇帝陛下司马焦。这回之所以来了这么多人，与其说是迎接廖停雁，不如说是为了保护司马焦。

前阵子司马焦在宫中待得烦闷，忽然想外出走走，众位臣子自然是诚惶诚恐，不同意皇帝如此轻率地离开洛京，然而这位皇帝，是个极度不喜欢他人反对自己的专横之人，杀了几个人后，他仍旧是一意孤行，出了宫。恰好听说了河下廖美人的名声，司马焦来了兴致，干脆转道河下，去把人接来，又心血来潮扮成这样去接近。

司马焦行事一向随心所欲，如此扮成个宦者的行径，若被大臣知晓，定然又是他荒唐事迹中的一笔。

"廖停雁……"长右——司马焦忽然自言自语道，"她不错，合我的眼缘。"

替他扇风的宦者心下一动，这廖女郎，看来是要受宠一段时间了。不过他并不急着巴结，毕竟谁知道这廖美人能活多久呢？他们这位陛下喜怒不定，说不定过两日，那廖女郎无意间做点什么让陛下不高兴的事儿，陛下能在半路就直接给她扔到山林里喂野兽去。

对此毫无所觉的廖停雁睡了个午觉，睡得腰酸背疼。马车里就她一人，她龇牙咧嘴地揉腰捶腿，又转了转脖子。路况差，马车减震效果又不是很好，真是遭了罪了，也不知道还要这样赶多久的路。

还好她不晕马车，否则吐个昏天黑地，那才是真惨。掀开帘子，外面的景色廖停雁已经认不得了。不知道是哪一处的官道，路边几乎没有行人，远处起伏的山峦青翠，有微风徐徐，已经是下午，没有中午那阵子热。

见她醒来，有两位女奴上来伺候她梳洗。这回上洛京，她是孤身一人，本想带几位家仆，谁知那摆着张笑脸的老宦者看着好说话，拒绝得却干脆，没办法，廖停雁只得安慰自己，这样也好，免得多几个人去送死，都是伺候自己有些时候的老人了，还是留在河下安享晚年吧。

临近傍晚时，到了驿站下榻，廖停雁在房间吃完饭早早就睡了，马车毕竟没有床来得舒服，躺到床上她才觉得放松下来。

司马焦换了身衣服，斜倚在长榻上，透过窗望着对面廖停雁紧闭的房门。

“她一个女郎，身边没有熟悉的人，怎么如此冷静？”司马焦无聊地晃着长腿，“她都不会觉得害怕吗？明明看上去是个弱不禁风的贵族女郎，还是说，我的凶名还未传到河下？她怎么还能睡得着？真是奇也怪哉。”

廖停雁不仅睡得着，还睡得很好。因为入睡前，女奴们给她房里捧了一盆冰。

第二日，接着赶路，廖停雁又看到那个宦者长右，他上了马车后，面带微笑地看着她。

“女郎，车上烦闷，奴是来为女郎解闷的。女郎若有什么想知道的，也尽可以询问奴。”

廖停雁想了想，自己要入宫，顶头上司司马焦是知道的，其他“同事”美人们的情况，她也该大略知晓才是。原著里可没有对那些美人多描写，反正每次有美人出场就是要死的。于是她说道：“那你给我讲讲宫中的美人们吧。”

这个问题难倒司马焦了。宫中美人有多少人，他其实也不清楚，回想了一下，记起几张满是恐惧的脸，好像也和身份对不太上。他心里想着，脸上不动声色，开始胡说：“陛下未立皇后，皇后之下的一品三夫人，贵妃、淑妃和德妃之位都空缺着。”

从前好像有个德妃，后来被他杀了，具体做了什么事让他当时不高兴想杀人，他不记得了，只记得杀了德妃后，几个大臣在朝堂上吵了一阵，着实麻烦。

“二品九嫔有……七人。”

司马焦又开始回想，是七人吗？他突然想起来上个月让人扔进了虎园里那个，好像是九嫔之一，那现在就应该是剩下六人了才对。

“婕妤十二人，美人、才人、宝林等，约莫百数。”大概吧，反正他记得不是很清楚。

廖停雁心想，似乎也没有自己想象中那么多，可能原本不少，但被司马焦给杀得只剩下这些了。

等了半天没见她问皇帝，司马焦只好主动问：“女郎为何不问陛下的情况？”

有什么好问的，又不想和他谈恋爱，进了宫安静如鸡，能活一天是一天就行了。要不是避不开，她肯定也会像避着男主角那样避着那个神经病男二号。

司马焦定定地看着她：“女郎不害怕陛下吗？”

廖停雁：“你胆子不小，这种话也敢问？”

司马焦笑起来，俊秀年轻的脸让他看上去无害又诚挚：“奴从前见过的美人，得知自己要入宫，都哭哭啼啼，女郎却如此平静，这让奴很好奇，而且，奴觉得女郎不会因此怪罪奴。”

小伙子还是太年轻。廖停雁心想，这样的性子难怪在原著里没姓名，否则可能活不过三章吧。

“听说陛下喜爱杀人。”廖停雁说道，“我前些时候遇到山匪袭击，亲眼看到他们杀人，场景可怖，回家后，我半个月没能沾荤腥，闻到肉味便想吐。”

司马焦：“……”

廖停雁凑近他轻声问：“陛下杀人时，会让后宫美人们前去围观吗？若是不强逼我去看，那倒是还好。”

司马焦扑哧一声笑出来：“女郎好怪，说起陛下杀人，女郎既不奇怪陛下为何杀人，也没对那些被杀的人露出同情之色，听闻女郎是个善心人，你不想劝阻陛下杀人吗？”

有什么好奇怪的，神经病杀人需要理由吗？还劝神经病不要杀人？说不定自己都快死了，她想那么多干吗？做人最重要的就是有自知之明，不要给别人乱添麻烦，身为原著女主角可不代表她是这个世界的中心，想要什么就有什么，自己都救不了，救个屁的旁人。

廖停雁叹了口气，对这位过于天真大胆的年轻宦者说：“听我一句劝，做自己分内之事，不要多管闲事，如此才能活得长久。”

05

司马焦这辈子还是第一次听到这种话，等到离开廖停雁的马车后，就压抑不住地笑起来。

可笑着笑着，他又沉下脸，皱起眉，神色渐渐阴沉。

司马焦忽然伸出手，用力按压自己的太阳穴，脸上露出明显的痛苦和暴躁之色。

本来准备迎上前去的总管看见他这个样子，脚步立时顿住，默默后退，不敢再靠近，跟着他的另外两个宦者，也是哆哆嗦嗦地垂下头屏息等待。等到司马焦放下手，变得面无表情，总管才硬着头皮上前，把腰几乎弯到地上，小心翼翼问道：“陛下，可是又难受了？”

司马焦没说话，只是仍旧拧着眉，眼里泛出一点血丝。他的目光缓缓掠过四周的人，接着抬起一只手，指向总管身后的两个宦者，那两个宦者顿时抖得如同寒风中的落叶，又不敢有其他动作。过了一会儿，司马焦又放下了手，径直上了马车。那两个宦者这才松了一口气，仿佛瞬间失去力气，扑通跪倒在地。

总管看两人一眼，低声喝道：“算你们捡回一条小命，还不赶紧下去！”

两人连滚带爬地走了，心中都有着劫后余生的庆幸。陛下每次心情烦躁、头疼难忍的时候，都会想杀人。若有人在这个时候惹了他，绝对就是一个死的下场；若没人惹他，这个时候谁在他面前，就是谁倒霉。今日他们两个确实运气好，若是换了以往，陛下手指过来，再说一个“杀”字，他们这两条小命就交待了。

这一日，廖停雁没看到长右，中途车队停下休息的时候，她还特地在车队里看了看，也没发现长右的踪迹。直到第二天，再度看到长右出现，她才松了口气，还以为这大胆乱说话的宦者，因为和自己说了那番话，被总管知晓后给处罚了。

只是，好像仍旧有什么不对。廖停雁仔细打量他，发现长右脸色较之前更加苍白，眼尾有些泛红，眼角还有血丝，那双同样苍白的手上，青筋微微凸起。

说不定确实被责罚了，毕竟他作为一个伺候人的宦者，敢说那些话，一旦被人知道，免不了一顿责罚。先前他们说话时，马车外也许有人在听。廖停雁越想越觉得情势严峻，也有些后悔，她还是放松惯了，一时间还没反应过来自己已经进入最险恶的宫廷副本。

“吃一堑，长一智，以后可千万记住了。”廖停雁对长右道，同时猜测着他到底受了什么责罚。打板子？被打了屁股还是背？行刑的总不能像容嬷嬷那样扎针吧？

司马焦满头雾水。她在说什么，我为什么听不懂？

廖停雁：“算了，今天不需要你伺候，你就坐在那儿休息吧。”

司马焦瞬间明白她误会了什么，微拧的眉稍稍松开，甚至笑了一下：“女郎看出来奴身体不适了？”

这还真是个新鲜体验，以往他这样子出现，周围的人，只会露出恐惧的神色，都觉得他下一刻会杀人——虽然确实如此。

廖停雁没回答，给他递了个垫子：“你垫着坐吧。”看他坐姿这么不端正，可能真是被打了臀部。

司马焦懒懒散散地坐着，本来快没兴致演下去了，可看廖停雁那副样子，突然觉得再装几天也行，于是接过垫子，坐得端正了些。

这垫子被廖停雁靠了几日，似乎也沾染了她身上的气味，有点香。

赶路的时间里，廖停雁大多数时间都待在马车上，除了长右，没人和她聊天，日子久了，廖停雁和这个年轻宦者就熟悉了起来。她偶尔会觉得这长右有些奇怪，有时候一些语气和行为，会让她莫名觉得违和，但最后她都把这归结于另一个原因——长右认真来讲是个被净了身的男人，廖停雁之前没接触过这个群体，暗自猜测他们可能确实会和一般人有些不一样。

而且相比长右这个在原著里没有姓名的路人，距离洛京越近，廖停雁就越担心见到司马焦后怎么办，根本没太多心力放在长右身上。

原著里女主角和司马焦遇到的时候，女主角可还是个看到乞丐会同情落泪，看到杀人会拼命阻止，会因为别人不喜欢她而委屈，倔强询问“为什么你不喜欢我，是我有什么做得不对吗”的典型早年女主角设定啊！如果说司马焦喜欢这个调调，她是不是要考验一下自己的演技？

太糟心了，她根本没演技。只能祈求司马焦其实根本没有为女主角的善良倾倒，喜欢的只是她的容貌。真希望他是这样一个肤浅的男人。

“我们快到洛京了，女郎如此愁眉不展，可是在害怕见到陛下？”司马焦笑问，脸上笑意却并没有蔓延到眼睛里。

廖停雁这段时间已经习惯了长右嘴里经常陛下长陛下短了，闻言扯了扯嘴角，望着窗外逐渐接近的城墙：“我只是在想，希望陛下至少能喜欢我这张脸。”

司马焦“哦”了一声，又说：“陛下肯定会喜欢你，女郎可相信我？”

廖停雁心想：他不想杀我就行了，真要被他喜欢的话，那好像也有点惨。

司马焦见她不说话，侧了侧头道：“女郎不相信？”

廖停雁：“你不是说你很少见到陛下吗，怎么如此肯定？谁给你的自信，我的脸吗？”

司马焦：“噗哈哈！”

洛京作为一国国都，远非河下那个乡下地方能比，光是看到那高耸巍峨的城门，廖停雁就不禁惊叹起来。她在自己的时空，曾去过几朝遗都的旧址参观，哪怕后世依靠种种想象复原的效果，也比不上此刻她亲眼所见的一切。

如此厚重高耸的城墙，高得几乎将底下人群都衬托得如蚂蚁一般，从宽阔城门进出的人络绎不绝，三条官道并行入城，老远就能听到城中喧闹。

他们这一队人，是直接走中门入的城，只是穿过城门而已，廖停雁就感觉花了许久，可见这城墙之厚。待入了城，帘子便不能随意掀开了，廖停雁只能坐在马车内听着外面各种热闹声响。他们似乎正穿过繁华的大街，走了许久许久后，四周又慢慢变得寂静起来，市井喧嚣的声音逐渐远离。廖停雁明白，他们这是快要进入皇城了。

整个国都洛京，几乎有一半属于皇宫范围，那一重一重的宫殿围起了山和湖，建造了各种景致华美的园林，是世上最奢华的享乐之地，也是最危险恐怖之地，因为这偌大宫殿的主人，是一个不折不扣的大魔王。

廖停雁被送入一个不知名的宫殿，全程安静得好似假人，任由那些态度谦卑恭谨的宫女摆弄，又在夜幕降临之际，乖乖跟着几个陌生的宦者前往另一个地方——据说今夜皇帝陛下举办宴会，后宫所有美人都要参加，包括她这个新入宫根本还没位分的美人。

摸着自己快被饿扁的肚子，廖停雁默默祈祷，保佑今晚上司马焦不要当场杀人，否则她真的吃不下东西，饿出胃病可怎么办？

夜风已经开始凉了，廖停雁被一群垂着脑袋的宫人簇拥着，走过挂满灯笼的长廊与空旷广场。她身边人很多，可都悄无声息，所有人，安静得几乎听不到脚步声，这么多人一起走，愣是营造出了只有她一个人还在喘气的恐怖氛围，可见这宫中平日里气氛是有多压抑。

廖停雁现在担心起另一件事来，这宫里，该不会闹鬼吧？说实在的，现在气氛真的很吓人，她身上鸡皮疙瘩都冒出来了。

还有，不是说全后宫的美人都要参加这个宴会吗，为什么一路走过来都没看到其他美人？廖停雁心中不断冒出各种念头，眼看那灯火通明的殿堂就在眼前。

廖停雁深吸一口气，缓缓走进殿中。门槛太高，给她准备的裙子又太复杂，裙摆太长，她有一瞬间差点摔倒，还好被身边的女侍扶了一下。她低头看到地上铺满了昂贵的锦垫，视线再左右一扫，发现两旁竟然已经坐满了各种美人，环肥燕瘦，应有尽有。

没道理，殿里这么多人，为什么一点声音都没有？要不是瞄到有几位美人也在看她，廖停雁都要怀疑这些美人是不是蜡像了。

殿中气氛非常之凝重诡异，不闻莺声燕语，只有无边静默。廖停雁没敢抬头往上看，跟着宫人走进殿内，平平稳稳地站在大殿中央行礼。

“妾，河下廖氏女，拜见陛下。”

上首有人轻轻笑了一下。大殿空旷又安静，因此这个笑声虽轻，却好似回响在殿中，令人听得清清楚楚。

“起来。”

廖停雁心头打鼓，心道这声音，怎么好像……她控制脸部表情，慢慢抬起头来，飞快看了眼最上首高台上的皇帝司马焦。然后她忍不住在内心发出了一阵崩溃的呐喊，紧接着一个素质三连问。

我去！为什么大魔王是长右？！长右怎么会是司马焦？！换件衣服而已，气质差别这么大的吗？！

不愧是脑子有病的司马焦，竟然有兴致扮成个宦官逗她玩。他每天跑到她马车上伺候她，玩得很高兴吗？！她还是低估他的病情了！

廖停雁对上大魔王微微笑起来的俊秀脸庞，稍稍冷静了一下，心里竟突然冒出个奇怪念头——这些日子真是辛苦这杀人如麻的变态了，他怎么能忍住这么久不发疯的？竟然在她面前装得跟个正常人一样！

然后，在发现身边伺候的路人甲突然变成神经病男二号的此刻，她该摆出什么表情呢？廖停雁在心中发出这样痛苦的疑问。

没人能回答她，司马焦坐在上面期待地看着她，不知道在期待什么。

廖停雁久久没反应，司马焦脸上期待的神情慢慢收敛，他面无表情，咔嗒一声放下了手里的酒杯。廖停雁好像听到了几位美人发出恐惧的抽气声。

不是吧，这就要发疯？她可什么都没做！

司马焦有些烦躁地点了点几案："你不想对我说些什么？"

廖停雁在袖子里捏着自己的手指：所以你到底想要我对你说什么？

她想了想，努力代入一下原著女主角的苦情人设，最后硬着头皮用尽量哀怨的语气颤抖地说道："陛下，您骗得妾好苦哇。"

司马焦当场表演了一个笑到拍桌。

大魔王笑够了，没有对廖停雁的低劣演技做出评论，只对她伸出一只手："贵妃，来孤身边。"

06

什么玩意儿？贵妃？！她什么时候变成贵妃了？明明入宫还不到半天，有人通知过她吗？廖停雁蒙了，但环顾四周好像只有她一个人蒙着，这样显得自己太傻，于是她迅速强迫自己调整好表情，冷静地应了声"是"。

廖停雁看着那个身体微微前倾，对她伸出一只手的司马焦，认命地提起裙摆走上前。行吧，他高兴怎样就怎样，谁叫他是皇帝呢！

不过如果她没记错，原著女主角在皇帝身边的那段时间，似乎是九嫔之一的位分，为什么到她这儿直接就变成一品三夫人之一，仅次于皇后的贵妃了？难道是乖乖进宫和逃跑后被逼进宫的不同待遇？

另外，鉴于司马焦还没皇后，这代表着，她现在直接空降后宫第一了，这种作弊开挂一样的感觉，实在太过强烈。

女主角光环这么强大的吗？廖停雁走到司马焦身边的时候，看着他那张已经看了好些天的小白脸，觉得自己仿佛是一个少看了十集剧情，连不上前情，导致一度摸不着头脑的无辜观众。

“坐到我身边来。”司马焦拉着她，让她坐在自己身边。

廖停雁直挺挺坐下了，坐下的同时，她的眼睛不由自主地顺着鼻子嗅到的香味，看向面前的几案。上面摆满了各种一看就很好吃的佳肴，她很饿了，真心的。

可身边还挨着个司马焦，她不敢动手。

司马焦瞧瞧她冷静的表情、温婉的脸，突然说：“你想吃就吃啊，不是饿了吗？”

廖停雁心里嘀咕，她自觉还是掩饰得挺好的，司马焦怎么发现她内心真实想法的？明明看上去是个脑子不太好使的杀人魔，竟然意外地敏锐呢。

“那……妾便吃了？”

“吃啊。”司马焦笑吟吟地看着她。

态度温柔到令人发毛，廖停雁刚把筷子伸向一盘炸酥了的小肉丸，骤然间有了个可怕的猜测——司马焦语气这么温柔，难不成，这肉，是什么奇怪的肉？不会是……人肉吧？按照司马焦的恶劣性格，也不是没可能啊。

廖停雁的脑补把自己给吓到了，筷子不由得停在半空。

司马焦打量着她的神情，突然凑近她，在她耳边轻飘飘地说：“怎么不吃啊？你不喜欢这道菜吗？”

廖停雁没回答，司马焦就转而问旁边的宦者：“贵妃似乎不喜欢，这道菜谁做的？”声音凉飕飕的，和刚才简直翻转一百八十度。

廖停雁：这语气如此吓人，该不会他又要杀人？

这么一想，她一狠心，夹了个肉丸放进嘴里。酥香的味道一瞬间溢满口腔，表面酥脆的肉丸咬开后，内里还有鲜香的汁液，简直美味极了。廖停雁同时尝出来，这是鹿肉。

司马焦撑着下巴看她吃，伸出一根手指让她转过脸来，笑着问：“这鹿肉丸子好不好吃？”

廖停雁觉得他的手凉得吓人，简直像冰块一样。不过她天生怕热不怕冷，无所畏惧，咽下丸子后回答：“很美味。”

司马焦很快放开了手，搭在扶手上：“听到了？贵妃说不错，赏赐。”

他身边的宦者躬身：“是，陛下。”

司马焦再看廖停雁：“你多尝些。”

有女侍要上前来为廖停雁奉菜，司马焦却道：“孤让你为贵妃奉菜了吗？”

那女侍闻言吓得跌倒在地，花容失色，瑟瑟发抖，却一个字不敢说。这些宫人都明白陛下的性子，这个时候若哭喊饶命，只会死得更快，因为陛下听到吵闹声便会觉得烦躁，像这样马上跪下不出声，说不定还能有一线生机。

廖停雁还没习惯这种场景，一个说变脸就变脸的司马焦，和一群哪怕司马焦大声点喘气都要吓个半死的宫人、美人。难怪这里气氛如此压抑，所有人都显得有些神经质——说到底都是司马焦的问题，只听他这个充满戾气的语气，就觉得他好像要杀人，难怪都怕他，讲真的，她也开始怕了。

本来正在嚼肉丸，被司马焦这么一吓，廖停雁呛住，捂嘴咳嗽起来。

她感觉一只冰冷的手抚上自己的后背，那感觉简直像是背后爬上了一条吐信的蛇，司马焦的手抚在她背上，低声在她耳边说：“你怕什么？我又没有凶你，你好好吃你的就是了。”

廖停雁说不了话，只能摇摇头。大哥，你这么变态吓人的语气，就算不是对我说，听着也很让人害怕的好不好？

司马焦看她摇头，皱了皱眉，烦躁地对那女侍说了句：“下去。”

匍匐在地的女侍感恩戴德地磕了个头，赶紧下去了。

虽然不知道司马焦为什么没有发作，但不用直面他人的死亡，还是让廖停雁微微松了口气，咳嗽慢慢平复下来。突然脸上一凉，司马焦摸了摸她的脸，有些不高兴地拧眉："看到个死人就吃不下饭，你怎么这么娇气？"

廖停雁想起自己在马车上和他说过的那些话，整个人都有些不太好。一般来讲，大部分正常人类看到死人都会胃口不好，她一个能在他身边坐着面不改色啃肉丸的女英雄，还说她娇气？

廖停雁简直惊呆了。

司马焦看到她的神情，倚在宽厚的靠椅上，环视了一圈殿中其他被忽视了许久的美人："你不相信就问问她们，看看她们见了死人还能不能吃下饭，你肯定是最娇气的一个。"

本来觉得自己现在已经足够弱小可怜无助了，但当廖停雁的目光看向下面两旁那一排排的美人时，她发现这些美人好像比自己更加弱小可怜又无助。她们听到司马焦的问话后，几乎人人都面带压抑不住的恐惧之色，那种拼命想表现平静，但看到司马焦就忍不住颤抖的惨象，让廖停雁都忍不住生出一种怜惜。

可吓成这样，她们还是得按照司马焦的话齐声回答："妾等能吃下。"

廖停雁仿佛能想象到那个场景，司马焦一个不高兴杀了人，众美人被逼看着，不敢吐，不敢出声，司马焦还要逼她们继续对着尸体享用美食，然后次数多了就被迫习惯了。

太惨了。

脸上又是一凉，司马焦蹭了蹭她的脸颊，撑着脑袋有些懒洋洋道："你看，你是不是最娇气的那个？"

廖停雁无话可说，这时候她看到下面有美人偷偷摸摸抬头瞄她，坐在这上面，下面人的各种小动作都能看得一清二楚，廖停雁便也多看了几眼那几位美人。

此时司马焦开口问道："贵妃，觉得孤的后宫如何？"

廖停雁：如何？大概就像是被养在狼身边的一群羊吧，因为狼虎视眈眈，随时可能咬死她们，所以只能挤在一起瑟瑟发抖的那种，真是画风清奇，以她在原来世界阅遍宫斗文和宫斗狗血电视剧的素质，都无法评价。

可这话不能说，她只能微笑，然后轻言细语：“众位美人各有千秋，容貌都很是不俗。”

司马焦挥挥手：“都比不上你。”

廖停雁：呵呵，那当然，也不看看这个女主角的颜值设定，要不是长得像仙女一样，在原著中抗旨跟人私奔后被你抓到，也不会直接免死了。

“贵妃可喜欢这些美人？”

廖停雁警惕起来，这话什么意思？感觉不管是说喜欢还是说不喜欢，都有可能引发什么不好的结果。她一瞬间竟然有种在玩攻略游戏的错觉，而现在摆在面前的两个选项都通向悲剧结局。

她斟酌了片刻后回答道：“妾喜欢清净，诸位美人都十分娴静。”好的，没错，这个侧面回答进可攻，退可守，完美。

可司马焦的套路她还是抓不住，因为司马焦对殿中众人笑道：“既然贵妃喜静，那你们可不要扰了贵妃清净。”

这话一出，本就安静无声的殿中，更是落针可闻，众人连呼吸声都几乎没了。廖停雁觉得要是每日吃饭都和司马焦一起吃，大概一个月能减十斤，她合理怀疑座下所有美人可能都有胃病——吃饭的时候经常被司马焦这么玩，试问谁的胃受得了？

“陛下，没有胃口吗？为什么没有动筷呢？”廖停雁为了自己能安心吃完这第一顿饭，壮壮胆主动询问。真希望他赶紧吃东西，闭嘴，不要再吓人了。

满身鬼畜气息的司马焦被她问得一愣，露出些恹恹的神色，厌烦地看了眼几案上的这些菜：“孤没有胃口，这些菜难吃。”

廖停雁真的要谴责这个昏君了，这么好吃的食物还嫌弃？她在河下这么几年，就没有吃过几次比这些菜更好吃的东西，就这手艺，能征服她这个阅遍美食的现代人，司马焦还挑剔？当皇帝真的是太爽了。

“那陛下平日吃什么？”

司马焦皱眉：“不记得，饿了再说。”

廖停雁真的服了，就司马焦这个作死的劲，就算原著里男主角不杀他，他估计也活不了多久，这样随便的生活方式简直是慢性自杀嘛。

司马焦盯着她：“怎么，还要孤陪你吃，你才吃得下？”

我不是，我没有，你别胡说啊。

她刚想解释，司马焦就拿起了筷子：“算了，陪你吃点吧。”

廖停雁看到，司马焦身旁那个一直面带微笑的中年宦者见到这个情形露出掩不住的惊讶神色，好像司马焦做了什么神奇的事情。

廖停雁腹诽，吃个饭而已，有这么夸张吗？难道司马焦平时真的不吃饭？再一看座下诸位美人，竟然都露出了惊讶之色，哪怕很快低头收敛，廖停雁也看到了。

司马焦吃了两口菜就扔下了筷子，吃点东西和要了他命似的。你是我表姐家那个不爱吃饭、吃顿饭需要三个人哄的五岁熊孩子吗？廖停雁腹诽。

吃完了这一顿不知道该怎么说的晚饭，众美人自觉地带着女侍们回自己的宫殿，一位品阶较高的女侍带着一队宫人来到廖停雁身前，跪下磕头行礼：“奴桂叶，拜见贵妃。”她身后的宫人们同样跪下行礼。

司马焦晃着酒杯指了指桂叶：“她会伺候你，去吧。”

廖停雁在桂叶等人的簇拥下，来到一座临水的巨大宫殿，又被请进内室，宫人来来往往为她准备沐浴和安寝。一个人躺在柔软的床上，摸着柔滑的丝被，廖停雁露出个庆幸的笑容。

太好了，司马焦果然和原著一样，没有和她睡觉的意思！对，原著里女主角在司马焦身边那段时间，司马焦根本没和她一起睡过觉，至于为什么不睡，原著没有解释，只是原著里关于女主角究竟有没有和司马焦睡觉这件事，男主角和女主角两人又是一段“你爱我，为什么不相信我”的纠缠，看得她心好累。

现在廖停雁同样没有去探究原因的想法，反正司马焦不来最好，至少晚上能好好休息。她拉着被子盖住脑袋，整个人缩在被子里放松地闭眼睡觉。

07

一大早从睡梦中醒来，看到床边坐着个满脸不愉快的司马焦是什么样的体验？

——是从美梦走进噩梦的体验。

廖停雁眨眨眼，还有点迷糊，看看窗外不怎么明亮的天色，她暗道，司马焦不是个昏君吗？昏君难道不应该睡到日上三竿不早朝吗？为什么这么一大早的来扰人清梦？他到底还记不记得自己的昏君人设？

因为对方是随时可能发病的司马焦，廖停雁只能强忍起床气，围着被子坐起来，露出标准的工作微笑，唤道："陛下。"

谁还不是社畜了？多少应付过那么一两个难搞的老板。

廖停雁下巴一凉，司马焦轻轻捏住她的下巴，仔细打量她的脸，廖停雁心里打鼓，心道，这人一大早要发疯？

"你不高兴？因为孤打扰你休息了？"司马焦说。

廖停雁再次思考起究竟是自己表现得太明显还是司马焦太敏锐，怎么每次都直中红心？她挣扎着继续自己的表演："怎么会？妾已经休息好了。"

司马焦"哼"了一声，甩袖大步走了出去。廖停雁看着被他踢得发出吱呀声响的门，犹豫了片刻后，又躺了回去。休息够是不可能的，既然司马焦走了，她就继续睡呗，赶路这么久，元气哪那么容易恢复？

结果等她睡了个回笼觉起来，又在床边发现了司马焦。

"……陛下。"

廖停雁不明白他到底要搞什么，这样几次三番突然出现，莫非是要用这种特殊的方法折磨她？

“这回睡够了？”司马焦沉着脸问。

廖停雁敢摇头吗？不敢。于是在她点头后，司马焦把她从床上薅起来，拉着就往外走。廖停雁还穿着一身白色的寝衣，头发都披散着没有梳，勉强穿上了床边的鞋，跟着司马焦踉踉跄跄往外走。

路上迎面遇到的宦者女侍，全都退后跪下，没有一个人敢多看一眼仪表不整的廖停雁。司马焦步子迈得太大，廖停雁只能小跑着跟上，抓着她手腕的那只手又凉又用力，她挣脱不开也不敢挣脱，一言不发地跟着司马焦越走越偏僻。

看到前方出现围起来的栅栏，还隐隐听到虎啸，廖停雁背后出了一阵冷汗。不是吧，特地等她睡个好觉，然后把她扔到这里来喂老虎？！

老虎的吼声越来越近，饶是廖停雁，这个时候也心里直发虚，忍不住腿软，颤抖起来。察觉到廖停雁微微颤抖，司马焦扭头看了她一眼，这一看，他问：“怎么没穿外衣？”

你给我时间穿外衣了吗？还有脸问？

司马焦：“又怕热又怕冷，你真是麻烦。”

过奖，你比我麻烦多了。

司马焦放开她，脱下了身上那件外袍披到廖停雁身上。

廖停雁默然，把那件没什么温度但透着一股不知什么香的外衣穿上，觉得司马焦可能并不是带她来送死的。

她跟在司马焦身后，距离那一片虎啸越来越远，最后来到了一片花园中，廖停雁看到几只孔雀悠闲地拖着尾巴在草地间走动。

看来这里是宫内的兽园，据说分为很多区域，养了些不同的动物，这一片应当就是养孔雀的。

“今早饲养的人来回禀，说园里那只白孔雀开屏了。”司马焦说，“春天的时候其他孔雀都开屏，只有它不开屏，现在才终于肯开屏……你不是说想看？”

他们先前在马车上闲聊的时候，廖停雁还以为他是个路人甲，说话都很随便，那时司马焦提起孔雀，她确实说过想看白孔雀开屏。没想到，他真记着，还果然带她来看，廖停雁一时间心情有些复杂。

司马焦左右看不见那白孔雀，已经不耐烦地招来饲养的宦者：“那只白孔雀呢？”

饲养的宦者脑袋冒汗，连忙去找，好不容易找到了那只白孔雀，可白孔雀已经合拢尾巴，没有再开屏了。司马焦黑着脸，看向廖停雁：“它开屏的时候你非要睡觉，现在看不到了。”

廖停雁心说，原来你那么一大早坐在我床边是要带我来看白孔雀开屏的，你又不早说，虎着脸坐在那儿，谁知道你要干什么？不知道的还以为你要杀人呢。

“是妾的错，待下次这白孔雀开屏，妾再来看吧。”廖停雁拿出伺候上司一天改稿八遍的工作素养，温温柔柔地说。

但她目前的老板司马焦比从前的老板难搞多了，他冷声道：“不行。”转头示意那饲养的宦者：“你去，现在就让这只孔雀开屏。”

那宦者要被吓哭了，他的上一任便是这样，最后被扔进了虎山里，尸体都没了。如果让皇帝陛下不高兴，不只他要死，连这只白孔雀可能也会被拔了毛送到御膳间去，成为一道菜，摆上陛下的食案。为了他们这两条小命，他必须去尝试一下。

也许是今天这只白孔雀确实心情不错，恰好给面子地再度开了一次屏，司马焦这下子高兴了，赏了那宦者一匣子黄金。

本来在看白孔雀开屏的廖停雁多瞄了一眼那匣子黄金，金灿灿的，皇帝不愧是皇帝，杀人大手笔，赏人也大手笔。

她就这么偷瞄了一眼，就被司马焦发现了。

“你也想要？”

那不应该，女主角的人设怎么能喜欢黄金这种阿堵物呢？廖停雁含蓄地回答道：“妾更喜欢玉。”绝顶的好玉可比黄金值钱多了，听上去格调也更高。

司马焦：“那玩意儿有什么好喜欢的？孤的私库里那么多。”

他这么说着，就把廖停雁带去私库看玉。廖停雁兴致勃勃，比看白孔雀的时候高兴多了。虽然白孔雀开屏确实好看，但她其实在原本的世界看过白孔雀开屏，与之相比还是看宝贝更有意思。

这个时候，廖停雁完全不在意自己头发没梳、衣服没穿好，反正她现在是司马焦的贵妃，压根儿没有一个男人或女人敢多看她一眼，而司马焦也就是看看而已。

廖停雁再度合理怀疑司马焦可能不行。

“喏，这些玉你要喜欢，让人送到你的宫殿里去好了。”司马焦不太在意地指了指那些莹润美丽的玉石。

廖停雁：“多谢陛下赏赐。”哈哈哈，真的吗？！这个糖衣炮弹承受不住啊！甚至已经开始被这些漂亮的玉蒙蔽双眼，觉得司马焦这人其实不错了！

司马焦掂了掂一枚玉环：“这种东西，孤无聊的时候曾砸着玩听响，没什么用。”

廖停雁受不了了，这个败家玩意儿，竟然用这么好的玉砸着玩？浪费得她心都痛起来了，简直想把他的脑壳按在地上砸着玩。

“呵呵，陛下，这样的美玉，砸着玩太过可惜了。”

“哦？”司马焦手里把玩着那枚玉环，走到外面的池子边，顺手就扔出去砸池里的红鲤鱼。咕咚一声，上好的玉环就掉进了水里，溅起一片水花。

廖停雁：“……”

司马焦看到廖停雁的表情，转头在她视线之外露出个心旷神怡的笑，感觉心情好多了——廖停雁每次嘴里说着话，眼睛里都是截然相反的意思，傻得和外表有些不相符，特别有趣。

被司马焦折腾了一上午，廖停雁在近午的时候，终于能回到自己那座宫殿梳洗装扮，顺便吃点东西。其他不说，宫内吃的穿的用的俱是顶尖，连服侍的女侍们都心灵手巧，合心意得就好像是她肚子里的蛔虫，特别是桂叶，她还没说话，只一个眼神，桂叶就知道她是饿了想吃东西还是渴了想喝水。

到底是怎么被训练出来的？被司马焦吓大的吗？被服侍得舒舒服服的廖停雁，觉得自己很可能会在不久的将来变成一个废人，原来衣来伸手，饭来张口，话都不用说，路都不用走，是这样享受的事情。和现在的待遇比起来，当初她在河下虽然也有人伺候，但那会儿她很多事是自己做的，而且仆从们都比较随意，没有宫中的规矩严苛，在这里，桂叶带领着几十个宫人专门伺候她一个，皇家顶配服务，果然贴心舒适。

廖停雁不明白了，要是司马焦日日过着这种神仙般的日子，怎么还会长成那个魔王样？

“贵妃，几位婕妤、美人来拜见您了。”桂叶来通禀。

正在吃瓜的廖停雁一顿，擦擦手坐起来：“那就让美人们进来吧。”

来了！宫斗第一场重头戏！身处宫廷，怎么可能没有争斗？哪怕明面再和谐，私底下也一定是暗流汹涌。在来的路上，她不知道设想了多少次宫斗副本的艰难险阻，次次都脑补自己刚入宫被高位的嫔妃欺压，和同病相怜的美人成为朋友又惨遭背叛，一路走得虐心不已，脑补得头都要秃了。

——结果进宫半天，她成了目前最高等级的贵妃，以前的脑补和各种剧情模拟全都没用了，只能见机行事。

十几个位分较高的美人乌泱泱地跪了一地，其他美人因为位分太低根本没有来拜见她的资格。这群美人来拜见她，全程低着头，一个个规规矩矩，拜完了之后又依次退下。

廖停雁还没来得及发挥一下，就见她们都下去了。

等等，说是拜见，真的只是拜见一下就走吗？那种大家坐一圈然后笑吟吟地你戳我一下，我刺你一下，再互相吹捧的情况是不存在的？

廖停雁没反应过来，桂叶见她不吭声地盯着众美人离去的方向，还以为她在不高兴这么多人来吵闹，便小心翼翼解释道：“众位美人只能在您第一次入宫时过来面见，以后每日都只会在殿外叩拜请安，不需要您亲自接见，您喜爱清净，她们也不敢贸然来打扰。”

也就是说她不需要每天开茶话会一样和一群美人聊天。

想了一会儿，廖停雁恍然大悟，她明白了，不是没有想宫斗的美人，而是宫内所有怀揣着梦想、想要通过宫斗走上人生巅峰的美人，都已经被司马焦给斗死了。

皇帝不务正业，没事就想着杀自己小老婆，导致她这个贵妃，竟毫无用武之地。

08

廖停雁第三次忍不住瞄向殿门，伺候她的桂叶端着一碗凉羹过来，见她的眼神在殿门掠过，心下明白，便跪坐在她身侧，柔声道：“您可是在等陛下？”

廖停雁其实没有在等司马焦，甚至巴不得他不出现，可这几天他每天都要过来，不轻不重地折腾她一会儿才算完，偏偏今天突然不见人影，搞得她心绪不宁，总担心司马焦是不是在憋什么大招，忍不住自己吓自己。

然而她这面对神经病的惶恐，被桂叶误认为是深宫闺怨的思念，还特地为她解惑道：“陛下应当正在太极殿东堂，和相国、太傅他们商讨国家大事呢，想必下午便会来探望贵妃了。”

来到这里后，廖停雁才明白，原来皇帝并非每日上朝，像如今这个皇帝，自他继位，就是半月一大朝，三日一小会，大朝在太极殿，一般都有大事奏表，而小会就在太极殿的东堂，只有几位高级官员和皇帝单独开小会，说说朝中诸事。

不过司马焦这个皇帝不太称职，哪怕是这种小会，他也是爱参加就参加，不爱参加就不参加，所有的事几乎都让相国、太傅和太保三人决定，每日里他只负责当个火药桶，随时准备炸死一两个人。

廖停雁听桂叶说起相国、太傅，脑子里的念头瞬间有点飘。此时朝中局势可以说是“三足鼎立”，基本权力都掌握在三个人手中。

一人是都相国，此人是草莽出身，得先帝知遇之恩，曾为先帝打退外敌无数，是个将帅之才，先帝去世前将幼子交托给他，命他辅佐幼帝，如今可以说是权势滔天。

一人是段太傅，豪门贵族的代表，段家家主，身后站着延续几百年的各大家族，他还是先皇后的亲父，也就是皇帝司马焦的外祖。

最后一人则是高太保，乃是掌领台城兵马与宫廷防卫，还时常代替皇帝批阅奏折、处理大事，最得皇帝信任的一个老宦官。

这三人，廖停雁之所以记得如此清楚，是因为他们三人都在原著有着不少的戏份。嗯，真要说的话，连段太傅和高太保的戏份都比司马焦多，是在原著司马焦死后还搞了很多大事的两个老狐狸。

太极殿东堂，司马焦随意地坐在上首，有一搭没一搭地弹着面前的酒杯。

“陛下！那姓郭的绝不能轻饶，臣请陛下下旨，捉拿那郭彦，连同他郭家上下三十余口，全数斩首，以儆效尤！”长髯武冠，人过中年的都相国声如洪钟，大刀眉凌厉，一拱手间，杀气毕露，带着隐隐的压迫感。

白发苍髯的尚书令出列拱手道：“陛下三思，那郭彦虽说有不敬陛下与先帝之嫌，可此人才高，若真因他酒后失言便要将他斩首，还要牵累家人，臣以为不妥。”

都相国“哼”了一声，毫不客气：“尚书令如此包庇郭彦，是当真惜才，还是因段太傅之故？！”

一直老神在在站在一侧没说话的段太傅见牵扯到自己身上，才不紧不慢开口道：“都相国过虑了。且不说那郭彦与我段家并没有什么关系，便是他真与我段家有关系，如果他犯了律法，我段家也是不容的。”

都相国：“那些诋毁之语，他郭彦一个小小侍郎，怎么敢大肆传扬！”他转向上首的皇帝司马焦：“陛下，臣请彻查此事源头！想必那郭彦身后，定然还有主谋！”

场下几位臣子吵来吵去，司马焦却神色淡淡，好似神游天外，根本没听到他们在说什么，此时都相国一副强势模样，他才看向下首，不甚在意地说：“方才都相国说杀谁？那个叫郭什么？”

“回陛下，臣请将郭彦与郭家上下三十余口，尽数斩首！”都相国再度开口。

司马焦不耐烦地挥挥手：“既然都相国说杀，那便杀了吧。”

都相国闻言，露出一个志得意满的笑，斜睨了段太傅一眼。年纪一大把的尚书令面上愁苦，默默站回段太傅身后，而段太傅却看不出喜怒，仍旧一副淡定模样。

司马焦好似是十分烦闷了，站起身来道：“说完了？既然说完了那便散了吧。”他说罢，也不管其余人怎么想，直接大步离开。

诸位臣子早已习惯司马焦的作风，什么都没说，各自退下，只有两位老臣露出痛心愁苦之色，摇头叹息。

司马焦走出东堂，脚步慢了下来，阴沉着脸沿着空旷回廊往后走，伺候他的宦者们都远远跟着，就这么一路走到廖停雁的芙蓉殿。

司马焦走进殿内，见到廖停雁躺在美人榻上，对着窗边徐徐香风，正酣然入睡。看她睡得那么香，司马焦一下子心情更加不好，她为什么有事没事都能睡着，还睡得这么香？他走到廖停雁身边，面无表情地盯着她好一会儿，忽然伸手去抓她的手腕。

廖停雁的手腕上戴了一只白玉镯，是他上次赏赐的，白玉莹润，肌肤滑腻，二者相贴，竟不知哪一个更加美丽。廖停雁的手总是很暖，连这腕上玉镯戴久了，也仿佛染上她手的温度。司马焦抓着那只玉手，忽然低头咬了一口。

为什么睡个午觉被痛醒后会发现司马焦在咬自己的手？廖停雁第一反应是这里没有狂犬疫苗，接着是愕然，司马焦他不仅杀人还吃人？生吃人肉，这是什么绝世大魔王？

发现她醒了，一双眼睛难以置信地瞪着自己，司马焦笑着放开她的手，还在自己留下的牙印上摸了摸："你醒了。"

廖停雁："……陛下。"为什么这家伙能一脸正常地和自己打招呼，牙印都还在手腕上呢，当她看不见吗？

"陛下这是在……"

司马焦"哦"了一声，随意道："想你陪我，但你一直没醒，所以就唤醒你。"

你叫人的方式还真特别，我上一次听说为了叫人起床就咬人这件事，还是发生在室友和她养的狗身上。

廖停雁微笑着："原来如此。"——去你的。

"陛下想让妾陪陛下做什么？"

司马焦道："不知道，总之你必须让我高兴。"

这样的人，要不是皇帝，早被人摁到厕所里冲走了。廖停雁温柔无比，露出点为难的神色："可是妾不知道做什么能让陛下高兴。"

司马焦打量她的表情，突然问："会骂人吗？骂一句来听听。"

廖停雁的眼睛扫过自己手上的红色牙印子，嘴唇动了动。我去，我去，听到了吗傻 ×！

她娇声骂道："……陛下真坏！"

司马焦笑瘫了，抓着廖停雁的手，上气不接下气："你、你再骂一句。"

廖停雁：从来没听过这样变态的要求。

芙蓉殿里爆发出一阵大笑，把守在外殿的桂叶等人吓了一跳，特别是贴身伺候了司马焦十几年的宦者，太极殿总管瑾德，他望着殿门露出讶然神色。皇帝虽说喜怒无常，脸上笑也很多，但如此大笑真是格外稀罕，那廖贵妃，究竟有何等手段，竟能取悦陛下至此？

廖停雁表示并没有什么特殊技巧，主要仰赖司马焦反复无常的病情和神鬼莫测的笑点，鬼知道他每次笑都是被戳中了哪里。

司马焦笑够了，一把将廖停雁拉起来，廖停雁以为他又要带自己去哪里，顺势站了起来，谁知等她站起来，司马焦却躺回了她刚才的位置。

不等廖停雁做出反应，司马焦又一用力，把她一起拉到美人榻上，就让她躺在自己身上。

廖停雁一动不动，感觉自己腰上被一只手揽着，头顶也抵着一个下巴。她整个人躺在司马焦怀里，觉得这情形有点不太好。这可是大白天，窗户都开着，这榻还这么小，垫子又不够软……所以司马焦突然要流氓到底是不是要……原著到底还有没有点谱了？！

司马焦把她抱在怀里一起躺着，一只手拿起她刚才被咬的那只手，红印子还在。他只是慢慢摩挲那个牙印，不说话，也没有别的动作。

见他久久没有其他动作，廖停雁提着的心不知不觉慢慢放下，瘫了一会儿，她觉得背后的司马焦像一张凉席，睡在上面凉飕飕的，要不是感觉得到他胸口心脏的跳动，简直要怀疑这是具尸体。看来是身体太虚，手才凉成这样。

他到底是不是因为身体太虚才不与女主角圆房的？廖停雁胡思乱想间，忽然感觉身后的司马焦在她脑袋边上嗅了嗅：“你身上是什么这么香？”

廖停雁一怔，香？什么香？她今日没用香粉之类的。不会这么恶俗吧，司马焦该不会说是她身上自带的美人香？处子之香？然后话题就这样越说越危险，滑向某个不可描述的方向？

廖停雁刚警惕起来，就听到司马焦问：“你是不是吃了什么很香的东西？”

我去，猜错了！这男人真的是泥石流啊！廖停雁保持住表情：“妾是……喝了些蜜果酿。”

司马焦：“闻起来还不错，给孤端一些来。”

不知道什么时候出现的女侍悄无声息地下去，很快又端着清甜飘香的蜜果酿上来，呈给司马焦。司马焦只喝了一口，就拧着眉把那蜜果酿连同杯子一起扔到窗外：“什么玩意儿，这么甜怎么喝？”

廖停雁：没见过这么难伺候的人。

“陛下，高太保回来了。”宦者瑾德忽然进来回禀。

司马焦动了动手指，揽住廖停雁坐了起来：“让他过来。”

听到“高太保”三字，廖停雁心里一动，这位高太保在原著里可活了很久，甚至可以说是后期男主角主要对付的死对头。他是照顾司马焦长大的宦者，也是他的心腹，哪怕是司马焦身死亡国后，这位高太保逃逸在外，仍然聚集起一干人等想要复国，给男主角带来不少麻烦，后期男主角称帝了还深受其扰，因为他在皇宫中埋下无数暗棋，男主角入主这座宫城时没能全数清查出来，导致差点被刺杀而死。

这位高太保，是个厉害且狡猾的人物。

这样一位人物，却非常憨厚可亲，容貌寻常，很不引人注意，哪怕是那双眼睛，看人时也不露一丝精光，相反，那双带点茶褐色的眼睛，有着长者的宽厚和善之色——和廖停雁想象中的高太保截然不同。

“高觅，你此行可一切顺利？”司马焦站起来，把怀里的抱枕廖停雁放回美人榻上。

“回陛下，一切顺利。”高太保回答完皇帝的话，还抽空对着廖停雁也拱了拱手，看她的眼神竟然有点……慈爱？

09

芙蓉殿外有一方清池，汉白玉阶一直没入水面，雕成芙蓉花的栏杆围住大半个芙蓉殿。司马焦拂过那些白玉芙蓉，听着身旁高太保说起兴州之事。

“奴已经查清楚了，太守王陵予确实与秦南王私底下有来往，那王陵予还利用家族关系，为秦南王打造兵器，作坊就在兴州。除了王陵予，还有几个官员也同秦南王有接触，秦南王辖地更是几乎已成一个独立之国……陛下，准备如何处置？”

司马焦恶劣地扯起了嘴角，漆黑的双眼仿佛无底深井：“既然都投靠了秦南王，还留着做什么？全都杀了吧。”

他说得轻巧，仿佛不是要杀几个州的许多官员，而听的人也没有丝毫诧异，高太保神情未变，只微笑着点点头：“奴明白了，只是有些人能明目张胆地直接杀，有些人却不行，奴会好好安排下去。”

司马焦摩挲了一下手腕上的木珠，“嗯”了一声：“那个王陵予，我要割了他的脑袋，送到秦南王案头。”

“是，陛下。”高太保仍然微笑。

两人走到玉阶前，高太保忽然开口说：“这次回来，陛下好似心情好了许多，听说都是那位廖贵妃的功劳？”

司马焦听他说起廖停雁，神情微缓：“你刚才也看到她了，怎么样？确实是个美人吧，我从河下接来的。”语气有些像是小孩子对长辈炫耀的得意。

高太保笑着颔首：“确实是个不错的女子，心思不多，若陛下喜欢，不若令她夜间侍寝？”

司马焦听了这话，却沉下了脸，说这话的若不是高太保，换了别人，恐怕此时就要被他着人拖下去了。

“高觅，你知道，孤不想留下血脉。”

听他不用“我”，而用“孤”自称，高太保就知道他心里极不高兴，可饶是如此，他还是得说。心里叹了口气，高太保语气温和：“陛下，不想留血脉，不留便是，只是陛下夜间睡得不甚安稳，时常不能寐，奴想着，若让贵妃陪伴，或许陛下能高兴些，说不定也能睡得更好。”

司马焦眨眨眼：“可我夜间总是头疼，万一哪天不高兴把她杀了怎么办？”

高太保一愣，在心里摇头笑叹，若真会杀她，又怎会烦恼此事？看来，说不定陛下当真要有转机了。他语气越发和蔼：“陛下不必担忧，奴保证不会有事。”

司马焦看看这个从自己出生起就一直陪伴自己，仿佛父亲一般的存在，审视了他一阵后，终于还是点点头：“那便如此吧。”

从芙蓉殿离开，高太保招来一位宦者，吩咐了几句。

那宦者诧异又惶恐：“这！若让陛下知晓了……”

高太保看他一眼：“所以要寻找机会，而且你也不需做太多，只要在合适的时候轻轻推上一把便是了。陛下虽然看似浑噩，实则心中清明，宫廷内外，甚至这天下之大，都在他心中，无论是谁都不可能算计他后全身而退。”

“不过，我这也不是算计陛下，只是看着长大的陛下也该到这个时候了，总要帮帮他才是。”高太保的笑真切了些，声音忽然变得低不可闻，“这偌大天下，怎么能没有继任者？血脉……纵使是……殿下的血脉也得延续。”

恰巧走过太极殿，高太保忍不住停下步子，看向那宏伟的宫殿。时至今日，他还能清楚记得，十几年前那一片熊熊燃烧的火焰，和火焰中疯狂的大笑声。鲜血沿着白玉阶蜿蜒而下，四处倒伏的尸体和华美宫殿一同陷于火海，烧成灰烬。

不知不觉过去十数载，当年那满身鲜血坐在火海边上的孩童，也早已长大成人，成了一位……可怕的君王。

…………

“恭贺贵妃，今夜陛下召您侍寝了。”

“……你再说一遍？”

“陛下方才传了旨意过来，让贵妃今夜去侍寝。”

廖停雁从听到这个消息后就一直处于怀疑状态，怀疑原著是不是有毒，怎么哪里都不对劲；怀疑司马焦是不是有毒，怎么老不走寻常路；怀疑自己有毒，换了个芯子才导致皇帝竟然想宠幸她。

怪自己魅力太大？廖停雁最后怀疑起人生。以前日日上班累成狗的时候，她怎么想得到，有一天，自己竟然需要去陪皇帝？

去皇帝寝殿的路上，廖停雁一直在心中骂人。她刚进宫时做好了最坏的打算，那时候司马焦不怎么着她，偏偏等到现在她都放松下来，觉得自己不会有这方面的困扰了，司马焦又突然宣布要她侍寝，这人真的有病。而且她现在最担心的一件事其实是司马焦到底行不行，万一他现在是兴致上头，但真上手开车，开到一半熄火了，他不会大发雷霆恼羞成怒要杀她吧？

睡觉事小，被杀事大。

很快，司马焦再次用行动告诉了廖停雁，想太多根本没用，因为她永远都想不到他会做什么。

孤男寡女共处一室，还是合法夫妻，女方又貌若天仙，穿得清凉动人，可司马焦竟然没有那方面的意思，坐在床边看她的眼神还有点嫌弃。

廖停雁：嫌弃个头啊！不是你让我来侍寝吗？！

司马焦：“怎么穿成这样？”

廖停雁：“女侍们准备的。”搞清楚，她也不想穿的，还不是以为这是他的爱好和特殊吩咐，才忍着羞耻、硬着头皮穿上了！

两人躺在一张床上，司马焦压根儿没有那方面的意思，廖停雁紧张着紧张着，到了自己平时睡觉的时候，睡意自然而然地涌上来，眼睛也慢慢闭上了。

司马焦依旧和往日一样睡不着，可听着旁边廖停雁的呼吸慢慢平稳下来，他忍不住坐起来，把廖停雁推醒。

廖停雁一惊，醒了过来：“陛下，怎么了？”

司马焦看着她：“无事，你继续睡。”

廖停雁等了一会儿，看他似乎真的没事，这才狐疑地继续闭着眼睛睡觉，等她又迷迷糊糊睡了过去，又被人摇晃醒了。

廖停雁勉强露出笑容：“……陛下？”

司马焦坐在她身边：“无事，你睡啊。”

第三次被推醒的时候，廖停雁已经摆不出笑脸了，她的起床气真的很大，还是这样几次三番被人推醒，要不是还有点理智，知道旁边是司马焦，知道他看着是小白脸，其实是只大白鲨，她这会儿已经克制不住动手捶爆他的狗头了。

“陛下，可是睡不着？”廖停雁咬牙切齿地挤出来这句话。

司马焦绕着她胸前一缕长发，毫无睡意："嗯，睡不着，你怎么睡着的？一下子没注意你就睡着了。"

廖停雁："陛下不如先躺下，闭着眼睛，一会儿就能睡着了。"

司马焦不满道："你哄小孩吗？哪儿那么容易睡着？"

廖停雁："不如妾为陛下唱一曲安眠小调？"为了能安心睡个觉，廖停雁豁出去了。

司马焦一听，觉得还挺新鲜，撑着脑袋往她身旁一躺："唱吧。"

廖停雁清清嗓子，开始唱歌，说实话她的嗓子是女主角标配，唱歌好听，廖停雁自己听着都感觉十分满意，可司马焦越听越精神，甚至突发奇想，想召几个乐师来伴奏。

我去，用错技能了。廖停雁现在什么都不想，只想睡觉，她甚至恶向胆边生，想把这个烦人精睡到没力气折腾，管他到底是肾亏还是脑子有病，幸好残存的理智阻止了她。

心里抓狂了一阵，廖停雁恹恹地坐起来，准备舍命陪暴君熬夜。多久没熬夜了，竟然不习惯，她打了两个哈欠："陛下想听曲，那便叫乐师来吧，妾陪您听。"

司马焦瞥着她的神色，忽然说："不想听了，还是睡觉吧。"

廖停雁已经不相信这个大猪蹄子了，呵呵笑了两声，躺在那儿等着他继续作妖。可这一觉睡到天明，从司马焦的床上醒来，廖停雁才发现昨晚司马焦真的没再骚扰她。

不过，床上也早就没了司马焦的身影。这人睡又不睡，吃也不吃，每天哪来的那么多精神作妖？廖停雁真是搞不懂。

从这一天起，廖停雁每晚都得到司马焦这里报到，睡他的床，盖他的被子。每晚在她睡着后又把她叫醒，变成司马焦的保留节目，至于要把她推醒几次，全看司马焦当天心情怎么样。如果他心情好，大发善心，把廖停雁叫醒一次就不折腾她了，让她继续睡；要是心情不好，就不只是叫醒她几次这么简单。

这天半夜，司马焦从噩梦中惊醒，同时脑袋传来熟悉的抽痛。他睁开带着血丝的眼睛，坐起身暴躁地用力揉按着抽痛的额头。听到内里动静的宦者瑾德悄声走进了殿内，有些心惊地看着床上的司马焦。

他穿着黑色的寝衣，同样墨黑的头发垂在脸颊边上，更衬得脸色苍白，布满血丝的双眼仿若地狱恶鬼一般血红带煞。

不管看几次，瑾德见到陛下这个模样，心里都会下意识地泛起恐惧。陛下每次发病都会克制不住自己杀人的欲望，若情况不严重还好，休息一日也就没事了；若情况严重了，那一双眼睛几乎都变成红色，身边人就要倒霉了……贵妃还睡在那儿毫无所觉呢。

瑾德提着心，看到陛下将目光转向身边的贵妃。当他抬起那青筋暴突的手，伸向贵妃的脖子时，瑾德几乎喊出声来。

然而下一刻，瑾德慢慢张大了嘴，愕然望着床上。

廖停雁正做梦梦见自己室友的那只傻狗，那傻狗叫大宝贝，闹腾得很，一大早就喜欢跳到主人床上又蹭又舔，偶尔她这边房间门没锁，那只傻狗还会自己开门跑进来喊她起床，为此廖停雁都不知道跟室友抗议几次了，但最后都是败在那傻狗可怜兮兮的表情之下。

她在迷糊中感觉脖子痒痒的，好像有什么东西在蹭她，廖停雁伸手拉住就揉了几下，嘴里含糊道："好了，大宝贝别闹。"

脸也痒痒的，像是有什么毛发蹭过，廖停雁又顺手搓了搓"大宝贝"的毛，亲了两下："乖，别闹我睡觉。"

…………

司马焦伸出苍白的手，缓缓顺了一下自己被揉乱的头发，又用手背擦了擦自己的脸颊，神色古怪地盯着睡死过去的廖停雁。

盯了大半夜，他什么都没做。

10

这是个寻常的早晨，廖停雁从梦中醒来。她并不记得昨天半夜发生了什么，因此十分淡定。和往日一样，身边的位置早就没人了，随便扫了眼殿内，廖停雁正准备伸个懒腰，却骤然听到了一个声音。

“醒了？过来这边。”

是司马焦的声音，廖停雁硬生生收住了动作，转头四顾，寻找司马焦的身影，这么一找才发现，原来他躺在那扇屏风后的榻上，只露出来衣袍一角和一个影影绰绰的影子。

往日这时候他不是都不见踪影吗，怎么今天还在这儿？廖停雁怀着疑惑，走过了那扇屏风。司马焦和平日不太一样，没戴玉冠，头发随意散着，披着外衣，一只脚还赤着踩在地上。最重要的是，廖停雁发现了他眼睛里的血丝和手背、脚踝上凸起的淡淡青痕，那是明显的血管痕迹。

他以往就很白，今日不知是不是廖停雁的错觉，总觉得他整个人更加苍白了，连血管都能看清楚。廖停雁有些惊心，她想起坐马车来洛京途中，司马焦也有一次是这样，不太舒服的样子，那时候她还以为“长右”是被责罚受伤了，现在想想真是太天真。

原著里描写过司马焦发病的情形，廖停雁还记得，女主角当时被突然发病杀人的司马焦吓得不轻，司马焦提剑杀掉了伺候女主角的女侍、宫人，然后抓着女主角的胳膊，把她关进了大殿里。

虽然怀疑他现在的状况是发病了，但似乎又没有原著里描写的“如同恶鬼降世”那么可怕，所以他这到底是发病还是普通的不舒服？

“过来。”司马焦对着她伸出手。

廖停雁走过去，还没开口，忽然就被那只苍白的手拉了下去，她下意识地用一只手按着榻，另一只手按着司马焦的胸口，柔软的嘴唇和他的唇贴在一起。

司马焦一只手压在她颈后，把她往下压，廖停雁只感觉有点喘不过气，后脖子很凉。

被放开的时候，廖停雁换着气，觉得自己的少女心可能是死掉了，被司马焦突然亲了一下，她竟然没有脸红羞涩，脑子里第一个念头是自己刚起床还没洗漱刷牙，司马焦这个人太不讲究了。可紧接着她又觉得大概不是自己的问题，是司马焦的问题，这个人太不同寻常，在她这里已经脱离了男人和女人的范畴，可以说是第三性别——魔鬼猪蹄，这样一来她就没法完全把他当男人，难怪羞涩不起来。

司马焦放开她，又揉了揉额头，显得很暴躁："没有用。"

什么没有用？廖停雁莫名其妙，讲真的，她不知道司马焦在搞什么，但她现在有点怕。

司马焦手上的木珠敲在扶手上，发出嗒嗒的急响，他盯着廖停雁，要求道："你来主动亲我。"

这位主儿发病的形式真是多种多样。廖停雁听清这个要求，心里是拒绝的，这是什么大白天羞耻玩法，但求生欲让她屈服。

她温顺地凑近司马焦，然后……怎么都下不去嘴。

司马焦这个臭着脸、憋着火的暴躁样子，就好像是一个大型带刺猛兽，不仅虎视眈眈地看着她，还要她凑过去亲吻身上的刺，她真的下不了嘴，老担心自己会被戳个对穿。

"陛下，可否闭上眼睛？"廖停雁问。

好在司马焦没有多说什么，主动闭上了眼睛。廖停雁低下头，发觉司马焦这样闭着眼睛之后，看上去还怪像个病弱美少年的，平白添了几分令人怜惜的孱弱，浑不像他睁开眼睛时的暴戾和难以接近。

把这个可怕的念头抛开，廖停雁试探着在司马焦的侧脸亲了一下，其实还好，只要把他当表姐家那个熊孩子就亲得下去了，好歹这张脸还是很不错的。看司马焦没有表示，她又多亲了两下，亲得小心翼翼，她这辈子都没有这么温柔。

不过不知道是不是她的错觉，她发现刚才似乎快要爆炸的司马焦气息稍微缓和了那么一点。她隐约明白过来，心一横，捧着司马焦的脸就当自己在盖印章。

司马焦睁开眼睛，两根手指抵着廖停雁的唇，有些不满地看着她。

廖停雁心道，你不满个头，让我亲的也是你，亲了又推开的也是你，真是个提裤子不认的大猪蹄子！

"你没有认真。"司马焦说。

这人真的很烦！廖停雁微笑："陛下觉得如何才算认真？"

司马焦一脸"这还需要孤来教你吗"的表情，一把抓着她靠近自己，揉着她的脑袋，在她脸上用力亲了两下："就这样。"

廖停雁摸摸自己被揉乱的头发，深吸一口气。你亲狗呢，这么亲！

不过这可是你自找的。廖停雁含蓄一笑："原来如此，妾明白了，那妾这便试试？"

过了一会儿，头毛凌乱的司马焦新鲜出炉，他瞪向廖停雁："重点是亲，不是揉脑袋。"廖停雁满脸的无辜和温柔似水："哦？妾还不太习惯，妾再来一次吧。"

廖停雁被放出内殿的时候，双手从袖中拿出来，把手中那十几根长长的黑发吹掉，拍了拍手，廖停雁暗道，再来几次，她就趁机把这家伙薅秃！

类似的事又发生过两次，还有一次是半夜，廖停雁听到声响醒过来，发现司马焦红着眼睛幽幽地在黑夜里盯着她，把她吓一跳后又按着她亲了好一阵。廖停雁陷在被子里喘不过气，还以为自己要失身了，但最后仍然只是被抱着睡了一觉而已。

慢慢地，廖停雁发现，自己好像在充当一个灭火队员的角色。虽然不知道是什么原理，但她好像能在一定程度上缓解司马焦的糟糕情况，总之最近皇宫内死人的频率直线下降，至少她在司马焦身边的时候，司马焦没在她面前杀过人。

就这样，桂叶私底下伺候她的时候感叹，因为宫内最近太平许多，陛下不怎么爱杀人了，各宫的美人们偶尔敢出门逛逛花园。从前因为陛下无聊时喜欢在花园里走动，遇到太多争奇斗艳的美人，最后那些美人的下场大多是被埋在了园子里，大家都不清楚究竟哪株花、哪棵树下埋了美人的尸体，害怕不小心遇到触了霉头，又担心自己也步上后尘，所以宫内那么大的园子，基本上没人敢去。

"大家都希望贵妃能一直陪伴在陛下身侧呢。"桂叶也有些庆幸希冀地说。

想当初，她被调来伺候贵妃，心中不安至极，就怕自己在陛下面前出现多了，哪天一个不小心就被陛下拖下去杀死，后来又怕这位深受陛下宠爱的贵妃性子不好，会折磨身边的女侍，但这些时日下来，她发现自己伺候的这位贵妃，当真是个好相处的主子，既不打骂底下的宫人，又没有太多要求，和陛下比起来，当真是两个极端。

许多事，都是旁观者清，桂叶眼看着贵妃和陛下相处，越来越坚定好好伺候贵妃的念头，她想着，若有朝一日倒霉撞上陛下心情不好要杀人，或许只有贵妃才救得了她一命。

和桂叶想法相似的，还有司马焦身边的宦者瑾德，他是唯一亲眼看到那天夜里发生了什么事的，他也是第一次看到陛下发病后能那么快清醒。从那之后，他对廖停雁的态度就变了许多，完全是发自内心的恭谨。他心里猜测，或许这位廖贵妃，比他想象中的还要厉害，若照此下去，有朝一日能登上更高的位置也不一定。

廖停雁这个主角反倒没有旁观者们那么有信心，在司马焦身边待得越久，她就越察觉到这个人的危险，不是来自原著里的残暴印象，而是这些时日相处感觉出的。司马焦就仿佛一座随时会喷发的活火山，只要在他身边，就能感觉到平静底下的险境。

更让她心里不安的是，她不知道司马焦对她到底是什么想法。要说司马焦爱上她了，廖停雁不信，这家伙知道什么是爱情吗？也不像是被她的美貌折服，那他对她态度这么不一样，究竟是因为什么？

日子过得太闲，就开始胡思乱想，甚至思考起人生，廖停雁觉得这样不行。人一旦想太多，日子就过不下去了，会充满对自己和世界的怀疑。

“醒醒，起来。”司马焦站在床边俯身，把还在美梦中的廖停雁唤醒，“今日你要同我一起去太极殿的大朝。”

廖停雁看着司马焦，觉得自己还没睡醒，她再次确认：“陛下是说，带妾去太极殿大朝？”

司马焦丝毫不觉得有什么不对，点头理所当然道：“你反正也闲着没事，看你无聊得很，跟我一起去大朝会看个热闹。”

还看热闹，你当皇帝上朝是逛街吗？这个昏君！老实说，司马焦这个昏君人设太坚实了，廖停雁一时都无言以对。她不想当妲己，不想当什么误国的祸水奸妃之类的人物，只想在后宫苟着，得过且过，司马焦却非要送她高调出场。

现在怎么办？廖停雁迅速思考着，并做出应对。她装出一副身体不舒服的样子：“陛下，妾忽然觉得身体不适，恐怕不能与陛下一起上朝。”

司马焦道：“那让医官过来看看。”

廖停雁：“不必，只是腹内有些不适，歇息一会儿就好了。”

司马焦直接坐在床边：“那你休息。”

过了会儿，廖停雁问：“陛下不是要去朝会？朝会时间快到了吧？”

司马焦：“我说过了带你一起去，既然你不舒服需要休息一下，那就等你休息好了再一同去。”他转头吩咐宦者瑾德：“让他们等着。”

廖停雁恨恨地想：昏君！昏君无所畏惧！算你狠！

她假笑着坐起来：“陛下，妾觉得好多了，咱们这便去吧。”

跟在司马焦身后去太极殿的路上，廖停雁有点忧郁，看来这个国家真的是要完了，万一真完了也不知道她还有没有机会回河下去。

太极殿里的大臣们早已到了，司马焦带着廖停雁自然地走进去，立时引起一阵喧哗。廖停雁心想，诸位叔叔伯伯老大爷，为了你们的生命安全，千万别在这个时候上来死谏什么后宫不能干政啊！千万别！

可能是这许多大臣都早已被陛下的各种出格举动给整麻木了，一直到廖停雁提着心跟着司马焦走到中间的位置坐下，竟然也没人出列提出异议，只是喧哗一阵后又慢慢平息。

站在前列的诸位大佬不知出于什么考量，也没出声，所有人一致地忽略了不该出现在这里的廖停雁，睁一只眼闭一只眼，就这么过去了。

廖停雁默默替所有人捏了把汗，陛下的淫威真够大，看来从前没少折腾这些大臣。

11

廖停雁坐在司马焦身侧，听着下面的大臣你来我往地吵架，觉得司马焦之前说的那句话竟然没错，他确实就是来看热闹的。连皇帝都是来看热闹的，她这个人形挂件，当然就是坐在那儿发呆了，她又听不懂这些人绕来绕去的，什么官员考核修改制度和云州、惠州外族闹独立。

旁边的瑾德看看这两人，发现他们神游天外的姿势有着微妙的相似之处，于是在心中暗叹，不愧是陛下和贵妃。

“陛下！宓河水患，应当尽快派遣官员治理！此事不可拖延啊！”

殿中这一声喊，把发呆的廖停雁给震醒了，听到“宓河水患”四字，她甚至比司马焦更快反应过来，骤然看向那说话的臣子。

那人还在说着宓河水患之事，担忧之色溢于言表。宓河极长，流经十几个州，就连廖停雁先前所在的河下，附近都有宓河支流。然而让廖停雁反应如此大的，并不是水患本身，而是它传达出来的信号。

廖停雁记得，在原著里，这个国家走向灭亡，正是由这一场水患开始。是的，虽然司马焦是个爱杀人的暴君，但他杀的都是能和他接触的阶层，所以那些平民日子过得还行。国家覆亡的开端是这场天灾——宓河水患。

最开始只是少部分地区出现水患，但大雨不断，宓河多处决堤，很快附近州县尽数遭灾，无数家毁人亡的惨事时刻都在发生。而朝廷里明争暗斗，皇帝司马焦又不作为，从不管那远在千里之外的事，导致情况一天天严重。

不仅如此，等到明年，还会暴发旱灾和小面积瘟疫，简直雪上加霜，伏尸万里，饿殍遍野，不知道多少人活不下去，这才渐渐有底层平民起义，好几股势力迅速崛起——男主角陈韫就是那个时候崛起的势力之一。因为他被秦南王的独女看中，娶了那位郡主，也就是原著的女配，得到秦南王的支持，所以最后顺利收编其余小股势力，又一路打到洛京，火烧台城，杀了司马焦。

这个水患就好像是一个引子，对廖停雁来说，这也是个重要的时间刻度，就像她和男主角相遇，便明白剧情正式开始一样。听到“宓河水患”这四个字，她也就知道之后的剧情发展已经在不断接近了。

这让她感到紧张和焦虑。

这样的感觉在下朝回到芙蓉殿后仍然让她愁眉不展。往日廖停雁都是吃好喝好睡好，哪怕司马焦折腾她，她也能自行调整，心态堪称绝好，像这样忧心忡忡的还是头一次。桂叶不知她遭遇了什么，小心伺候着，还有意呈上她平日喜爱的食物，都没能换得廖停雁开颜。

廖停雁不得不紧张，谁叫她现在基本和司马焦绑在一起了。她还没进宫之前是想着就算到了司马焦的后宫，当个低调的小小妃子，万一以后原著男主角真打过来杀了司马焦，她就找机会逃出去，运气好说不定能顺利回河下去找亲爹。可谁知道会发展成这样，她直接变成了司马焦的“宠妃”，这样一来，之后司马焦要是死在这儿，她很可能也要跟着死在这儿。

司马焦绝对是那种自己要死了，也会拉她一起死的人。

她几乎能预见自己的死亡，这让她如何开心得起来。就像知道自己会死，但还没到眼前，所以仍然能过一天算一天，可一旦明确了这个死亡时间，就好像头上悬了把利剑，让人受不了。

晚膳吃得没滋没味，廖停雁照例去了司马焦的寝殿休息。司马焦也很快发现了她的不对劲，她太沉默了，眉间的忧郁藏都藏不住，不像平时的她。

司马焦看她这个样子，眉也慢慢蹙了起来。他伸手抚上廖停雁的眉心，用力将她的眉头揉开：“为什么这样的神情，有谁给你气受了？”

廖停雁感觉眉心被他按得生疼，但没心思骂他了，强打精神笑道：“没有。”

司马焦仔细打量她，眯着眼睛想了半晌，忽然说：“你似乎从大朝会之后，就没什么精神，应该是从……开始商讨宓河水患后就有些异样。”

廖停雁：你不是一直都在神游发呆吗，怎么注意到这样的细节的！

她垂着头，坐在被子里抠手指，没说话。

司马焦看她不说话，明白了差不多就是这个原因，但他想不明白：“不过一个小小水患而已，淹不到洛京，距离河下也还远，你为何如此表情？”

廖停雁总不能解释说我看过原著，你要因为这个“小小水患”开始亡国了，只能随便搪塞了几句。

可是心里装着事，这天晚上她怎么都睡不着，来回想着的就是这件事，到了大半夜仍旧毫无睡意，这已经比她往日入睡的时间晚了许多。旁边的司马焦没有动静，廖停雁不敢吵到这位大爷难得的睡眠，强忍着躺在那儿不动。

忽然间，黑暗里伸过来一只手，盖在她睁开的眼睛上，随即司马焦清醒而毫无睡意的声音传过来：“当真如此忧虑，以至于竟然睡不着觉？”

司马焦本就休息不好，睡觉时容易做梦惊醒，今夜一向好眠的廖停雁睡不着，他就更睡不着了，在一旁静静观察了廖停雁许久，看着她拧眉思索、忧虑辗转。看着看着，他也觉得烦躁起来，忍不住伸手遮住了廖停雁那双忧愁的眼睛。

他总觉得，那里面不该有忧虑，该像平时那样鲜活自在才对。

廖停雁被他吓了一跳，睫毛在他的手掌上擦了擦：“陛下也没睡着吗？”

她说完这句话，忽然听到司马焦好像叹了口气，这可太少见了。

“不用你忧虑，赶紧睡，这件事我明日会解决。”司马焦说道。

什么解决？廖停雁还没想出个所以然，就感觉自己被司马焦整个拖过去抱在了怀里，脑袋也被他按到了他胸前。

“快睡。”

廖停雁闻到一股淡香，不知是什么香，很浅，也很特殊。距离太近，就这么被迫靠在司马焦怀里，过了一会儿，廖停雁渐渐感觉到按着自己的那具身躯的温度。她一动不能动，在睡前忍不住想到，原来司马焦这人摸久了也是温暖的。

至于司马焦，廖停雁虽然睡在他身边有一阵了，但这还是两人第一次相拥而眠。和廖停雁的感觉不同，他抱着怀里的人没多久，就感觉到她身上的热气一阵阵传过来，在这深秋夜里，像个温软的暖炉，还是香的。

从前照顾他的医者说，人的身体温度来自血液，廖停雁这么暖，她身体里的血一定也是滚烫的，不像他，一身脏污冷血，怎么都暖不起来。

司马焦皱起眉，又缓缓展开，将怀里已经睡着的人抱得更紧了些。

因为睡得晚，廖停雁这天醒得也晚，司马焦倒是早早醒了，他来到太极殿东堂，首先招来了高太保。

听了他几句话，高太保诧异道：“陛下召奴来商讨的，便是宓河水患一事？此事不甚严重，受灾区域算不得大，昨日已有马御史领了此事……”一般来说，已经令人去处理了，陛下就不会再过问。不，陛下是很多事都不会过问的，特别是这种事，他一向不管，今天怎么突然重视起来了？难道说其中还有什么隐秘不成？

高太保心中暗暗思忖，他又如何知道，司马焦之所以要特地过问此事，只是因为昨晚廖贵妃愁得大半夜睡不着。

司马焦自然不会解释，只是哼笑一声：“马御史，马大嘴，他那张嘴贪得无厌，吞不了那泛滥河水，倒是能吞光拨下去的赈灾款。他还算有些本事，只是越发捞得过分，我平日不想管他，但这次我既然要管，就不会用他，直接把他给我踢了。”

高太保躬身问：“那不知陛下这次准备派谁前去治水？”

司马焦顿了顿，说：“让人把那个关了两年的沈石放出来，升他为四品都水使者，令他全权负责此事。”

高太保这下更是惊诧。那沈石两年前因得罪了陛下被关了起来，出于身份原因，陛下并没有杀死他，只是准备关他一辈子，想不到如今竟然愿意放他出来。不过那沈石确实擅长水利诸事，为人又廉正，还有家族背景，让他去办这事，倒是合适。

“再让谢家的谢十三和令将军一同去。”司马焦又淡淡吩咐了一句。

高太保稍一想，露出叹服神色：“陛下圣明，有这两人同去，互相制约又互相助益，定能事半功倍。”世人都以为陛下不理政事，谁又知道他其实对朝堂上的一切心知肚明？谁人能用，谁人不能用，哪些人该怎么用，他都清楚，只可惜，陛下根本不愿管这些事，这样的冷漠早在他几岁那年亲眼看着大火烧毁太极殿，就已经露出端倪。

司马焦捏了捏额头，表情不太愉悦：“还是得尽快解决了这事。”否则，还不知道廖停雁要忧虑多久，真是麻烦。

展开一卷绢帛，司马焦提笔书写，然后盖上印。

“告诉沈石，若此事他办不好，也不必回来了，直接以身填河，否则他只会死得更惨。”

“是，陛下。”

廖停雁快中午了才醒来，她刚想着自己是不是患斯德哥尔摩综合征了，竟然在司马焦怀里睡得那么香，就见司马焦大步走进来。

伸手捏住她的脸，司马焦道：“不许再苦着脸，水患之事我已经派了人去解决。”

廖停雁：呵呵，你以为你是谁，说解决就能解决吗！你当原著是浮云？

哪怕她作为女主角，改变了自己的剧情，她也没想过自己能改变司马焦这个人以及那个糟糕的未来。想一想都觉得太可笑，在另一个世界养活自己都觉得万分辛苦的普通人，难道换个世界，就能拯救世界了吗？

所以司马焦说了这话之后，廖停雁根本没太放在心上。她都看到了，司马焦这个皇帝平时不管事，说派人解决，他能派什么人？就他胡乱派的那些臣子，说不定是贪官呢，哪能真的解决这种难题？

结果不久之后传来消息，宓河水患平息了。

“此次多亏都水使者治水及时，若非他力挽狂澜，迅速引流散洪，这接连大雨定然会冲垮更多堤岸，引发更大的灾难。如今两岸灾民已经暂时安置好，等洪水退去，他们便能重返家园。”

廖停雁在大朝会上听到这话，当场傻眼了。

什么？宓河水患还没来得扩大影响就被解决了？！

那、那后面的剧情呢？灾民起义导火索没了？

不只是廖停雁，此刻远在河下，仍然作为一个普通猎户的原著男主角陈韫，也发出了和她一样的疑问。

“宓河水患被治理好了？”陈韫咬着牙，“女主角剧情偏离也就算了，现在宓河水灾这样的重要剧情也没了，那我还怎么顺理成章地起义？！”

12

男主角陈韫在剧情早期只是个清贫的猎户，为人仗义善良，一个人住在村中一座木屋里，这木屋远离村子其他屋舍，就在山脚下的树林边上。原著中他和女主角相遇相爱，后来女主角毅然抗旨私逃来找他，就被他藏在这座木屋里，两人单独相处，发展得更加火热，并且有了亲密接触。

按剧情发展的时间，原本这个时候，男主角应该已经和女主角一同在这木屋里郎情妾意了，然而此刻的廖停雁身在洛京宫中每天撸恶犬，因此陈韫仍然是一个人在这里。

屋内摆设简单，陈韫独自坐在桌边，颦眉看着面前的虚空，语气里有着淡淡的不满：“女主角线偏离了，我还能后期导正，等到起义打进宫里，再让她到我身边培养感情，只要结局还是和我在一起就行了。可现在宓河水患消失，没有了大量灾民，我又如何去聚集那么多人起义？”

其他人看不见，但在陈韫眼中，他的面前有一块悬浮的面板，上面赫然出现了一段文字。

正是因为当前世界发生未知偏移，系统才会唤醒您的里意识。剧情导正需要您全权处理，与女主角的言情戏份极为重要，作为JHX09系列优秀言情男主角，您应该很熟悉这些剧情，毕竟您也曾适配过这种男主角设定，相似程度很高。

陈韫冷笑：“我当然熟悉，但这个女主角不知为何竟然选择了入宫，明明之前我里意识还未觉醒时救她那次表现得很好，后来为了她，和人对峙的时候，她也特意回护了我，显然是对那时候的我感觉不错。要不是后来不知道怎的找不到和她接触的机会，没能培养出感情，剧情也不会突然偏移，沦落到需要唤醒我的里意识。”

“算了，这条女主角线只能以后再说，多相处一段时间，我就不信她还能不爱上我，女人都这样，很容易被感动。现在最要紧的还是事业线，水患要是真没了，只能等明年的旱灾和瘟疫。”他说到这儿冷笑着敲了敲桌，“我就不相信，旱灾和瘟疫的剧情也能这么简单偏移！”

提示，目前剧情偏移度百分之四十二，请持续导正。

“如果下次再发生这种重大偏移，要提早告知于我。”

收到，祝您顺利。

陈韫压下恼火，一挥手，站起来理了理衣襟，拿起墙边挂着的弓箭和竹筐，打开门走了出去。出门后，他的神情就变得温和明朗，满身正气，惹得村里一些年轻姑娘和小媳妇悄悄看他。

…………

宓河水患是真的被解决了，后续也没听说情况变得糟糕，虽然仍然下了很久的大雨，但那位都水使者似乎很有经验，治水也很卖力，因此如今受灾的地方和人数都不是很多，更没出现什么灾民暴动的场景。

廖停雁目瞪口呆围观了发展，整个人都陷入迷茫。

水患好像真的没了，那明年的旱灾和瘟疫呢？她想着想着，目光就忍不住看向司马焦。事到如今，也容不得她不信了，那个水灾，就是司马焦派人解决的。

他之前真的没说大话，廖停雁这才明白了，原来皇帝真的是可以为所欲为的。

想明白这个，廖停雁又怒其不争，既然能做到，原著里为什么什么都不管？！找死呢？！哪怕他在灾难发生时做些措施，后面关心一下灾民，之后发生旱灾死了很多人，发生暴动时，不要一味任由兵士砍杀镇压，也不会闹到最后四处起义。

这个时代，天地君亲师，君甚至排在亲之前，君权仅次于天地，若不是实在被逼得没活路，那些底层人民也不会愤而起义。司马焦脑子有病，简直就是想亡国。

等一下……他应该不是故意亡国的吧？

廖停雁有些不确定司马焦的病是不是真的这么严重了。

司马焦注意到她的眼神："怎么？不是听到说宓河水患没事了吗，还在忧虑？"

廖停雁这个时候才反应过来这件事，司马焦之所以特地派人去处理宓河水患，好像是因为她最近被这个折腾得睡不好觉，也就是说，为了她。

她竟然有些受宠若惊。

扭头没看司马焦，廖停雁轻声道："既然没事了，妾自然不会再担心。"

"那好，既然你不担心了，是不是能和孤解释一下你为何因为一个小小水患如此忧心？"司马焦抱着胸，盯着她。

廖停雁心里一突，垂下眼睫装可怜："河下也在宓河流域，妾担忧之下做了个梦，梦见水患不止，淹没了河下，所以十分忧虑，恐怕是因为妾远离故乡，心中想家，又挂念父亲，才会如此失态。"

司马焦盯了她一阵，也不知道有没有接受这个回答，廖停雁见他之后没再问，还以为自己混过去了，谁知道当晚睡觉的时候，司马焦告诉她——

"我让人去河下传旨了，让你父亲上洛京一趟，他快马过来，过不了多久你就能看见他。"

"啊？！"

"不是你说想你爹吗？既然你想见他，那就让他过来见你一面。"司马焦理所当然地说。

廖停雁明白了，话不能乱说，因为你不知道听到这话的司马焦到底会做些什么。

"那……谢陛下。"还能怎么办，只能祝愿她爹一路顺风，不要被这个突然的传召给吓到。

廖使君接到那没头没尾、令他上洛京的短短旨意，心中生出无数不妙的猜测。他忧心忡忡地想，这也没说为何召他上洛京，难道是自己的女儿出了事吗？难道女儿已经死了，让他去见最后一面？

差点被自己的脑补给虐出一场老父泪，廖使君当即处理好郡内事宜，轻车从简，迅速赶往洛京。

且不说廖使君如何快马加鞭赶赴洛京，这一日廖停雁又和司马焦一同去大朝会，见识了好一场热闹。

她和往常一样在司马焦身边发呆，忽听殿中某位大臣提起了皇帝的子嗣问题。

“陛下，若无血脉延续，国祚不稳哪！”

廖停雁清楚地看到了司马焦伸手去摩挲手腕上木珠的动作。她和司马焦这些日子相处以来，知道他这个举动代表危险。

说来也怪，司马焦后宫这么多美人，愣是没见一个人怀孕产子，而且前朝、后宫，都从没有人在司马焦面前提起过子嗣——这还是廖停雁第一次听到有人在司马焦面前说起这事。

她敏锐地发现这个话题似乎是个禁忌，因为这个发言过后，大殿之上立刻变得无比安静，好像所有人都在等着司马焦的反应，廖停雁还察觉到很多大臣的古怪视线放在了自己身上。

站在右侧最前方的段太傅好像也看了她一眼，但很快又移开视线。

静默一阵后，司马焦忽然笑了起来。他身体前倾，对那大臣道：“孤后宫如此多美人，无人能为朕产下子嗣，确实是她们侍奉不力。”

廖停雁无语，想起自己被抱着睡的这些夜晚。呵呵，美人伺候不力，是你自己不行吧？都不睡一起，生不出孩子还有脸怪小老婆？

司马焦敲着扶手，脸上含笑，好似脾气很好地询问那大臣：“左谏议觉得宫中美人为何不能为孤延续血脉呢？”

廖停雁听得紧张，心想，司马焦该不会又要杀小老婆吧？

那左谏议比她紧张多了，额头冒汗道：“或许陛下应当再采选身家清白又健康的适龄女子入宫……”

司马焦突然问他：“左谏议家中似乎有个女儿？”

左谏议闻听此言，吓了一跳，急忙回答：“臣家中确有一女，只是小女早已嫁人生子了。”他是被段太傅之子示意在朝会中提起此事，但不代表愿意把女儿送进宫给这位陛下杀着玩，幸好女儿早就成亲了，他在心中捏了把汗。

然而司马焦冷眼看他，嗓音冷酷：“成亲生子了？正好，既然左谏议的女儿能生，那就让她进宫来吧，说不定她能为孤诞下孩儿……只不过，若一年后她没能生下孩子，孤便赐死她，左谏议觉得如何？”

左谏议一呆，双腿一软跪了下去：“陛下！陛下不可啊！小女已然嫁为人妇，又怎么能入宫！她嫁的还是段氏家族的子弟！”

司马焦神情古怪，看向段太傅：“原来是嫁给了段家子弟，那太傅觉得孤方才所说如何？怎么说孤的母后也是段家女，既然都是亲戚，想必愿意为孤分忧吧。”

段太傅拱手，声音平静：“陛下，谋夺臣妻，乃是丑闻。”

司马焦大笑：“丑闻？难道孤身上的丑闻还少了？”

这两人虽说是外祖父与外孙的关系，相处却有些微妙。少数几个知道些内幕的人，听了皇帝这似有所指的话，都想起当年某个传闻，吓得大气不敢出。

廖停雁在一旁看着事态发展，神情也有点奇异。因为这事她在原著里看到了，是女主角被掠进宫后，在伺候的宫人口中听到的回忆，据说之前一位左谏议大夫劝昏君尽早延续香火，昏君就把他已然出嫁的女儿强召进了宫。那女子日日胆战心惊，没多久就香消玉殒。

原著里女主角听了这事，自然是对狗皇帝又怕又恨又厌恶，每日想念着情郎，所以等后来男主角来救她，她感动之下也就忘记了自己先前因为女配而和他闹的矛盾，顺理成章和男主角和好了。

现在因为她进宫的时间比原著女主角提前很多，所以直接撞上了这事。

感觉怪怪的。旁边这个人，草菅人命又恐怖冷酷，但他日日和她在一起，每晚相拥而眠，总是令膳房给她做很多好吃的，把她的话记得清楚，为她实现了不少随口说的愿望。他从未对她生气，也没伤害她，在她心里，这个司马焦好像和原著里那个司马焦不一样了，可现在，他顺着原著的剧情，准备逼死一个无辜女子。

廖停雁说不清自己的感觉，只知道那个女子的生命在原著里就是短短一段话，就和那些死于水患、瘟疫以及干旱的千万人一样，在故事里是微不足道、连名字都没有的配角，但在这个世界里，却是活生生的人。

她可能有些冲动了，竟然在这种时候忽然握住了司马焦的手，说了一句："陛下，妾难道服侍得不好吗？那种女子，陛下也要让她进宫来？"

13

此话一出，不管是下面磕头磕得砰砰响的左谏议和其他观望的大臣，还是司马焦，全都看向了她。

空气一时凝滞。

司马焦脸上的笑隐没下去，他看着她，许久没说话，表情显得有些可怕。廖停雁也不知道自己怎么想的，竟然在众目睽睽之下，又借着袖子的掩护，悄悄捏了捏司马焦的手。

司马焦动了动手指，轻轻吸了口气，最后皱眉扔下两个字"算了"，没有再提让那女子入宫的事，算是饶了那左谏议的女儿一命。只是他袖中的手，捏着廖停雁刚才伸过来的手指一直没放。

那个倒霉的女子是没事了，但廖停雁有事。下朝后司马焦抓着她的手腕拖着她走，很凶地问她："是不是孤最近太纵容你了？"

廖停雁反省了一下自己：是哦，我飘了。以往保自己狗命要紧的人如今竟然敢管大魔王。

她今天的大胆，可能确实和司马焦对她的特别态度有关。人类的天性，就是会得寸进尺，她现在的情况，也可以说恃宠而骄——那些表情微妙的大臣大概现在都是这么想她的。

司马焦一路把她拖着回到芙蓉殿，将她按坐在榻上，准备就地发火。

廖停雁乖巧地坐着，拿出自己这辈子最无辜的眼神，其实心里一点都不怕，甚至还想补眠。天气凉了就是会想躺在被子里睡大觉，刚才在大朝会上也差点儿睡过去，因为脚底下放的那个暖炉踩着太舒服了，特别是看着下面的大臣哆嗦，而自己有暖炉，那种舒适感成倍增长。

司马焦站在她身前，伸出一根手指挑起她的下巴："贵妃，你最近的胆子好像越来越大了。"

是的，兄弟，还是你自己养肥的，廖停雁心道。感觉他的手指冰凉，她不由得问道：“陛下是不是太冷了？不如让人拿两个暖炉进来？”

这还是头一次，司马焦在自己摆出要发火的样子时，听到这种话。司马焦脸上的表情一愣，下意识顺着说：“我不觉得冷，要那个干什么？不要。”他说完才觉得不对，沉着脸拉回话题，“贵妃，方才在大朝会上，谁给你的胆子贸然插话？”

还不是你给的胆子？廖停雁使出浑身演技，擦了擦眼角，幽怨地道：“陛下，妾那些话都是发自内心，妾确实不愿再看到有其他女子入宫。”好的，好一个妒妇人设，很配宫斗文里的贵妃角色。

然而她这么认真地演，司马焦却不给面子，他好像很想笑，又不愿意这么轻易地放过她，只能憋着，于是混合成了一个奇怪的表情。“好好说话，不要故意逗我笑。”司马焦摩挲了一下她的下巴，不满地说。

廖停雁无语，我哪里故意逗你笑了，尊重一下我的演技不行吗？我的演技究竟哪里好笑！

她演不下去了，伸手握住摸自己下巴的那只手，下巴都给他摸凉了。她的手温热而柔软，拉着司马焦的手：“陛下，你先坐，妾让桂叶拿些吃的和秋梨茶来。”

司马焦嘴里拒绝道：“我不吃。”身体却很自然地被廖停雁拉着坐下了。

廖停雁微微一笑：“妾想吃。”主要是口渴，天冷了，烤火容易口燥咽干，连说话声音都不好听了。顺便给司马焦喝点秋梨茶降降火气。他这个明明看不出生气还非要和她生气不可的样子，真是够累的。

“陛下喝茶。”廖停雁把桂叶奉上的秋梨茶送到司马焦面前。

司马焦没有伸手去接，而是就着她的手喝了一口，然后嫌弃道：“这什么茶？一点味道都没有。”

廖停雁已经习惯他这个什么都要嫌弃的德行了，现在是嫌弃没味道，要是味道重一点他又要说这个味道太重，所以说不能听他的，他就是爱找麻烦，而且对于入口的东西都带着种天然的不喜欢。廖停雁觉得这纯粹是惯出来的臭毛病。

“妾觉得味道不错，陛下再喝一口？”

司马焦又喝了一口，就再也不喝了，抱着她的腰往榻上一躺，告诫她：“下回不许再这样了。”

“是是，妾不敢了。”廖停雁立刻认错。

因为口气太敷衍，司马焦把她的脸扳过来，语气有些不高兴：“你别看那些老东西看着可怜，每一个都比你心眼多。你记住，看着可怜的人不一定真可怜，看着恭敬的人不一定真的忠心。我带你去大朝会看热闹，但你不许参与这些事，也不要相信站在那里的任何人，否则哪天怎么死的都不知道。”

廖停雁愣愣地点头，心中惊讶，她觉得司马焦在自己这里下降到平均线以下的智商突然飞升了。愚蠢的人可说不出这些话，他不是个浑浑噩噩亡国的昏君人设吗？怎么突然这么清醒，还能告诫她这些？

其实拥有原著读者视角的廖停雁，某种意义上来说比司马焦更清楚殿上那些大臣的命运。譬如那个凶巴巴，权力又大，每天在朝堂上呼风唤雨、吆五喝六的都相国，民间传他是“代皇帝”，也就是说他的权力堪比皇帝，他在朝中排除异己，嚣张跋扈，说要杀谁就杀谁，皇帝从来任其自由，不会反对。

这样一个被朝中许多大臣私底下诟病的权臣都相国，不管从哪个方面来看都像是个奸臣，然而在原著里，男主角带领的起义军和秦南王的私军打过来的时候，是都相国带兵力抗起义军，男主角用人数双倍于他的军队，都没能突破他的守关，打了好几场艰难的战役，不过最后这位都相国还是没能抵挡住耀眼的男主角光环，为了守卫国都与皇帝，战死沙场。

而另一位，段太傅，虽然是皇帝司马焦的母族外祖，这些年也一直代表段家等大家族坚决拥护司马焦，显得忠心耿耿，但在男主角兵临城下时，也是他最先倒戈，说服所有大贵族打开城门，放男主角的军队入洛京，并迅速投诚了新帝，然后在新朝被重用。

廖停雁看原著时就觉得不能理解，为什么段太傅会这样对待自己的外孙，最后也只能分析出他是为了保护家族万代繁荣，做出了正确的决定，毕竟那时候的皇朝确实风雨飘摇，选择更有望胜利的一方无可厚非，政客思想不就是这样？

还有其他大臣，在原著里也不是每个人都出现了名字，廖停雁还记得的都是后期留在陈韫新朝中且有戏份的人。比如每天唉声叹气，一副朝廷要完、皇帝要完了的两位忧国忧民的老头子，到了新朝后还升了官，后期依然活跃在前线，每每反对陈韫独宠女主角，要求他广开后宫，多生孩子。

廖停雁清楚自己没那么聪明，所以她的原则就是少说话，多睡觉，闲事少管。这次，她确实冲动了一把，同时，她还有点小私心，想知道司马焦对自己的容忍究竟到了什么样的程度。

现在事实已经摆在眼前，这个容不得人忤逆，最讨厌他人违背自己意思的司马焦，真的容忍了她的行为，连一点严重的后果都没有，甚至不需要亲一下安抚，拉拉小手就解决了。

看着现在已经瘫在身边一副懒散无害模样的司马焦，廖停雁忽然觉得苦恼。

看看，先前还说自己不可能改变司马焦，当贵妃救不了国人，结果现在呢，司马焦简直给了她世界中心的待遇，搞得她有了种说不定自己能改变原本的灾难，救下更多人的错觉。所谓能力越大，责任越大，这不是逼她去当救世主吗？

这也太让人头秃了。

廖停雁喝了杯热茶冷静了一下，掀开薄被钻了进去，躺在司马焦身边。算了，皇帝不急，贵妃急什么？

看她窝到身边，司马焦十分顺手地抱着她，两个人在榻上无所事事地闲度时光。

不管是廖停雁，还是司马焦，都已经很熟悉这种相处，他们身边伺候的人也都习惯了，这种时候不会来打扰。据说宫内有传言，贵妃独占皇帝日久，两人每日在芙蓉殿厮混，白日宣淫，不知节制，还有人以他们的脸色做文章，说贵妃脸色红润，显然是被滋润过了，而皇帝脸色苍白，眼底偶有青黑，就是身体亏损的表现。

廖停雁无言以对，她在宫里生活确实滋润，吃最好吃的饭菜，睡最贵的床，撸最暴躁的皇帝，但要说她让皇帝肾亏，这她就不敢苟同了。

现在她已经百分之八十肯定司马焦有性功能障碍，不然不会每天抱着她睡觉还这么冷静。他的黑眼圈，纯粹就是休息不好的结果。为了让他得到更充足的休息，她不得不舍命相陪，除了晚上，白天一有时间就拉着他往榻上躺，偶尔有那么两次能让他多睡一会儿。

司马焦一旦休息好了，脾气就会好上一些，还很大方，私库里的宝贝她想要的就全送给她。

廖停雁这么做的后果就是，宫内外关于她把皇帝迷得晕头转向，每天白日宣淫的谣言越来越多，以及，她长胖了。要知道，司马焦不是每次都能睡着，可她每次都能睡着，每天睡那么久还能吃，这样一来，她那在河下几年间怎么吃都不胖的身材，竟然在这短短的几个月内发胖了！

当桂叶有些为难地捧着那条她喜欢的裙子，说“贵妃，您这条裙子的裙身太细了，不如让绣娘照着样子给您重新做一条”的时候，廖停雁难以置信地捏着自己的肚子，难过得连午饭都没吃。

桂叶来询问，她摆摆手道：“没胃口，不吃了。”

从这之后，她吃的东西少了很多，一天七顿的小点心也不要了。

伺候她的桂叶看着她胃口大减，又发现她腰变粗，思索片刻，露出个惊喜的神情：“贵妃，您是不是怀上了？”

廖停雁：“……哈？”

廖停雁：“别胡说了，我只是长胖了而已。”

可事情没完，随着冬天她穿得更厚，在大朝会上走了两次，大臣之中也开始传贵妃有了身孕，肚子都微微凸起了。

被戳了伤疤的廖停雁大怒，这些大叔、老头就不能正经上朝吗，往她的肚子上瞎看什么看？！

怒过后，廖停雁摸着自己的肚子感到非常忧伤。真的不能再胖了，都闹出这种误会了。

14

“听说你怀孕了？”司马焦问。

你听谁说的我怀孕了？我怀没怀孕你心里没点数吗？！听到司马焦问出这个问题的时候，廖停雁差点没控制住自己狰狞的表情。

她强笑道：“陛下和妾开玩笑呢，妾怎么可能怀孕？呵呵。”

说起来自己竟然长胖了这事是不是有点不科学？哪个玛丽苏文里绝世美女的设定会说胖就胖？不不不，理智分析，其实她并没有胖很多，就是因为之前身材太好，腰太细，所以贴了秋膘，最近又老是跟着司马焦一起整天睡觉，才会长出小肚子——等到明年夏天天气热，吃不下东西，身材自然就会恢复了。

一定是这样的。

在廖停雁安慰自己的时候，司马焦“哦”了一声，看了看她的肚子，还上手摸了一下，又捏了捏说：“难怪抱着你的时候感觉绵软了很多，原来是肚子上长了一圈肉。”

廖停雁自我安慰失败，心态崩了。

司马焦：“也难怪，你每天吃那么多，从没见过比你还能吃的。”

廖停雁恼羞成怒，这狗皇帝还会不会说话了！看人眼色不是他擅长的吗，怎么现在完全看不出来她快忍不了了？！而且这是谁的错？这人整天自己不爱吃东西，却喜欢看别人吃，每次看她吃东西，他就和那些现代世界里看吃播送礼物的大佬一样，不停给她送宝贝，还老是让膳房变着法子做各种好吃的点心、菜肴，把她养得都胖了，他还有脸在这儿叨叨！

司马焦看清楚她的脸色，突然笑出声来，伸手要抱她，可装模作样搂着腰抱起来一点又放下去了，嘴里道："真的胖了，抱不动啊。"

这一套连击打得廖停雁失去理智，张牙舞爪扑了上去。司马焦张开手接住她，哈哈大笑："不要冲动，弱不禁风、温柔似水的贵妃怎么能这么凶？"

凶你个腿！廖停雁气沉丹田准备压断他的腰。

司马焦："真有这么生气？那我带你去看宝贝，你喜欢什么都送你。"

并不是所有女人都会因为收到贵得吓死人的礼物而放弃生气，但廖停雁会。

从皇帝私库里翻出来的一百零八挂的珍珠帘子，据说是前朝的宝物，从前某个皇太后心爱的珍藏。廖停雁高高兴兴地让人收拾好，准备挂在芙蓉殿的寝殿里。

"可是，你一直都睡在我的内殿，挂在你自己这里也看不见。"司马焦建议道，"不如挂在殿门前当门帘。"

廖停雁一听，觉得很有道理，让人挂在了殿门前，出来进去都能看见。因为司马焦对这些宝物的态度都很随便，扔着玩听响，砸到水里打鱼，惹得廖停雁的态度也跟着随便起来，可那些宫人女侍就小心多了，连桂叶也是，每日里穿过那珍珠帘子进殿都很小心。

因为廖停雁是目前后宫位分最高者，从理论上来讲，后宫诸事都应该归她管，然而司马焦的后宫非常和谐，压根儿没什么事需要她出面，其余小事都有内廷司处理，所以廖停雁目前唯一需要做的，就是每逢初一、十五，接受各宫诸位美人的请安。

原本众人请安都在外殿，后来廖停雁看天冷了，便让她们进来。就这短短的时间里，众位美人也为自己所见到的一切惊心不已。

那个香炉，好像是前朝玄武殿天阁的珍贵摆设，据说里面燃的香都会带有一种特殊香味；那么大一块毫无杂色的雪白裘皮，贵妃竟然用它垫着踩脚；贵妃手腕上戴着的那个别致的镂空雕花玉镯，仿佛是四代前的司马王特地命人为心爱的皇后雕琢的，耗费了上千珍贵玉石才得了这么一个……

而这次，众美人来请安，还未进门就看到了芙蓉殿门口挂着的珍珠帘子。都是有些眼力和见识的，眼看这来历不凡、珍贵无比的珍珠帘子竟然用来挂殿门，都忍不住咋舌。一位美人脸色难看地摸了摸自己头上那支珠钗，珠钗上头的珍珠莹润生辉，是难寻的顶级东珠，她往日里经常拿出来炫耀，每日都戴着，宝贝得很，而如今看到这珍珠帘子上每一颗珍珠都比她头上那颗要好看，贵妃却拿它当门帘，她感觉脸上一片烧灼。

过了好几个月的安生日子，不少美人私底下都开始有小心思，而今眼看着贵妃如此得宠，芙蓉殿里全是些珍奇玩物，各种珍宝陛下都让贵妃随便扔，她们也不由得眼热。

谁说她们就没机会得宠呢？

人心这么一浮动，廖停雁就发现自己身边出现美人的机会多了很多。她吃完东西去花园里消食，那么大的园林，以往都遇不上人，现在是次次都能在附近看到含羞带怯的美人们。

就算是她，也感觉不对劲了，问桂叶：“诸位美人是不是有什么想法？我看她们最近很活跃。”

桂叶神色肃然：“她们恐怕是嫉妒贵妃如今独得陛下宠爱，贵妃须得小心她们争宠！”

廖停雁：“……”

宫斗戏终于上线了？但是她们的争宠方式是不是太不同寻常了？如果说要争宠，那为什么司马焦陪她逛花园的时候没有一个美人出现，只要她带着几个宫人出来逛就能偶遇很多美人，并且这些美人好像都在特意讨好她？

“陛下积威甚重，妾不敢妄想陛下恩泽，只愿能伺候贵妃……”美人含含蓄蓄地吐露心意，说到司马焦时还真实地颤抖了两下。没错，撩皇帝司马焦，她们不敢，毕竟前人的经历还是太惨烈，如今还在宫中的美人都无法忘怀廖贵妃进宫前的黑暗时期。所以换个思路，既然得不到陛下的宠爱，能得到贵妃的宠爱也是一样的，同样能提升自己的待遇和地位，还没那么大的生命危险，可行多了！

廖停雁想：如果没听错，这些美人好像是想抱我的大腿？

经过一些时日的观察，廖停雁发现美人们确实在争宠，不过争的不是司马焦的宠爱，而是她的。人人都想在她这里出头，却没一个人敢在司马焦面前争先，哪怕偶尔遇到司马焦在场，这些美人也是老实缩在一边，眼观鼻，鼻观心。

廖停雁不知道司马焦之前具体做了些什么，才让这些美人怕成这样，导致出现了这样奇葩的争宠场面，她只知道自己最近被美人包围，回去看到司马焦的时候都有种淡淡的心虚。那什么，她可没有动过司马焦的小老婆们，哪怕那些美人真的可爱温柔，令人心动，她也没有任何想法！

“你最近总是去逛御园？”司马焦问她。

廖停雁老实点头：“是的，但御园太大，如今还未走完一半。”

“我还听说很多美人经常在园中‘偶遇’你？”司马焦又问。

廖停雁干笑：“啊哈哈——似乎是吧。”

司马焦“啧”了一声，把她拉到身边：“不必理会她们，你不要以为她们看着柔弱就真的柔弱，能在我的后宫活到现在，没有简单人物，你如果相信她们，就会被利用。她们擅长用外表欺骗人，擅长谎言，你什么都不会，所以最好远离她们，免得被花言巧语蛊惑。”

廖停雁：“……”

廖停雁：我在司马焦心里的形象难道是傻瓜吗？

那个“什么都不会”是形容她的？哪怕她入宫后确实只展现出吃和睡的能力，也不能这么小看她吧，好歹在原来的世界她也是经历过职场争斗的。

还有，先前告诫她大臣都不是好东西，不许她在朝中说话，现在又警告她后宫美人都不是好东西，不许她在后宫交友，这人是不是有被害妄想症，觉得全世界所有人都不能相信啊？还是说，这是皇帝的通病？

司马焦看了她一阵，好像放弃了教育她的念头，说：“看你一脸茫然，想来也听不懂，算了，你随意吧，反正不喜欢哪个就告诉孤，杀了就是。”

忽略他后面那句话，廖停雁猛然发现在他们两个人心里，对方的形象仿佛都是傻瓜。

有了司马焦那番话，廖停雁再“偶遇”美人的时候感觉就有些微妙，总觉得那些柔弱可欺的小绵羊美人都是披着羊皮的狼。

“贵妃，您看，下雪了呢！”芙蓉殿的女侍笑吟吟地捧了两枝红梅进殿，“今年的雪极少，都入冬这么久了才下第一场雪，不过红梅倒是早开了。奴路过梅园，见花开得好，便剪了两枝来。”

另一位女侍道：“听说梅园的红梅今年开得格外好，不过红梅在雪中才是最美的，剪了放在殿内有些单调了。”

廖停雁左右无事，看到那红梅，听两个女侍如此一说，便来了兴致想去看看红梅花。两位捧花的女侍悄悄对视一眼，笑着侍奉她出门。

雪不大，只是飘着些细碎的雪花，廖停雁没有坐轿辇，换了双皮靴，裹着厚披风，抱着小手炉准备走过去。桂叶依旧陪在她身边，还有那两个捧花女侍和一队宫人，专门负责为她打伞。

这会儿梅园确实开了许多梅花，只不过因为天气寒冷，除了她们，好像没有人在。地上才积了薄薄一层雪，梅枝上则覆了一片晶莹白色。

廖停雁在梅园中晃了一阵，觉得其实也没什么好看的，有些想回去了。在这时候，她眼角的余光忽然瞥到一个白影在不远处一闪而过。廖停雁扭头看过去，只看到只白毛的小动物钻进树林，在地上留下几个脚印。

“那是什么？”廖停雁好奇地问道。

“似乎是一只白狐狸？”一个女侍说。

“白狐狸？”廖停雁有了兴趣，脚下一转带着几个人向那边走，“去看看。”

她们穿过那片树林，见到一条长廊和一座六方亭，这是梅园里冬日用来赏景的地方，一侧建了墙和花窗，另一侧则是开放的。廖停雁看到地砖上有一行梅花脚印，便走了上去。没能找到那白毛动物，但是走到花窗边上的时候，她听到了另一边传来两个人交谈的声音。

她透过花窗看出去，发现花窗外梅树下，有两个女侍背对着她，正在剪梅枝，其中一个说："据说贵妃有了身孕，也不知是不是真的，姐姐你说呢？"

"若是真的，便太可怜了，谁知道会生出什么样怪异的孩子呢？"另一个年长的女侍叹息道，"毕竟，陛下的血脉，可是禁忌……"

廖停雁想：等一下，这个情节难道不是典型的搞事情节吗？接下来这两人肯定会暴露一个惊天大秘密让她听见。

想到这儿，廖停雁毫不迟疑转身就走。

知道得越多，死得越快，还不赶紧走！

15

只可惜，廖停雁动作太慢，而那两位剧透的女侍嘴太快，没等她走出去两步，两人就已经把重点说完了。

"谁能想到陛下其实并非那位段皇后所出呢，之所以将他记在段皇后名下，不过是因为陛下生母特殊罢了。"

"特殊？怎么个特殊法？"

"其实，陛下生母并非先帝后宫任何美人，而是从前那位早逝的慈钰公主殿下。"

"慈钰公主殿下？！那不是先帝的亲妹妹吗？那陛下、陛下不就是兄妹乱伦所出？！"

啊——

廖停雁扶住额头骂了句脏话，这真是好大一个秘密！听到了这种秘密肯定会出事，所以趁着现在还没出事，赶紧带着人走！

打定主意一抬头，她就见到司马焦面无表情地站在不远处，显然听见了方才那几句话，因为他身后那些宫人好像快要吓死了。

廖停雁：“……”

出现了，“背后说人长短一定会被正主听见定律”，还有“听到秘密必然会被人发现定律”！所以，为什么卡时间卡得这么巧呢？充满了一种好像被人安排好了的违和感。

一墙之隔的两个女侍还在说话：“当初慈钰公主殿下得了疯病，就住在离这片梅园不远的舜华殿里，有一日突起大火，整座宫殿连同里面的公主殿下和几十个宫人全都被烧死了。”

“啊？！”

“再之后不久，就发生了太极殿那件事。”

眼看司马焦的神情越来越恐怖，廖停雁简直想朝那两个剧透的女侍喊闭嘴。这下子是真的要死人了，廖停雁看着司马焦可怕的脸，背后的汗毛直竖。

她是第一次在清醒状态下亲眼看到司马焦发病的过程，比她先前见过的任何一次都要恐怖。他的双眼蔓延出血丝，乍一看去，显得奇怪而可怕，他的神情也变得凶狠暴躁，好像压抑着什么痛苦，不断喘息着。他被狠狠地激怒了，表情中没有了一丝往昔面对她时的无害，只有全然的怒火与杀意。

“去。”司马焦从牙缝中挤出这一个字，抬手指向廖停雁身边的花窗，“把那两个给我拖过来。”

此话一出，两个低头的宦者从他身后走出来，快步跑过长廊，转到后面抓住了那两个说话的女侍。廖停雁只听到两声惊叫，那两个惊恐万分的女侍就被拖到了司马焦身前。

司马焦一脚踩上说话女侍的手指，声音冷酷：“是谁让你们在这里故意说出这番话的？”

女侍痛叫：“陛、陛下，没有、没有人啊……奴……奴只是、只是胡说的，啊——”

司马焦红着眼睛，脚下一踩，一阵令人牙酸的嘎吱响和一阵变了调的惨叫声传入在场众人的耳朵。

廖停雁闭上眼扭过头去，可那惨叫声更为清晰，同时响起的还有司马焦冰凉的声音，他说：“这段时间，孤太过宽容，让这些狗东西都忘记自己到底是谁了。带下去问清楚，如果不肯说，就剥了她们的皮，和以前一样，挂在太极殿前。”

一阵簌簌的声响后，那两个人被捂住嘴拖了下去。廖停雁只看到雪地上留下一摊鲜红的血，司马焦没看她一眼，扭头走了。

梅花林里恢复了安静，廖停雁一时不知该怎么办，却听到身边的桂叶带着哭音道：“贵妃，救命啊，奴、奴不想死！”

廖停雁发现她满脸恐惧，眼中都是泪水，不由得愕然：“怎么了，陛下不是没有说要杀你吗？”

虽说她刚才也被司马焦吓得回不过神，但她并没有体会到桂叶这种极端的恐惧。

桂叶摇头哭道：“不是的，听到了这些事，陛下一定会处理了我们。”

廖停雁又看向另外那些陪着她过来的女侍和宫人，她们俱是一脸绝望。她看到那两个有意无意引她过来的女侍，也是浑身颤抖怕极了的样子，皱皱眉道：“先回去吧。”

刚回到芙蓉殿，廖停雁就看到一个青衣宦者带着一队人站在殿门口等着她。

“贵妃，奴是奉陛下旨意，前来带人的。”青衣宦者上前道。

廖停雁问：“包括我？”

青衣宦者忙赔笑：“贵妃您说笑了，自然只有您身后这些宫人，您放心，已经选了一批新的宫人来伺候，这些新人只会更听话，更合您的心意。”他弯着腰，态度十分恭谨。

廖停雁沉默片刻，听到身后众人绝望地啜泣，她捏了捏自己的手指，指着两个捧花女侍：“只把她们带走吧，其他人我要留下。”

青衣宦者迟疑道：“可这……一向都是如此，没有这个规矩……”

廖停雁："留下她们，我会亲自和陛下说。"

宫中从未有违抗司马焦决定的，若是其他人，青衣宦者也不必多想，直接不予理会，把人强行带走就是，可廖停雁不同，这些日子她与陛下的相处，他们这些伺候的人全都看在眼里，拿不准陛下会不会因此宽恕这位贵妃，答应她的要求，所以十分犹豫。

最后青衣宦者一咬牙，还是选择听从了廖停雁的吩咐，只让身后那队来拿人的宦者带走了两个捧花女侍。

他们一走，桂叶等人都有逃出生天之感，当即跪下感激道："谢贵妃！谢贵妃！"

廖停雁摆摆手，默然穿过那珍珠帘走进殿内。分开又落下的珍珠帘子撞击，发出嗒嗒轻响。

青衣宦者回到太极殿复命，此时的太极殿后殿内一片狼藉，司马焦坐在中央，散着发，苍白的指节用力抵着青筋暴突的额头。

听到青衣宦者的回话，司马焦抬眼："哦，所以你就只带了两个人回来？"

"是。"青衣宦者紧张地回答，并不敢看他的眼睛。

司马焦扯了扯嘴角："既然贵妃不愿，那就算了……"

青衣宦者听了这话，提起的心这才放松。然而下一刻，他听到司马焦说："但孤觉得必须死这么多人，既然那些人逃过一劫，该死的人，就从你带过去的那些人里选。毕竟，你们办事不力，总要为此负责。"

青衣宦者白着脸下去之后，高太保走了进来。见到司马焦的样子，他露出些担忧神色："陛下，可需要吃些药？"

"吃药……吃药？那种吃了就会让我变得和死人一样的药吗？"司马焦突然爆发，将身前仅剩的还好好摆着的几案和灯架踢倒在地。高太保习以为常，连眉毛都没动一下，只等他发泄完重新坐回去之后才继续道："陛下若不想吃药，不如去见见贵妃？"

司马焦神色阴沉："不必，她被我吓到了，让她冷静一会儿。"

"查到了吗？是谁特意给孤送了这么一个特别的'礼物'？"

高太保："虽然还不能肯定，但和段家脱不了干系。"

"哈哈，段家。"司马焦脸色扭曲，"孤就猜到是段家，他们还记着他们段家那位死去多年的先皇后，以及那个没能长大的皇子，怎么甘心看到孤有子嗣……他们是故意提醒孤，也是给孤身边人一个警告……哈，段家。"

"孤真的忍了他们太久了。"司马焦满脸杀意，毫不掩饰。

就连看着他长大的高太保都觉得心惊，小心劝道："陛下，段太傅一心为了家族繁荣，倒不像会做出这种冲动之事的人，而且这事处处都是破绽，不像段太傅一贯的手笔。"

司马焦攥着自己手腕上的木珠："孤知道不是他，但他段家人做下的蠢事，如果找不出该负责的人，就得让他来担着。"

他说这话时，用力一扯，那串木珠珠链顿时断裂，珠子纷纷滚落四散，在地上弹动滚远。

"段家必须死人。"

…………

段家主宅，段太傅狠狠一巴掌将自己的二儿子抽倒在地："混账东西！"

段松峰从地上爬起来，跪在父亲身前，一脸无畏。

段太傅向来喜怒不形于色，见儿子如此，怒气却压抑不住，质问道："是不是你做的？"

"父亲不是知道了，还来问儿子干什么？"段松峰嘲讽地回答道，"儿子也不觉得做了什么了不得的大事，不过是提醒一下咱们的陛下，他身上的血脉有多脏。"

说着说着，他的表情越发愤愤："这样的乱伦之子，我们竟然还要向他俯首帖耳！若不是先帝发疯杀了其余的皇子，就剩下这么个东西，这皇位怎么也轮不到他来坐！先帝这个疯子！他杀了妹妹，杀了属于我们段家的皇子，就为了这个小畜生，现在这个小畜生得意了，他还想延续血脉？我呸！”

段太傅看着儿子疯疯癫癫的样子，气得又是一脚踹过去：“成事不足败事有余的东西！司马家的皇帝都是疯子，如今这位陛下，比先帝还疯，既然知道，你还要去招惹，是觉得我们段家如今过得太安稳不成！”

段松峰坐在地上，一只手按着胸口，对父亲的愤怒不以为意：“他是疯，又不是傻，难道还真会对我们段家出手？哼，他敢吗？他也就只敢杀几个宫人泄愤，那个没用的小畜生，我就是要看着他断子绝孙！他不是宠幸一个女人吗？我倒是要看看，知道他的秘密，还有哪个女人敢为他生下孩子！他活该断子绝孙，哈哈哈！”

摇了摇头，段太傅失望地看着这个儿子：“你这些年，真的做了太多错事。”

段松峰用同样失望的眼神看着父亲：“我不觉得我做的是错事，相反，父亲和大哥才做错了，我不能理解，你们为什么在司马虞杀了妹妹和她的孩子之后，还能毫无芥蒂地继续忠心于他，甚至如今还要继续扶持这样一个杂种当皇帝，处处容忍，这岂不是太可笑了吗？！”

段太傅只是看着他，平静地摇头：“松儿，你不适合当段家的人。”说罢，拂袖走了出去。

门外站着个长髯中年人，见段太傅出来，他道：“父亲不必如此生气，二弟一贯如此任性妄为，如今最重要的还是如何解决此事。”

段太傅神色冷淡：“还能如何解决？司马焦身边有高太保那条忠心耿耿的狗，查上门来是迟早的。”

“那父亲的意思是……”

“松儿实在太让我失望，这些年我已经给了他无数次机会，他却一直沉浸在个人的仇恨中，看不清如今将乱的局势，再任他乱来，总有一日要惹出更大的麻烦。我们段家不需要这样的存在，他也该为自己的愚蠢负责。”

“儿子明白了。”弃车保帅，势在必行。

父子站在廊下，段太傅抬手接住一片落叶，幽幽道："洛京寒风凛冽，却不知南方春风能渡否？"

南方，蠢蠢欲动的秦南王。

…………

廖停雁这一晚没有去司马焦的寝殿，她睡在自己的芙蓉殿，司马焦那边没人来召她，今夜的宫中，安静得超乎寻常。

半夜里，廖停雁被一阵风雨声惊醒，猛然睁开眼，看到床边坐了个黑乎乎的人影。

16

半夜睁开眼，发现床边不声不响坐了个黑影，如果是一般人，可能要惊呼出声，但廖停雁没有，她冷静地躺在那儿，甚至抽空看了眼被风吹开的窗户。没有女侍过来关窗，这会儿她们大概听到动静也不敢过来，所以那被吹开的窗户就这么大敞着，不断地往殿内灌着冷风和雨丝。

廖停雁在第一时间就反应过来黑影是谁，因为她并不是第一次半夜醒来发现身边坐着个人，往日和司马焦一起睡的时候，就会有这样的情况，司马焦睡不着，常常会半夜这样坐在旁边盯着她看或者只是发呆。

惊着惊着就习惯了。

两人在黑暗中对视了一会儿，廖停雁先唤了声"陛下"。

她刚出声，床边的司马焦就忽然朝她伸手。他的手指依旧冰凉，抚摩过她的脸颊、下巴和脖子，在她细嫩的脖子上徘徊了一会儿，磨蹭到廖停雁都觉得他是不是要掐死自己的时候，他的手指才继续往下，挑开了她的衣带。

在一片沉默中，廖停雁只感觉冰冷的触感留在自己的肌肤上，像是落下的雪花，融化后渗进皮肤，冷进四肢百骸；又像是蛇类爬行带来的凉意，因为感觉到危险，廖停雁的身体下意识战栗。

廖停雁没吭声，也没动。锦被和衣物发出轻微的摩擦声，她看到司马焦倾身过来，拉开了她的寝衣，露出大片肌肤。

这仿佛是开端，但为什么这人的呼吸都没乱，如此冷静？性冷淡“实锤”了。

“你不怕？”司马焦终于开口说了第一句话。

怕倒是不怎么怕，谁叫他总是反复试探，每次都紧张，她那根神经现在已经松弛，紧张不起来了，反而有种你想要就要吧，省得一直提着心的感觉。

“陛下，被子里有个小手炉，先暖暖手吧？”

对，她现在唯一不能忍的就是这个人手凉得要命，摸在身上真的很冷，现在可是冬天，白天飘了小雪，现在外面还下冷雨，寒风飕飕往房里灌，他把她被子一掀、衣服挑开摸来摸去，动作还这么慢，真当她身体好，暖得快，就不怕冷是吗？

司马焦笑了一声，把手抬了起来，贴在她脸上：“我的手太冷了是不是？”

哦，原来大爷您自己也知道啊！廖停雁往被子里让了让：“不然陛下先躺着？”求你暖暖手再乱摸吧，鸡皮疙瘩都要被你摸掉了！

司马焦只是顿了顿就上了榻，廖停雁嗅到了一丝血腥味，也不知是不是错觉。不过司马焦脱下外袍随手扔到地上后，那丝若有似无的血腥味就随之散去了。廖停雁不去想司马焦做过什么才弄得身上一片血腥味，她趁机把刚才被司马焦掀到一边的被子拉回来，盖在两人身上。娘耶，司马焦在外面挡着风，终于没那么冷了。

可惜被子上的热气已经散去，廖停雁悄悄用脚在被子里摸索了一会儿，掏出个手炉塞进司马焦手里：“陛下暖手。”

虽然她语气温柔且殷勤，但司马焦能想象她的表情：“你是不是在嫌弃我？”

廖停雁：“……怎么会？”

司马焦道：“我是不是没跟你说过，你的演技非常浮夸，甚至比不上殿外伺候的小宦者？”

廖停雁：所以说你的后宫是要靠演技上位的吗？因为我太清新脱俗，和别的小妖精不一样，毫无演技，你才会为我转身，送我晋级？！

司马焦轻柔地抚摩她的头发，连语气都温柔无比：“你看，你这么没用，肯定很容易被骗，其他人在你耳边随便说点什么，你就全都相信了。”

说事情就说事情，为什么还带人身攻击的？廖停雁仗着司马焦看不见，在黑暗中狂翻白眼，嘴里还要配合这个病患：“是啊，呵呵，妾没有陛下这么聪明。”

司马焦忽然攥住她的手腕，将她拉进自己怀里，语气微妙：“你相信今天听到的那些吗？”

廖停雁赶紧祭出保命大法：“我什么都没听见，一个字都不相信！”

司马焦一根一根捏过她的手指，放到自己唇边：“哦？可是那两个女侍说的都是真的。”

廖停雁无语，这你让我怎么接？

司马焦仿佛也没有让她接下去的意思，突然没头没脑地另开了个话题：“贵妃愿不愿意为孤生下孩子？”

为什么会突然问这种成人问题？而且这种问题问了有什么意义？她也没那个狗胆说不愿意啊。廖停雁只能再度翻了个白眼，直直看着帐顶，用虔诚得仿佛面对婚姻殿堂上神父的语气说：“我愿意。”

司马焦一秒戳穿：“你在骗我。”

他怎么这么烦！廖停雁咬了咬腮帮子，猛然伸手去摸司马焦的胸膛，拽开了他的衣服，把他刚才对她做的全都做了一遍，一个字——摸。

司马焦抓住她的手，语气古怪：“你做什么？”

廖停雁被他紧紧抓住手不能动弹，心道，你紧张什么？你司马焦的那个“焦”其实是写作“焦”而念作“娇”吗？

“陛下不是不信吗？妾只是表明一下妾的决心而已。”廖停雁一脸假笑。

司马焦沉默一会儿：“算了，我信你。”

廖停雁悄悄松了口气。那什么，其实她是真的不愿意给司马焦生孩子，或者说她不愿意给任何人生孩子，在这个世界，女人生孩子简直是走鬼门关，不比她原来的那个世界啊，一不小心命就丢了，这么危险的事还是别了。而且，司马焦有这个功能？

她瞄了瞄被子底下两人挨在一起的身体。

“我这一辈子都不会留下自己的血脉。”司马焦这个时候缓缓在她耳边说。

廖停雁回想起今天听到的那个大秘密，其实这个秘密对她来说冲击不大，仔细一想，反而有种原来如此的感觉，下午她一个人没事，琢磨原著剧情，发现之前不太清楚的事都说得通了。比如司马焦这个病，她现在能肯定是近亲遗传导致的，还有段太傅毫不犹豫地反叛投敌，如果司马焦并非段皇后所出，听上去就更合理了。

也许是察觉到了她的不专心，司马焦捏了捏她的后脖子，捏得廖停雁猛一缩脑袋。她抬手往后摸了一下，摸到司马焦的手，忽然愣了愣：“陛下的手串怎么没了？”

司马焦没想到她会注意到这种细节，眯着眼睛在黑暗中盯了她一会儿才回答道：“不小心扯断了……你知道这个手串是什么吗？”

廖停雁：“大概是对陛下意义深重的东西？”不然他不会每次情绪波动时都想去摸那个手串。

司马焦大笑：“那是我亲生母亲的东西。你听到了吧，她一把火把自己和整座宫殿都烧了，就剩下这东西。”

这本该是让人觉得怜惜的回答，却因为司马焦语气里的怪异和嘲弄，让人感到违和。

“我真厌恶那个疯女人。”司马焦停了笑声，声音飘忽地说，“我厌恶她，也厌恶我的父亲，司马氏历来多疯子，我的亲生父亲司马虞更是疯得厉害，他逼疯了我的母亲，生下了我，这兄妹俩又制造出了另一个疯子。”

“我告诉你一个秘密。”司马焦忽然兴奋起来，好像想起了什么高兴的事情。

廖停雁真的不想听，可司马焦明显突然倾诉欲爆棚，容不得她不听，她只能生无可恋地听着这些皇室秘闻。

司马焦好像说悄悄话一样在她耳边说：“我小时候，那个女人总是想杀我，因为我是她乱伦的证据，所以她给我喂毒药，但是我没死，高觅救了我，救了我好几次。后来，司马虞把我带离了那个女人身边，不久后那女人就死了……

“那年司马虞发疯，一夜之间杀死了段皇后，还有段皇后的儿子和其他两位皇子，只有我没死，所有人都以为司马虞是为我铺路，是为了保护我，但他们都错了，司马虞发疯的时候第一个要杀的就是我，可我逃了，我运气好，逃了出来，还推翻了烛火，烧了太极殿。”

“他们以为太极殿是司马虞杀了那么多人后自己烧的，哈哈哈，其实是我烧的。”司马焦乐不可支，好像这是一件特别好笑的事。

然而只是几息过后，笑声戛然而止，廖停雁都要被他这一惊一乍给搞抽筋了，苟在那儿等着看他又要怎么花式发疯。

“这个秘密我只告诉了你，除了我就只有你知道了。”司马焦亲亲密密地抱着她，一只手捧着她的脸颊，“现在你知道我的秘密了。”

廖停雁被他的语气说得汗毛直竖，忍不住问：“陛下是要杀我吗？”

司马焦疑惑地“嗯”了一声：“你怎么会这么想？”

廖停雁：既然不想杀我，为什么要说灭口前才会说的话！

她真的觉得好累，司马焦今晚病得太厉害了，她都有点扛不住了，主要是扛不住睡意。廖停雁有点破罐子破摔，打了个哈欠问道：“陛下你要睡觉吗？”

司马焦：“我不睡……你还睡得着？”

廖停雁：“睡得着。”她的生物钟很强的。

司马焦体会到了无言以对的感觉，知道了这么多秘密，她就这个反应？太平淡了，也没有被吓哭，他觉得不太高兴，过了一会儿又觉得有点高兴。

他忍不住抱着廖停雁亲了一口：“你和其他人不一样，我喜欢你这个样子。”

廖停雁：呵呵，谢谢啊，谁叫我是女主角呢！当然不一样。

“所以你要一直陪着我，要是哪天你不想待在我身边了，我就杀了你。”这个变态一边亲昵地抚摩她的脸，一边这么甜甜蜜蜜地说。

廖停雁一听，先放了心，这意思不就是只要一直陪着他，就不会有事？简单。她没事也不想离开啊，宫里的生活她其实挺满意的。

“是，陛下，妾绝不会离开的。”她毫不犹豫地拍着胸脯保证。

司马焦无言，这都没吓到她吗？

他有点微妙的不甘心：“你是不是真的一点都不怕我？从小到大所有人都怕我。”

廖停雁：你是小孩子吗你！这是什么另类的撒娇方式！

她抱住司马焦的脖子，凑上去亲了几下：“陛下，妾想睡了，我们明天再说好不好？”

呵，不就是撒娇吗？她也会。

发现司马焦当真没有再说话，廖停雁一愣，心想，原来枕边风这么管用的吗？她想起来一件事，又把手紧了紧，试探着问：“陛下，妾身边那些宫人，可不可以饶她们一命？”

司马焦把头埋进她脖子里，随意地“哦”了一声：“那就饶她们一命吧。”

比她想象中要简单？廖停雁心想，古人诚不欺我，自古昏君都受不了枕边风。她又顺了两把司马焦的头发：“陛下，窗户被风吹开了，屋内太冷，把窗户关了好不好？”

他起身亲自去关窗了。

廖停雁：“……哇哦。”

17

廖使君风尘仆仆地赶往洛京城，到的这一日恰好下了雪。眼看洛京那高大的城墙近在咫尺，廖使君也没有停下暂避风雪的意思，仍然带着仆人迎着风雪骑马狂奔，准备一鼓作气在今日之内赶到。十几匹马如同旋风，呼啸掠过官道，将官道上的积雪踏成一片泥泞。

到了城墙近前，廖使君首先勒停马匹，翻身下马，他刚准备拿出文书表明身份，就有一个蓝衣宦者带着人迎了上来，笑吟吟地问道："可是廖使君？"

廖使君诧异，沉稳点头道："正是，不知宦者是……"

确认身份，宦者的笑容更加和煦，态度慎重地行了一礼道："奴是陛下身边伺候的，因知晓廖使君近日便会抵京，奴已在此守候几日了，终于等到了廖使君。河下与洛京相隔甚远，廖使君一路过来真是辛苦了，此处风大，廖使君这边请，先到马车上喝杯热茶歇歇脚，稍后便与奴进宫去吧。"

廖使君被他引入洛京城中，守门的卫兵连他们的入城文书都没看就放行了。虽然面前的宦者笑容可亲，态度温和，但廖使君心中仍是疑虑重重，他到如今还不知道陛下召自己入洛京究竟是为了什么，本想到了洛京后向京中旧识打听一二，谁想刚到就遇上这宦者，立刻要被带入宫。

如此迫切，究竟是为何？

廖使君越想越是担忧，不由得悄悄询问宦者，那宦者只是笑："陛下的心思，奴又怎会知晓？不过廖使君且放宽心，依奴看，不会是坏事。如今宫中贵妃独得圣宠，说不定只是思念您，陛下才会召您前来。"

廖使君：不太可能只是因为这种小事，肯定还有其他更重要的原因！

他的女儿他自己知道，骨子里其实懒得很，世家女子须学的才艺，她学到尚可就全部放下，不想费那个劲再去做到更好，除了长得好看，当真没什么值得一提的优点。他听说宫中美人们不仅容貌姣好，还各个心机深沉，另有一个嗜好杀人的凶残皇帝，怎么想女儿现在都是处在水深火热之中。别人传什么廖贵妃得圣宠，他这心里是一半不信一半担忧，还不知道女儿这段时间遭了多少罪，想在那宫中好好生活下去，怕是要变得面目全非。

越想，廖使君越是心酸难忍。也不知这一去，会看到怎样一个憔悴的女儿。

去往宫城的途中，路过段宅。廖使君诧异地发现段宅门前挂了白灯笼，若是一般人去世，在这种大家族里，便是白灯笼都没资格挂的，去世的定然是段家有身份的人物。

“不知段老太傅府上，是何人去世了？”

宦者适时摆出悲悯遗憾的表情：“是段太傅的次子，前几日得了急病去世，段太傅这把年纪白发人送黑发人，伤心之下一病不起，已经在家休养，连朝中事务都无心照管了。”

廖使君与这位段老太傅并不认识，段家这样的大家族世代居于洛京，不像廖家只是河下那边的家族，两家基本上没有来往——主要是人家看不上他们。所以廖使君也只是跟着感叹了句，便也没有过多在意。

进了宫，换了位紫衣宦者前来招待，看上去身份更高，但态度更加热络。

“廖使君可来了，贵妃盼着您呢，问了好几次了！咱们这便去见贵妃。”

廖使君迟疑：“我可需要先去拜见陛下？”

宦者笑眯眯道：“不需要，陛下吩咐了，您若是到，只管先去见贵妃即可。”

虽然这样有些不合礼仪，但既然皇帝如此说了，廖使君也只能依言先去见女儿。他心中确实挂念得紧，心绪不宁地跟着宦者往前走，都没太注意宦者将自己引到了哪里，等到那宦者停下脚步，站在一处殿门前朝他拱手，廖使君才反应过来，看着那殿门。

“这……这似乎是陛下所居的内殿？”廖使君疑惑，不是女儿要见他吗，怎么不带他去贵妃居所，反而到了陛下安寝休息的内殿？

宦者继续笑着解释：“廖使君不必怀疑，贵妃便是在殿内等着您呢。”

多问无益，廖使君抬脚走进殿内，女侍宫人依次行礼，将他引到了榻前。

廖使君：“……”

廖停雁大半个身子瘫在榻上，整个人几乎埋在狐皮垫子里，脚下则踩着个样子奇怪的暖炉，身上还盖着轻软的锦被，姿势很是随便不羁，非常不成体统。若不是旁边的小几上还摆着各种零嘴，女儿的脸色也实在太好，廖使君都要以为她这个姿势是瘫痪了，所以躺在那儿起不来。

不过，他同时想起了某个传闻，眼睛瞄向女儿的小腹，心情复杂地问她：“贵妃可是有了身孕？”所以才一副养胎的模样。

廖停雁本来瘫在那儿快眯过去了，听说父亲来到，这才精神起来，刚从榻上坐起身，还没好好询问近况，就被父亲当头砸下来这么一句话，顿时沉默。

这谣言怎么还越传越广了，到底还有没有人来管管！

“咯，父亲不要听信外面的谣言，女儿并未怀孕。”廖停雁肃然辟谣，然后让人搬来垫了软垫的椅子，“父亲坐下说话吧。”

“父亲这些时候可好？一路赶来想必辛苦吧，看着都瘦了。”廖停雁还是很关心做了自己几年父亲的廖使君，不停关切地询问。

廖使君一一答了，也想问候她几句，可是看着她明显吃胖了的脸盘，他又觉得开不了口。一般而言，他该说一句“你也瘦了”之类的，他在赶路途中一直想象的就是和女儿见面后，父女两人说着这些话的心酸场景，但现在真见到人了，他没法昧着良心说这话。

他不得不承认，女儿可能真的过得不错，因为他这么多年都没养胖的女儿，进了宫还没一年，肉眼可见地胖了。

“父亲要不要吃点这个果脯？挺好吃的，前阵子南方进贡来的果子，让人做了果脯。”

廖停雁开口，在一旁装花瓶的女侍就上前端着果脯送到廖使君身边，望着手边一溜儿的吃食，廖使君实在头疼：“贵妃平日也是如此待客？”

廖停雁听出父亲语气里的不赞同，疑惑地问他：“父亲不喜欢吃果脯？”明明往年冬日里他最喜欢吃这些果脯了。

廖使君：根本不是果脯的事！

他担忧地看着女儿：“你在家中时还好歹知道些规矩，怎么如今进了宫反倒没分寸了？我虽是你的父亲，但如今身份不同，你如此瘫坐在榻上说话，岂不是有损你的威仪？”

是的，以前女儿在家时虽然也懒，但好歹知道坐起身吃东西，见客的时候也会端坐，现在可好，大冬天的躺在榻上吃，这可是皇帝的内殿！皇帝随时会进来，若是看到她这个没规矩的样子，不喜欢她可怎么办！

老父亲操碎了心。

廖停雁一时还没察觉自己的行为有什么不对，半晌才反应过来，暗骂一声“夭寿”。她是真没注意，这阵子她大部分时间都是舒舒服服瘫在这儿的，司马焦也常和她一起瘫着，根本没人敢说她一句不对，她就习惯了。而且她也不需要待客，要知道她现在可是基本上住在司马焦的内殿，哪个不要命的敢来她这里做客？这里完全沦为她的地盘，她当然是想怎样就怎样。

司马焦这人真的是很容易把人带坏。廖停雁毫无心理压力地谴责了“司马撒娇”一顿，人却依然瘫在榻上一动不动：“父亲放心，陛下亲自开口许我如此的。”

这话一出，廖使君有再多不赞同都只能咽了回去。他还能怎么办呢，总不能谴责皇帝吧？女儿如今是贵妃，他也不能在这种事上多说什么了。

老父亲莫名有种女儿找了靠山，自己管不了她，只能看她无法无天的悲伤。

廖停雁摸了摸鼻子，觉得父亲肯定又在心里谴责什么了，她看出来他的担忧，搜肠刮肚地安慰他：“父亲你不用担心我，你看我现在过得挺好，陛下对我很是宠爱。”

经过上次的大秘密事件后，不管是廖停雁还是司马焦，相处起来都更放松，譬如廖停雁现在这个懒样。先前她至少不会在司马焦的床上吃东西，都是因为司马焦毫无底线地千依百顺，都快把她养废了。

廖使君听了女儿这话，并没有感到放心，相反他更加担忧。他心里想到前朝那些祸国美人，说是祸水，其实都是些可怜的女子，有幸得到君王宠爱罢了，一旦出事，她们就成了一切悲剧的源头，受人唾骂，仿佛亡国都只因为那一个小小女子。

他真的不想女儿也落得这样一个下场。若是可以，他宁愿女儿只是这后宫一个普通美人，日子过得平淡安稳。

皇帝司马焦的性子反复无常，今日的宠爱不过一时新鲜，能维持多久？以后如果陛下不再宠爱女儿了，女儿又要如何自处？

廖停雁：爹又在脑补什么，眉毛皱得都要挤出来了。

“爹，你真的不用太担心，好好过你自己的日子……这些年你忙于政务，也没多要几个妾侍，现在女儿已经有了归宿，不需你担心，父亲何不续弦，也好再生个弟弟妹妹承欢膝下？还是说，父亲只是没遇上满意的女子？”廖停雁试探着问。

她这话音刚落，帘外传来司马焦的声音，他带着两个宦者从前殿来，想是听到了廖停雁的话，随口接道：“河下若没有满意的，不如到洛京选几个美人带回去，孤后宫里就有几个长相尚可的，不知道廖使君是否看得上眼？”

廖停雁震惊，你认真的？！真要让你小老婆给我当后妈？

廖使君无语，这位陛下当真如传言一般……行事不羁。

当皇帝的能发疯，但当臣子的不能一起疯，廖使君满面严肃，站起行礼：“臣廖晋出，拜见陛下，臣不敢。”

廖停雁也喊了声“陛下”，她本来准备和以往一样瘫着不动，但接收到老父亲的眼神，她还是慢吞吞地准备爬起来行礼。还没挺起腰呢，司马焦已经大步走到了榻边，一把将她按了回去。

“外面这么凉，起来干什么，躺下吧。”

廖停雁顺势就躺下了，又顺手从被子底下掏出手炉给司马焦，还拉起被子一角意思意思给他搭了下腿。

司马焦抓着手炉看向廖使君，有些不满地说：“你可不能欺负孤的贵妃。”

廖使君：“……”

那好像是他的女儿没错吧？他也没做什么失礼的事吧？

司马焦见他满面震惊，不知自己错在哪里的模样，挑了挑眉，逼视他：“你方才不是逼她起身了？谁准你勉强她的？”就刚才廖停雁和廖使君那一来一回的眼色，还有廖停雁起身准备行礼的动作，司马焦就猜到廖使君在他来之前肯定说了些什么，无非是规矩之类，司马焦不用脑子都能想到，这些人真是一样的多管闲事。

廖停雁在后面用手指杵司马焦的背。

祖宗啊！那可是我爹！你当人人都跟你一样是坑爹货色吗！

18

廖使君在洛京住了几日，司马焦特许他每日进宫，还能在宫内和廖停雁一起用膳。几日下来，廖使君觉得司马焦和他从前想的那个司马焦不一样——他从前来过洛京，也在朝会上面见过司马焦，但远远站着，还低着头，压根儿没看清楚过司马焦的脸，更没亲身体验过他的性格如何。

就在这几天，他发现，那个传闻中心狠手辣、杀人如麻的暴君，对自己女儿真的是千般疼爱，万般宽容。廖使君目瞪口呆之际，甚至怀疑起女儿是不是给陛下吃了什么迷魂药。

女儿吃的、用的，廖使君开始没注意，后来某天参加宴会，发现宴会上外邦使者进贡的国宝杯子，转头就到了女儿那里，被她用来装牛乳，不小心掉到地上也没想弯腰去捡，连多看一眼都没有。他这才注意起周围的摆设，然后惊觉几乎整个殿内的摆设都是重宝，要是在这里放一把火，能烧掉内库一半的宝贝。

这些宝贝不是应该藏在宝库里吗，为什么直接摆出来给女儿随便用？！

廖使君看着女儿虽然长胖了一点，但仍旧美丽动人甚至更显白皙的脸蛋，觉得司马焦可能是脑子坏了，这一点倒是和传闻中一模一样。

眼看亲爹又对着自己露出那种微妙的惆怅表情，廖停雁不得不放下银筷，擦了擦嘴，对他说："爹你放心，我还没胖成猪呢，等明年天气热了，我绝对能瘦回去。"她爹这几天每次看到她，都好像想叹气，她明白，任谁家里养的漂亮女儿嫁了人后，从小白菜被养成了大白萝卜，都不会高兴。

不过，其实换个思路来想，胖了也不是没好处，至少以后万一司马焦亡国了，而她变成了个看不清脸的胖子，就不会被人称作红颜祸水了。那些老头子也不会摇着头感叹司马焦因美色而误国，只会正视亡国原因大部分是司马焦太作死。

根本不是胖不胖的问题啊！看着女儿那毫无自觉的模样，廖使君叹了口气，语重心长："停雁，爹很快就要回河下了，你记住，享富贵时不猖狂，他日落魄也莫神伤，不管怎样，好好活着才最重要……"

亲爹眼里就差没写上"和皇帝谈恋爱没有好下场，你要宠辱不惊，千万保重"，廖停雁失笑，她选择来到司马焦身边，就是为了让自己和这位爹好好活着，可没想过和司马焦谈情说爱。司马焦这种人，能不能爱人还真不一定，对她这么好，也不一定是因为爱。

反正她不想多考虑这种问题，她只是想在这个世界好好活着，最好能一直像现在这样当个事事无忧还有大佬罩着的肥宅罢了。试问这样的生活谁不想要呢?

廖使君继续叨叨:“还有,洛京没人能照料你,你自己须得放聪明点,多几个心眼……”

廖停雁:“爹,宫里不缺聪明人,人人心眼都多,我这样就很好了。”毕竟司马焦可是亲口承认他就喜欢这种平平无奇、毫无心机、天真可爱的傻女孩啊。如果够傻就能得到司马焦的喜爱,廖停雁明白为什么原著里司马焦也把女主角放在身边那么久了。

等一下,这岂不是侧面印证了她其实和原著女主角智商差不多的悲惨事实?而且她待遇比原著女主角高出好几个档次,难道代表着她的智商也比原著女主角低了好几个档次?!

……这个眼瞎的暴君,还是亡国吧。

没多久,廖使君返回河下,廖停雁专门去送了他。穿着斗篷在寒风中望着车马远去,廖停雁呼出一口气,搓了搓手。

旁边的司马焦拉过她的手,他的手也不比这冬日冰雪温暖多少,廖停雁哆嗦了一下,但没放开,反而自然地反手握住他的手:“陛下,咱们回去吧。”

司马焦注视她的表情:“你若不舍得,我下旨让你爹来洛京做官就是,你想让他做什么官职?”

廖停雁摇头:“不了,爹在河下过了大半辈子,他的心血几乎都在那儿,搬去哪里他都不习惯,还是让他安生在河下养老吧。”

司马焦又说:“你家也没个什么亲近的亲戚,不然可以让他们到洛京来做官。”

来了,昏君必备,宠幸美人就一定要连带给她家里人升官,所谓一人得道,鸡犬升天,裙带关系自古以来就是宫廷里必备的。

廖停雁撇了撇嘴,很不以为意:“算了吧,虽说是亲戚,但当年因为我母亲的事闹得不愉快,我家和本家也不怎么来往了,没什么交好的亲戚。”

司马焦无用武之地，觉得身边的贵妃像只乌龟一样让人无处下口。

“那你还想要些什么吗？”司马焦盯着她。

司马焦这个恨之欲其死，爱之欲其生的性格，真是在每时每刻都展现得淋漓尽致，每天不给她点东西就不舒服，搞得她现在都快视钱财如粪土了，甚至看到一大片黄金，都会嫌弃太闪眼睛，这是何等奢侈的体验。

发现廖停雁没以前那么喜欢那些宝物了，司马焦又琢磨起了其他的玩意儿。

有一日，司马焦颇有兴致地来问：“给你建个天台如何？”

廖停雁：“……天台？”什么天台，哪天想不开了跳下去轻生，妥妥能摔成一摊烂泥的那种天台吗？

司马焦笑道：“一座百尺高台，就建在宫城中间，在上面可以遍览都城风光，如何？你不是喜欢赏景吗？”

廖停雁：我去！要死要死，好耳熟的剧情，这不是摘星台吗！好像真的要变妲己了，这不可以！

“不瞒陛下。”廖停雁抚了抚胸口，神色认真严肃地胡诌，“其实妾一到高处便会感觉头晕目眩，四肢无力，恶心想吐，越高越喘不过气。这毛病，河下一位医者说是‘恐高症’，所以天台，妾恐怕无福消受。”

司马焦听她此言，顿觉无趣，摆摆手：“那便算了，你若不能跟我一同赏景，那天台建了也没用。”

他转头回到前殿，见到一个谄媚的宦者迎上前来，想也没想，指了对方便道：“把他拖出去杀了。”

那宦者闻言，笑意变成恐惧：“陛下！陛下为何啊——”嘴立刻被人捂住，再发不出声音。

司马焦坐到案前，随手无聊地翻着大臣呈上来的文书。他不介意有人怀着小心思怂恿自己做什么事，如果恰好是他想做，那就做了，可如果他不想这么做了，那提出这个建议的人，就得死。

太极殿前挂着的尸体又换了新的。

当年年纪尚幼的新帝司马焦，要将尸体和剥下的人皮挂在太极殿前，惹来朝臣非议，众大臣慷慨激昂，斥责新帝年幼暴虐，结果当日太极殿前便挂上了一排新的尸体，鲜血淋漓，染红了玉阶。后来但凡有反对之声，那上面挂的尸体就多上几具。

朝臣们前来参加朝会时，从太极广场另一端，就能看到那杆子上破布一般在风中摇摆的尸体；走到殿前，更能闻到那浓烈的血腥味，众大臣无不噤若寒蝉，心生畏惧；待走进殿内，看到那坐在上首满脸稚气却不掩阴郁的陛下，他们再也不敢因为他的年龄而轻视敷衍于他。

到如今，年幼的皇帝长大，大臣们也习惯了太极殿外不时飘荡的血腥味和高高挂起的尸体。

“前些时日没见到陛下杀人挂尸，还道他回头是岸，如今看来，却是劣性不改。”

“可不是，先前还有人说陛下是得了贵妃，心性也随之改变，我早便说了，不过区区一个女子，哪能左右陛下心性，如今可不应验了？”

“你们可别说了，也想挂在上面不成！”

说话的臣子互看一眼，都在对方眼中看到了畏惧之意，立刻闭上了嘴。

却说这边廖使君平白无故被召来洛京，什么事都没做，只陪了女儿几日，然后就带着陛下的一大车赏赐回河下去。因为这些赏赐，廖使君回去时速度就慢了几分。

河下在庚州境内，从洛京回河下，有一条官道与尧州接壤，而这尧州，乃是秦南王封地。廖使君一行转上这条官道时，正好遇上一队神色肃杀的骑兵，这些人甲胄上都有秦南王家徽。见他们来得急，廖使君主动让出了官道，免得忙乱中撞着人。

可他们退至一边，那队人反而在他们附近停了下来。为首的武者是个黑脸大汉，他拍马上前，语气并不好，指着他们的马车问道：“里面是什么人？”

赶马的侍者道："是我家主人，我家主人乃河下廖使君，方从洛京归来。"

廖使君端坐车中，将车帘完全掀开，皱眉看向那为首的骑兵："诸位有何指教？"

听他表明身份，那黑脸大汉收敛了脸上表情，下马行礼："不知竟是廖使君，当真失礼了！属下是秦南王府参将秦庸，奉命追捕一个……流窜到此地的穷凶极恶的窃贼，因事态紧急，冒犯廖使君，还请廖使君恕罪！"

双方人马错身而过后，廖使君望着这队人远去的背影，不自觉皱了皱眉。什么样的窃贼，要轮到秦南王私兵来追捕？更何况那参将秦庸，据说还是秦南王身边一个得用的下属，来抓一个窃贼，岂不是太过大材小用？

车马又往前行了一段路，遇上一驾停在路边的驴车，车上堆着扎好的几捆皮毛，还有些挡风挡污泥的稻草，堆得高高的，一个青年男人在旁边喝水休息。

廖使君正往外看，见了这人，觉得有些眼熟，随车奴仆恰好认识这青年，忙对廖使君解释道："去年女郎在山道上遇到山匪，便是这位陈郎君相救，才得以逃脱。"

如此一说，廖使君便想起来了。让人停下车，他对那疑惑望过来的青年招招手："陈郎君。"

原来这运了一驴车皮子的青年正是陈韫——也就是原著男主角。

陈韫走过来，身姿挺拔，哪怕见了大人物也不卑不亢，拱手道："不知廖使君唤我何事？"

廖使君难得露出点笑意："原来你认得我。"

陈韫语气诚挚："河下百姓，谁人不知廖使君？"

廖使君见他面对自己态度寻常，丝毫不见谄媚之色，神情更是大方疏朗，不由得感到欣赏，提醒他道："看你是要往尧州方向去，方才我遇上了一队骑兵，据说正在抓捕一个穷凶极恶的窃贼，你孤身赶路，可要小心。”

陈韫目中露出感激之色：“多谢使君提醒，我自当小心！”

他说完这句话，似乎又有些犹豫，问道：“据说使君前些时日去了洛京，如今可是刚从洛京归来？”

…………

廖使君的车队重新启程离开，陈韫立在原地望着那烟尘滚滚中远去的队伍，不知在想些什么。

此时，他身后驴车稻草堆里忽然冒出个脑袋，一个娇俏的女声哼道：“人都走了，你还痴看什么？那就是你那心上人的父亲？”

19

一个容貌俏丽的女郎从稻草堆里冒出来，叉着腰，很不高兴的模样。她瞧着陈韫的神色，不屑道：“我还当是谁，不过是个小小使君罢了，河下这种小地方的使君，能教出什么样的女儿，教你这样牵肠挂肚的？还说什么河下第一美人，我看不过尔尔。”

陈韫不管她如何说，只不吭声。

那女郎见状，更加生气了。她乃秦南王独女秦无暇，从小备受宠爱地长大，养尊处优，还从未被人如此无视，可她看着陈韫那张俊朗正气的面容，又无法真的朝他发火，只觉得憋了一肚子气，气哼哼地说：“你方才可是想打听你那心上人？为何临到嘴边又不问了？”

陈韫低叹一声，眼神有些落寞：“我只不过一介平民，如今廖女郎已是贵妃，我何必多此一问？免得过多牵扯，还平白污了她的名声。”

秦无暇见他这求而不得的模样，又妒又恨，脸都涨红了，恨不得马上见见那廖停雁，好生和她比比。

秦无暇前些日子因为不满父亲做主给她选夫婿，一气之下偷跑了出来，半路还甩掉了几个护卫，就为了躲起来让父亲好好担心担心，不再逼迫她嫁人。谁知，她胡乱带着两个女奴疾驰半日迷了路，不巧还遇上了劫道的匪徒，那几个匪徒杀了两个女奴，抢了她们身上的钱财，还意图对秦无暇不轨，危急之际，是陈韫恰巧路过救了她一命。

自那以后，秦无暇就缠上了陈韫，谎称自己是一个富贵人家的女郎，被人拐带出来，请他带自己一程。

这陈韫在秦无暇最无助恐慌时从天而降，将她解救，又生得一副好相貌，行事磊落，秦无暇这个年纪，对男女之事最是憧憬，又如何不心动？可她骄纵自傲，心里对陈韫有那么点小女儿心思，又看不起他的平民身份，结果相处下来，这个男人不仅对她毫无意思，心里还有个求而不得的心上人，这下子秦无暇反倒越来越在意。

这几日在秦无暇的追问下，陈韫“无奈”地将自己与廖停雁的相识经过告诉了她。

“她也是被你救了？”秦无暇忍不住想，陈韫是否也像当初对待自己一样那么温柔地对待那个廖停雁？她被陈韫救下时，可是衣衫不整的，这个男人却没多看一眼，很快替她披上了衣服，还安慰了惊魂不定的她。只要想到这不是自己独有的待遇，秦无暇就觉得不甘心。

“既然你对她有救命之恩，她却依然弃你而去，选了那个暴虐的皇帝司马焦，可见那根本就是个爱慕虚荣的女人，不值得你这样钟情！”

陈韫头一次对她发火，沉下脸色道：“我与廖女郎相见不过几面，又只是平民，她看不上也是正常，我对她只是一厢情愿，她会选择入宫是因为皇帝选召，她绝不是爱慕虚荣之人，你莫要再诋毁她！”

也因为这次见识到陈韫发火，秦无暇才更加敌视廖停雁。她和陈韫相处，总是刁难他，故意折腾，陈韫从不对她发火，只默默满足她的要求，任她使性子，可没想到只是随便说了那廖停雁一句，这个好脾气的男人就发火了。秦无暇委屈之下更加不甘，渐渐地，见陈韫深情如此，又忍不住倾心，想着若这个男人先遇上自己，或许也会如爱慕廖停雁那样爱慕她。

秦无暇：每天都更讨厌廖停雁！

“休息过了，现在该继续赶路了。”陈韫暗自观察着秦无暇的神情，十分满意。

他坐在驴车上点出了系统面板，看着上面的偏移值舒了口气。在他的算计之下，女配秦无暇这边的线总算是没偏移。

算好时间去救人，再假装不知道她的身份，和她单独相处。秦无暇这种女人，他了解得很，要让她真正爱上自己，就得先吊着她，让她求而不得。所以他依着原著，给自己拗了个痴情人设。

秦无暇肯定受不了自己心动的男人对另一个女人这么牵肠挂肚，而她这么一介意，再加上他在旁边有意无意地刺激，秦无暇只会越来越深陷这段感情，然后就毫无疑问会像原著那样，闹着要嫁给他，并且十分厌恶女主角。如此一来，娶了秦南王独女的他，就能顺理成章接管秦南王私军，以后还能让秦无暇给他和女主角助攻。

他可是早就想好了，秦南王手里有人有钱，就是缺少机会，等到旱灾和瘟疫暴发……剧情路线就能全部矫正，总之，不管是那个莫名偏移了路线的女主角，还是这个国家，都是属于男主角，也就是属于他的。

陈韫打算着事情顺利，心情也好了许多。就算女主角现在不在他身边，在男配身边又怎么样，照现在这个偏移值算来，女主角根本就没对其他人动心，他还有时间矫正。

唯一令他不爽的就是，本该属于他的女主角，成了男配的人。陈韫想到这儿，眼神里满是嫌弃。

“喂！陈韫！你再跟我说说你那心上人啊。”秦无暇在他身后喊道。

陈韫头也不回，望着远方仿佛陷入回忆般，语气迟疑，带着一点不好意思：“其实我也不知说什么，我只知道廖女郎她心地善良，又十分善解人意……”

把一个单相思青年演绎得活灵活现。

秦无暇对面前这正直青年毫无怀疑，听着他夸赞心上人，恼火地在心里咒骂那个什么廖停雁。不是说皇帝爱杀人吗？希望她早点被那个皇帝杀了，免得陈韫还要一直惦念她！

廖停雁突然打了个喷嚏。

司马焦："……"

廖停雁："喏，陛下，妾给你擦擦。"

"不用。"司马焦抓住她往自己脸上摸的手，凑过去摸了摸她的脸颊，"最近你怎么经常打喷嚏，是不是不舒服？"

他转头唤人："叫几个医者过来替贵妃看看。"

廖停雁觉得自己没事，可医者过来一诊，说她确实有轻微的风寒症状。河下的冬天没有洛京冷，廖停雁第一次经历洛京的冬天，不习惯也是正常。

而且今年的冬天格外冷。

一连半个月，廖停雁都只能待在司马焦的内殿里养病，偶尔想出去走走，发现长廊两边都被严实地系上了帷布，只因为医者说她不能吹风。

这也太夸张了。廖停雁走出殿门不到三百米就转头回去了，她真怕自己说要去御园逛逛，这群人能把大半个宫廷都给围得密不透风。

不过她知道这不能怪这些宫人女侍紧张，都是因为司马焦。想到司马焦那天吓唬医者和宫人的话，廖停雁抽了抽嘴角，这是什么霸道皇帝爱上我的狗血剧情！

她在后宫养了半个月的病，没有跟着司马焦上大朝会，也就不知道大朝会上，中书令奏本称好几个州今冬干旱无雪，恐来年会有旱灾。可惜这事并无人在意，都相国与段太傅不对付，两个派系仍然在为了今冬关外部落引起的那一场战事争论不休。

司马焦在上首听得焦躁烦闷，直接踢翻了眼前的几案，锦帛书卷撒了一地，众大臣这才安静下来。

他们安静下来，司马焦也不耐烦听了，直接往外走，没人敢拦，众大臣相视苦笑，回去把要上报的各种事写写再呈上去。反正上头有国相、太傅、太保三座大山，皇帝确实不用做什么。

没过片刻，高太保带了人来。

“陛下。”

他每次过来，必定是有要事，司马焦揉了揉额头问：“有什么要报的？”

高太保：“下面人来回禀，说近日秦南王有调动兵马的迹象。”

司马焦不怎么在意地问：“哦，调动了多少人马？”

高太保：“不多，只是一队骑兵，但是由他亲信亲自带领，一直在辖地边缘徘徊，不知他们到底有何打算。”

司马焦嗤笑：“你怕什么，那老东西现在可没胆子造反。”

高太保劝道：“陛下，还是小心为妙。”

司马焦挥挥手，高太保又回禀了其他几件事。司马焦一一听罢：“都是些小事，你自己随意处置就是。”

年关罢了朝，和往年一般各处宴饮，躲了几个月闲的廖停雁也终于不能再每日瘫着享受了，常要跟着司马焦一起参加宴会，宴请大臣和贵族。还有几个小宴，请的都是皇亲国戚，算作家宴。司马家如今人也不多，特别是与司马焦血缘相近的，几乎人丁凋零，只有关系比较远的一支人数较多。

廖停雁难得出来见人，如今大家都知道陛下把这位贵妃捧在手心里，见了她都是阿谀奉承，这溜须拍马的种种手段，当真让廖停雁大开眼界——

好一个大型“舔狗”现场。

等到后宫开宴会，她才发现，论起夸人，还是没人比得过司马焦的后宫美人们。众位美人虽然也是“舔狗”，但舔得含蓄多了，清冷美人设定，温柔美人设定，直爽美人设定，每个不同类型的美人都有各自的“舔狗”大法，对比先前那些人粗糙的众口一词尬夸，这群美人段数不知高了多少倍。

虽然被司马焦叮嘱过了不能小看披着羊皮的狼美人们，可被这么多大小美人围着不动声色地夸，廖停雁还是心情舒畅。

所以说司马焦之前到底多难讨好，这样高段位的美人们都没能拿下他。反倒是她，基本上都没夸过司马焦，由此得出结论：司马焦根本不喜欢别人夸他。果然够变态。

见廖停雁被人夸一夸都如此高兴，司马焦摸摸下巴，问她："你喜欢美人？"

"既然你喜欢，明年多选些美人进宫，随你选，喜欢哪个挑哪个。"司马焦大方摆手。

廖停雁震惊，什么鬼！你要在你的后宫里给你的贵妃开后宫吗？你清醒一点！

等等，莫非这是试探？

对真的试探毫无察觉，每每平安苟过的贵妃，突然脑补过多，小鸟依人状依偎在司马焦怀里："不要了，妾有陛下就够了。"

司马焦扑哧一声，放下抵在唇上的手，随手搂过廖停雁，忽然发现一件事："你最近胸长大了？"

对呀，十几岁的女孩子长胸有什么不对吗？这是某个后宫美人献上的丰胸良方，果然有用！廖停雁看着自己的胸喜滋滋，胸不大的女孩子当然都希望能体验一下胸大的感觉！

司马焦看了她的胸一会儿，突然说："我觉得你胸不大的时候比较好看。"

廖停雁嗤之以鼻，呵，男人。那是因为你还没试过，试过你就会"真香"了。

司马焦一本正经："这些肉长在腰上比较好，抱着更舒服些。"

这人的审美怎么回事，这么极端的吗？廖停雁看看自己的胸和腰，露出一言难尽的表情。

20

转过年去，春日降临，天气格外好，日日都是清朗天气，洛京不少贵族相邀出门踏青，欣赏这大好春光。

然而有人欢喜有人忧，朝中管农事的官员看着日日阳光普照，都快愁白了头发。去岁冬日雪少，到了现在偏还不下雨，再这样下去，今年的庄稼都不好种。农人更是忧虑，人人望着天，脸上都是愁苦之色。

好不容易下了一次雨，半天没到又停了，太阳出来，水汽迅速蒸发，大地又是干燥一片。

“今年……怕是个灾年啊……”

各地干旱之势初见端倪，朝廷也终于开始注意，然而有效的应对之法却很少。每隔上几个年头，就会有这样的灾年，大灾小难不断，苦的终究还是普通百姓。

廖停雁身处这个时代最高权力中心，身边花团锦簇，一片安乐繁华，民间疾苦离她很远很远。如果她是和其他人一样万事不知的普通人，那她就能和这后宫笑语晏晏的美人们一样，就算有烦恼，也只是这座宫城装得下的烦恼。可她偏偏不是，她知道旱灾将会来临，还知道如果这个旱灾没有处理好，会死很多人，那么后期绝对会像原著一样持续暴发瘟疫。

于是司马焦发现，春日阳光明媚之际，自己的贵妃又莫名忧心起来。

到了夏初，她先前长出来的肉都瘦了回去——只有胸没瘦。

司马焦受不了了，一脸暴躁地在朝会中发了一通火，回去捏着廖停雁的下巴问：“你究竟在忧心什么？”

廖停雁老实说：“忧心干旱。”也是忧心亡国。

司马焦：“所以我问你，为什么忧心干旱？”那明明是和她没关系的事。司马焦并不能明白这种忧心，因为对他来说，这天下是他的，可也只是和内库里那些放着看却没什么用处的宝物一样。他从小到大，从未在意过百姓如何，或者说，从未在意过其他人如何，那与他何干？

廖停雁这个人让他觉得喜欢，他就想看到廖停雁无忧无虑、懒懒散散地活在自己身边，最好像之前那样。然而她现在，却为了区区干旱之事，忧心至此，这不由得让他想到之前发生的水患一事。

她是忧国忧民？司马焦敏锐地觉得不是如此，她往常都很懒散，只有在特定的事情上才如此紧张，似乎隐瞒着什么。这才是真正让司马焦觉得不快的地方。

有心想逼问几句，但廖停雁又不像那些被他吓一吓就什么都说的人。司马焦想向她发火，偏偏她凑过来撒娇，又抱又亲的，司马焦就……就发不出火了。

结果他越来越生气。

“不许再瘦了。”司马焦命令道。

廖停雁无语，这又不是她自己控制得住的，秋冬贴膘，春夏自然就瘦了，她早就说过了，等夏天到了就会瘦，不光是忧心干旱的事，也有天气的原因。

雨水稀少，好几个州今年都有旱情，急报文书一封接一封。因为廖停雁愁得都瘦了，司马焦不自觉就在意起来，好歹是花时间看了，又吩咐各地官员兴建水利诸事。见他这个皇帝突然对这事上心，底下的官员们面面相觑，也上行下效，同样关心起这事。

比起原著，现在的情况好了许多。然而随着天气越来越热，干旱的时间越来越长，田地里好不容易种下的庄稼因为得不到足够的灌溉而大片死亡，哪怕是一家人整日挑水浇灌，夙兴夜寐精心照料，也抵不住天上那炙热的太阳。

洛京附近还好，情况最严重的地方，在入夏之后，已经是赤地千里，大片田地开裂，野草都长不出来。

“陛下，涂州灾情严重，需尽快设法应对，臣请陛下开济仓放粮，赈济灾民！”李司空神情肃然沉重，出列躬身。

司马焦未说话，都相国便眉头一皱，断然拒绝道：“不可！济地粮仓，乃是为了战事所备，怎么能轻易用于这等事上，万一关外外族趁机进犯，我大军粮草何来！”

李司空愤然道：“难不成一州之人命，不比那无影的战争要重要？！如今涂州粮食不足，官仓粮食已经不能支应，少部分地区甚至已出现易子而食之事……”

都相国冷笑一声：“只不过死几个人罢了，李司空何必如此紧张，我看干旱持续不了多久，不必动用济地粮仓。”

他说罢对上首司马焦一拱手，大声道：“陛下以为如何？”

司马焦向来事事依他，很少反驳他的话，众大臣早已习惯，如今见都相国脸上全都是笃定，李司空等几个为了涂州百姓心焦的大臣，都忍不住心下一沉，李司空更是有些绝望地唤了声陛下。

司马焦沉着脸，静默片刻，开口道：“开济地粮仓，灾情严重之地，将百姓迁移，等到灾情结束，再令他们回到原籍。”

没想到他会如此决定，李司空顿时眼前一亮，立刻跪下道：“陛下圣明！”

都相国表情一僵，上前一步：“陛下三思，济地粮仓乃……”

“都相国。”司马焦打断他，面无表情，一双眼睛又冷又厉，“孤说开仓。”

都相国面颊抽搐一下，黑着脸站回去，再不说一句话。

司马焦又点了段太傅，他自从去年二儿子去世，在朝中表现得更加低调，几乎诸事不管。此时司马焦点了他出来，道：“赈灾诸事，需太傅协理。”

各大贵族人数众多，在好几个州府都有旁支家族，若想稳定情况，没什么比那些在本地扎根许久的家族更方便，司马焦此意便是令段太傅带头控制各地灾情，也有示意各大家族赈济之意。

段太傅抬起眼皮瞧了这位陛下一眼，随即答了“是”。他此时与都相国一般，对于司马焦的一反常态，感到十分奇怪。

上一回的水患，几乎都由高太保出面处置，众大臣都以为那被封为四品都水使者的沈石，是因为求到高太保头上，才被陛下放出来，又去处理水患将功补过的，没人知道是司马焦吩咐的。因而这一次，对于司马焦突然的行为，所有大臣都不由得多想了些。

多年不理政事的陛下，因何突然改变态度？他是当真因为灾情，还是……想起陛下当众否决了都相国，大家都觉得，恐怕这事不简单。陛下什么时候管过百姓疾苦？如今这事，恐怕处理干旱是假，忍受不了都相国才是真。

连都相国自己，也是如此想的。

一下朝，都相国回到府中，就召来了众位门客、心腹，商讨这事。

“他如今年纪大了，怕是容不得我了。”都相国神色复杂，有几分愤恨，又有些怅然。当年先帝将幼帝托付给他，他也曾一心一意扶持幼帝，可是人非磐石，怎么可能永远不变？他虽没有谋反的心思，可终究因为多年手握重权，生了些别的心思，也做了些谋私之事。

这么多年来，尽管司马焦暴虐成性，但从未反对过他的任何决定，日子久了，都相国便觉得如此是理所当然，今日突然被反驳，他心中惊怒，又有道不明的一丝恐惧。

难道，陛下真的准备处理他不成？先前他明明没有异样，陛下又是怎么生的这种心思？

一位谋客听闻他的疑惑，眼珠一转道：“陛下确实行事有所改变，国相不妨仔细想想，陛下是不是从那位廖贵妃进宫后，就有些不同了？”

都相国：“你是说，陛下被一个女人蛊惑了？”

“自古红颜祸水，陛下怕是被有心人挑拨了与国相的关系。”

都相国神色阴晴不定，哼了一声，又想起另一件事：“司马焦执意要开济地粮仓，那边的事很有可能会被发现，如今之计，只能找几个替罪羊，先解决了此事。”

“相国放心，必定办妥此事！”

…………

段家，段太傅与大儿子坐在一处喝茶，有下属来到门外求见。

“如何，知道陛下为何如此反常了吗？”段太傅问。

那跪在下方的人声音平平，没有抬头：“根据宫内的探子回报，陛下之所以会关注旱灾，是因为廖贵妃。据传廖贵妃知晓灾情后，郁郁寡欢，陛下不忍见她如此，才会为了安慰贵妃而插手此事。”

段太傅：“……”

他喝了一口茶，放下后道：“还以为他只是养个逗趣儿的玩意，不承想他如今竟成了个情种，为了一个美人？我当真是不敢相信。松雪，你觉得如何？”

段太傅的大儿子名为段松雪，此时他听到父亲问话，面容平静：“司马氏多出疯子，情种却也不少。不管此事真假，我们看着便是，如今该担心焦急的可不是我们。

“不过，宫中那位廖贵妃倒真是好手段，能逼得咱们这位陛下耐着性子做这种事，不可小觑。”

不可小觑的廖贵妃丝毫不知道司马焦又做了什么，她现在正抱着被子头昏脑涨。因为到了夏天，她怕热，所以宫殿里早早用了冰，作为要什么有什么的贵妃，冰当然管够，廖停雁毫无顾忌地在殿内放了不少冰盆。这样没有节制的行为导致的结果就是，她着凉生病了。

大夏天的，竟然患了风寒，比先前冬天那回还要严重。

廖停雁痛苦地喝着苦药的时候，忍不住想，为什么自己和司马焦一起睡的，结果只有自己一个人病了，司马焦还好好的？按理说，她的身体比司马焦不是要好很多吗？这不应该啊。

喝完药，含了个果脯，廖停雁又倒回榻上，用锦被把自己裹起来。

下次不能因为贪凉快就用那么多冰了，什么事都是，贪多没有好下场。

睡得迷迷糊糊间，廖停雁感觉有人坐在自己身边，用凉丝丝的手触摸她的额头。过了一会儿，那人收回手，走了出去。

廖停雁一个激灵，清醒过来，听到外间有人在说话。

“如今人人都在猜测陛下处理旱情的原因，奴先前也不解，如今才知，原来是因为贵妃。”高太保声音带笑。

司马焦的声音则不太高兴：“她为了这点事病成这样……啧，真是麻烦。”

廖停雁有口难言，不是，她真不是因为担心干旱担心到生病，是因为冰用得太多。

21

“今次干旱，秦南王封地尧州也有一部分地区受到影响。”高太保将得到的消息告诉司马焦，想了想又道，“还有一事，秦南王不久前，为独女招了一个女婿，此人平民出身，平平无奇。”

“哦？”司马焦想了片刻道，“秦南王对他那独女十分宠爱，估计是他那女儿非要嫁，否则以秦南王的心高气傲，怕是不会乐意招这么个女婿。”

高太保点头：“陛下料得不错，秦南王的女儿先前离家出走，回来后就吵闹着要嫁给那男子，秦南王拗不过她，应允了此事。那男子如今从平民一跃成了秦南王的女婿，当真是一步登天了，尧州人人都在羡慕他的好运气。”

司马焦古怪一笑：“好运？我看未必。秦南王老谋深算，如此轻易让一个平民娶自己的宝贝女儿，恐怕那人也让他很是欣赏，能让那老东西欣赏的人，会是简单人物？”

“陛下这么一说，奴也觉得此人不简单了。”高太保微微笑道，“那男子名为陈韫，据说是河下一个普通猎户，听着倒无甚稀奇的。”

啪——

内殿传来茶盏落地声，司马焦刚要说话，听到这声音就站起来走进内殿，和廖停雁望了个对眼。

廖停雁拉了拉锦被，瞄了眼地上碎裂的杯子。她刚才被司马焦吵醒，听到了他和高太保在聊天，谈论的是秦南王和女配秦无暇，她好奇之下就坐起身探着脑袋听，想听得更清楚些。

结果听到熟悉的“陈韫”两个字，她愕然之下动作太大就不小心摔了榻边的一个杯子。

陈韫这个原著男主角，廖停雁很久没有想起来过了，她以为自己偏离了原著女主角的道路，陈韫的命运也会随之改变，可没想到，他现在竟然还是走上了和原著里差不多的道路。

在原著里，男主角和女主角早就住在一起，还悄悄拜了天地做夫妻，然后陈韫就想给心上人更好、更富裕的生活，想办法在冬日运了皮子去尧州贩卖，路途中无意救了秦南王独女秦无暇，从此就开始了一路虐心虐肺。主要剧情就是秦无暇惦记陈韫，不依不饶；男主角对女主角情有独钟，偏偏命运弄人；女主角因为女配和各路配角阻挠，不断误会男主角，两人互相误会……虐来虐去，虐死虐活。

但廖停雁记得，在这个时间点，原著里的陈韫仍然没有接受秦无暇，他是在暴发瘟疫，众人起义之后，为了保护其他人，需要得到秦家支持和帮助才娶了秦无暇。

陈韫和女主角拜天地时，因为女主角的身份需要保密，所以除了他们两人，根本没有见证，男主角和秦无暇的亲事在众人看来才是名正言顺。而女主角因为恋人要娶其他女人，伤心之下选择了离开男主角，正是在这个时候，孤身离开的她被原著里的男配司马焦给遇见，带回了宫。

结果现在，在她这个女主角没有出现的情况下，陈韫提前娶了秦无暇。廖停雁心想这样也挺好的，既然这两人走到了一起，那就不会有原著的三人狗血恋了，祝他们相亲相爱到永远。

廖停雁捂着被子咳嗽两声。

司马焦走到她身边，抬起她的脑袋，看了看她微红的脸。

“听到我们说话了？”

“嗯。”

司马焦突然问：“你是不是认识那个陈韫？”

廖停雁顿了一下，等等，我一个字没说，你是怎么知道的？

看她这神色，司马焦脸色一沉：“果然认识，看你反应这么大，恐怕还不只是普通的认识。”

要不是无数次故意在心里骂他，他都没反应，廖停雁真要觉得这家伙其实会读心术了。

廖停雁坦白从宽，立刻拉着司马焦的手解释：“我确实认识他，我记得曾和你说过，之前遇上山匪被人所救，那个救了我的恩人就是陈韫。”

司马焦坐在床边，冷笑一声。

廖停雁就当没听见，照实说：“除了那次，后来我们又遇上过两次，一次是我带着家仆去上香，山间避雨遇到，一次是带着女奴游湖无意间遇到，我一共只和他说过一句话！”

司马焦一挥手：“解释这么清楚干什么，难道孤还会误会不成？”

廖停雁：你都说“孤”了还强撑什么啊！你一副发现女朋友有前男友的恐怖表情，不解释清楚会死人的吧！

手指绕着廖停雁胸前的头发，司马焦用随便问问的语气问她：“你觉得这陈韫如何，他是个什么样的人？”

有完没完了！你和他又没有交集，这种莫名其妙对他感兴趣的戏码是命中注定吗？廖停雁腹诽，片刻后给了司马焦一个答案：“他是个好人。”

从他们相处那短短几次来看，确实是个好人。原著男主角前期就是个好人啊，不然他能一次又一次地救姑娘吗？

司马焦：“还有呢，你觉得他外貌如何，性格如何？”

廖停雁恍惚中竟有种作为男朋友，被女朋友斤斤计较前任女友的微妙感，她一定是病得太厉害了。又咳嗽了一声，廖停雁机智地回答：“长得如何，我不记得了，毕竟只见过几次，性格之类，没有深交，我也不好判断。”

她说完，就见司马焦抬手摸向她的颈侧。

他摩挲了一下，把她扯过去亲了亲嘴。

廖停雁无语，等着，老娘这就把病传给你！

“你先休息。”司马焦擦了擦唇角，放开她，站起身走出去，十分正常，看不出来心情怎么样。

廖停雁啪的一下倒回床上。

…………

洛京中不知什么时候开始流言纷纷。

“你知道吗？据说这次大干旱，就是因为陛下残暴，又宠信妖妃，日日在宫中杀人取乐，所以上天才会降下惩罚，惩戒陛下的暴行！”类似的谣言传得风风雨雨，却找不到源头。

流言向来最难止歇，到后来，民众几乎都在谴责皇帝残暴，还有贵妃红颜祸水。

这事很快传到司马焦耳中，他招来守卫宫城的作骑将军，冷笑吩咐：“传流言者，杀。”

作骑将军额头冒汗，艰难道：“可是陛下，流言纷扰，说过的人实在太多，所谓法不责众……”

司马焦靠在椅背上，语气冷酷：“那就立刻派人驻守城中每一个路口，只要听见有人聚众传流言，便就地处死那个声音最大的，孤要在主街道上立百根旗杆，将这些人的尸首悬挂其上，让人知道非议天子的下场。”

作骑将军惊得不敢说话，这事当真是闹得太大了，先前洛京暗地里也有人在传陛下是暴君，但没有像如今这样疯传，惹得陛下大怒。他心知这次洛京中确实要有一场腥风血雨，老实退下后立刻点齐兵将，巡逻各处。

这行为一开始使得不少人愤怒大骂，坐实了流言，然而随着一根根挂着尸首的旗杆升起，敢出声的人越来越少，哪怕有心挑起流言的某些人，也不敢再明目张胆地四处煽动人心。

仍有少部分人悍不畏死，大肆宣扬：“怕什么！法不责众，洛京城中百万人口，陛下难道还能把这么多人全杀了？”

宫中坐在至高位置上的司马焦，说着同一句话：“洛京百万百姓，杀不完。

“不过是区区百人，若仍有人妄议天子，擅传后宫之事，便再竖一百根、一千根旗杆，孤倒想看看，是这些旗杆上先挂满人，还是流言先止歇。”

事实证明，在这样血腥的镇压之下，先前疯传的流言很快平息，望着街角挂着的尸体，没人再敢传那些流言，洛京陷入一种诡异的平静。

与洛京的平静相对的，是其他州府。流言仿佛长了翅膀，在其他地方迅速流传，尤其是受灾地区和受到影响的地方，不满之声渐起。

第一次听到有灾民暴动的消息时，廖停雁愣了很久。她想不明白，明明已经和原著不一样了，相比原著那触目惊心的惨象，现在因为朝廷重视，司马焦命人及时处理，各地灾情都有缓解，为什么还是有暴动？那是不是随之还会有起义事件？

司马焦搂着她，见她愣愣的，便问：“怎么，又在忧心灾民暴动？”

廖停雁回神，看着他，迟疑着问：“为什么灾民会发生暴动？陛下不是已经让人好好处理灾情了吗？”

司马焦挠挠她的下巴：“你怎么这么傻？”

廖停雁：“……”

“自古以来，天灾都会死人，但凡死的人多了点，人们就会恐慌，而一旦恐慌的人多了，就会发生暴动，这是很正常的事。”司马焦说。

不一样，在她那个时代就不会。廖停雁第一次如此清晰地明白，自己从前所处的时代，与如今所处的时代有多么不同，不同的观念，不同的政治体系，造就了不同的人民。

哪怕来到这里九年了，廖停雁还是无法完全习惯这个世界里对于人命的轻视、阶级的森严，在这里，所有人对于上级处死下级、主人处死奴隶，甚至父母杀死子女，都觉得理所当然，偶有人谴责，却都承认这符合规矩。

“要是发生暴动，陛下会派兵镇压吗？”廖停雁忽然问。

司马焦想也不想：“这是当然。”他顿了一下，神情不明，“你想让我不伤害那些暴民？”

廖停雁沉默片刻，摇了摇头：“我不会阻止陛下做任何事。”

她现在害怕对方因为自己而改变什么了，她不确定如果请求司马焦改变做法，导致的结果是好是坏，万一那是更坏的结局，她承受不来。

说到底，她不懂那些小说和影视剧里面的主角们哪来那么大的魄力，从一个普通人变成厉害角色就敢随随便便决定无数人的命运和生死，他们都不虚的吗？她可是虚得不行啊！

看她蜷缩在自己怀里无精打采的模样，司马焦抱着她，低声说：“你在难过什么？为那些你不认识的人难过吗？”

廖停雁缩在他怀里不说话，司马焦就摸着她的头发幽幽地说：“从古至今都是如此，风调雨顺，百姓就会安生。而一旦发生灾难，他们就会想敌对些什么，以此来发泄恐惧。我是天子，我的臣民可以臣服于我，也可以转眼反噬，这个道理我从小就明白，只要我示弱，就会被从天上拉到地下。坐在这个位置上，身边都是战场，这种事，司空见惯，无聊至极。

“你看这流言，你这么傻，肯定不知道背后有多少人在推动，暗地里又有多少人在蠢蠢欲动。”

廖停雁：“……我不懂。”

司马焦：“我知道你不懂，但是有我在，你就什么都不需要担心，安心地待在我身边。”

22

陈韫来到秦南王的书房内，见对方脸上带笑，看自己的眼神也很满意，他便猜到是事成了。

“父亲。”陈韫笑道。

秦南王点点头，拿起手边一封信递给陈韫："你来了，看看，洛京来信。果真如你所说，那位同意了，有他襄助，我们大事有望。"

陈韫笑着应和，恭敬地接过信，拆开细看。秦南王这些日子，看这个女婿是越看越顺眼，此人才智过人，最重要的是，他有野心，有胆识。在这一点上来说，比自己要更优秀一些。秦南王知道自己的性格，容易顾虑太多，没有这年轻人身上的果决。

这些时日，眼看着陈韫让自己手下那些人另眼相待，秦南王也适时放了些权力给对方。他就秦无暇这么一个女儿，日后他走了，女儿还要让陈韫照看，或许等他们所谋大事成功了，这天下都属于他秦家，而未来除了他自己，能坐上那个位置的，只能是女儿所出的孩子。

秦南王掩下眼里的精光，夸道："多亏了你命人四处传出流言，又派人四处挑拨灾民，现在只等情况更加严重，咱们便能借势起事。"

陈韫笑笑，叹息一声："只是皇帝司马焦残暴，恐怕那些闹事的灾民们要吃些苦头了，到时候我们须得早早派人襄助才是。再者洛京中我们安排的人，被皇帝杀了不少，实在可惜。因为些许流言就如此肆意杀人，若不推翻这暴君，定会有更多无辜百姓要受苦。"

秦南王不以为意："那有什么，不过死了几个人而已，再另派人去潜伏就是。"话虽如此，他心中对于陈韫的性格却很满意，就是这样的性格，日后才不太可能忘恩负义。

陈韫离开秦南王处，回到自己的院落，接到了另一封信。上面写的也是洛京的消息，不过比较杂乱，陈韫的目光最终停留在信末尾处，那里写着廖贵妃备受皇帝司马焦宠爱，近日正准备一同出行去九华行宫避暑。

夏日里洛京天气炎热，今夏格外怪异，好似比往年更热几分，廖停雁最是怕热，自从上次用冰太多导致生病，她病好后就再不敢随心所欲用冰了，但又实在很热。

夜里睡觉，廖停雁睡得迷迷糊糊了总是凑到司马焦身边，要抱着他睡，谁叫司马焦体温适宜。可是抱一会儿她觉得热了，又推开司马焦，滚到内侧，如此一晚上折腾来折腾去，司马焦简直要被她搞死，睡不好，火气也格外大。

为了大家都好，司马焦很快决定要带贵妃去九华行宫避暑。往年夏日，司马焦也会去九华行宫住一段时间，但从没带过后宫的美人一道前去，今年还是头一回，这下子宫内外更加了解到传说中的廖贵妃有多得圣宠了。

知晓司马焦带廖贵妃去九华行宫避暑，宫内其他美人心情都很复杂，往年她们巴不得司马焦赶紧去避暑，留下她们在洛京宫廷里好歹过几天安生日子，不用每日担心脑袋会掉，皮会被人剥了。但今年，司马焦特地带了廖贵妃一同去，就好像再一次让她们清楚地意识到，她们这么多人都没能办成的事被后来者办成了，心里怎么能舒服？最不舒服的是，对这种情况她们还毫无办法。

不管其他人怎么想，廖停雁是最高兴的那个。避暑行宫啊……她在原来那个时代的时候看电视剧有提起过，避暑行宫一般都建在山间，环境清幽，很是清凉。

在洛京待了这么久，她也有点腻，刚好去行宫散散心，见识一下古代最有钱、最有权的人夏天怎么过日子。

马车行驶了几日，才终于到了九华宫。此地果然是个风水宝地，才下马车，廖停雁就感觉到一阵清新山风拂面，带着无比干净清爽的气息，周围草木茂盛，青山连绵，使得气温降低，廖停雁立刻觉得一阵困意涌上，忍不住眯了眯眼睛。

此次出行，除了皇帝和贵妃，还有许多伺候的宫人和保护的护卫，他们都听过廖贵妃的流言，外面现在都传她有天仙之貌，才迷得司马焦神魂颠倒。可真正见过廖停雁的人极少，所有人心里都对她好奇，如今这次出行九华宫，众人才有机会亲眼得见那传闻中的绝世美人。

廖停雁被扶下马车陶醉于九华宫清凉山风的时候，脸上没了任何遮挡，冰肌玉颜，一身素色纱衣随风翻飞，当真宛若云中仙子，令人惊艳。

看傻眼的人不在少数，等廖停雁进了九华宫内，许多人才回过神来，心中暗道，我要是皇帝，我也喜欢这样的天仙美人。

如果廖停雁知晓这些人在想什么，她只会翻几个白眼。曾经，她也以为司马焦是好色昏君人设，但现在她已经明白，昏君是有的，好色是有待商榷的，毕竟这人真的审美堪忧，性功能令人怀疑。

住在避暑行宫的第一日，司马焦总算没有在半夜被自己的贵妃推醒，贵妃又恢复了以往的好睡眠，能熟睡到天亮。司马焦半夜发神经，捏脸咬手地折腾都没把她吵醒。廖停雁早上起来，发现女侍们看自己的目光有点奇怪，照照镜子，这才发现自己脸颊上有牙印，毫无疑问是司马焦干的好事。

厉害了，那厮怎么咬的，竟然都没把她咬醒。

司马焦觉得她才是最厉害的，那么咬她的脸她都没醒，要不是看她还在呼吸，都要以为她是没气了。司马焦百思不得其解，刚开始和他一起睡的时候，廖停雁是一推就醒，现在咬她都不醒，她是真对他这么没警惕心还是纯粹的懒？

廖停雁睡好了，胃口也跟着好起来，再加上避暑行宫里的山珍野味新鲜，不小心就多吃了点。再看看行宫里能当游泳池的洗澡池子，洗完了还有专门的女侍按摩，真是美滋滋的，司马焦都没她这么享受。

司马焦还在行宫某个角落里见密探。高太保坐镇洛京，有什么消息都会派遣底下的宦者过来汇报。

“回禀陛下，上次陛下命人去查探济地粮仓的事，如今已经查明了。济地粮仓里的屯粮，几年前就开始被都相国命人私自转移贩卖，如今内中存粮不满十之二三，先前陛下下令开放济地仓，都相国私底下从度园仓运送了大半粮食填补……”

度园仓存粮比济地仓还要紧要，司马焦之前之所以不动度园仓而开济地仓，就是出于这个原因，当初都相国执意不肯开济地仓，他就有所怀疑，如今证实，司马焦当真一点都不意外。

他脸上看不出多少怒意，甚至显得太过无所谓。

“既然如此，那就找机会让人揭发度园仓存粮减少，把管理看管两处粮仓的官员都处置了，至于都相国，随他去。”司马焦轻拿轻放，没有动都相国的意思。

回禀的宦者虽有不解，但万万不敢打探陛下想法，朝他一拜后退了出去。

司马焦起身去寻廖停雁，走出殿内，还未说话，遇上的宫人便主动拜倒行礼，接着告诉他贵妃在何处，都不用他问。

一路都是这样，好像宫人们都肯定他在这儿乱走就是去找贵妃的。

察觉到这一点，司马焦脚步一顿，竟然觉得有点不自在。什么时候开始变成这样了？

他没想清楚，就听到了廖停雁的笑声。她经常笑，看到喜欢的东西就高兴地笑，因为很舒服而惬意地笑，虽然不高兴，但是要假装高兴地假笑，等等，像这样轻松愉悦地笑出声倒是挺少。

司马焦想着，停住脚步站在远处看着。

廖停雁被几个女侍簇拥，正站在一片瓜田里。那大概是行宫里的宫人自己种的，就在御园一角，爬满地面的藤蔓甚至延伸到墙面，爬到屋顶上去了，地面上结了十几个绿油油的西瓜，廖停雁弯腰去敲西瓜听响，几个女侍在一旁替她提起裙摆和长发。她似乎刚沐浴过，长发还未好好扎起，披垂在身后。

廖停雁很有兴致，一一敲过那些瓜，最后选中了其中一个，女侍们看看那瓜，纷纷夸奖贵妃慧眼如炬，这瓜肯定是最甜的一个。

摘下那瓜，廖停雁还要自己抱着，女侍们忙把那瓜表面的一点灰土扫干净了，再交给她。

等在一旁的那个宦者穿着一身行宫里的青色制服，他低声说了什么，又往宫殿屋顶一角指了指。廖停雁听罢，抱着瓜倒退，踩到一块石头上往屋顶上看，脸上露出笑来。

司马焦听到她说：“屋顶上果然也长了两个瓜，还不小呢，摘一个下来看看？”

她这么一说，有的是殷勤的宫人过来，搬梯子摘西瓜，再送到她手中。

司马焦看完，也没过去，直接转身回宫殿里躺着。窗户大敞，外面的山风吹进来，司马焦没躺多久，闭着眼睛听到了一连串的脚步声。最前面那个脚步声轻快，他睁开眼睛瞟了一眼，果然见到廖停雁抱着两个西瓜过来了。

“陛下，妾刚摘的瓜，陛下要尝尝味道吗？”

司马焦坐起来，抬手推了推那放在眼前的两个西瓜：“这行宫中还种了西瓜？”

廖停雁笑着回答：“是行宫里一个宫人自己种的！”接着就把屋顶上也长了瓜的趣事说了一遍。

瓜切开，司马焦难得主动多吃了两块，没像平时那样吃点东西就和吞毒药一样。他愿意好好吃东西，廖停雁竟然觉得有点高兴，她反应了一会儿，觉得这就像不爱吃饭的熊孩子某天主动吃饭，看着的人也会欣慰一样。

伺候了司马焦好些年的瑾德心中也有些欣慰，这段时间以来，陛下不管吃睡都比以前好了，都是贵妃教得好啊。

23

在九华行宫的日子过得极为逍遥，廖停雁先前因为两个瓜赏赐了那种瓜的宫人，导致整个行宫的宫人都费尽心思讨好她，希望自己也能幸运地得到丰厚赏赐。

山间总归是比宫中更令人放松，有趣的东西也更多，宫人们今天抓到只漂亮小鸟，明天送上只小鹿，费尽心思给她逗趣儿。廖停雁自己玩不够，还要跟司马焦分享一下，他喜不喜欢这些，廖停雁看不出来，但能发现他至少不讨厌。

自从来了九华行宫，反而是司马焦大部分时间都瘫在那儿休息，廖停雁来劲地在行宫里到处跑。

山间行宫的夜晚宁静，开着窗，哪怕不用冰盆也觉得凉爽。他们睡的榻上垫了玉竹席子，冰凉凉的，很是舒适。廖停雁沐浴过后就散着发躺在榻上，手边摆着冰镇过的各种瓜果，司马焦在她身边，用手缓缓抚摩梳理她的长发——这是他最近新添的爱好。

往往廖停雁就这么迷糊地睡过去，早上醒来发现司马焦睡着了，还没醒。一连好几天早上醒来发现司马焦还睡着，廖停雁觉得不对劲了，要知道，从前她基本都比司马焦早睡晚醒，早上醒来发现他还在睡的情况极少。

她猜测，司马焦可能是在这个季节身体有什么异常。再想想他从前来这里避暑据说不带任何美人，也可以推测他确实有不寻常的地方。但司马焦不说，她就当不知道好了。

值得高兴的是，这些天司马焦的脾气好了很多，至少没动不动就要杀人。

发现这一点，廖停雁心头轻松了很多，再加上在这九华行宫无拘无束，她简直成了脱缰的野马，都能干出爬树摘果子这种不符合贵妃身份的事了。司马焦从来不管她做什么，除了司马焦，这里地位最高的就是廖停雁，这么一来，廖停雁干脆怎么高兴就怎么来。

她在行宫附近一条山溪里抓鱼，裙摆和袖子都湿透了，才在一众女侍宫人的帮助下抓到了一条小鱼。

最后这小鱼上供给了司马焦，让他吃了。

瑾德还是头一回看到这样的后宫美人，悄悄给司马焦打报告："陛下，贵妃这些天日日在浅滩那边戏水，是不是有些……"

司马焦倚在榻上闭目养神，挥挥手："随她高兴，多派些人守着。"

瑾德也只说了这一句，到底没敢多说。

然而，自古以来就有个词，叫乐极生悲。

快乐随性的日子没过几天，就出了事。这一日，廖停雁和前几日一样在浅滩处戏水乘凉，身边还有十几个伺候的宫人，更远处是一队把这片树林围起来的护卫，变故就突然发生了。

一群蒙面刺客冲过护卫的防线，朝她们这边冲来，吓得众宫人四散逃窜，瑟瑟发抖。有两个宫人拽着廖停雁就往林子里跑，想要躲开那些刺客。因为场面太过混乱，众人很快跑散了。廖停雁压根儿没想过会有刺客来刺杀自己。

诸位，讲讲道理，一般来说，难道不是刺杀皇帝才正常吗？

慌不择路跑了片刻，越跑越偏僻，廖停雁开始觉得不对劲，她停下来，看向那两个神色紧张的宫人："你们要带我去哪里？"

一个宫人紧紧抓住她，力气十分大："贵妃，奴只是带您避过那些刺客啊。"

廖停雁看了看周围，想拽出自己的手："那你们为什么越跑离九华行宫越远了？"

两个宫人对视一眼，一个双手抓紧廖停雁，另一个就要来捂她的嘴，廖停雁见势不对，挣扎着咬了一口那宫人的手，趁对方吃痛时大喊出声。树林中有树叶摩擦的声音传来，窸窸窣窣的，几个刺客打扮的人出现在不远处。宫人再次捂住廖停雁的嘴，在她耳边低声威胁道："贵妃可想好了，那些刺客是要杀贵妃，我们却暂时能保证贵妃安全，贵妃可不要不知好歹！"

廖停雁：你们竟然还不是一伙的吗？

她本来以为有两方人想对自己不利就已经够奇怪了，谁知道那两个宫人将她挟持着跑出树林，又遇上了埋伏，两个宫人猝不及防下被两支冷箭刺穿胸口，立即倒地身亡。廖停雁也中了一箭，不过她稍微幸运一些，箭没有扎中要害，只是扎在了手臂上，然而还是痛得她眼前一黑跌倒在地。

几个打扮得草莽气十足的汉子从树丛里跳出来。廖停雁刚抬头看了一眼，还没来得及跑，就被飞快冲过来的一个粗壮汉子给抓住了。那大汉扯住她的胳膊把她提起来，痛得她又是一阵虚汗直冒。真是惊了，怎么会这么痛？还有这个箭头不会不干净吧？万一感染发炎了，在这个时代真的会死人的！

“嘿，咱们哥几个运气可真好，捡到了这么个大漏儿，在这附近转悠了这么久没机会，想不到今天有人帮了咱们一把，将人送到面前来了。”汉子嘎嘎大笑，仔细打量脸色苍白、颦眉吸气的廖停雁。

“看这女郎长得这么漂亮，肯定就是那个廖贵妃了，这么美的美人，还是皇帝睡过的，就这么杀了不是太可惜了？不如咱们先把她带走，给咱们哥几个睡过，睡够了再杀也行啊。”

另外几个汉子都有些意动，看向为首那干瘦汉子，为首那汉子却摇头，干脆道：“不行，不要节外生枝，赶紧动手，割了她的脑袋去交货，赶紧把报酬拿到手才是正事。”

拽住廖停雁那汉子还有些不甘，叫了声“大哥”。

就在此时，先前的蒙面刺客追到了此处，双方一照面，愣过之后二话不说就动起手来。

廖停雁：……所以说你们也不是一伙的，到底有多少人要取我狗命？！手臂好痛！

而且说真的，如果这两方都是要杀她，为什么不一起杀呢？还要先对干一场再决定由谁动手，这也太蠢了吧？廖停雁在危机四伏的场合、生命岌岌可危的情况下，还是没忍住内心汹涌的无语。这种被人抢来抢去、杀来杀去的待遇，果然没有辱没女主角的身份。

要是早知道大白天在行宫附近抓鱼玩都会遇上刺客，她就老实待在行宫里跟司马焦一起睡大觉了！

廖停雁心里大骂，被那个汉子拽着边打边退。

“老三，先把这女人带走，老地方会合！”

抓着廖停雁那汉子大声应了句，拖着她往树丛里钻。那一伙刺客兄弟追过来的人不多，一时被这几个汉子给拦住了，没法追过去。而廖停雁这边被人拽着奔逃，身上的肌肤都被林中尖刺划伤，手臂上的伤口更是不停流血，把她衣裳染红了半边。

这边的山林茂密，长了很多刺丛。但那大汉似乎很熟悉地形，看样子在这里走过许多次了，几乎是拖着廖停雁转来转去，没一会儿钻出丛林，来到了一条偏僻的山道上。

廖停雁这身体本就是个贵族小姐，进宫后又被司马焦养得四体不勤，现在这一遭带着伤跑下来，险些晕死过去，刚停下就摔倒在地，眼前发黑。

真的不行啊，安逸使人堕落，不锻炼身体，逃跑都没力气。不过这位兄弟脑子真没问题吗？说好了杀她，怎么不直接砍她脑袋，还要费心费力把她一个伤患带着一起跑？

等抬头看到大兄弟满脸淫笑，廖停雁明白了，哦，见色起意。

说句实在话，看他这张脸，她宁愿选择司马焦。

“贵妃美人，乖乖地跟大爷我走，你要是肯好好伺候我一遭，爷杀你的时候就动作利索点，免得你多遭一回罪。”汉子嘿嘿笑，估计要不是这里还不安全，他就准备直接选在这里了。

廖停雁心里慌，脸上却没什么表情，更是一个字都不说。

坚持住，相信我方能行！一般而言，这种戏码一定能绝处逢生的……嗷，总之司马焦救命啊，你赶紧来救我！再晚我就真要死啦！

在廖停雁诚心诚意的呼唤下，一个人奇迹般地从天而降。不过不是司马焦，而是陈韫。

“廖女郎你没事吧？”陈韫不知为何牵着马出现在这荒僻山道上，一把干掉了那大汉后，就伸手扶住廖停雁。

“你……”廖停雁只吐出了一个字，整个人眼前便是模糊一片。

陈韫揽着她，满脸的担心之色：“我是陈韫，不知廖女郎还认不认识我？我们从前见过的。女郎受了伤，不过不必担心，我这便带女郎去找大夫医治。”

廖停雁连他的话都没听完就晕了过去。

…………

司马焦坐在上首，脸上神情冷厉，听着执金将军回报消息："整片山林都已经搜查了一遍，仍是没有找到贵妃下落，只找到了两个宫人的尸体、几具江湖草莽汉子的尸体，还有几具刺客尸体……"

察觉到陛下气息急促，执金将军连头都不敢抬，从昨日贵妃失踪到今日，已经不知有多少人为此受了牵连而丢掉性命，负责护卫贵妃的那位因为守卫不力，让贼人乘机掳走贵妃，早已被处置了。还有那些趁乱逃跑被抓回来的宫人、被抓住的刺客，前面那个宫殿的偏殿里已经响了一天各种惨叫声，让人听得毛骨悚然，他真怕现在陛下再发作一回，直接把他也给赐死。

好在司马焦只是冷冷吩咐了一句："继续找。"

执金将军下去之后，宦者匆匆进来，呈上文书："陛下，有人招认，有四个宫人被收买，有人要他们乘隙带走贵妃。"

"那些刺客呢？"

宦者脑袋更低："几个刺客还未有人招认。"

24

高太保本是有要事禀报，赶往九华行宫，不承想刚到中途就听到九华行宫那边传来消息，贵妃遇刺失踪，陛下大发雷霆。他当即不敢耽搁，快马加鞭，日夜兼程，终于用最快的速度赶至行宫。

他到时，距离贵妃失踪已经快三日。行宫中人人都是面如土色，战战兢兢，高太保走过中庭，闻到一股血腥之气从偏殿传来。他朝那边看了一眼，见偏殿门口一片血色。

走进后殿，见司马焦周身一片狼藉，额头脖颈都有青筋暴起，双眼更是血丝密布，高太保就知道他定是怒极，才会在这种时候发病。

他忧心道："陛下，可是没有服药？"

司马焦用力按着太阳穴："昨日就吃了。"

高太保吃了一惊，既然昨日就吃了，为何今日还是如此情状？

他转念一想，明白过来，只得小心劝道：“陛下，万不可再急怒伤身，贵妃定会平安无事的，待调集的军队来此，便是翻了这座山，也要把贵妃找回来。”

司马焦道：“她怕是已经不在此地了。”

他看向脚边那件染血外裳，眼中更添几分戾气，抬手拽起来丢在几案上：“今早在山崖下寻到的，失踪那日她就穿着这件外裳。”

衣服上撕裂的口子，明显可以看出是受了箭伤，恐怕还伤得不轻，鲜血几乎浸透衣裳，就是没死，怕也是去了半条命。

看着衣服上刺目的血迹，司马焦神色更加骇人，这种怒极却忍而不发的压迫感让人感到窒息。高太保也是惊心，心道廖贵妃竟能让陛下如此动容，实在是大大超过了他的预估。

为了打发时间宠爱几分也就罢了，如今看来，竟有几分“珍重”之意。

高太保态度越发慎重：“那陛下是否已经查清楚其中有谁在动手脚？”

司马焦不语，丢给了他几份口供，高太保细细看过，发现那日之事，竟是几方同时动手，机缘巧合之下才导致事情变成如此。蒙面刺客人数最多，且训练有素，目的是杀人。

另有几个宫人，是受了指使监视皇帝和贵妃，她们几个本没有要杀贵妃之意，但那日见刺客刺杀，机会难得，便想乘乱挟持带走贵妃。最终有两人带着贵妃逃窜进山林，尸体已经找到，其余几人被抓回来拷问，却没问出幕后主使。

最后是那十几名草莽汉子，他们是流窜各地作恶的亡命之徒，同样是受了雇用杀人，但这些人在树林里蹲守了一段时间也没寻到机会，最后因为遇上人数众多的蒙面刺客，几乎被全灭，只逃走了一两人。据说贵妃便是被其中一人给带走。

高太保看罢，思索道：“这些蒙面刺客训练有素，并且受了刑也绝不开口说出主使，怕是豢养的死士之流。

“而那几个宫人，能在陛下身边安排眼线，也非常人能做到。至于后面那些草莽贼人，手笔倒十分粗糙，像是巧合之下被他们得手。”

司马焦冷冷道：“刺客、宫人都不必查。”

高太保见他神情阴郁，气息沉重，猜到他应当是对这两伙人心里有数。

“去查那些亡命之徒，不管他们还有多少人，都给孤找出来，孤要把他们踏成肉泥。”

高太保心道，若这回贵妃当真出了事，恐怕又要死不少人了。他想起自己来九华行宫的初衷，连忙又道：“陛下，奴此行还有一事。”

“说。”

“涂州有灾民起义，如今已成不小的势力，他们壮大得太快，背后应当有人扶持。陛下看，是否应当派兵镇压？”

司马焦放下撑着额头的手，突然冷笑一声：“不，区区几个灾民而已，成不了气候，很快就会变成一盘散沙。去，命都相国整军，孤要攻打秦南王。”

高太保又被他吓了一跳：“陛下，秦南王世代镇守尧州，若毫无缘由就起兵，他怕是会干脆反了……”

司马焦反倒哈哈大笑起来：“孤是昏君，昏君杀人自然不需要理由。那不安生的老东西，反不反都得死。”

高太保见他这病发狂态，明白此事无可转圜，便干脆带着旨意行事。只是他再看那旨意上所书“都相国带兵”，忍不住想到，陛下此举，到底是针对秦南王，还是针对都相国？陛下是不是怀疑贵妃遇刺一事与都相国有关，又料到涂州之事是秦南王作祟，所以才忍不了这二人了？

只是陛下当真不怕都相国被逼急了，干脆和秦南王沆瀣一气吗？还是说，陛下就是在逼着这两人造反？高太保越想越深，几乎不明白陛下想做什么，眉头忍不住紧紧皱起。说到底，陛下此举，还是太冲动了，看来是病情太重，导致他无法自控。

经过一座宫殿，听到内里传来一阵阵嘤嘤哭泣声，高太保停下，问守门的宦者：“这里面关的又是些什么人？”

守门宦者忙答道：“回太保，是贵妃身边伺候的几个女侍宫人。”

高太保稍一扬眉：“这些人陛下竟然没有直接处死？”

宦者道：“这几个都是伺候贵妃好一段时间的，平日很得贵妃喜爱，那日也没有跟随在贵妃身边，所以陛下说暂时将她们关起来，等贵妃回来了也好继续伺候。”

若是贵妃回不来，这些人恐怕要和那些谋划此事的人一同丧命了。

这一切的腥风血雨，廖停雁都毫无所知。她从那日在山道遇到陈韫后晕倒，就一直未曾醒来。她臂上箭伤已经被处理好，换了衣服，被安置在一辆马车车厢内，身边有个仆妇伺候，每日里给她喂些药和汤水。

廖停雁迷迷糊糊清醒过片刻，然而她一醒来，那仆妇马上给她喂水，没过一会儿，廖停雁就觉得自己脑袋晕乎乎的，受不住再次睡过去。

马车一直往尧州方向去，因为看外表只是辆普通马车，并没有引起多大注意，等廖停雁终于彻底清醒，她发现马车已经快到庚州和尧州接壤处了。她生活了好几年的河下就在庚州，而且当初她上洛京时走过这条路，当然有印象。

所以发生了什么？为什么她这一昏好像过了很久？浑身僵硬不说，脑壳和手臂都疼，可能因为睡得太久，脑子都不太清醒了，昏昏沉沉的，反应了好一会儿她才弄清楚自己现在的处境。

接着她就无语了。原著男主角救了她之后没把她上交皇帝，反而偷偷把她带回家了？这是什么操作？

照顾了廖停雁好些日子的仆妇掀开马车帘子，见她醒了，露出了个不太自然的笑容，端着水过来：“女郎醒了啊，先喝点水吧。”

廖停雁没接。真的，她只是不懂政治，搞不清钩心斗角的弯弯绕绕，又不是傻，常识和警惕心还是有的，这都莫名昏迷这么久了，要说照顾自己的人没给自己乱吃药，能信？她现在觉得这里面肯定有阴谋。

扶着手臂爬起来靠坐在马车车壁上，廖停雁盯着那仆妇：“陈韫在不在？我要见他。”

说了这话后，见仆妇没露出什么奇怪神情，廖停雁就知道自己猜得没错，果然是陈韫把她带到这里来了。反正是谁都不可能是司马焦，因为这马车太硬、太简陋，硌得她浑身疼。

仆妇看上去并不是什么太机灵的人，一个劲儿劝廖停雁喝水，做得这么明显，更叫人怀疑。

见廖停雁死活不喝，仆妇也没办法，只得出去了，没过一会儿，廖停雁见到了陈韫。

这个原著男主角依旧是一脸的风度与正气，望着她露出欣喜的真挚笑容：“廖女郎，你真的醒了，这些日子你受伤太重，一直在昏迷，当真令我担心。”

廖停雁仔细打量他，不知道为什么，觉得这个原著男主角和当初见过的那个男主角有些微的不同。她想起山道上再见陈韫，他干脆利落杀死了那个汉子的样子，比起当初第一次见面救她那次，只是打晕了那个山匪的行径，这人确实是变了。

有点像原著中期那个杀伐果断的男主角了。但是这一切关她什么事？怎么想她都不该在这儿啊！

“咯咯，你应当知晓我的身份，怎么会将我带到这里？”廖停雁问出这个问题的时候，心里有个猜测。

陈韫叹息一声，说：“当今皇帝陛下残暴无德，如今上天示警降下惩罚，百姓顺应天命举旗起义，秦南王也愿帮助百姓们推翻暴君的专政，待他日一呼百应，起义军打上洛京，想必暴君亡国在即。廖女郎当初就是被强逼入宫，如今也不该受那暴君恶行连累，我……我也不忍心看到女郎受此磨难，因此才冒昧将女郎带回。”

廖停雁无语，这个原著男主角是真的不对劲，眼神和说话的态度都黏黏糊糊的。

陈韫等着廖停雁反应，却发现她压根儿没什么反应。如果她如他预料那般厌恶司马焦，听到这话应当为逃离魔爪而高兴才是，反之，如果她喜欢司马焦，听了这话也不该如此平静。

廖停雁语气平稳：“你现在是要送我回河下？”

陈韫一愣，笑道：“当然不，毕竟现在司马焦还没被推翻，如果女郎现在回河下，他当真派人来寻，恐怕女郎和廖使君都要出事，毕竟以他的残暴，什么事做不出来？为了女郎着想，还是先随我去尧州安顿好，藏匿一段时间静待来日。女郎且放心，我必定会好好照料女郎。”

廖停雁忍不住想起原著剧情，这个时间点，好像在原著里差不多是女主角因为男主角要娶秦无暇，选择离开，结果被男配带进宫，现在可好，反过来了，原本在男配身边的女主角被男主角带到身边。

陈韫盘算着，自己刚好可以趁这些日子好好和女主角培养感情，区区一个女子，还不是手到擒来？正在这时，他面前忽然浮现出一块面板，上面刷出一行剧情偏移提示。

提示：司马焦主动攻打秦南王，剧情偏移。

这个司马焦真的脑子有病，现在时机都不成熟，他怎么说打就打！好不容易把大小剧情扳回来就等着顺势发展下去的陈韫，在心里大骂司马焦。

光顾着骂人了，陈韫没发现廖停雁有一瞬间的失态。

廖停雁：我去！原著男主角面前突然出现的那块面板是什么？！

25

虽然在发现司马焦对智商没有要求之后，廖停雁就有意放飞了一下自我，想得没有以前多，但这只是一种生存智慧，不代表她真的变傻了。身为一个正常人，她又没有原著女主角那种谈恋爱自带的降智效果，发现本来就不对头的原著男主角面前浮现出一块神奇面板，她用脚指头都能猜到这家伙不对头了。

很有可能是个带系统的穿越人士！廖停雁捂着心口默默转头，以免被原著男主角发现表情不对。她，智商还在，演技没有。

然而廖停雁并不清楚，这位强压怒火的原著男主角，并不是穿越人士，他是男主角系列的里意识真实人格，因为剧情偏移而被系统唤醒，正在十分不爽地修正剧情，企图掌控属于自己的天下和妹子。

陈韫并不知道廖停雁能看见自己的面板，他脸上没露出丝毫异样，仍然是一脸正气的爽朗笑容，对廖停雁说道："我知道自己这个做法太唐突了，但是请女郎相信，我绝对没有恶意。"好一派坦坦荡荡。

廖停雁侧着脑袋，神情冷冷淡淡，宛若一朵骄傲白莲——对于不同角色需要展现出的形象不同，她以前几次看到男主角，就是这个调调，总之不能被他看出来自己不是原著女主角，否则谁知道这家伙会做出什么事。

还有，兄弟，你撩妹的时候能先把面板关掉吗？对着那块遮住了你半张脸的悬浮面板，我很难不露出异样神色。

廖停雁看着马车车壁不说话，火大烦恼又无语。

而在陈韫眼中，赏心悦目的病美人是弱小可怜又无助。面对这种突发状况，她一个没经历过多少风雨的贵族女郎，此刻心里肯定彷徨又迷茫，没错，他要的就是这种情况，这种时候更容易乘虚而入夺取美人芳心，他的经验之谈，对付这种女主角百试百灵。

露出一个势在必得的眼神，陈韫柔声凑近了一些，怜爱地说："你已经离开那个暴君身边，以后可以做自己想做的事，不用再过那种时时刻刻担惊受怕的日子了。"

廖停雁：……说到这个就有火，好不容易学会了撸恶犬的手法，如今已经度过了最危险的时候，愉快地走上了人生巅峰，过上了好日子，还没享受够呢，直接被这家伙搞黄了！

如果是在最开始还没上洛京那会儿，有人跟她说要搞死暴君，让她自由，她一定会感动庆幸，但现在，不好意思了，她只想打人。

陈韫还在展现魅力，柔声安慰，可是见廖停雁老没反应，他也觉得有点儿难搞。难道说错过了开头培养感情的剧情之后差这么多？他心思一转，决定还是不要急，先把人带在身边，感情嘛，总是能培养的。再不行，就等他大事成了之后，当了皇帝再把她带进宫去，总之女主角必须爱他这个男主角。

等陈韫啰啰唆唆一通走了，廖停雁一改刚才的面无表情，捂着受伤的手臂在马车壁上轻轻撞了一下脑袋——一半是痛的，一半是发泄心底的震惊。

这个陈韫，到底什么来头啊！从他那块面板和他表现出来的态度看，难道他是要纠正剧情，也就是要她和他谈恋爱，走原著的老路吗？如果大家都是穿的，为什么陈韫疑似有个系统而她同为主角却没有，这是不是性别歧视啊？还有那块面板上她不小心瞄到的话。剧情偏移，“司马撒娇”突然要打秦南王？

这剧情真的是偏到没边了，原著里可是到处起义，起义军汇成一股和秦南王一起打到洛京，司马焦也还在宫中我行我素，除了派兵镇压暴民，导致民怨更加沸腾，他可是嫌麻烦，没有主动打过谁。每次觉得司马焦变成司马娇的时候，他就会做出点事让她认识到暴君就是暴君，任性就是任性。

廖停雁叹气，司马焦到底要搞什么，他这么做不会导致提前亡国吧？还有就是，他这个行为，应该不是为了她……吧？

…………

“陛下，都相国整军待发，粮草已经备齐。”高太保望着神色阴沉的司马焦，迟疑了片刻后道，“如今查出那挟持贵妃的几拨人和秦南王那边没有关系，陛下还是要执意攻打秦南王吗？”

司马焦一句废话都没有，凉凉地说了一个字：“打。”

真没关系？那可未必。

这些天，他们已经回到了洛京宫廷，那被抓住的几拨人都被送进了专门的审讯室。不比九华行宫那个简陋的偏殿，在洛京宫廷的审讯室，由皇帝的几个心腹宦臣把持，里面的手段可不一般，哪怕是最嘴硬的蒙面刺客，也陆续有人招架不住招供，更不要说那几个宫人和后来抓住的一个草莽大汉。

其中最出乎司马焦预料的，是雇用那群草莽恶贼的背后之人，他们的雇主身份是徐家人。徐家也是百年望族，在洛京的贵族中虽然比不上段家的地位，但也不容小觑。那个雇凶的徐家人，唯一的女儿在司马焦的后宫里，之前位分是婕好，后来为贵妃进献丰胸良方得到褒奖，得以晋升为九嫔之一。

得到这消息，司马焦眼都不眨，直接令人将那徐嫔和她爹一起抓起来，送进了审讯室。这两人虽然有胆子做这种事，骨头却不硬，没一会儿就全招了。

说到底，就是因为一个词——嫉妒。那徐嫔在司马焦后宫里，是存活时间最长的一个，因此她时常觉得自己是特殊的，而这个想法在廖停雁进宫后彻底破碎了，廖停雁让她看到了什么才是真的特殊。

最开始，徐嫔也不敢有什么不好的心思，哪怕是因为廖停雁那稀罕的珍珠帘子把她最宝贝的那支珍珠钗比下去，使得她被人暗地里嘲笑，她也只是在背后发泄一下不甘而已。后来她还很有心机地转头去捧着廖停雁，结果廖停雁一转头用她献上的丰胸良方养出了那般好身材，又把陛下迷得更宠幸对方，徐嫔真是咬碎了一口银牙。

听到陛下要带贵妃去九华行宫避暑，徐嫔突然萌生了一个念头。九华行宫不比洛京宫廷防守严密，万一贵妃在行宫里出了事呢？这个念头本是一闪而过，她却像疯魔了一样，整天忍不住去想，越想越觉得蠢蠢欲动，最后她积攒许久的嫉妒和野心爆发，联系疼爱自己的亲爹雇用了一群恶贯满盈的贼人，前去埋伏在九华行宫之外，寻机杀了廖停雁。

做完这事之后，徐嫔脑子稍微清醒了一点，她明白自己这个布置很可能会落空，毕竟那些保护九华行宫的士兵不是那十几个江湖草莽能对付的，但她心里仍怀着一点希冀——如今阴差阳错之下让她得偿所愿，然而她的性命和她家人的性命，都要葬送在她这一念之差下了。

除了这一伙人，那几个背叛的宫人来头也略复杂。她们是段家安插在宫里的眼线，但不是段家家主，而是段太傅的二儿子段松峰，就是那个被亲父兄当作了弃子，“染病身亡”的段松峰。他秘密安排的这些宫人，段家其他人并不知晓，所以段松峰仓促死亡后，这些人就不敢再做什么事。

那两个在混乱中带走廖停雁，事后又死在弓箭下的宫人，曾和廖停雁一起听到了司马焦身世的秘密，是廖停雁的恻隐之心救了她们，若不是如此，早在当初她们就会被司马焦直接处死。这两人本该也是段松峰安排的人，但那次行为背后显然另有指使者，因为她们两个都已经死亡，没有办法再让她们开口招认，司马焦果断地将这事又记在了段家的头上。

至于那群蒙面刺客，指使者和司马焦所料不差，正是都相国。

听到这个确切的消息，高太保明白了，此次攻打秦南王，陛下根本不是要对秦南王出手，他是在对都相国出手。

不管都相国此次出征结果是输是赢，他都只有一条死路了。

叹息一声，高太保转头望向那巍峨的太极殿高台。

必须尽早找回廖贵妃，不然陛下再如此毫无顾忌地杀下去，情况比从前还要严重。他不得不承认，廖贵妃在的时候，陛下更像个正常人。

只希望贵妃现在还平安无事。

廖停雁虽然平安，但日子不好过。陈韫将她安置在尧州城一座带着高墙的小院内，只有一个力气很大的仆妇照顾她，与其说是照顾，不如说是监视更妥当。

住处从宫殿群换成了狭窄的小院子，前呼后拥的一大堆女侍宫人都没了，想吃什么玩什么随便挑随便选的待遇也没了，一时间还真不习惯。陈韫这个蠢人怕是把她当笼中鸟了，这就罢了，这笼子也太小了，相比起来司马焦那边待遇好到飞起，有了对比之后，廖停雁忽然觉得自己好想念司马焦。

陈韫将她藏在这里之后，隔两日就会来看她，还带一些有趣的小玩意儿或者珍贵的首饰送给她。廖停雁表示，见识过了司马焦的内库，这些东西真的很一般，她的眼光已经被迅速拔高，不是以前的她了。

冷眼旁观陈韫所作所为，廖停雁判断这个身份不明的原著男主角，是个典型的大男子主义，对于她这个“笼中鸟”，他态度不能说不好，但廖停雁能感到敷衍，这还是参照司马焦的态度发现的。显然，这个兄弟对于他自己的造反大业最关心，女人只是顺带，廖停雁理解，大男主角嘛。这个时代的男人，像司马焦那样的才是少见。

奇怪了，廖停雁发现，自从离开司马焦，自己反而一直想着他，甚至觉得他作为一个老板真的很不错。都怪当贵妃待遇太好，糖衣炮弹完全把她腐蚀。

深深觉得不能这样坐以待毙了，廖停雁一日趁着那仆妇闹肚子，搬着凳子准备爬墙。结果那墙真的太高，往下看一眼，估计跳下去腿都要摔断，她只能趴在墙头不甘心地寻找机会。

可能是为了防止她逃跑，这座小院子所在地十分偏僻，老半天外面的小巷都没人经过，就在廖停雁等得快不耐烦的时候，她见到一个路人经过。

“欸，这位郎君！你能不能帮我一个忙？我是廖贵妃，现在被歹人劫持，只要你救我出去，我就赏赐你黄金百万，还推荐你做官……”

还没说完，那个郎君就带着一脸“长得这么好看，可惜脑子有问题”的复杂表情走远了，根本没理她。

廖停雁这时候回想一下自己刚才的话，有种淡淡的熟悉感，听上去怎么这么像诈骗？！

26

廖停雁坐在院子里，反省自己刚才的行为，觉得自己可能是脑子短路了，说什么贵妃，胡诌个普通的身份，直接说自己被歹人抓住想逃出去，请人帮忙递个梯子就好了，完事给个几两银子答谢齐活。错就错在她不该说真话，果然这世界上的真理之一就是，说真话的时候别人永远不信。

仆妇黑着脸把那一堆桌子凳子搬下来，又黑着脸从廖停雁身边经过，没好气道："想不到女郎力气还挺大，搬这么多东西可累着了吧，奴劝您可别想着逃跑，您在这里人生地不熟，就算跑出去，没有身份路引，连附近的城都进不去，要是一个人走到荒野，再遇上些山匪恶贼可就不好了，现在这时候，山匪可多，一不小心，您这小命可就没了。"

廖停雁：大妈你有事吗？搞搞清楚，你们是绑匪，我是受害者啊。不跑岂不是显得我很消极？

这个仆妇是廖停雁住进这院子后陈韫换的，看她看得很紧，连大夫来为她换药，也全程盯着，不许她和大夫多说一句话。现在试图逃跑被察觉，她发现这大妈把自己看得更紧了。

失策。

然而廖停雁也不是这么容易认输的人，她默默等待时机，准备好盘缠行头，观察这妇人的习惯，然后在某天，趁人打瞌睡的时候一把把对方打晕——关于打人这事廖停雁没经验，打完后握着柴棒，紧张地去查看大妈还有没有气。

打轻了打不晕，打重了又怕直接打死，她可是斟酌了好一会儿力道。不知道那些文学作品里面的人物是怎么把握打晕而不打死这个度的。

毕竟是第一次亲自动手打人，还是打轻了。廖停雁低头查看的时候，仆妇呻吟着睁开眼，用手抓她，廖停雁毫不犹豫又是一下，这回人终于晕了过去。

廖停雁掏出早就准备好的绳子，把仆妇绑起来，用的龟甲缚，绳子一头绑柱子上。

做完这事，她狠狠喘了一口气，又按了按胳膊的伤处。接着不再浪费时间，把自己的行头拿出来，戴上帷帽，从仆妇怀里搜出大门钥匙，打开大门神色如常地走出去。

她算过时间，陈韫今天应该是不会来这里的，今天送菜送柴的人上午已经来过，下午没人会过来，所以她应该有足够的时间。

就像那个仆妇说的，她没办法一个人离开这座城，这个时代可不比现代，哪怕在现代一个女孩子单独出门都难免遇上危险，更何况是这个时代，她现在就相当于一个没有身份证的黑户，连城门都出不去。因此廖停雁左思右想，现在唯一的出路——去刺史府。

这里虽然是秦南王的封地，但仍然有朝廷的人，这是当然的，不管是明面上还是暗地里，皇帝总得在异姓王身边安排眼线。在司马焦身边的时候，他和高太保谈起秦南王，就没有避着她，所以廖停雁记得这尧州刺史，应该是司马焦的人。她也就只记得这一个。

找路人问了刺史府方向，廖停雁顺利找到了那座大门紧闭的府邸。

然后，她没想到的是，自己表明身份后立即被抓了。

原来此刺史已经非彼刺史，前任刺史在皇帝陛下宣布要打秦南王的时候，已经被秦南王给干掉了。廖停雁没想到秦南王手脚这么快，尧州和洛京隔这么远，消息传得这么快吗？还有秦南王怎么连挣扎都不挣扎一下，按理说这个时候做臣子的应该赶紧上表奏疏，表明自己忠心耿耿，没有造反的意图，请皇帝三思，以和为贵，不要打打杀杀，怎么这位直接就进入造反阶段了？这也太机智了。

总而言之，廖停雁倒霉地落入敌手。这位新任刺史是秦南王直系，后果就是没到半天，廖停雁等来了秦南王的女儿秦无暇。

原著女配啊。

“你就是廖停雁？你这样的女人，除了一张脸，还有什么能让我的陈郎念念不忘？”秦无暇居高临下地望着她，狠狠“哼”了一声表达自己的厌恶与不屑。

廖停雁一看大小姐这反应就明白，这位看来仍然是走上了原著路线，把她当情敌了。冤枉啊，她和原著女主角不一样，她对那个陈韫没有一丝一毫的感情！

你们谈恋爱能不能不要牵扯无辜路人？

秦无暇看着情敌那张惨淡却不掩丽色的小脸，那一身哪怕落难依旧显得清高傲然的气度，只气到想打人。上前一把将廖停雁推倒在地，秦无暇指着她大骂道：“不要脸，跟了司马焦那个暴君，现在又来勾引我家陈郎，我就说陈郎最近为什么总是忙，原来都是去看你这个小贱蹄子了，金屋藏娇？好哇，贱妇，我今天非得好好收拾你不可！”

廖停雁心里骂了一声，看着秦无暇跳脚的样子，心想谈恋爱果然降智商，看看这个长得娇俏可人的妹子，脑子都快被陈韫吃掉了。

再一想原著里，这个妹子从看上陈韫，用家世逼迫陈韫娶自己，之后一路跟到宫里，跟女主角争来争去，为男主角生孩子，最后被男主角用完扔了，死前还得看着男主角和女主角团圆，都有点儿想同情她了。

女孩子何苦为难女孩子，可惜秦无暇看上去完全不想听她讲道理。

廖停雁想了想，捂着脸嘤嘤地哭泣起来：“你就是郡主吗？请你送我回陛下身边吧，虽然其他人都觉得陛下残暴，但我是真心爱他的，我不能离开他，请郡主发发善心，让我回去，听说秦南王与陛下有些误会，只要我回去了，我定会帮忙劝解陛下的！”

嘀，当然是假的。

不知道是她这段时间演技有所进步，还是秦无暇妹子真的已经被爱情冲昏了头脑，竟然在半信半疑听完后，相信了她的鬼话。

“你什么眼光？竟然爱上司马焦那种小白脸！”秦无暇鄙夷地道。

廖停雁：你的眼光说真的更差劲……突然对自己的智商有信心了。

“你不要这样说，陛下对我很好，我们、我们是两情相悦的。”廖停雁擦眼泪。怎么样，大小姐，你放心了吧，我可不会跟你抢陈韫！这个和原著男主角没什么差别的男人随便你一个人怎么喜欢。

廖停雁没有想到秦无暇的脑回路竟会如此清奇，听了她的话，秦无暇没有放心，反而更加生气了，她咬牙切齿道：“陈韫那厮对你情根深种，心心念念都是你，还特地把你带了回来，我这么喜欢的男人，你竟然还看不上？！”

廖停雁：不是，姐妹，我不喜欢陈韫，你不是应该“喜大普奔”，庆幸没情敌跟你争吗，你反倒更生气了是什么操作？

秦无暇：“不管你对陈郎有没有那个心思，但陈郎对你有情，你就必须死！”

“你们两个，去，给我勒死她！”秦无暇随手指了两个奴仆。她身后跟着二十多个奴仆，此刻站在后面的一个仆人暗暗露出焦急神色，不动声色往后退了出去。

没法讲道理了，一条路不通就走另一条。廖停雁眼看秦无暇想要弄死自己的意志坚定，一擦脸，高贵冷艳地道：“你要是真的杀了我，被司马焦知道，你会死得很惨，整个秦南王府都会死得很惨。所以，杀不杀我，劝你还是不要轻率决定。”

惭愧，这个觉悟她还是有的。毫不夸张地说，万一她真死在这儿，司马焦举兵踏平尧州，完全有可能。

秦无暇被她堵了一下，胸脯都气得不断起伏。

“郡主不如问过秦南王再说？”廖停雁心道，秦南王这种人，肯定不会轻易杀她，毕竟有利用价值。

秦无暇死死盯着她，尖叫：“你还敢威胁我！我现在就要你死！反正司马焦迟早都要亡国，我怕他吗！”

廖停雁无语，怎么回事，感觉女配比原著里更加蠢了，原著里至少还有那么一丢丢隐忍，现在完全就是骄纵任性更上一层楼，果然是没被挫折磨砺过的后果。

“你们还在等什么，快去啊！”秦无暇踢了那两个仆人一脚。

两个仆人没办法，只能磨磨蹭蹭地靠近廖停雁。

廖停雁：没问题，能苟住的！一般最后关头肯定有人来救的！

她被逼到墙角，避无可避，就在这时，有一个人影大步走进来，喝道：“住手！”

是陈韫。不愧是原著男主角，无论什么时候救人都有他的事。

廖停雁舒了口气，看着那一对怨偶当场吵架。最后还是陈韫棋高一着，把秦无暇哄了出去，两人去外面说话。

“无暇，我带她回来并非因为我心中对她……只是为了父亲能达成所愿。现在不能杀她，她另有用处。”

“什么用处？我看这就是借口，你分明就是还想着她，所以以公谋私！”

“并不是，无暇，你应该知道，大军逼近尧州，如今情势不容乐观，父亲准备设计杀死司马焦，到时候大军军心溃散，我们便能趁机夺得胜利。为了杀死司马焦，廖女郎必不可少。”陈韫说到这儿低声道，“那司马焦不是据说十分宠爱她吗？可以用她做诱饵，引司马焦过来。”

秦无暇怀疑地看着他：“你说的都是真的？”

陈韫叹了一口气：“我本不想用这种不光彩的办法，但父亲坚持，为了大业，也只能如此了。”

秦无暇不情不愿：“既然如此，我就暂且饶过她。但你不许再去看她！把她关进秦南王府，我会亲自派人看着！”

看着秦无暇离开，陈韫眼中露出几分厌恶。如果不是还要借助秦南王的势力，这样骄纵又不听话的女人他早就不能忍了。

算了，要不了多久了。人已经拉拢了半数，很快，他就能让秦南王“意外死亡”，到时候顺其自然接手一切权势，再等司马焦死了，结局还不是和原来一样？

整整衣服，陈韫走进屋内，对坐在椅子上喝茶压惊的廖停雁露出个苦笑：“让你受惊了，无暇误会了我们的关系，才会对你无礼，不过我已经和她解释清楚。我觉得你大概是误会了什么，才会自己跑出来，如果你不喜欢住在那儿，就住进秦南王府吧，王府内地方更大，你应该会喜欢。”

于是廖停雁被转移到秦南王府，秦无暇和男主角陈韫一样兢兢业业地走着原著路线，对她非常敌视，一日三餐过来辱骂。廖停雁平心静气，让她骂。

所谓吵架，并不是声音大就是赢，要看最后谁更生气，谁更气，谁就输了。秦无暇每每来吵架，骂到口干舌燥，再看廖停雁听而不闻的淡定模样，都要把自己气到七窍生烟。

终于有一天，秦无暇忍受不了廖停雁那个样子，放狠话说：“你不是爱你的陛下吗？过不了多久他就会来了，到时候他入了圈套，就能和你这个诱饵一起做一对死鸳鸯！”

圈套、诱饵？凭两个词几乎能脑补出全部阴谋——好恶俗的剧情！还是原著没有的剧情。

“怎么样，你的死期不远了，还有什么想说的吗？”秦无暇得意扬扬，想到情敌的结局就觉得总算出了口恶气。

廖停雁：……谢谢你的剧透？

27

都相国率领的大军与秦南王多年暗地里招揽的军队在尧州城外隔着一片原野对峙，双方虽然有过两场小规模战役，却都伤亡不大，似乎在试探些什么。从兵力上来说，秦南王比不过朝廷大军，但秦南王坐拥尧州城多年，修筑了高墙堡垒，如今的尧州城是一座易守难攻之城。

若就这么龟缩在城内，朝廷大军也没办法，想强攻的话，恐怕会死伤惨重。都相国试探过后，只得退守驻扎。

都相国也并非一心一意要为了皇帝奉献生命，他看得出来面前是条死路，哪里肯就这么乖乖走下去，难免动了些其他心思。

而秦南王这边，自然也想着最好能策反都相国，两方结盟，对自己情况更有利，再加上陈韫的多方献策，秦南王更倾向于拉拢都相国。两方你有心思我有意，私底下便悄悄接触起来。

皇帝的车驾仪仗就在这个时候来到，进了朝廷大军驻扎地，被都相国恭恭敬敬地请了进去。

很快，尧州城内的秦南王和陈韫就知道了这个消息。秦南王近日不知为何身体不适，在床上躺了两日，越来越没精神，听到这个消息才稍稍振奋，对陈韫道：“你猜得果然不错，那司马小儿还真的因为一个女人，不惜亲自来此涉险。”

陈韫仪表堂堂，跪坐在秦南王的病床边，肃然道：“那司马焦倒不一定是为了廖贵妃来此，只是司马焦这人身为帝王，容不得人驳他的面子、践踏他的尊严，被我们送去的信一激，想要亲自来此督促攻城，也是正常。”

虽然心里猜测司马焦大半就是为了廖停雁来的，但他作为这个世界的男主角，怎么可能承认这种事，细细一想这不是给自己戴绿帽吗？女主角当然只能和他这个男主角在一起，也只能爱他，这是天经地义，什么男配司马焦，碍了他的眼就得死。

秦南王显然也很得意：“那司马小儿狂妄自大，还以为自己有几十万大军保护，却不知身边的‘忠心臣子’已经叛变，且看他还能猖狂几日！

“你再去联系都相国，确定我们的计划万无一失！”

陈韫得了秦南王指示，老实答了“是”。恰逢侍者送来汤药，陈韫没有多留，告辞退下，目不斜视地从那侍者身边走过去。

才走出秦南王处，陈韫就被秦无暇缠上了。

“你最近怎么越来越忙，都没时间陪我戏耍说话，父亲手底下那么多人，你有事叫他们去做不就是了，你自己这么忙活做什么？”秦无暇很是不满。

陈韫只得耐心与她解释了几句：“我保证，这一切很快就要结束了。”他伸手抚了抚秦无暇的脸颊，目光似有若无地从秦南王寝殿掠过。确实快了，一切都已经安排好，只等众人入套，他便能收拢手中的线，将那些碍眼的角色一网打尽，去接手这属于他的江山。

见陈韫匆匆走了，秦无暇气闷，转念想到刚才从陈韫口中知道的消息，立刻就得意地跑到关押廖停雁的院子里抖擞起来：“司马焦已经到尧州，你们的死期也越来越近了！”

竟然真来了。廖停雁摆出高贵冷艳的脸把人气走之后，表情一下子垮下来，皱起眉望向窗外天空，抿紧唇。

虽然每次遇到危险，她都会想自己是女主角，一定能苟住，但这不过就是自我安慰罢了，她比任何人都清楚，这并不是一个故事，对她来说，这就是现实世界，会发生很多变故，她并不特殊，死亡也就只需要一瞬间。对她是这样，对其他人也是这样。

……所以司马焦到底会不会冒险来救她？

司马焦确实来了尧州，可他此时并不在大军驻扎的营地里。

都相国把从洛京来的“陛下”请进帐中时，确实有着不好的打算，然而他很快发现“陛下”有些不对劲，忍不住靠近了仔细打量，立刻察觉这人脸上的不自然，像是被什么东西涂抹成了这个样子，他的眼神和动作，也没有真正陛下的那种戾气。

这不是司马焦！眼见都相国色变，跟在“陛下”身侧的高太保上前一步，走到“陛下”身前，朝他微微笑了。

“都相国。”

“高太保，你这是什么意思？”

“陛下本该亲自前来，然而陛下又不知怎的犯了病，不耐长途跋涉，想留在洛京，因此只能出此下策，令人替他来了。顺便，这里的事，也更适合一位假冒的陛下配合，不是吗？”高太保意味深长地道。

都相国眯了眯眼睛，他听出来高太保的话中深意，想也不想矢口否认：“我可不知道……”

他说到这儿，见高太保捧出一个匣子，递了上来：“相国也不必急着否认，不妨先看看陛下慰劳你的礼物。”

都相国心中有不好的预感，劈手夺过匣子打开来一看，见里面是一些贴身的配饰——首饰玉锁等物。他当然认得出来，这些都是自己家人的贴身物件，有自己老妻的，几个孩子的，还有孙子从出生后就佩戴着的长命锁。

都相国瞬间红了眼，一双眼凶狠地瞪向高太保。高太保却岿然不动，甚至面上依旧带着笑意，道："相国虽然离开洛京之前悄悄安顿了家人，但陛下担心那些人照顾不周，所以早就把他们接到一个安全之地保护起来了，只等相国打了胜仗的消息传回去呢。"

"你……"都相国怎么都没想到，自己以为万无一失的安排，竟然被司马焦察觉。

高太保见他惊怒骇然，放缓了语气："相国对陛下忠心耿耿，陛下自然不会有负相国，毕竟陛下也是相国看着从小长大的。"

都相国面颊扭曲了一阵，眼神挣扎地望着那匣子，终于慢慢露出颓色，低头道："臣，遵陛下命。"

高太保毫不意外。都相国此人，虽然有野心又残忍，对付政敌心狠手辣，贪起钱财来更是从不餍足，却十分看重家人。他与老妻感情极好，对自己的孩子们也极看护。当初，正是因为他这一点，先帝才敢放心让他做这个相国，陛下与先帝性格截然不同，骨子里却有着相同的东西，他同样是因为这一点，才放任都相国这些年在朝中呼风唤雨。

不是怕了他，而是觉得没必要动他。一来都相国好用，朝中需要这么一个人；二来也是他没有真正做出让陛下恼怒的事情，才能活到现在。如今他要弑主，司马焦自然留他不得。他们都很清楚，这一回，司马焦要的就是都相国的命，不管这一场是输是赢，都相国的命都要留在这里，以换取他那一大家子的安全。

"相国须得知道，陛下也是给你留了面子，相国识相的话，至少还能得一个忠君爱国的身后之名，家人也不必被牵累了。"

…………

都相国从皇帝大帐走出来，脚步沉重，眼眸深处带着深深的愤怒和恐惧，还有无可奈何的认命。听到属下报秦南王那边又悄悄来人了，他神色一厉，想起方才高太保所言，一咬牙："和先前一样带到我帐内。"

面对秦南王的使者，都相国没露出丝毫异样，同意了他转达的计划："司马焦确实就在帐内，到时候我自然会引他送死，告诉你家王爷，不要忘记他的话，好好配合。"

等侍者悄悄离去，都相国命人唤来了自己的儿子，这是唯一随他来了战场的儿子。这一场战事过后，他自己怕是没命回去，只能趁现在还有时间，提早交代好后事。他这些年确实被司马焦的表现眯了眼，还以为他只是个脾气暴戾的庸人，没想到，真是会咬人的狗不叫。如今他只希望，自己按照司马焦的吩咐去做，他能依言放过自己家人。

且不说这时众人心思如何，那位逼得都相国自愿送死的司马焦，此刻正坐在一辆外表普通的马车里，带着几十名护卫，装扮成普通小家族子弟，暂时歇在尧州城外一家客店里。

尧州城因为战事紧张，对于进城之人盘查尤其严格，带着护卫坐着马车，还全是生面孔，不可能混进去，不过，却不妨碍有人出城递消息。

一名妇人出了秦南王府一路出城来到客店，她隔着屏风跪下，语气有些磕巴地拜见贵人，等着对方问话。她虽是被安插进秦南王府的棋子，但身份低微，在王府内也做不了什么大事，从没想过自己有一日还能亲自拜见贵人，此时紧张得连呼吸都快屏住了。

听到屏风后有人问："她怎么样，伤可好了？"

妇人知晓他问的是谁，忙答道："贵、贵妃如今在王府中，有大夫为她医治，只是手臂先前几乎被、被刺穿，好起来没那么容易，如今依旧是不能着力，时不时还会感到疼痛。"

"瘦了吗？"

妇人答了一段话，见那位传说中的暴戾主子也没怎么要打要杀的，稍微轻松了些，说得也更仔细了："贵妃因失血过多，这些日子面色一直不好，奴也不能常去，偷偷去看过几回，见贵妃神情郁郁，脸上不见欢喜，似乎是有些消瘦的模样。"

"王府内大家都知道，郡主对贵妃有敌意，时常去为难贵妃……"

妇人老老实实，把自己知道的一切都说了。

说完后，见屏风后没有一丝动静，她便被人安排出去，又见了一位做普通侍从打扮的宦者，那宦者交代她：“你可得好好看顾着贵妃，一旦有动静便传出消息来，马上要乱起来了，无论如何都得护住贵妃。”

妇人连连答是，又不引人注意地回到王府。

屏风后的人是司马焦，他闭目揉着额心，不发一言，走进来的瑾德见他这模样，摸不准他在想些什么，只能站在一旁，轻声道：“陛下，已经让人回去了，贵妃目前尚无性命之忧，陛下总算能放心了。”

司马焦抬眸睨了他一眼，把瑾德看得脖子一缩。

“告诉高太保，让相国动作快点。”司马焦不耐烦道。

再不快点把人带回去，可能腰都要瘦没了。

没过几日，陈韫向秦南王建议先把王府女眷送到安全的地方，免得有后顾之忧。秦南王身体好些，正安排手底下的人防守，哪怕有协议在前，但说到底也得防着对方临阵变卦，听到陈韫此言，他思索片刻就答应了下来。

秦无暇却不肯走，陈韫劝了半日，秦无暇才问他：“那廖停雁你准备怎么办？”

陈韫道：“她自然不能走，父亲已经决定将她绑到阵前。”

秦无暇怀疑地看着他：“你忍心？”

陈韫露出哀伤神情，掩饰一般看向他处，大义凛然道：“如今情势瞬息万变，我怎么能为一己之私弃大局于不顾？”

秦无暇：“那好，开战前我就走！”

廖停雁很快又被秦无暇剧透一脸，知晓了自己即将被绑上城头的下场。所以这到底是什么古早虐文狗血剧情，女主角，还是这种红颜祸水挂的，出现在两军阵前，如果不能来一场高论阻止战争，那就只能凄美地跳城墙了。

这次她猜错了，在她被绑上城墙之前，有人进入她的小院，要秘密护送她离开，留下一个替身。派人做这事的不是别人，正是陈韫。他当然不能让女主角就这么死了，于是想出偷天换日这一招。

廖停雁被人送出秦南王府，刚从秘密通道出了城，还没走远，就被等在附近的秦无暇给拦了下来。本该早一日离开的秦无暇等在这里，就是猜到了陈韫可能不老实，特地在这里堵人，果然被她给堵到了。作为女配的智商在这一刻加满，这大概就是女人对于自己男人特有的谜之侦探属性。

秦无暇气愤，廖停雁更气，她这一阵子一直被人运来运去也很有意见的，都快要在沉默中变态了，为什么她还非要走这种感情纠葛原配抓奸小三的剧情不可？明明她的原剧情都飞出去了，这夫妻两个还要把她拉回来各演各的，听着秦无暇在这儿“贱妇贱妇”地喊，她真的好想堵上这丫的嘴，再把她踹下马车。

秦无暇应声滚下马车。

廖停雁：……我好像只是在心里想想还没动手吧？

不远处的树林里驶出一辆马车，车辕上跳下来一名弓箭手。

28

密道出口在城外，先前秦无暇就是躲在一边堵廖停雁，她们完全没发现不远处的树林里还藏着一拨人。更没想到一照面，那边就有弓箭手突然射了一箭，正中秦无暇。

秦无暇倒下得非常突然，几乎所有人都没能第一时间反应过来。那小树林里出来的一队人反应却很快，秦无暇中箭摔下马车的同时，就有几十个身穿灰衣的护卫迅速朝廖停雁她们这边奔来，手中都举着明晃晃的刀。

这群人个个面色肃然冷厉，疾行时训练有素，几乎眨眼就奔到近前。

“保护郡主！”秦无暇的奴仆侍从们回过神来，一阵慌乱惊呼。

秦无暇身边也有几十人，却有一半都是手无寸铁的奴仆，因为秦无暇娇贵，死活要带上这么多服侍的人，如今这些人有两个还能保持镇静，哆哆嗦嗦去将倒在地上痛呼的秦无暇扶起来，发现那一箭射穿了手臂，她从马车上摔下来的时候箭被撞歪，拉开了好大一个口子，鲜血汩汩往外流。

廖停雁这边则只有几个人，还是为了制住她，不让她乱跑的，都是陈韫所派，如今遇到不明身份的敌人，也是乱作一团。

所有人面对那些气势凌厉冲过来的灰衣人都很慌，唯独廖停雁，双眼晶亮，盯着那只剩几个灰衣护卫护着的马车。

先前站在马车车辕上的弓箭手跳下来，站在一边，那车帘就被一双苍白的手撩开，接着露出了一张廖停雁熟悉的脸。

廖停雁看着那人出现，下意识地笑了一下，自己都没发觉，随即就觉得眼圈一热，有点想哭——就像是在外面被人欺负后看到爸爸忽然出现的安心感。

你怎么还真来了啊！真的昏君从不按套路出牌是吗？

司马焦撩开帘子走了出来，隔着人群看向廖停雁。廖停雁明显地看到他的眼神在自己胸上顿了一下，又在腰上顿了一下，皱了皱眉。

嗬，男人。这男人根本不关心她的死活，只关心她的腰上还有没有肉。明明当初见到她的时候眼睛都看直了，可现在呢，果然是看多了就看厌了。廖停雁摸着自己的细腰，感觉心里的感动散了一半。

“你们是什么人！”秦无暇的护卫警惕地看着那些围过来的灰衣人。

灰衣护卫们根本没有废话，手中刀光一冷，明显就是杀人灭口的意思。秦无暇身边的护卫们也没有那么好打发，且战且退，吼着让人赶紧把郡主扶进马车先逃。

如果他们乖乖马上逃跑，说不定还有一条生路，可惜秦无暇这个时候还不忘廖停雁，咬牙切齿忍着剧痛大喊一声：“给我先杀了廖停雁，今日绝不能放过她！”

缠斗双方都有那么一瞬间顿了一下。秦无暇的护卫们知道郡主一向骄纵任性，不顾大局，可他们没想到，都这个时候了，郡主还要继续任性。他们这些护卫光是要护着秦无暇逃跑就已经足够吃力，现在还得分人去对付廖停雁身边那三个人。最倒霉的是，那三人还是郡主夫婿的人，这个生死关头还不忘记窝里斗也太让人窝火了。

可是有什么办法呢？他们就是秦南王府培养出来的精英护卫，是要为主人效死的，还不是主人说什么就是什么。

另一边表情冷肃的灰衣人听到秦无暇的那声喊，则是感觉后背阴风阵阵，头皮发麻。这不是找死吗？陛下为了贵妃的事折腾死了多少人了！现在人就在对面呢，当着陛下的面喊要杀贵妃，怕不是要死成一摊。

廖停雁乍然成为战团中心，秦无暇的人一边抵挡灰衣护卫，一边分出几人杀向廖停雁，而灰衣护卫见状觉得这要是被陛下眼睁睁看着贵妃在眼前受伤，兄弟们恐怕都要有事，瞬间爆发出的求生欲让他们下手更加凶狠，很快就有一半人冲破秦无暇护卫的防线，扎进惊慌的奴仆中。对这些人，护卫们压根儿没时间管，直接越过他们扑向廖停雁。

局势变化太快，让人措手不及，守在廖停雁身边那三个人哪能想到会发生这种事，他们就三个人，哪一边都对付不了啊。一方明明是友军但现在面色凶恶要来杀人，另一方看上去是敌人可同样面色凶狠好像要来抢人，这让他们怎么搞？

终究是秦无暇的人更近，到得更快，三两下就仗着人多砍死了两个，还有一个则拽着廖停雁跑。这兄弟实在敬业，这种情况下还在垂死挣扎。

秦无暇的护卫还待再追，灰衣人已经赶上来，又抬手将他们砍杀。片刻间，扯住廖停雁的男人已经强制扯着她跑出去好几步，这时，两支箭一前一后飞来，一支扎进那男人拉扯廖停雁的手臂，一支扎进他的心口。

男人往前扑倒的同时手一松，廖停雁也被带着一个踉跄扑倒在地。

两个灰衣护卫这个时候举着滴血的刀跑来，围在她身边，以防再有危险，却没一个人敢上手把她扶起来，只有一人默默抬脚把她旁边那男人的尸体踢远了点。

廖停雁脸色煞白，她失血过多没有好好调养，手臂伤又没好，刚才这一折腾，伤口似乎又裂开了。她抬头看去，发现局势已经一边倒，秦无暇和那些仆从被控制住，护卫就剩几个还在垂死挣扎，灰衣护卫们正在进行最后的收割。

司马焦朝她这边走过来。

他毫无顾忌地踩着那满地的血，跨过挡在路中央尚且温热的尸体，对还没结束的砍杀视而不见。倒是灰衣人见主子过来，赶紧给他让路，顺便把挡在他前头的尸体拖开，让出了一条道。

廖停雁不得不承认，这场面真的太装了。好久没看到，还有点儿不习惯。

司马焦走到她面前，伸出一只手："来。"

他的手仍然是那个凉凉的温度，廖停雁被他拉起来，眼泪不知怎的唰唰往下掉，抬手就抱了上去，哇哇大哭。

连之前被射穿手臂、痛得要升天她都没哭，之后再疼她也咬牙忍着，遇到危险就强迫自己吐槽来冷静一下。到这个快要尘埃落定的时刻，见到司马焦这个狗皇帝，她才怎么都忍不住泪。

"我手好疼！"廖停雁一边哭一边含含糊糊地说。

司马焦最讨厌别人吵闹，听着耳边那呜呜哇哇的哭声，他脑袋疼，不只脑袋疼，身体里好像还有其他地方一齐疼起来，让他烦躁，想杀人。

扯开廖停雁，果然见她手臂上渗出深色的血迹。又看她的脸，一向红润的唇失了颜色，两颊更是没有红晕，眼睛倒是红的，还挂着泪珠，看着真是可怜极了。

"下回还摸鱼吗？"

因为摸鱼被抓的廖停雁："不摸了……"

司马焦抚着她的颈侧："错了，下回还摸，回去给你在寝殿里挖个鱼塘让你摸。"

廖停雁：一段时间不见，操作更加牛了，寝殿里挖鱼塘，你真的不觉得腥吗？

她瞄了司马焦一眼，耷拉着肩膀：“其实我想过逃跑的，但是没能成功。”

司马焦：“你只是个普通人，我也没指望你孤身一人做出什么事，还活着就行。”

虽然他语气平淡，但廖停雁听着又想哭了。普通人什么都做不成，这也太真实了，但有时候这种平庸就是罪，弱小就是罪。她再见到这个人，心里也有那么一些其他的担心，可她还没说出来，司马焦就说，还活着就行。

周围有很多人看着，理智回归，廖停雁把眼泪憋回去。

至于周围的灰衣护卫，板着严肃的脸，眼角都往陛下和贵妃那边瞟。原来传闻中陛下在贵妃面前很好说话是真的！真的！简直不敢相信这是他们可怕的陛下！

驾车的车夫很快将马车赶过来，司马焦一把将廖停雁送上车，自己也跟着上去。灰衣护卫迅速解决掉了秦无暇所有的护卫，前来询问怎么处置秦无暇。毕竟也是秦南王唯一的女儿，说不定还有用处。

廖停雁透过还没放下的帘子看到了被侍从扶着的秦无暇，她站都站不稳，盯着司马焦，满脸见鬼的神情，应当是认出了他的身份。

“不可能，他怎么可能会出现在这里？！”秦无暇的喃喃自语，只有扶着她的两个侍从听见。

司马焦看也没看秦无暇，摆了摆手。

他这手势所有人都看懂了，灰衣护卫领命而去，秦无暇这时候才意识到自己要被杀了，浑然忘记刚才她喊着要杀别人时是如何嚣张，惊恐不已地喊出声：“不行，你们怎么能杀我？我可是秦南王的独女，你们要是动我，我爹……”

马车帘子放下来，外面的场景就看不见了。秦无暇声音戛然而止，侍从们发出惊叫。马车缓缓驶动，将那一片血腥抛在身后。

廖停雁坐在软垫子上，整个人放松地靠在司马焦的胸口，司马焦抬手拉开她的衣领，查看手臂上的伤口。果然是刚结痂不久又被撕裂，鲜血还在溢出，没了衣服的阻挡后，那些鲜红的血液便顺着廖停雁雪白的肌肤往下蜿蜒。

廖停雁宛如一条死鱼，被司马焦扯了衣服，都没想着遮一下胸口。她表示遮什么遮，反正司马焦也没兴趣，就不用做这种徒劳的事情了，而且她放松后真的很累。

司马焦看她一眼，见她都快滑下去了，一只手揽着她的腰把她扶正了点，另一只手靠近她的伤口，伸出两根手指蘸了蘸流出的血。

好像要看看她流出的血和其他人有什么不同似的，司马焦将两根手指上的血看了一会儿，接着抬起廖停雁的手臂，将唇贴了上去。

廖停雁这下瘫不下去了，好像一条刚从水里捞出来扔在岸上的鱼，整个身体都弹动了一下。

不是，你好好的舔什么伤口？相处那么久也没发现你其实是喝血的呀！廖停雁见鬼似的盯着司马焦的脑袋，把胳膊往回缩。那什么，就算是用舔的，说实话也很疼。

司马焦任由她把手臂抽走，抬起头来把她的脑袋按着亲上来。

被放开之后，廖停雁瞧瞧他被血染红的唇，觉得自己可能是同款造型。嘴里的血腥味让人有点受不了。

廖停雁：“呸呸。”

“这是你自己的血。”司马焦扳过她的脸，仔细看她的脸色，望着她鲜红的唇悠悠道。

我自己的血我也不想喝，这人什么毛病，两个人分开这段时间悄悄变态了？廖停雁转头在车内找茶水，司马焦摸出来个茶壶，喝了水，漱完口，才说：“我也觉得味道不好。”

廖停雁：味道不好你就折腾我？这人怎么还是这么欠揍？

她衣服凌乱，头发也有点乱，脸上肩上还沾着血迹，再加上这个神情，更可怜了。司马焦拿着茶壶侧头看她，忽然微微笑起来：“怎么这么可怜，真的受委屈了？”

廖停雁：谢谢你体谅，茶壶给我递一递。

司马焦把茶壶递给她。

廖停雁：我好像没出声，司马焦读眼神的技能是不是又升级了？

她漱了口，把空茶壶递回去，司马焦连着茶壶一起把她拉了过去抱在怀里，像以前那样，习惯性地摸着她凌乱的头发，语气里竟然带着点破天荒的温柔安抚：“流了这么多血，孤让那些欺负你的人都几倍奉还了。”

29

这是一场混乱的战事，双方都心怀不轨，哪怕表面看上去是同一阵营，也是心思各异，这就造成了更加混乱的结果。

原本是都相国临阵反叛，配合秦南王一起杀死司马焦，可没想到，局势急转直下，秦南王一方伤亡惨重，秦南王本人更是受了重伤。

他们得来的情报是假的，那被他们杀死的所谓陛下，根本不是司马焦，就是个为了引他们送死的假货。而秦南王的伤，除了都相国的计策谋划，还有陈韫在背后推波助澜。

陈韫想着，秦南王也是时候该死了，这个死亡时机如果把握好，更能刺激这些尧州府兵为主报仇——这时候的奴仆将士，大多愚忠，也只能愚忠。

灭司马焦，杀秦南王，擒都相国，陈韫想好了这一石三鸟之计，却不料计划赶不上变化，仍然出了意外。秦南王重伤垂死，这还算符合他的设想，可司马焦是假的，这让他措手不及。更令他愕然的是都相国，为了引得秦南王相信，他做了场戏，和秦南王一样重伤在身，却在最后破解了自己准备的后手。

是的，这场战役是鹬蚌相争，陈韫暗地里有一群被他哄住的灾民起义军，愿意为他效力。原本鹬蚌相争之后双方元气大伤，他早早准备好的起义军就能在朝廷军后方打他们一个措手不及。

结果都相国和秦南王这一场仗，确实血流成河，但陈韫安排在后的起义军没能乘虚而入。都相国的儿子带兵守在后方，和起义军打了一场，因为早有预料，这一场他们打了个漂亮的以少胜多战役，那些还没成气候的起义军被打得丢盔弃甲。

这一场本该发生在洛京附近的最终战役，因为一路剧情偏移，改到了尧州城外，终于一点一滴叠加起来，造成了一个完全不同的结果。

陈韫非常不满意，更让他不满意的还在后面，系统提示剧情再度大偏移，重要女配秦无暇死了，早死了几乎二十年。

陈韫收兵回城，闭城不出，在没人看到的时候，他脸上神情狠狠抽搐起来。

究竟怎么回事？他派人一查，就发现了秘道外被人清理过的尸体，还从树林里抓出来个瑟瑟发抖的瘦小汉子，这人有些小机灵，是陈韫为了防止意外，安排在城外接应女主角廖停雁，带她去新地方暂时安置的人。事情就是这么巧，这瘦小汉子躲在树林里，亲眼见到了司马焦将人带走，又一气杀人灭口的场景，吓得差点没尿裤子。

还好那些灰衣人来去匆匆，没能注意到他这个躲在树林里的小人物，否则恐怕他也逃不过一死。

陈韫将人找到一盘问，再加上那些尸体摆在眼前，还有什么不清楚的。司马焦确实来了，却把战事扔在一边，亲自去接了个女人离开，果真是不顾大局的昏君能做出来的事。

而秦南王，见到女儿秦无暇那几乎流干了血的尸体，大呼一声“女儿啊”，随即一口气没喘上来，拖着重伤的身子直接就这么咽气了。陈韫又花了一番手段上位，同时命人悄悄去寻找司马焦的踪迹。

司马焦这回来尧州，是明修栈道，暗度陈仓，为了不被人发现，私底下只带了几十人随身。陈韫猜测他不会去找都相国，都相国临阵变卦，肯定有把柄在司马焦手里，但司马焦不会因此就放心，所以陈韫敢肯定，他一路隐瞒行迹，绝不会让都相国的人知晓。

陈韫都想赞他一声胆子大了。

既然司马焦身边只有这么些人，这岂不是除掉他的最好时机？送上门来的机会，怎么能错过？战场上虽然不能杀了他，但现在也不晚。

陈韫如今已经不想原剧情如何了，只想早点杀了司马焦这个变数，就是因为他，才横生了这么多波折。司马焦不死，他很难实现原本的结局。

与此同时，朝廷军驻扎地，都相国也重伤不治，咽下了最后一口气。他的儿子跪在榻前，双眼通红地给他磕头。高太保则在一边，道了声“节哀”。

如今大将死了，都相国的儿子又没有他老子那么大能力，为了防止他压不住场生出乱子，高太保只能留在这里看着。

事实上，就连他也不知道，那个说好了会在河下等待尧州消息的陛下，其实悄悄进了尧州。

司马焦这个连天王老子都管不住的暴君，正在一家客店里休息，因为贵妃需要包扎伤口，还要喝药。

包扎完伤口的廖停雁躺在床榻上睡了过去，因为手臂上的伤口靠近肩膀，衣服没有拉上，连带着胸口也敞开了一大片，廖停雁睡得熟，毫无察觉，一旁看着的司马焦无聊了，盯着她看。

好像很软，司马焦抬手捏了两下。像豆腐，捏上去也怪怪的，太软了。他无聊地又捏了两下。

廖停雁这些日子太累，都没能好好休息，这会儿一放松，睡得几乎是昏死过去，都没发现司马焦在搞什么。结果醒来后，就看到一只手抓在自己胸上，胸还有点疼。

不是对我的胸不感兴趣吗，又在这儿乱摸什么呢？！廖停雁眼看着司马焦毫无羞耻心地收回手，不以为意的样子，默默扯了扯领口。

瑾德端进来熬好的药，送到廖停雁面前。一股苦味直冲鼻尖，廖停雁已经习惯了苦味，她可不是那种因为苦就不肯吃药的小孩子，生病了吃药是常识。她端起药碗运了运气，刚准备喝，司马焦就接了过去，喝了一口。

廖停雁：“……”

瑾德：“……”

这家伙又搞什么操作？！

司马焦把药放下，嫌弃道：“这什么味道？这么难喝，别喝了。”

廖停雁无语，祖宗，这是我喝，又不是让你喝，你嫌什么苦？

司马焦：“等回宫了，让那几个人给你把药做成药丸，吞了就行，不用喝这种难喝的东西。”

他看上去一点都不像开玩笑，所以，他是认真的，准备这一路上都不让她这个伤号喝药了？廖停雁竟然一时间情绪复杂，不知道司马焦到底是想害她还是心疼她，或者又犯病脑抽了。

等司马焦在房间里休息，廖停雁走出房间，瑾德在厨房那边等着她，见她来了，给她递上药碗，小声道：“贵妃快把药喝了，伤一定得早点好，陛下心疼呢，不过可千万别被陛下发现了，不然可要了奴的小命了。”

廖停雁觉得自己好惨，为什么还要偷偷摸摸吃药，又不是什么奇怪的药！

喝完药漱了口，装作什么都没发生回到房间，谁知道刚靠近床榻，司马焦就看她一眼：“喝药了？”

你狗鼻子吗？！

“你要喝就喝，偷偷摸摸干什么，孤难道还会拦着你喝药不成。”司马焦不太高兴。

你说这话都不心虚吗？敢情刚才那个直接把我药碗扔出窗外说太苦不喝算了的家伙不是你？廖停雁在心里呵呵笑了一下，告诉自己，老板说得都对，跟老板唱反调没有好下场。于是她假笑：“陛下说得对。”

司马焦：“……”

大半夜，廖停雁被司马焦叫醒了，竟然有种重温昨日的温馨感——如果司马焦没有一上来就捏胸，廖停雁可能会觉得更值得回忆。

半夜把人拽醒就是为了捏胸，这大猪蹄子是蹄子痒吗？廖停雁抓住他的手，无语片刻，把他的手往下拉到腰上：“陛下，还是摸腰吧。”那样她睡不着。

司马焦摸了摸她的腰，小肚子都没捏起来，很不满地示意她看：“肉都没了，你让我摸什么？”

那你也别只管一边啊，会一大一小的，这个问题很严重你知道吗？！廖停雁深吸气。

“脸上那点肉也没了。”司马焦继续发牢骚。

廖停雁：你有事吗？这么超绝好看的瓜子脸，这天下不会有人的下巴比我更尖了！

“陛下是不是嫌弃妾最近憔悴了，美貌不复从前？”廖停雁娇娇弱弱撒了个娇。

“司马撒娇”本娇，不吃她的撒娇，给她回了个爆笑。

廖停雁：我就知道会这样，不过好歹人先逗笑了，不知道哄高兴了能不能放我去睡。

司马焦笑完忽然对她说：“我认识你的时候只觉得你长得不错，十分好看，脸到底长什么样却一直记不太清晰，直到后来才慢慢眼熟。”

廖停雁：嗯，脸盲？

司马焦慢吞吞：“毕竟我看过太多美人，不用心，真的很难记住每个人长什么样。”

廖停雁忽然想起来每次宫宴司马焦要搞事，叫底下的美人回话，大多用衣服颜色来表示是谁，她当时还以为司马焦离太远，近视眼看不清那些花花绿绿谁是谁，原来不是近视眼，是记忆力不行。要知道，连她都能认出大半的后宫美人了。

司马焦看着她，等了一会儿：“你怎么没反应？”

廖停雁摸不着头脑，什么反应，你又想要什么反应？给病号一条活路不行吗？给你盛世宠爱的贵妃一个消停不行吗？你这么大老远赶过来救我就是为了半夜烦死我的吗？

廖停雁呼气，突然掀开被子，露着香肩往床榻上一躺，摊开手脚，摆好姿势：“陛下，来吧。”

司马焦的反应是推了推她的腰——“你占这么多位置我睡哪儿？”

睡什么睡啊！我看你这辈子都不可能睡了。

廖停雁默默滚到床内侧给他让出位置。消停没一会儿，她睡意渐浓之时又突然被司马焦拉醒了。

司马焦神情很古怪地问她：“你刚才的动作是什么意思？”

什么动作什么意思？廖停雁没反应过来。

司马焦继续神色微妙：“是在求欢？”

……祖宗你真的反应太慢了，等你反应过来，不仅黄花菜凉了，连黄花闺女都凉了。

司马焦评价：“你胆子真不小。”

廖停雁：啊哈，这就胆子大？你是神仙转世，凡人没胆睡你还是怎样？

30

司马焦记事非常早，在一般孩子对周围的世界还没有认知的时候，他就已经能在周围人的态度和话语中了解到自己想要的信息。那时候，他还和母亲慈钰公主住在舜华殿里。偌大的舜华殿冷冷清清，所有伺候的宫人都像影子一样。

殿内高梁大柱，地上铺满软毯，挂着飘荡的帷幔，熏炉里时刻燃烧着一种能让人昏昏欲睡的香。这是皇宫中的一座华丽囚笼，关着一个已经被逼疯的女人，还有司马焦这个不合时宜的产物。对于他的身份，人们讳莫如深，但司马焦知道，自己的母亲是那个疯疯癫癫的女人——慈钰公主，而父亲是这座宫禁的主人——皇帝陛下。他也知道这两人是亲兄妹。

他撞见过宫人在背后窃窃私语，说的都是陛下和公主如何荒唐，不伦之子如何不祥肮脏，日后必定不得好死。他觉得生气，于是让人押来那两个说话的宫人，亲手把铸成花鸟形状的灯台插进了两人的眼睛和嘴巴里，溅了满身满手的血。

他那时还那么小，暴虐的性子却已经初现端倪。发现杀了人后，自己那因为生气而出现的头疼缓解了很多，司马焦就爱上了这种感觉。惹自己生气的人就该死，反正死了也没什么，新的宫人源源不断。

没有人告诉他对错，教过他道理，他从出生起看到的就是囚笼和疯子。他的母亲慈钰公主疯着的时候认不出他，对他视而不见，偶尔清醒的时候，就会用厌恶与恐惧的眼神看着他，喃喃地说："不愧是他的孩子，你也是疯子，小疯子！"

"以后长大了，你就是祸害，祸害！"她说着说着又疯起来，试图给他喂毒药毒死他，半夜来到他的床边想用枕头闷死他。可他都没死，因为他聪明，知道怎么避开这个疯女人，而且高觅发现后时时刻刻都看着他，阻止那女人的行为。

高觅那时还不是高太保，他看着慈钰公主长大，一直试图缓解他们母子的关系，整个舜华殿，只有高觅会对自己好，但也会一直抱着自己，不断地说着："殿下从前不是这样的，她善良又温柔，一定会对你很好，现在她会这样，只是因为生病了，等她病好了会很疼爱你，你是她的亲生儿子，她一定会喜欢你的。"

司马焦并不相信这话，他自己有眼睛会看，有脑子会想，那个他该叫母亲的女人，就是怕他又恨他，一点儿都不喜欢他，因为他和他的父亲越来越像。

所有人都说他和陛下越来越像，可是司马焦不喜欢听这话，他对于亲生父亲同样充满厌恶，比起疯子，他更想叫那个人禽兽。

禽兽偶尔会来舜华殿，然后那个疯女人就会被他拖进殿内，发出呜呜的叫声。司马焦那时候不过几岁，但他已经亲眼看过许多次这种事。他就坐在殿门边看着，男人和女人撕扯在一起，发出笑声和哭叫。他觉得眼前看到的一切莫名让人恶心，他想起自己在舜华殿外看见过狗舍跑出来的两条狗，那些畜生也会这样。

后来很多年，他只要想起那两人扭动身躯的画面，都会有种克制不住的恶心感。等到他长大，做了皇帝，他也要拥有无数美人，那些美人都有美丽的容颜和躯体，会发出魅惑绵软的声音，这都让他想起死在大火中的疯女人，下意识感到头疼欲裂。

“杀了，拖下去杀了。”等回过神，他看到侍从把尸体拖出去，在地上留下一条长长的红色拖痕。

一个又一个的美人来到他面前，面庞都是同样精致，让人眼花，可那些眼睛里流露出来的东西是不一样的。有的人眼睛里是野心，哪怕装得再温柔或者冷淡，眼里对于权势，对于他的渴望都那么清晰。他在她们眼里，好像成了一道台阶，通往权力顶峰的台阶。

有些美人的眼里，则是恐惧和怯懦，他能从她们眼里看到对于死亡的恐惧，对这些人来说，他是杀人的魔鬼。会这样看他的人最多，到后来，他甚至懒得杀这种，因为实在无聊。

还有一些美人，眼里则带着更复杂的信息，恨意或者算计抑或厌恶与讨好并存。每一种，都让他看着不高兴。

这么大的宫城，所有人的眼里都罩着一层阴霾，像是宫城上方散不去的阴云，让人透不过气，心情烦躁。

去河下是一个意外，见那位美名远扬的廖美人也只是心血来潮。但看到她的第一眼，司马焦看到了一双不同的眼睛。那双眼睛里的天是晴朗的——只是不知道能晴多久。

她是个不太一样的美人，至少，司马焦从未见过这么懒的女人。

他隐瞒身份故意提起“司马焦”的时候，廖停雁眼里没有恐惧，确切地说，那情绪应该是一点烦和一点好奇。像晴朗的天上出现了一片白云，但只要给她一碗冰，那片云就立刻被风吹散了。

也不知道进了宫，她会不会变得和那些无趣的美人一样令他厌烦。

猝不及防知道他身份的那天，司马焦以为能在她眼里看到惶恐和惊惧，结果他发现她眼里有惊疑之色，除此之外，她很冷静，还能当着他的面发呆。

她和其他人不一样，没有那些美人的“上进心”，随便给点什么都能乐。除了吃和睡，仿佛没什么其他的追求，在他身边竟然还能睡着。

可能经常在心里编派他，稍微吓一吓就会缩，装得温顺，可是演技又不好，整个人有种不自知的天真傻。但要说她傻，她又不是真傻，至少很多事想得通透，从不纠结。

司马焦从没遇见过这样让他感到舒适的人。躺在她身边看她啃瓜果，看她安安心心睡觉，都莫名让他觉得平静。

他喜欢这个人，就想给她更多东西，让她不要改变地留在自己身边。司马焦从没仔细想过这种心情究竟是什么，只要她不变，他一直这么喜欢就行了。

可当她被掳走，生死不明，司马焦才发现，自己竟然在无边愤怒中感到一丝害怕。他从未害怕过任何人任何事，却在那一刻，怕她真的死了。

再见她，她仍然没变。眼里没有阴霾，哪怕下雨，也是太阳雨。把人抱在怀里了，司马焦才觉得这段时间隐隐作痛的脑袋缓缓松弛下来，她比他放松得还要快，眨眼就瘫了。

廖停雁躺在床上扯了衣服说“来吧”的时候，司马焦压根儿没反应过来她究竟是什么意思，毕竟做这个动作的时候她满眼写着“好麻烦”“好想睡觉”，根本就不是一个求欢的眼神。司马焦看过的带着勾引魅惑的眼神多了去了，像这种一点勾引人感觉都没有的目光，谁知道她想表达什么意思。

躺下后，司马焦才突然反应过来，不看眼睛，她的动作大概算得上标准的勾引。他顿时心情复杂，将她推醒询问，得到了一个无声而肯定的回答。

司马焦：“……”

司马焦回想自己当年是怎么对那些想爬床献身的宫女、美人的，准备吓唬廖停雁，告诉她其实他的寝殿里死过很多人，可低头一看，发现久久没等到他继续说话的廖停雁已经再度睡着了。

司马焦："……胆子不小。"

他是皇帝，由得她要睡就睡，不要睡就不睡吗？

廖停雁没听见，只觉得早上起来后胸有点疼。司马焦问她："你有这么累吗？昨天晚上脱你衣服都没醒。"

廖停雁莫名其妙："陛下晚上不睡觉脱我衣服干什么？"

问完之后她才察觉不对，低头往身上看看："我的衣服不是好好穿着吗？没有被脱啊。"

司马焦："谁叫你一直喊着'疼疼疼'，谁脱得下去。"

廖停雁：我怎么都没印象？手臂疼，脱衣服就是不方便。

不对，现在最大的问题不是手臂有伤脱衣服不方便，而是司马焦脱她衣服想干吗？她试探了好几回，他不是性冷淡或者性功能障碍吗，突然这样是搞什么？！

虽然廖停雁想搞清楚，但瑾德回报的消息让她没有了继续探究的心思。

"陛下，附近出现秦南王府的人在大范围搜寻我们的踪迹，如今咱们还没出尧州范围，一旦被人发现行迹就危险了。"

廖停雁看到司马焦的神情瞬间阴郁下来，和刚才带点不满对她说话的无害样子截然不同，他说："扫尾没扫干净。"

灰衣侍从们立刻全部跪下了。

司马焦站起来："对方反应倒快，去准备一下，弃了马车，骑马走孤先前定下的另一条路。"

众人应是，纷纷退下。司马焦转头把廖停雁拉起来，为她理了理衣襟，语气平静随意："我带你骑马，别怕。"

一群人骑着马，速度果然快了很多。然而陈韫能当原著男主角，也不是简单人物，在两天后，还是找到了他们的踪迹，他派出的百来号人包围司马焦和几十号护卫，等司马焦从包围圈中跑出，身边只剩二十多人。

陈韫紧追不放，甚至亲自带着人追来。

眼看着身边的灰衣侍卫越来越少，司马焦抬手抽出了马上的长剑，廖停雁只能坐在他身前，抿唇看着眼前鲜血飞溅的场景。

陈韫举箭欲射，但顾及着不能误杀了女主角，只得扔下弓箭，同样拔剑直冲司马焦，眨眼间两匹马靠近。

一切都发生得太快了，廖停雁什么都没看清，在颠簸的马上，她只感觉有那么一刻天旋地转，随后周围有人乱糟糟地在喊："陛下！""主子！"

有人跌下马去。廖停雁什么都没想，下意识一把抓住身后人的衣服，然后才发现，落下马的不是司马焦，而是陈韫。

陈韫面色愕然倒在地上避开马蹄，唇边溢出血色，胸口上则深深扎进去一支箭。和一般的弓箭不一样，这似乎是一种特制的袖珍箭，廖停雁都没反应过来陈韫是怎么中箭的，也没看到是谁射出的这枚小箭，她立刻抬头去看司马焦，却感觉到有液体滴在自己手上。

司马焦的胸口处，也被鲜血浸透了一片。电光石火间，廖停雁想起刚才司马焦突然一个侧身，把她往一边按去的动作。

司马焦面无表情，将她抱紧了些："冲出去。"

身边还活着的灰衣人只剩下几个，还大多有伤在身，听到司马焦这话，几人趁着陈韫坠马、众人惊慌时，用命为司马焦杀出了一条生路。

司马焦的马是黑马，乌黑的毛发如同缎子一样顺滑，它嘶鸣一声，甩开反应过来的追兵，迅速窜进树林。

31

山林里草木繁盛，树枝茂密，骑在马上的两人不得不低头俯下身子，几乎趴在马背上。黑马不需要主人驱赶，仿佛认路一般在林中奋力往前。

廖停雁感觉到颠簸中，身后的司马焦罩在自己身上，呼吸略显沉重。同时，她发现湿润的液体浸到自己肩上，湿湿黏黏的，有一股腥味，那是司马焦伤口中流出来的血。

内心的恐惧感越来越强烈。廖停雁忍不住想，司马焦是不是要死了？他们能逃出去吗？身后是不是还有追兵？

黑马忽然冲出山林，眼前霎时开阔起来，廖停雁发现这是一条有人经过的小道。黑马没有沿着小道往官道上去，而是又一脑袋扎进了另一片山林，奔跑许久后，才跨过一条小河，来到上游一处野草过膝的地方停下。

从马上下来，廖停雁发现司马焦身上的衣袍染满了血，有些触目惊心。他撑着长剑，靠着岸边一棵树坐下，半合着眼，一张脸比起往日显得更加冷白。

“你怎么样？”廖停雁跪在他身前，抬手就去解他的衣襟。司马焦没什么反应，只垂着眼睛看她，不知道在想些什么。

廖停雁将他的外袍解开，在他臂上发现了一个绑着的长筒物事。

“这是……”

司马焦拆下了那东西，扔到一边：“改装过的一种袖箭，只能射一支箭，但威力巨大。”

廖停雁忽然明白过来，陈韫那时候胸口上的一箭，就是司马焦射的！那个位置，细细一想，仿佛和心脏位置差不离了。

看她一脸愕然，司马焦忽然笑了，竟然还笑得挺高兴。他道：“他想杀我，还敢送信挑衅我，我当然要杀他，那支箭上还有其他东西，他必死无疑！”

廖停雁心道，这疯子该不会故意的吧？陈韫想用她作饵诱敌深入，司马焦也用这招，故意以身犯险，示以弱势将人引来再乘其不备动手，其他人可能做不出来，但司马焦一定做得出来，不然他为什么这么熟练？

一边想着，廖停雁拉开了司马焦的衣裳，看到那条长长的伤口。

是剑在胸口上划出来的，几乎削去了一大块肉，看着就疼，廖停雁看得头皮发麻，对着血淋淋的伤口手足无措，司马焦却还笑得出来。

懒得理他这种时候发疯，廖停雁忽然开始脱自己的衣服。她手臂上伤口处还绑着药，现在没办法，先拆下来给司马焦应应急吧。

她自顾自地又脱又拆，随手把衣服披回去，跑到河边拧了手帕，再回来为司马焦擦洗胸口上的血，稍作清理后把药和绷带一起覆上去。

她盘起来的头发早就散了，鬓发垂落在脸颊边，因为太心急，衣衫散乱未曾系好，露出肩膀也没注意，只一心按着他的伤口。

司马焦看着她，不说话。

廖停雁咬了咬唇，终于抬起头看向他的眼睛："你……会不会死？"

司马焦："你觉得呢？"

廖停雁呼出一口气："如果你死了，你的国家怎么办？天下无主，到处都会陷入一片混乱。"

司马焦看上去并不在意，态度异常冷淡："没有哪一个王朝能长盛不衰，这个江山也不是一开始就姓司马，亡国又怎么样？一个朝代到了末路，就必然会亡国。多的是人希望我死，你不希望吗？"说到后面这句话时，司马焦的目光变得探究。

"我死了，你也能自由了。"

廖停雁也不知道自己是怎么想的，只是看司马焦这个狗皇帝随时可能咽气的样子就觉得很害怕。她抬手擦掉脸上的泪，摇摇头。

司马焦起身，稍稍用力抓住她的肩膀追问："你不想我死？"

廖停雁："我不想你死，也不想你亡国。"

司马焦肩膀颤动，笑出声来，捏捏她的下巴让她抬起头："好，既然你这么说，我就不死，也不亡国。"

廖停雁：现实这么惨，口气这么大。

司马焦躺了回去，捏着她一只手："如果刚才你没有摇头，我会在死去前先杀了你。"

廖停雁忽然觉得还是让这个狗皇帝去死比较好。

司马焦捏捏她的手腕：“不要想着跑，你跑不掉的，如果我死了，我一定要你陪我一起死。不然到了哪里都无聊得很。”

廖停雁哭不出来了，干脆坐下来：“那陛下您现在准备怎么求救呢？”

司马焦：“你没发现瑾德没有和我们一起离开？他去找高太保了。高太保有办法找到我，等他过来接就是。”

说得容易，如果先找来的是敌人，或者在那之前司马焦就死了，再或者时间长一点，他们两个都饿死了，那岂不是太倒霉？

司马焦：“无所谓，不管怎么样都有你陪我一起死。”

廖停雁：拒绝，我不想死。

夜里的树林很暗，唯独天上有一片星光。黑马靠在他们两个身侧休憩，廖停雁倚在司马焦怀里，听着身畔小河流水潺潺，无论如何都睡不着。

上半夜，她靠着的人身体很冷，让她时刻都觉得心惊胆战，怕他真的悄无声息死去了。只有悄悄靠在胸口，听着他的心还在跳动，她才能感到放松。

司马焦也没睡着，但他不说话，安静得有些不太像他。廖停雁以为他是失血过多很累，或是伤口疼不愿意说话，可偶尔，他又会抬手缓缓抚摩她的头发。

在这无边静谧里，他们依偎在一起，廖停雁觉得似乎和从前无数次的相拥有什么不一样的地方。可能是司马焦的动作太缓慢，她感觉到了一种近乎极致的温柔，慢慢地，连他冰凉的身体都变得温暖。

等等，身体变暖？廖停雁意识到什么，猛地坐起身，抬手揽过司马焦的脑袋，和他贴了贴额头。果然变暖了，这家伙根本就是发烧了！

廖停雁简直要跪了，又没有药，她不知道该怎么处理发烧啊，话说帕子打湿覆在额头上这个真有用吗？她捏着眉心站起来要去水边洗帕子，被司马焦拉住了手。他浑身发热，神志却仍旧清明：“怕什么，回来继续睡吧。”

廖停雁：“你发热了！”

司马焦一脸的理所当然："所以你过来靠着我睡啊，这样不是更暖和？"

廖停雁要疯了。

司马焦把她扯回来抱着，声音里有一点虚弱，更多的仍是沉静："我没那么容易死。"

廖停雁很明白，很多事人力不可及，哪怕是司马焦，也有很多事做不到。原著里他不是死了吗？现在凭什么他说自己不会死就真不会死呢？说不定明天早上起来他的尸体都要硬了。抱着他的腰，廖停雁忍了半天没忍住，发出细碎的低泣。

司马焦："没有勇气的人才会哭。"

廖停雁怒道："我就是没勇气！"她要是有勇气，还当个屁贵妃，直接干死司马焦当皇帝得了！而且她这可是为了他掉的眼泪，这是什么直男反应！

司马焦："行，敢骂孤，你现在很有勇气。"

廖停雁明白自己每次假笑做戏时，为什么司马焦都想笑了，她现在也想笑。又想哭又想笑，憋得难受。

"……陛下，我看你精神还挺好，那么长的伤口你不疼吗？"一点儿都不像快死的人。

"脑袋疼的时候比这难受百倍，这疼算得了什么？"司马焦随意道，"而且我吃了药。"

廖停雁满脸蒙："什么药，我怎么没看见？"

司马焦掏出来个小药瓶扔给她。廖停雁拿着那药瓶，神情复杂："陛下，这是什么药？"

"治我天生之疾，不过里面也放了些珍贵药材，服用后能让情绪稳定，缓解疼痛。"

廖停雁不由得猜道："陛下时常身体冰冷，是否就是因为此药？"

见司马焦点头，廖停雁的目光不由自主地瞄了眼他的某个部位，心想，原来是吃药导致的身体虚弱。

司马焦很敏锐：“你在看什么？”

廖停雁无语，这样的夜里，你眼神怎么这么好，瞄一眼都能被你立即发现！

司马焦仿佛看透了廖停雁的所思所想，凉飕飕的嗓音道：“孤不是不能，只是不愿罢了。你不觉得那种事是十分令人恶心的禽兽之行吗？”

哇哦，好一个文明和谐的奇男子。廖停雁简直惊呆了，半晌才说：“人本来就是动物，说到底和其他动物没什么不一样。”

司马焦：“人与禽兽自然不一样，禽兽不知廉耻，人却能控制这种欲望。”

那你好厉害哦，杀人的时候怎么就不控制一下自己呢？廖停雁撇嘴，不想和一个世界观、人生观、价值观都和她不同的古代皇帝讨论这些事情。

司马焦又说：“你总是说这些，是在暗示我应该对你做这种事？”

廖停雁跳起来：“我不是，我没有，你别胡说啊！”

司马焦：“你过来。”

廖停雁：“我不！”伤口都飙血了就不要强撑了不行吗？

廖停雁觉得自己这一晚上特别累，虽然什么都没做，净和司马焦斗嘴了。第二天，他们骑着马，又沿着河往上，找到了一个废弃的山中茅草屋，暂时在这里停了下来。这像是个猎户的临时居所，有烧尽的火堆，可惜他们两人都没带火折子，没法生火。

路上找到几个野果，酸得没法入口，除此外，什么吃的都没找到。廖停雁心想，这可搞笑了，一个皇帝一个贵妃，可能要饿死，她这么多年想过无数种死法，怎么想得到最后是饿死的？

司马焦倚在屋外晒太阳，见她蹲在旁边对着野果愁眉苦脸，抬手拍了拍她的脑袋：“再忍一天。”

司马焦这人，很神奇，因为他说得很准，说一天，真的就是一天。这一天过后，果然有人寻到了这里，带头的是热泪盈眶的瑾德，没一会儿，高太保也到了。

他们带着一大群护卫兵士跪下："陛下！"

司马焦挥挥手："先去给皇后找点吃的，她快饿死了。"

本来满脸喜色的廖停雁一阵无语，还吃什么吃，赶紧回去才是正事啊！

怒完她又发现司马焦刚才说的不是贵妃，好像是皇后。

皇后？

32

在那之后的一切，都和廖停雁没有多大关系。

他们还没回到洛京的时候，就传来陈韫死亡的消息，让廖停雁狠狠吃惊了一把。原著男主角，就这么死了？这也太不真实了！死得太随便了吧！

再看那个干死了原著男主角的男二号，坐在马车里休息，除了没什么精神，其他都还好。

尧州那边，因为秦南王之死，还有陈韫的身亡，一时间群龙无首，又发生了夺权混战，都相国之子在高太保的帮助下攻破尧州城，将反叛军势力全面清洗。还有曾被陈韫聚集起的灾民起义军，没有原著的规模，大部分人也没有原著破釜沉舟的决心，眼见局势明朗，他们也开始慢慢分散，选择回到自己的原籍。

因为没有像原著里那样大规模死人，随后的瘟疫也没了，具体的情况，廖停雁不清楚，她只偶尔能听到一些传闻，譬如某某地方受灾，陛下派出某个家族的子弟前去处理，因为其表现出众，被陛下嘉奖升官，连带整个家族都被重用。而段家渐渐沉寂下去，好几个辈分高的臣子都告老请辞，这其中又有多少风云翻涌，是廖停雁看不见的。

回到宫中后，看到那熟悉的宫殿，难免有些恍惚，再一听那些美人、宫人喊她皇后殿下，廖停雁顿时觉得更加恍惚。

虽然原著男主角死了，她也没走原著路线，却依旧和原著结局一样成了皇后。

宫中的美人少了很多，剩余的那些每次看着她的时候，都显得很瑟缩畏惧，廖停雁都觉得自己是不是什么一碰就会炸死一堆人的炸弹。

事实上，她想得也差不多，因为她当初遇刺一事，和宫中一位美人有关，宫中美人们被连累得又经历了一次血雨腥风，胆子都快被吓破了。虽然贵妃……现在的皇后殿下仍然是一脸无害，身后的陛下却有一张随时准备杀人的脸。

怕了怕了，不敢惹。

廖停雁成为皇后的过程很顺利，朝中根本没有任何人敢反对，比起原著男主角费尽心力四处平衡朝中势力，最终搞死当皇后的女配，才终于把原著女主角送上皇后之位的斗智斗勇过程，简直是火箭升天的速度。

而当皇后和当贵妃，对廖停雁来说没什么区别，因为日子过得和以前一样……不，有一点不一样，有夜生活了。

在一个月黑风高的夜晚，司马焦半夜把她摇醒。

啧，男人，口口声声说不要，说嫌弃，现在呢？他脸不痛吗？

第三天晚上，又被摇醒的时候，廖停雁忍不住说："陛下，你不是觉得这种事恶心吗？既然如此，还是不要了吧，你已经证明过，我真的信了！"

司马焦用手贴着她的脸颊："我现在觉得其他人恶心，你不恶心，你跟其他人不一样。"

廖停雁："……"

静默片刻，她叹气，抬手拉下司马焦的脑袋："好吧，陛下，来吧。"

虽然有了夜生活，但没有皇子，因为两个人都不想要。国家需要继承人，司马焦就从旁支中选了一个接到皇宫中培养。那孩子老实胆小，寻常不敢来见廖停雁，因为司马焦大多在她身边，见她就等于见司马焦。朝中大臣们都害怕司马焦，更何况他一个小孩子。

廖停雁心疼他一个小孩孤身离开家，倒是时常让人给他送些吃食，都是她自己觉得好吃的。司马焦从不阻止她做这些，应该说，他基本上没阻止过她做任何事，相反，廖停雁偶尔会阻止他做一些事。虽然仍旧是个暴君，但有一个“忧国忧民”的廖皇后，为了让她能“心宽体胖”，他不知不觉就做了许多利民之事。

也因为皇后喜欢，司马焦开通了很多条商贸之路，商路途经之地，竟然慢慢繁华起来。繁荣的商业发展提高了人民的生活水平，尤其是洛京。廖停雁有一年让司马焦带自己上街逛逛，猛然发现和前些年比，如今走在街上的人精神面貌都好了不少，新奇的货品和小玩意也多了起来。

那天晚上回到宫中，廖停雁主动抱着司马焦，钻进他怀里睡过去。

真好，这是她所能想到最好的结局了。

陈韫面色漆黑地来到中转站，他的外貌还是陈韫的，本该明朗的表情此刻沉得能滴下水来。

“系统，怎么回事？出来！”

很遗憾地告诉您，您的所属世界脱离剧情，您的角色也被剥夺了“男主角”身份，这个世界不再属于您了。

陈韫半晌没说话，眼中满是不甘。良久，他捏了捏手指：“算了，不过一个小世界而已，没了就没了，这次算我大意。我现在要知道那两个人的结局。”区区一个配角，竟然杀死了他还抢走了他的女人，他就不信那种人，女主角还真能爱上。

系统在他眼前波动了一刻后，开始出现画面。陈韫习惯性闭上眼睛，开始沉入画面。

那是在一座华美的宫殿里，床榻上躺着一个枯瘦的中年男人，而床边坐着一个美人，哪怕美人眼角已经隐约有了细纹，不复年轻，神情有些憔悴，仍旧是个明珠生辉般的大美人。这两人，正是司马焦和廖停雁。

床榻上躺着的司马焦显然命不久矣，只有一双眼里仍有一点亮光，他紧紧盯着床边的廖停雁，问她："皇后，我一直想问你……这么多年，你爱我吗？"

廖停雁含着泪，轻轻点头，答了声："爱。"

司马焦就笑起来，摇头叹道："皇后啊，这么久了，你每次说谎我都能看出破绽，只有这次我竟然看不出破绽，你是不是怕我死了，要你陪葬？我知道你不想死，可我想你陪我，所以我已经留下旨意，我死后，你要陪葬帝陵。

"我要带你走……"

廖停雁听了这话，没什么反应，垂下眼握住那只枯瘦的手。

那只手也紧紧抓着她，仿佛要带着她一起坠入地狱，但是慢慢地，终究还是松开了，越来越凉。

已经长大成人的太子走进来，跪在她脚下，仍像幼时那么老实，他磕头恭敬地道："殿下，请节哀，陛下已经去了。"

廖停雁恍然回神，看向侍立一旁的老迈宦者，平静道："瑾德，陛下要我为他陪葬，应当准备好毒酒了，拿上来吧。"

瑾德也跪下了，却没说话，只小心托上来一卷明黄帛书："殿下，陛下虽然确实曾动过这心思，但昨日，他又亲手将那卷帛书焚毁，另留下了这一份。"

廖停雁仿佛明白了什么，有些颤抖地接过那帛书，片刻后她捏着帛书呜咽出声。帛书上告诉她，他留下了哪些可用之人，教了她以后该怎么做，也告诉了她，在哪里专为她建造了一座行宫，日后可以离开洛京去那里居住，一样一样全都为她打算好了。

他总是说要她陪他一起死，说了那么久，最后关头却放弃了。廖停雁扔下帛书，捂着脸，泣不成声："我这辈子，骗过你很多次，你一次都没发现，最后说的一句真话，你却怎么都不肯相信，你真是聪明一世，糊涂一时……”

她是人，又不是草木顽石，遇到这样一个人，就算别人都说他不好，她又如何能不喜欢？

“说了你又不相信，不相信你还非得问！”廖停雁哭着扑到榻上，抬手甩了尸体一耳光，“我早就准备好跟你一起走了，你现在又说让我一个人好好活着，你这个傻瓜，你给我起来！”

瑾德和太子满脸惊吓，从没见过皇后这个样子，忙不迭地上前阻止她，将她和司马焦的尸体隔开。

廖停雁在榻边放声大哭时，厚重的丧钟声，穿透重重宫墙。

…………

陈韫睁开眼睛，骂了一声：“那狗皇帝好算计，最后来了那么一手，就算原本不爱他，最后也要被他感动了。”

此世界不论剧情线还是感情线，全面偏移，找不回来了。

陈韫怒道：“我知道，不用再提醒我，我又不是只有这一个世界。”说罢他一甩袖，消失不见。

邹雁从熟悉的梦魇中清醒过来，她坐起身，看着自己脚下踩着的毛绒毯子，抬手打开了旁边床头柜上的一盏台灯，从乱糟糟的爽肤水和面膜纸巾堆里摸出手机，看了眼上面的时间，才刚到凌晨五点。

“呼——”邹雁往后倒在床上，盖住了自己的眼睛。

回到这个世界已经快一个月了，时间越长，她脑海中属于“廖停雁”的一生就越像是一个梦，好像罩上了一层轻纱。但那段记忆又让她对这个世界产生了一种说不出的陌生感，很多小事，她都需要很多时间去回忆，才想得起来。因为这样，她向公司请了一个月长假。

明天如果还不去上班，大概这个工作就要没了。

有残酷的现实对比，越发显得那些年闲着没事吃了睡的日子，好像是假的。邹雁起身换了衣服，出去晨跑，听着音乐，沿着附近公园的湖边跑三圈，跑到筋疲力尽，什么都不想。

回到公司那天，对几个和她打招呼的同事，邹雁都有些想不起来她们是谁，低效率工作了一天，事情才慢慢上手。

“邹雁，你病好了没啊？我看你今天还是有点怪怪的，也不爱说话了。”临近下班，女同事过来聊天，“欸，我们几个准备去聚餐，你去不去啊？”

邹雁笑起来：“去啊，去哪儿吃？”

几个人说说笑笑收拾好东西下班，走进电梯，下到第九层，进来了几个人，为首的年轻男人穿一身西装，脸色苍白，看上去脾气暴躁，很不好惹地阴着脸。邹雁望着他，瞬间失声。

其他几个女同事也停了话头，有些尴尬地挤在一处，低声打招呼：“魏经理。”

男人没说话，看了她们一眼，又看了眼邹雁，随即转身，等电梯一打开就带着几个人走进了六楼会议室。

邹雁听着几个同事叽叽喳喳，有些回不过神，直到一人拉了她一下：“邹雁，这段时间你请假，还不知道吧，刚才那位是上个星期空降下来的太子爷，总公司大老板的儿子，分派到咱们这里来历练的。”

邹雁：这是什么狗血转世剧情，为什么这人长得那么像司马焦？还是我疯了，看谁都像司马焦？

“不知这位下凡的神仙尊姓大名？”邹雁问。

女同事被她逗得直笑，哈哈笑了一阵才说：“叫魏焦。”

邹雁：“撒娇的娇？”

女同事继续笑：“不不，是烧焦的焦。”

邹雁：明白了，是司马焦的焦。

和同事们一起吃饭的时候，邹雁心里一直回荡着那些经典的霸总剧情——“我家有十万个这样的公司，有十亿个你这样的保洁小妹……”“女人，你接近我，不就是为了我的钱吗？”“很好，你成功地引起了我的注意。”

呸，霸总个屁，他不是天王老子了，她也不是绝色美人了，各回各家，各找各妈吧。廖停雁去陪了司马焦，现在邹雁可不用被迫和什么魏娇娇谈恋爱。

她邹雁，就是穷死，死外边，辞了这工作，也不和魏焦谈恋爱。

第二天，邹雁在电梯再度偶遇魏焦。这位新经理，她上司的上司，一个高贵冷艳脾气暴的小白脸，出了名地不喜欢理人，却突然开口问她：“你叫什么，也在这公司上班？我怎么没见过你？”

有一种熟悉的，被暴君支配了的错觉。邹雁假笑：“我确实是公司员工，美术部的，叫邹雁。”

中午在食堂吃饭，又遇到了这位太子爷，他竟然和普通员工一样吃食堂。邹雁不自觉去看他的餐盘，根本没吃两口就倒掉了。她心中顿时有种一朝回到从前的萧索，司马焦有了皇后廖停雁，吃饭自觉多了。

算了算了，这个是魏娇娇，又不是司马撒娇，不吃饭关她什么事？

下午在茶水间，邹雁又看到太子爷，在茶水间倒茶。

邹雁一时无言，您自己的十二楼没有茶水间吗？非得跑到十楼来喝水？

魏焦倒了水，满脸不耐烦地倒出两粒药吞了，猛灌水。见邹雁看着他，他也扭头看过去，看了一会儿后说：“这是药，不是糖。”

邹雁：我又不是傻。

她还是假笑，喊了声“魏经理”，端着水杯准备走，魏焦叫住了她。

邹雁转身，魏焦盯着她的眼睛看了半天，才说：“我们什么时候能在一起？”

邹雁无语，你说什么？我耳朵不好，好像没听清楚？

结伴来茶水间喝水，刚好撞上现场的几位女同事心中惊呼：我们听到了什么惊天大八卦？！

第二天，关于邹雁和空降太子爷谈恋爱的消息就传遍了整个公司，连门口保安都知道了。邹雁矢口否认也阻止不了广大的八卦人民群众，一些好事的高层听到这消息，也不怎么相信，半开玩笑地问魏焦："魏经理，听说你和美术部的小邹在谈恋爱？"

魏焦将视线从面前的电脑屏幕移开，看向说话的人："不是。"

那人明白了，刚想说这年头的小姑娘不踏实，就想着搞这些有的没的，还没说出口，就听到魏焦说："我觉得我们应该结婚。"

会议室众高层："……"

到了下午，流言已经变成了邹雁其实早就已经和魏焦结婚，之前请的长假就是去结婚度蜜月的。同事们都哀号着她结婚为什么不派喜糖。

邹雁：你们清醒一点！假的！都是假的！

没过几天，在公司大厅，邹雁见到一位大美人，美人很熟稔地拉着她："你和阿焦年纪都不小了，准备什么时候要个孩子？要是你们小两口嫌麻烦，不肯带，可以送回家给我带着。"

邹雁："姐姐，你是……"

美人温柔地笑起来："我是阿焦的妈妈呀。"

邹雁：妈……呀。

她找到魏焦："祖宗，你别玩我了！"

魏焦瞅着她，忽然笑起来："明明记得我，还要假装不认识。"

邹雁："……"

魏焦："不是说了？你要陪我。"

邹雁半天才道："要是换个人来，就你这样，肯定是虐恋情深的戏码。"

魏焦抬手捏了捏她后脖子，露出一口森森白牙："所以，不换人，只有你。"

故事二

唐梨：退休刀客无法保持身材

01

好不容易结束一天的工作，唐梨拿起筷子正准备吃晚饭，手机突然响了起来。

看到上面显示的那个“妈”字，唐梨无声叹了口气，还是放下筷子接起电话。她猜得到对面要说什么，果然没说两句，那边就照例提起结婚的事。

“不是妈说，你这个年纪真的要抓紧找个男人了，都二十七八了，一眨眼就三十，到时候还有谁要你啊？眼光不要放那么高，妈上次给你介绍那个不就挺好的？虽然人长得不是很高，工资没你多，但人家是本地的，也有房，车只要你们结婚就能买……”

电话那边滔滔不绝，好不容易等那边停下，唐梨见缝插针说了句：“妈，我还不想结婚。”

那边立刻就激动起来：“不想结婚不想结婚，你怎么这么自私，就想着你自己一个人逍遥快活过日子，有想过你妈我吗？别人问我，你女儿这么大了为什么还不结婚，亲戚们的闲话都是我在受着，你说得简单，你一个女孩子，不嫁人能怎么样！我都是为你好，我是你亲妈，我还会害你吗？”

唐梨拿起筷子开始默默吃饭，偶尔回应一句，等电话挂了，饭也吃完了。当然又是一通不欢而散的电话。

虽然最近两年催婚越来越频繁，但唐梨仍然不想结婚，她和朋友合开了一家店，自己在店里当大厨，每天能做自己喜欢做的事，工资也够用，这样的生活她觉得自由又满足。

至于催婚什么的，借用小说《倚天屠龙记》里的一句话：“他强由他强，清风拂山冈。”

她这人最大的优点就是脾气好，朋友们都羡慕她每天做好吃的，不爱想烦心事。也许因为职业是厨师，唐梨有一张圆圆的脸盘，再加上性格温和，不爱争抢，软绵绵的，从小到大的朋友都叫她糖丸子。到了二十七岁，身边好几个朋友都结婚了，仍然喜欢叫她丸子。

唐梨以为，这样的日子会一直过下去，直到她妈放弃徒劳的催婚，却没想到，没等来她妈的放弃，先等来了意外事故。唐梨出门去参加朋友聚会，半途中乘坐的公交冲出了大桥，掉进了江里。

北城城主府，一个紧闭的房间内，身材娇小的少女发出一声呓语，如溺水的人般挣扎着挥动双手，接着猛然睁开眼睛。

她剧烈喘着气，坐了起来，这才发现自己身处一个全然陌生的地方，不由得露出惊异的神色。

屋门被打开，一个面相和蔼的大娘走进来，端着饭菜放到桌上，对她说：“楚姑娘，你可别再跟我们城主犟下去了，先吃点东西吧。”

楚姑娘在不久之前刚刚换了个芯子，此时此刻，唐梨满脸蒙地坐在桌边吃饭，边吃边看着自己纤细的胳膊和手。她是微胖身材，手和胳膊都肉肉的，绝没有这样纤细。

她车祸后大概死了，变成了另一个人，简而言之，她穿越了。

怎么会遇到这种事呢？乱七八糟想了一阵，唐梨拍拍胸口，其他先不说，她算是捡了一条命，应该高兴。只是不知道这里到底是哪里，她这个身体又是谁。

从建筑风格，还有大娘身上的衣服来看，并非现代是一定的，但古代的话，又是哪个朝代？唐梨小心地问大娘：“我可以出去看看吗？”

大娘看上去是个爽利性子，一挥手：“只要你不出城主府就行，城主吩咐了，他闭关这些时日，楚姑娘你都得待在这里。”

唐梨带着探索的心思走出门，开始只在附近转了转，看到的都是丫鬟打扮的侍女，武者打扮的护卫，后来不小心走到演武场，她看到那些武者，刀剑挥舞时发出各种光芒，还能一下子跳上两层楼高的木桩，单脚站立在树顶端的一片树叶上。

唐梨："……"

这绝对不是她知道的任何一个朝代。唐梨和那个送饭的大娘混熟了，开始经常出入厨房，因为大娘就是厨房的厨娘。孙大娘也没想到她竟然还擅长做菜，尝了她做的菜后就赞不绝口："真是好吃，你这手艺都能比过我了，刚来那两天，看你咋咋呼呼、毛手毛脚的，现在这样多好，温温柔柔的，城主才会喜欢。"

唐梨根本不知道这个所谓的城主是谁，她这几天只弄明白了这个地方是北城城主府，自己这具身体的名字叫楚璃，其他都不清楚。怕被发现破绽，唐梨也不敢多问，她只想着还是早点离开这里，去一个没人认识自己的地方比较好。

不想她刚从厨房出来，端着一盒点心想回房间，半途上就遇到了麻烦。一个衣着华贵的少女带着十几号仆从，将她拦了下来。

"楚璃，我告诉你，我玄御表哥是北城城主，身份高贵，是你这种贱民高攀不起的，你不要以为自己是被玄御表哥带回来的，就能飞上枝头做凤凰，只要我在，你就想都不要想。"少女嚣张跋扈地说罢，恶毒一笑，"像你这种想攀附玄御表哥的女人我见多了，非得给你点教训不可。"

唐梨：啊？什么？

少女一招手："把她给我扔进鬼哭林。"

唐梨一句话都没能说就被人捂住了嘴，只能抱紧点心盒子被人架着，运包袱一样给她丢进了一个阴森诡异的树林里。

四周都是浓雾，浓雾中有黝黑恐怖的树枝交错，没有前路，也看不清来路。唐梨抱着点心盒子站在原地，总觉得这一切都有种莫名的熟悉感，但是究竟哪里熟悉，她又怎么都想不起来。

她听到周围的呜呜风声，心里有点㞞，担心这里面有鬼。刚才那个把她丢进来的大哥一跳三米高，手上的剑还发光，很不科学，所以这树林里可能也有不科学的鬼怪。

一个人待在这里，唐梨觉得怕了，不由得打开点心盒盖子，拿了块点心出来啃两口压压惊。就是这个时候，一只浑身火红，看上去像狐狸一样的动物出现在树丛边，观望片刻后凑上前来呜呜叫。

唐梨给它喂了块点心，那狐狸叼着点心，朝她呜了一声，就在前面带路。唐梨面露喜色，连忙提着裙子跟了上去。她走了很久，久到唐梨都觉得快走不动了，前方才隐约透出光。狐狸又呜了一声，跳进雾里消失不见。

唐梨“欸”了一声，想追上去，虽然没追到红狐狸，但眼前白雾越发淡薄，树木也没了，再走出去十几步，眼前豁然开朗。天边挂着一轮夕阳，血红的晚霞铺陈天际，映在面前无数的荒丘上。

放下点心盒子，唐梨坐在地上捶了捶腿。不捶不行，她被面前的场景吓到腿软。

面前没有了树木，只有无数起伏的土丘，这些小丘上插着残破的旗帜，倒伏着无数变成白骨的尸体，风化得很厉害。是古战场还是什么地方，为什么会有这么多白骨?

唐梨感到头皮发麻，想跑，可前面是成山的尸堆，身后是错综复杂的白雾鬼林，她哪里都不想去。

这究竟是什么地方……唐梨脑海中突然灵光一闪，骤然醒悟过来先前自己的熟悉感是从何而来。

北城城主，玄御表哥，楚璃，鬼哭林……唐梨把这些连成了一线，在记忆深处找出了相关线索。

她初三时看的第一本小说，一本虐恋狗血小言文，当时很流行这种厚厚一本的言情文，都是在附近的书店里租来的。

那本小说里，男主角是四方城中的北城城主，叫什么什么玄御，她忘记名字了，女主角好像就是她这具身体楚璃。细节唐梨记不太清楚，只记得大概。好像是女主角一个孤儿从小四处流浪，遇到男主角，因为她的长相和男主角的白月光一样，于是男主角把她带回了北城。两人是一对吵吵闹闹的欢喜冤家，男主角在这个过程中爱上了女主角，却始终不肯承认，因为他的白月光为了救他而重伤陷入沉睡，他觉得自己不能背叛白月光，于是对女主角时冷时热。女主角无意间得知白月光的存在，发现她和自己长得一模一样，于是以为男主角将自己当作替身。

纠葛一路，两个人渐入佳境，误会即将解除的时候，白月光醒了，挑拨男主角伤害女主角，当然作为恶毒女配，白月光最终被揭开真面目，女主角终于和男主角完满结局。其中剧情里最狗血的就是女主角和那位白月光其实是双胞胎姐妹，只是两人出生时女主角被仇家给带走，失去了身份，而且男主角以为的幼时和白月光第一次相遇，其实是与女主角的，只因为两人长得一样，他误会了，以及那位白月光为了替他挡箭而重伤，其实也是自导自演。

当时唐梨身边的女同学们，都痴迷于男主角的冷酷与霸道，只有唐梨不一样，她讨厌死了作天作地的男主角和女主角，最心疼里面的痴情男配。

痴情男配巽奴，是一位非常厉害的杀手，他无心无情，天下第一，只因为被女主角救了一命，后来便甘愿默默保护她，知道了什么是爱，最终还为她失去了生命。

当初因为男一号和男二号谁比较好的问题，唐梨还和同桌大吵了一架。那大概是好脾气的唐梨第一次跟人吵得那么厉害。后来因为巽奴在小说里死了，唐梨哭了两天。

如果她没记错，小说里巽奴和女主角第一次见面，就是在鬼哭林后的鬼哭原，他受了重伤，被组织里嫉妒他的人暗害，扔到了鬼哭原，垂死之际遇到女主角。

也就是说，现在巽奴就在面前那些尸堆里，而她现在成了女主角“楚璃”，得去救人。

唐梨望着无边尸堆，抱紧自己的小点心盒子站了起来。初心男神，少女初恋，哪怕过去了十几年，仍然是特别的，虽然不知道为什么会穿成这个故事里的女主角，但现在得去救他，不然他就死了！

踩上那些酥脆的骨头和破烂衣物，唐梨深一脚浅一脚地走在尸体堆里，她看到那些多年前的尸体上面，竟然还有比较新鲜的尸体，还没腐烂光，散发出一阵阵恶臭。食腐的鸟类聚集在一起啄食尸体，被唐梨的脚步惊到也没有飞起来，一只只转过脑袋盯着她，发出嘎嘎的叫声。

这个场景真是集恐怖与恶心于一体。唐梨在一座座小丘上乱转，发现自己压根儿不知道哪个才是巽奴，她只能发现一具新鲜点的身体就去查看对方有没有死。

找了十几个小丘后，天边只剩下一丝光线，她终于在一片荒芜的尸骨废墟中，看到了一个不同寻常的黑色人影。

02

四周都是一片荒芜的灰白，而那个人影，浑身上下都是沉沉黑色，仿佛透不进光一般的色调。

唐梨一愣，想也没想就往那边跑过去，脚下的尸骨废墟发出哗啦啦的声响，坍塌了一小片，她滑下山丘，来到那个人身边。

几只食腐鸟停在附近，试图去啄食新鲜的肉，唐梨连忙挥着手将它们赶走。还没看清楚这人究竟长得怎么样，她就先闻到了一股浓郁的血腥味。这具身躯上伤口很多，满身的鲜血，染红了身下的白骨堆，连那双手都血肉模糊，全是干涸血迹。

就是这样伤痕累累的手中，仍紧握着一把长刀。刀身狭而直，长柄乌黑，同样被浸在血中。

因为看上去太惨烈，唐梨下意识地屏住呼吸，伸出手，小心地把人翻了个身。他本来是倒伏在地，黑发散乱遮住了脸，唐梨将他翻了过去，想试探他还有没有呼吸。

黑发滑落，露出青年一张好看的脸，长眉挺鼻，睫毛格外长，闭着的眼睛和苍白紧抿的唇让他看上去有种锋利而脆弱的矛盾感。他的头发很黑，脸上皮肤又白，黑白分明间更显得清秀。

几乎是在一瞬间，唐梨肯定了，这就是巽奴，她少女时期为之倾心的男神。如今她已经长大成熟，而这位活生生出现在面前的男神，仍旧是书本上最初见到的那个形象。

唐梨小心试探了他的呼吸，又听听心跳，发现他虽然伤得极重，但还活着，暂时放下心后又替他捏了一把冷汗。

她不是医生，不懂治病，虽然原著里女主角似乎也没做什么，只喂了些水，夜里抱着他暖暖身子什么的，巽奴就自己挺了过来，但真的这样就行了？

唐梨最后决定相信小男神的顽强生命力——对，当年是男神，现在是小男神了，毕竟他看上去比她的实际年龄要小上几岁。

巽奴始终没有醒来，眼看夜色深沉，四周开始冷了，唐梨在周围忙忙碌碌收拾出来一些能燃烧的破布、碎木块之类，架了个火堆。

从腰间掏出火折子，好不容易把火堆点着，但风太大，吹得火焰跳跃不停。她看了下毫无反应还在昏迷的巽奴，起身又开始在一边寻找。

唐梨很幸运地找到了一大片还没腐烂的布，看上去像是厚实的帐篷布，被她从白骨堆里扯了出来，用袖子里掏出的小匕首把布裁规则了些，卷一卷打个包。除此之外，她还收拾了一些用得上的东西，半拖半抱着回到火堆边，选好位置，做了个能挡风的简易小棚，虽然仍然有些漏风，但比刚才好太多了。

火堆渐渐烧得旺了起来，唐梨摸了摸巽奴的手，发现他的手冰凉，于是将火堆移近了些，并将他的头和上半身小心抬起来，挪到自己怀里，最后用外衫把两人盖起来。

抱着一个陌生人的感觉怪怪的，但想想这是自己少女时期喜爱怜惜的人，那股不自在就变成了一种说不出的激动和做梦般的微妙。

做完这一切，唐梨缓缓松口气，才感觉自己腰酸背疼。

因为要照顾人，她连最开始对这一片尸骨的害怕都顾不上了。她这个人有爱操心的老妈子属性，喜欢照顾别人，所以从小到大，依赖她的朋友很多。当年她读大学，做了寝室长，第一学期下来，除了她自己，其余人都被她养胖了十几斤，大家都称她为养猪小能手，或者直接开玩笑地管她叫妈。

为了更好地照顾一群懒货，她习惯在身上带很多小东西，堪称行走的百宝袋，这个习惯保持到了现在，所以现在她身上不仅有火折子、匕首，甚至荷包里还有十几包从厨房里拿的调料、几块糖，袖袋里有丝帕、发带、梳子以及碎银子等零碎物件。

时刻都准备得很充分。

清晨来临时，唐梨醒了过来，这一夜她只在快天亮时稍稍眯了会儿，还半梦半醒的，梦里大概是她妈在催婚，大概以后，都听不到妈妈气得骂她的声音了。

走神了一会儿，唐梨低头看向巽奴，他没醒，仍然闭着眼睛，不过身体比昨天要暖和。

火堆已经熄灭，烤了一晚上的火，喉咙干渴，见巽奴唇上干燥起皮，唐梨早有预料地掏出帕子，把倒放在一边的点心盖子拿起来，蘸着上面的露水给他润了润唇。

可惜，周围没有看见水源。

刚把帕子收回去，唐梨骤然和一双漆黑的眼睛对视了。巽奴不知什么时候睁开了眼睛，正静静地看着她。

他的眼睛和头发一样黑，因为太纯粹，显得干净无比，望着她的眼神更是平静，没有疑惑也没有杀气，不太符合他第一杀手的身份。

但唐梨知道，在原著里，巽奴就是一个纯粹的人。他幼时因为家贫和饥荒被亲人抛弃，他的师父把他捡回去，给他吃的，哪怕后来他已经成了天下第一的杀手，哪怕师父死了，他仍旧留在组织中。他的人生只有杀人这一件事，直到遇到女主角，他才明白手中的武器除了杀人，还能保护人。

就这么稍稍一走神的时间，唐梨发现巽奴的眼睛又闭上了，一声没吭地再度昏睡了过去。

唐梨瞅着在自己怀里昏迷的巽奴，拍了一下胸口，终于明白那几个追星的朋友为什么会一下子把自己的“爱豆”叫“儿子”，一下子叫“哥哥”，偶尔还会叫“爸爸”，明明都是一个人。

巽奴没睁开眼的时候，唐梨觉得这真是个惹人怜惜的小可爱，都想像照顾孩子那样照顾他，但刚才他醒过来和她对视那一瞬间，唐梨发现自己想叫他爸爸，不出声气场都好强！

“杀手爸爸”一闭眼，又变成了小可爱。唐梨把他的脑袋从自己腿上搬下来，让他躺得舒服点，然后起身抱着点心盒子去寻找水源。然而在周围找了一圈，她都没发现水源，倒是天上乌云聚集，好像要下雨的样子。

唐梨赶回去，把昨天匆忙做的那个简易挡风棚子拆了，重新做了个能挡雨的，又找到几个头盔状的东西，排了一排，准备接雨水。本来如果没找到这些，她都准备用头盖骨接了，如果真用头盖骨接水，她觉得自己可能会喝不下去。

另外，能燃烧的碎布、枯木、破旗杆子她也收集了不少，整整一天，收集癖发作的唐梨就像只勤劳的小蜜蜂一样忙来忙去，这期间都没发现巽奴醒过来好几次，躺在那儿看着她。

电闪雷鸣中，雨水骤然落下。唐梨抱着怀里新找到的两个头盔，跑回那个能躲雨的棚子，蹲在那儿将手冲干净了，拍拍身上的灰，再次坐到昨天的位置。她抬起巽奴的脑袋，枕在自己腿上。

雨水滴答，沿着棚子边缘滑落，也落进那些头盔里面。唐梨等了一会儿，等到点心盒盖子里盛了些水，就端过来喝了两口，总算缓解了干渴。

她还想给巽奴喂些水，但人没醒，她这样不方便。正想办法呢，巽奴醒了过来。

“你醒了，要喝水吗？”唐梨露出笑容。

巽奴没有拒绝，就着她的手喝了水，又转头看她。

看他能喝水，唐梨都觉得很感动，见他看自己，便自我介绍道：

“我叫唐梨，是误入这里的人，你呢？”

巽奴张口，说了两个字：“巽奴。”

他的声音特殊，带着一种沙哑的音色。唐梨记得书里好像说过他幼时嗓子受伤，后来经过医治仍然没有完全治好，导致他的声音比一般人更低沉沙哑些，他在原著里也不爱说话。

乍然听到这个声音，唐梨只觉得好像被人从后脖子一路摸到了尾椎，有种天灵盖一麻的感觉。

初恋小男神的声音怎么这么特殊，这么好听？唐梨想多听他说几句话，不由得眼巴巴地找话题问：“是哪两个字啊？”

巽奴依旧用那沙哑的声音回答了她：“八卦中巽卦之巽，女又奴。”

唐梨听得都要醉了，眼睛闪亮：“那巽奴，你饿不饿，要不要吃东西？我这里还有几块点心。”

巽奴精神不济，片刻后又闭眼休息。他睡着的时候很安静，气息平缓，唐梨撑着脑袋看他，没一会儿在雨声中克制不住瞌睡，脑袋一点，也睡了过去。

巽奴在她怀里醒来，她仍在睡，颊边的头发就垂在巽奴的鬓边。巽奴不知道这个女子是什么身份，但他没感觉到她有恶意，所以对她的接近并没有太多反应。

身体受伤太重，他吃力地抬起右手，看到上面的血迹被人擦拭干净了，还用一块帕子好好包扎着，他的长刀就放在手边，手指一动就能摸到。

他先是动动手指，碰了碰刀身，而后迟疑了一下，缓缓抬手去碰那个抱着自己的女子的面颊，轻轻碰了一下就放下了手。

感受到指尖触到的温度，他不由得想，这是一个真实存在的人。

几日前，巽奴以为自己会死在这里，和这里的许多尸体一样，最终变成无名白骨。他没想过会有人救自己，因为他没有亲人也没有朋友，所以不会有人来救他。这样没什么不好的，他杀过很多人，从师父教他杀第一个人起，他就知道，自己有一天，也会被人这样杀死。

师父说过，他们这样的人，不会有好下场，或许连坟冢都不会有。

他能感到自己身体逐渐冰冷，嗅到死亡的气味。可是，忽然间，那股味道就被另一种味道取代了，那是一种人身上又干净又柔软的香味，离他很近，将他包裹了起来，身体也慢慢变得温暖。再度醒来时，他看到清晨的阳光，还看到了在这片阳光里面容模糊的一个女子，恍惚得像一个梦，一眨眼就消失在黑暗里。

巽奴想看清这个人是什么样子的，他醒来了好几次，都见到一个身影在周围忙碌，虽然依旧没看清她的模样，但他每次睁开眼睛，这个人都在。

她问他的名字时，笑容很温柔，那种神情让巽奴想到柔软又香甜的花，是和他截然不同的存在。

他忽然想起两年前自己奉命去杀一个人，那人院中有一株月下白梨开得很好看。他们在院中缠斗数招，最后他一刀斩下了那人的头颅，就在那株白梨花下，鲜血喷溅在树上，染红了一枝梨花。他当时看着那枝梨花，心中忽然生出一股愧疚。

他从未对死在自己手中的人生出愧疚，那一刻却觉得自己不该将血溅在那样干净纯白的花上。

03

巽奴一开始并没有名字，他被家人抛弃后一个人流浪，受了伤，差点病死，他的嗓子就是在那时候坏的，更小时候的一些事也忘记了，当然也就没有名字。他的师父把他捡回去，没给他起过名字，直到他十二岁能独当一面，他得到了一把刀，这刀的名字叫巽，后来他的师父就喊他巽奴，说他这辈子都只是为刀所驱使的奴隶。

但是除了那个早死的师父，很少有人会这么喊他，大部分人不得不和他打交道时，都只叫他“巽”。

其实巽奴并不在乎别人如何称呼自己，也不在乎师父当年的话，他的刀对他来说，是唯一会陪伴他的伙伴，而不是其他的什么东西。

巽刀是一把很奇怪的刀，它天生无鞘又太过锋利，哪怕是巽奴，最开始也被这把刀的刀锋割伤过许多次，后来他习惯了这刀，不会被它割伤后，就随手用布裹一裹当刀鞘。只是和人动手的时候有些麻烦，刀气一动，那些布条就碎了，没办法一直用下去。

他自己不太在意这些，其他人却有些看不过去，所以那个杀手组织的老大专门命人给他铸了个刀鞘，镶金错银，还嵌了七颗夜明珠。拿起来太重也就罢了，夜明珠会在夜里发光，很不利于他的潜伏，被他一指抠出来，那刀鞘才总算能用。

就这么用了几年，终于在这一次的伏击中，被他遗失了。

“刀鞘不见了不是很麻烦吗？这样拿着会割伤手的，不然我给你做个刀鞘吧，暂时应急一下。”

唐梨这么说着，去鬼哭林边缘想砍一根粗壮点的树枝回来给小男神做个刀鞘。可是她用匕首磨了半天都没能割开一个口子，只得跑回去问小男神借刀。

巽奴听她说完，动了动手指，把放在自己身侧的那把乌黑直刀递给了她：“小心，刀身锋利。”

唐梨小姐姐被小男神的沙哑低音撩得不行，提着刀振奋无比地去砍树枝。这刀果然锋利，没砍几下就砍下了树枝，她干脆多砍了几枝全部拖回去。

她做事向来麻利，对着巽刀比了比，用匕首刻下记号，拿着巽刀，开始给它削刀鞘。鬼哭林这些树的树枝很奇怪，外表是黑黝黝的，削开了树皮，内里还是黑色的，唐梨做出来个黑色的刀鞘，最后把巽刀往刀鞘内一插，正好。作为一个临时用品，它是合格的。

“你看看，可不可以？”擦擦额头上的汗，唐梨把刀鞘递给了半躺在那里的巽奴。

巽奴接过看了两眼，说：“很好。”他心里其实有些高兴，因为他喜欢这个简单的刀鞘，它比之前组织老大专门让人给他做的那个刀鞘好看多了，他觉得自己的巽刀伙伴会更喜欢这个刀鞘。

唐梨就知道他会喜欢，这个沉默寡言的小男神翻转刀鞘的时候，漆黑的眼睛里有两点亮光，可好看了。

看到自己照顾的人高兴，唐梨就更高兴，干脆拿另一根树枝给巽奴做了根简易拐杖。他伤得太重，才刚能坐起来，想走路还很勉强，这根拐杖说不定过两天能用上。

还有一些树枝，唐梨本来准备用来烧火，谁知道这树枝一烧起来就会散发出一股臭味，还很难烧，她只好打消了这个念头，用这树枝加固了一下棚子。

巽奴的情况不好，两人暂时无法移动，现在最大的问题就是食物问题。鬼哭林里树木诡异，看上去黑乎乎的怪异植物肯定没法吃，这片尸山又寸草不生，条件非常艰苦，靠唐梨带着的那一盒子点心，坚持不了几天。

最后，唐梨不得不把目标放在那些食腐鸟身上，想试试能不能抓到几只。

巽奴昏睡的时候多，醒来的时候少，他每次醒来都会发现唐梨在辛勤劳动。这回醒来他看到唐梨在抓食腐鸟，刚好扑到一只，死死按在地上。

巽奴：“……”

兜着还在动弹的破布袋子回来，唐梨发现巽奴醒了，满脸怜爱地问他饿不饿。

巽奴盯着她手里抓着的食腐鸟，声音低沉：“这种鸟不能吃，有毒。”

唐梨一听，发出一声失望的喟叹，手一松，把那只掉了不少毛的食腐鸟放走了。之前阴森森的黑鸟这会儿羽毛零落，发出几声嘎嘎怪叫，扑棱着翅膀落荒而逃，竟然有点可怜兮兮的意味。

把破布袋子折了折放在一边，唐梨坐在巽奴旁边，有点可惜：“我本来想给你煮点肉汤喝。”伤成这样，都没什么补一补，怎么能好得快？

当初她有个朋友不小心从楼梯上摔下来摔断了腿，在医院住了一个月，她就连续送了二十多天不重样的猪蹄汤。现在小男神浑身是伤，唐梨觉得应该熬点鸡汤，暂时没有鸡，只能用鸟凑合，谁知道鸟不能吃。

“我不饿。”巽奴摇头，“你该休息。”她好像一直在忙。

唐梨笑笑：“那好吧，我去睡一会儿。”她这几天几乎没怎么休息，一直在忙碌，除了性格问题，也有不习惯的原因，突然换了个世界，换了个身体，真的没有那么容易习惯。之前在北城城主府的时候，晚上她也睡不着，白天就跟着孙大娘在厨房里到处找活儿干。

这一觉她睡得很沉，醒过来时天都快黑了，坐起来揉揉眼睛，下意识往旁边看了眼，唐梨立马被吓醒了。巽奴之前躺着的位置没有人。

他是走了，还是发生了什么事？或者……是去方便了？唐梨站起来四处看了看，嘴里喊道：“巽奴？”

喊了几声没人回应，她这才急起来，爬到附近一个最高的小丘上眺望。刚爬到上面，她就看到不远处一个蹒跚的黑色人影朝这边走过来。

是巽奴。唐梨赶紧跑下去，跑到他身前，她才发现巽奴用了她给他削的那根拐杖，手里还提着一只滴血的动物。她一愣：“你是去打猎了？你还受着伤呢。”

她服了小男神的体质，这才几天啊，就能自己走动了，换了她可能得躺两个月。等看到巽奴身上的伤口裂开，又开始流血，唐梨简直要心疼死了。

“啊，你怎么都不小心一点，伤口裂开了，疼不疼？肯定很疼。你在哪里抓的这个？你路都走不动了，肯定很难抓吧？来，我背你回去。”唐梨唠唠叨叨，问出一个接一个的问题，巽奴本来想回答，但他刚张口就发现自己跟不上问题，只好闭了嘴默默听着。

等见到唐梨作势要背自己，他稍稍往后挪了挪，避开唐梨的手。他觉得要是这么压下去，可能会把她压趴下。她为什么会觉得自己背得动他？

“你背不动我。”巽奴直接说。

被男神蒙蔽了双眼的唐梨找回理智，只能选择把他扶回去，又给他擦拭伤口上的血。

黑衣脱下来后，露出胸膛和肩背，那薄薄的肌肉层因为疼痛略微紧绷，肌肉形状格外漂亮，连上面交错的伤口都给人一种又酷又帅的性感。巽奴的黑发没有扎起，披在肩上，唐梨把他的头发撩到一边，觉得自己擦个伤口擦到手抖，心疼男神归心疼，但这爆棚的荷尔蒙真的让人脸红心跳，简直把持不住。

唐梨觉得自己应该说点什么转移一下注意力，看到被放在一边的猎物，开口问道："巽奴，你抓的这是什么，我怎么之前没看见过？"

巽奴侧着脸，让她擦拭肩背的伤口，简单地回答："土豚。"

土豚？那不是食蚁兽的别称？唐梨又看了眼那东西，觉得不像食蚁兽，大概是这个世界的物种吧。

见她没说话，巽奴迟疑了一下又说："这里是鬼哭原，没有能吃的鸟，只有这种钻土的土豚能吃。"

唐梨听了不由得停下动作，忍不住想，难道他是因为看到自己在抓食腐鸟，觉得她想吃鸟，才会去打猎，但没找到鸟所以抓了这个？

小男神怎么会这么甜！唐梨抖着手把沾血的帕子放到头盔做的小水盆里清洗，顺便冷静了一下，不然她真的好想抱着小男神的脑袋亲亲他，安慰一下。世界上怎么会有这么乖这么好的甜心！小男神这么好，原著里的女主角为什么还不喜欢他？！眼睛瞎了吗！

冷静完了，唐梨拉着小男神的大手，怜惜万分："我给你做好吃的，等我。"

她松开手，扎好袖口，提着那只土豚转身走了。巽奴动了动刚才被握住的手，收了回去，好像想驱散刚才的那一点不自在。

他们这几天靠得太近了，他这双习惯握刀的手从来不惧冰冷坚硬，但乍然被柔软温暖的东西触碰了，会感到心脏震颤。这种陌生的感觉很难说清楚，他不排斥，但心悸感太频繁，他觉得似乎不太好。

摸到自己的刀，拿起来抱在怀里，感觉到那个冰冷的温度，巽奴平静下来，但是他又不自觉地去看刀鞘。

叮叮当当的声音打断了巽奴的发呆，他抬头看到唐梨抱着很多东西回来了，码了个火堆，架起了一块铁皮，铁皮光滑，已经被擦洗干净了，唐梨在下面烧火烘烤铁皮，又提着被剥了皮清洗的土豚开始片肉。

厨师的基本素养，刀工至少过得去，唐梨片下来的肉片都是薄薄一片，肥瘦相间，被她铺在烧红的铁片上，发出滋滋的轻响。她动作很快，从荷包里拿出几个纸包，捻起里面的粉末迅速均匀撒下，再用一个小夹子快速给肉片翻面。

这个世界的调料和她那个世界常用的也不太相同，所以之前在厨房帮忙，她看到那些不太一样的调料，顺手就收集了些，也算是当厨师的一点小毛病，没想到这会儿刚好用上了。

对于一个喜欢带很多东西在身上以备不时之需的人来说，准备的东西恰好能用上，这件事本身就能带来满足感。

再想到待会儿能用美食投喂小男神，唐梨就浑身充满了力量——大概就是追星的力量。

“来，巽奴，你尝尝味道。”

巽奴：很好吃，比以前吃过的所有土豚肉都好吃。

“好不好吃啊？”

巽奴点点头，把剩下的几片肉也吃了。

唐梨看他漆黑眼睛里那两点小亮光，满足得不行，抬手又给他夹肉：“多吃点多吃点，还有很多，你太瘦了，一定要多吃点。”

巽奴动作一顿，看向她的细胳膊细腿，又看了看自己比她大一圈的身材，开始有一点点自我怀疑。

04

迷雾笼罩的鬼哭林，一般人进去了都找不到出路，只会在里面迷失方向，鬼哭林后面则是鬼哭原。据说很多年前，有一个几十万人的军队在此驻扎，他们奉天圣帝命令，来此寻找长生不老药，却不知为何在一夕之间全部死在了这里。

当年仅有极少数人逃了出去，据他们描述，当时所有人都陷入癫狂，开始攻击其他人，整个营地变成了一片血海炼狱，士兵们互相厮杀了几天几夜，尸骨堆叠，怨气丛生，导致周围寸草不生。

在鬼哭原另一边，是一条天阻般的长长山脉，这山脉几乎阻断了鬼哭原通向其他地方的出口，高耸入云，又荒芜陡峭。很早之前，这山被称作圣山，那传说中的长生不老药就在里面，但自从这里死了几十万人后，圣山就变成了魔山，所有人都觉得，是圣山夺走了那么多人的生命。

因为这三个连在一起的死地，一般人进来只有一个死的下场，所以凡是想杀人灭口，折磨敌人，或是抛尸的人，都喜欢来这里。

唐梨并不明白自己所在的地方有多可怕，虽然她最开始怕尸体，但不管多可怕的东西，看多了也就习惯了，而且她还要好好照顾一个病号，压根儿没时间去怕。

她之所以想要离开这里，不是因为怕，而是出于两个很实际的原因：一是这里没水源，二是这里食物少。没有水源，平时生活洗漱都很不方便，只靠雨水实在是难过；食物能吃的只有那种土豚，还必须由病号巽奴勉强起身去抓，条件太艰苦。

“巽奴，我们怎么才能离开这里呢？”唐梨看着自己灰不溜丢的袖子，跟巽奴商量离开这里。

巽奴不愧是当杀手的，变态体质，就这么几天下来，他已经能走动了，虽然还不能走太快。

听到唐梨的问题，他思索片刻，沉稳道：“只能通过北边的鬼哭林，但鬼哭林里有迷阵，很难走出去，等我伤势好了才能带你出去，如今进了鬼哭林，怕是凶多吉少。”

他是重伤之际被人逼进鬼哭林的，哪怕是追杀他的那十几位高手，也只敢在他进入鬼哭林深处后放弃追击。而唐梨，根本就是被人扔到外围，又被狐狸引进来的。

“我当初是跟着一只红狐狸进来的，你说如果能再找到那只红狐狸，它能带我们出去吗？”唐梨问。

“我从未听说过鬼哭林里有红狐狸，里面应当是没有活物能生存的。”巽奴很谨慎。

唐梨建议道：“不然我去找找，看能不能找到那只狐狸？”

巽奴并不赞同，看着她，认真道：“鬼哭林太危险，不要擅自行动。你再等我两日，待我伤势一有好转便立即带你离开此处。”

唐梨越听他这么说，就越想试一试，拉着他的手说：“我不能让你跟着我过这种苦日子，我要早点给你更好的生活。”

巽奴听着觉得好像有哪里不对劲。

眼前的姑娘是个柔弱的、不懂武功的女子。但他扭头看着像模像样的棚子和被陆续制造出来的生活用品，又觉得唐梨说的话好像没什么不对。

唐梨行动力惊人，当天下午就用一块糖在鬼哭林附近的树丛里引出了一只红狐狸。她觉得应该就是带自己进来的那只。

小狐狸似乎很喜欢她，从她手里叼走了糖，还蹭了蹭她的手心。唐梨摸摸狐狸的脑袋，跟它商量能不能帮忙带路出去，小狐狸很有灵性地眨了眨眼睛，转了个圈。

唐梨跑回去又和巽奴商量这事，巽奴仍是说，再等两日，他还是担心万一出什么意外，自己伤重，没法把人护好，唐梨想想也答应了下来，捞过他的手，在他手心里放了一块糖。

在厨房帮忙的时候，孙大娘给了她好几块糖，一直放在袖袋里包着，今天拿出来给了小狐狸一块，她就想起巽奴了。

“你喜欢吃甜的吗？”唐梨笑得温温柔柔，笑容里都盛满了蜜糖。

巽奴对很多东西都没有执念，对食物的喜好也没有，可这会儿见了唐梨的笑，他不由自主就点头了，还在唐梨期待的目光中，把那块糖吃了。

“你喜欢吗？我这儿还有。”

巽奴伸手拦了一下，说："我的年纪比你要大。"为什么要把他当成孩子一样哄？

唐梨抿唇笑了一下，有些不好意思："因为我很喜欢你，所以想对你好一点。"

巽奴面无表情地看着她。他半天没能回过神来，听到她这样直白地表达喜爱，他整个人都反应不过来。

其实，他遇上过好几次自荐枕席的事，他年纪不大，武功却高，有第一杀手的名声，再加上剑眉星目，身材挺拔，又是一副拒人于千里之外的冷淡样子，很容易得到女子的青睐，组织中有女杀手看中他的容貌或能力，总想接近他，还有女子纠缠过他，但他从来不在意，反正他除了接任务时，大部分时间都会躲起来，没人找得到。

从前无论其他人如何表白心迹，他都觉得心中毫无波澜，可听到唐梨这么说，巽奴一下子陷入茫然紧张的状态，不知道该说点什么好。哪怕内心波澜万丈，外表依旧平静无波。

过了好一会儿，他说："我定会好好保护你。"

唐梨比他更加慎重："我也会尽我所能好好照顾你，不让你再受苦。"

小姐姐的女友力压倒了小男神。

两日后，两人准备离开，让巽奴诧异的是，那只红狐狸竟然真的出现了，不仅如此，它当真把两人带出了鬼哭林。传说中能困死人的鬼哭林，他们就这么简单地走了出来。

看着唐梨把身上最后一块糖喂给了红狐狸，和它挥手再见，巽奴心中不知为何有种淡淡的迷茫。在他的杀手生涯中，这几天迷茫的时候似乎格外多。

"好了，终于出来了，现在咱们先找个地方洗漱一番，再好好吃点东西。"唐梨从袖中掏出荷包算了算里面的碎银子，"这是我之前随身带的，不是很多，但我觉得应该够住店。"

巽奴作为一个杀手，身上其实也是带着银子的，只是带得不多，后来还在厮杀中掉了，所以现在身无分文，非常穷。

“那边好像有炊烟，我们去那边看看！”唐梨脚步轻快，想着马上能洗澡，能好好吃饭，她感觉整个人都有劲了。

巽奴望着她指的方向，欲言又止，但看她如此高兴的模样，还是闭了嘴，默默握着长刀跟着她一起往那边走。唐梨走着路仍没忘记照顾他，走一会儿就问他累不累，要不要歇一歇，还试图扶着他走。巽奴这辈子，第一次被人这样无微不至地照顾，浑身不自在，就好像被人从头到脚揉了无数个来回。

巽奴：“我……”他想说不必如此，结果对上唐梨温柔似水的眼睛，就哑了。

小姐姐脸上笑呵呵，心里感叹着小男神真是好乖好贴心，牵着他的手往前走。

没走多久，两人看到一家开在路边的客店，两层的楼，后面有个马厩，一层搭了茶棚供路人歇脚。这样一个偏僻地方，只开了这一家客店，店里面人竟然还不少。唐梨一进门就发现众人都看了过来，她没在意，走到柜台前去询问老板有没有客房。巽奴就跟在她身后，自然能察觉到周围的视线，他面无表情地动了动大拇指，巽刀无声出鞘两寸。

片刻后，店内所有客人都收回了目光，不再看他们，喝茶喝酒的都埋头继续喝。那客店老板刚想说没客房了，巽奴冷淡地看了他一眼，老板身子一僵，扯了扯嘴角对唐梨说：“……客房当然有。”

唐梨没有察觉异常，又询问店家能不能卖两身衣服让他们换一下。巽奴仍然盯着那老板，老板只能同样笑着回答：“哈哈哈，当然可以。”

这是个黑店，但凡有些江湖经验的都能看出来，毕竟能在离鬼哭林这么近的地方开店，不可能是什么良民。这个店老板，包括这些“客人”，都是一伙的，要是遇到了能下手的客人，命和财都得留在这里。而巽奴，店老板一见他走路的姿势和神情，就知道这不是他们能做的“生意”。

虽然他明显受了伤，可就算这样，店老板仍然不敢轻举妄动。他只求这两位赶紧休息完离开，别妨碍他们做“生意”。

巽奴也无意惹麻烦，看着店老板找出了两套衣服，打了热水送进房内。“客人，您请自便。”

唐梨觉得这店里的老板和小二态度都挺好的，她拿着一套半旧的蓝色裙子走进房内，看到巽奴跟着走了进来。

唐梨：“巽奴？”

巽奴背对着她，抱刀坐在一边，闭着眼睛：“我不会看，守着你。”

唐梨倒不担心他看，两人中间还隔着帘子呢，看得到什么？她一向爱干净，这回是在白骨堆里摸爬滚打好几天，只简单擦过脸和手，现在终于能擦洗干净，她洗完换上一身干净衣裙，顿觉浑身轻松。用布巾把头发简单裹了裹，走到巽奴身边：“你身上的伤不方便，我帮你擦洗一下吧？”

巽奴看她一眼，觉得她对自己太过放心了，之前他伤重不能动时是这样，现在还是这样，她对任何人都这么没有防备吗？

巽奴觉得自己应该提醒她一下，于是说道：“我是男子。”

谁知道唐梨一听，不知道为什么突然脸红，并且越来越红，连耳朵都红了。巽奴本来脸上没什么表情，见她这样，莫名其妙也是一阵坐立不安，背后出汗，眼睛也不由得移开。他其实没什么别的意思，但唐梨的反应让他觉得自己好像做了什么不太好的事。

“……我并非那个意思。”巽奴也不知道自己在解释什么。

唐梨咳嗽了一声，仍然红着脸，垂眸笑起来：“没什么……你要我帮忙吗？”

沉默片刻，巽奴说：“好。”

唐梨只帮他擦了擦背后不好擦洗的伤口，又帮他洗了洗头发，就在外面等着。巽奴不放心她一个人等在外面，很快出来了，头发还在滴水。

“我帮你擦擦头发。”唐梨走到巽奴身后帮他擦拭头发。他的头发不长，只到肩胛骨处，唐梨给他擦干头发，顺手掏出梳子梳理了几遍，最后拿出一根白色的发带给他把头发扎了起来。

“好了。”

巽奴拿着刀默默站起来，他肩宽腿长，长了张格外显年轻的脸，身材特别好，是那种成年男人的性感，不说话的时候很安静，但就算静静站在那儿也有种能震慑别人的锋利危险感。

唐梨感觉有种面对初恋的羞涩，不敢多看，忙转身去镜子面前梳头，扎了个辫子，扎完后她发现自己的发带系到巽奴头上了，一下子捏着发尾顿在那儿。

巽奴一直注意着她，看到这个情景，大概也明白过来，一声不吭地将手伸到脑后一扯，扯落了脑后的发带，送到唐梨面前。然后他自己撕了一小根黑色布条，随手把散落的头发扎了起来，没有唐梨扎得那么整齐，但这种随性让他看上去更性感了。

小姐姐被小男神的男友力击倒，脸红心跳。

05

民以食为天，唐梨觉得人生头一件大事就是吃，不仅要吃饱，还得吃好，作为一个厨师，她想对人好的方式就是做很多好吃的，把自己喜欢的人喂饱。之前在鬼哭原，因为缺少材料和工具，她没能好好发挥，如今出来了，唐梨觉得自己至少应该先给小男神做顿好吃的。

只是……

“不知道店老板愿不愿意借一下厨房。”唐梨有点担心。

巽奴带着她往厨房走，语气平静，哑中带稳：“他会同意的。”

唐梨笑起来：“对啊，我看你们这里的店老板和小二好像都挺好说话的。”

“挺好说话”的店老板果然答应了唐梨的要求，只是笑容有一点僵硬。得到许可的唐梨挽起袖子，在不大的厨房里走了一圈，把调料都端起来看了看，然后去选食材。这家店里食材也不多，肉食挂在一边，看着倒挺新鲜的，但蔬菜就不怎么多了，也不太新鲜。

唐梨在厨房里忙碌地干活儿的时候，店老板就一脸笑容地站在那儿看着，唐梨以为他是要看着她不要弄坏厨房里的东西，因此也没在意，巽奴同样一动不动地站在一边，仿佛和那老板对峙。

最后因为怕巽奴等得急了会饿，再加上食材确实不多，唐梨只煮了一锅面。虽说只是面，但面汤用了厨房里炖的高汤，配菜荤素搭配，还调了独家秘方的卤料，端上桌，色香味俱全，让人很有食欲。

两人安静地吃完了面，唐梨忽然说："我看时间还早，不如咱们今天就离开吧，看看能不能到附近的城里去。"

巽奴没说什么，点头答应。

两人离开那家店一段距离后，唐梨缓缓呼出一口气，忽然抓紧了巽奴的手，小声对他说："我去厨房外面抱柴火的时候，发现柴堆底下有血迹，一具尸体藏在下面……那家店，肯定有问题。"

本来是准备在那家店里休息一晚，但看到尸体了，她哪里还敢继续待着，要不是之前几日在鬼哭林里看多了尸体，恐怕她那会儿就当场失态了，更不要说能抱着柴回去冷静地把面煮完。因为担心老板看出来会杀人灭口，她假装什么都不知道，忍得很辛苦。

巽奴听了这话，才明白她为什么突然要离开，见她似还有些惊魂未定的样子，不由得宽慰道："不会有事，只是些普通黑店匪徒。"他还不放在眼里。

唐梨一听，却是误会了。她心中叹道，看巽奴这么习以为常的样子，这个世界真的很危险啊，黑店都算普通，恐怕以后会经常遇到吧。其实她来到这个世界，最开始在北城城主府过了几日，后来又到了鬼哭林，都没见识过太多这个世界的规则。

"这大概就是残酷的江湖吧。"唐梨小姐姐脑补了一番后，这样感叹道。

巽奴觉得她应该是误会了什么，但想想她好像对人没戒心的样子，他就不打算解释了，还是有点警惕心比较好。

"附近有一座城，但离我们太远，恐怕天黑之前走不到。"因为巽奴这么说，唐梨决定两人露宿一夜，找了个避风的地方，生个火堆休息。

习惯使然，就算发现店是黑店，离开之前小姐姐也没忘记带上烙饼，她在烙饼里面夹了肉馅和素菜，蘸着配的调料，还灌了一壶热汤，所以晚上两人又吃了一顿好的。

这几天一直露宿，哪怕有个小棚子也没法完全挡住风，再加上巽奴身上有伤，两人都是挤在一起休息，可今天，唐梨看看坐在火堆边的巽奴，觉得不太好意思凑过去。

这是人很奇怪的地方，在一个特殊的环境下相依为命，条件艰苦的时候，很容易抛弃其他外在因素，能毫无负担地亲近，可一旦回到人类聚集的社会，就没法像之前那么从容。

夜里风冷，还有露水，火堆能带来的暖意有限，唐梨把脸埋在膝盖上打盹，睡得很难受，迷迷糊糊往一边倒下。巽奴同样抱着刀闭眼休息，唐梨身子一歪，他就仿佛能看见一般，迅速伸手托了一把，把她的脑袋接了个正着。

唐梨脑袋搭在他手上，醒了过来，茫然地看了他一眼。巽奴睁开眼睛，和她对视，然后默默坐到了她身旁，唐梨也就默默靠过去，接着睡了。

早上起来，唐梨发现自己躺在巽奴怀里，脑袋就枕在他腿上，因为下意识侧过脸蹭了蹭，她发现自己鼻尖贴着小男神的衣襟，好像还蹭到了他的腹肌。

这一大早，太刺激了。

两人重新上路，唐梨终于忍不住问巽奴："巽奴，你会离开吗？你应该有自己的生活吧？"她记不太清原著剧情，不知道接下来是怎么样了。

巽奴也想过这事，但他不放心唐梨，她看上去对很多事都不了解，于是他说："不离开，等你安定下来，习惯了，我再走。"

唐梨"哦"了一声，双眼带笑地看着他："你能告诉我，你是做什么的吗？"

巽奴并没有犹豫，直言道：“杀手。”

唐梨见他没有隐瞒，笑容更大：“我觉得你一定是个很厉害的杀手，所以我知道你不会跟我一起走太久。我只会做吃的，就想找个稍微安稳点的地方，开个小店谋生，日后你要是想起我，或是饿了累了受伤了，都能来找我。”

不知为何占了别人的身体，还是得过自己的生活。她都想好了，人和人的缘分不能强求，感情也是，如果巽奴愿意和她一起走一程，她会很高兴。他是她在这个陌生世界里最熟悉的存在，对于巽奴，她只有少女时候的一个愿望，希望他能好好活着，不因为别人而困住自己。

小说里的巽奴为了女主角楚璃而死，现在楚璃变成了唐梨，唐梨不会让巽奴为自己而死。

两人停下来略作休息的时候，巽奴听到了不远处有厮杀的动静，并且离他们越来越近。

“你在这里等。”巽奴吩咐完，眨眼就消失了。他悄无声息来到那传来血腥味的地方，见到一地尸体，还有七个刺客装扮的人正在围攻一个穿锦袍的年轻男人，那男人武功不高，眨眼已经被逼到绝境，仍在奋力挣扎。

就在这时，七个刺客中有一人发现了巽奴，立刻警觉道：“来者是谁？劝你莫要插手此事，否则连你一并杀了！”

那锦袍青年左支右绌，见到巽奴后宛如看到一线生机，什么都不顾了，大喊道：“求壮士救我，我是东城九公子宇文金！”

巽奴一看便准备离开，这与他无关，除了任务，他一般不出手。

见他面无表情准备离开，宇文金都快绝望了，他从几个刺客隐约忌惮的态度知道这位路人兄弟很有可能很厉害，本以为是柳暗花明，谁知路人兄弟根本不想管，他今日难道真要死在这儿？宇文金最后一咬牙，不抱希望地喊道：“只要你救我，我有报酬，你想要多少金子都可以！我身上的所有银钱都给你！”

高手是不会被这点利益打动的，宇文金只是最后挣扎一下，他怎么想得到，这一句话喊出去后，路人兄弟竟然停住脚步，转身抽刀。

宇文金都没看清楚对方的动作，只感觉唰唰唰一阵凉风，有影子从身边掠过，眨眼工夫，站在树枝上居高临下看着的路人兄弟，已经跃下树，并将他身边那七个刺客逼退。

接着又是一阵刀剑相接的鸣响，宇文金只看到那些先前将他逼得喘不过气的刺客接连后退，各个神情都很难看，他们手中的剑，被那一柄寒水长刀给斩断了。断剑落在地上，插入泥中。

有人捂着脖子仰面倒下，有人往前跪倒，喉间都有一条血线。只有一人在最后侥幸逃过，满脸恐惧地盯着巽奴，喃喃说了一个“巽”字后，转身就跑。

巽奴抬眼，还刀入鞘的同时脚尖轻踢一柄断剑，只听得扑哧一声响，断剑扎入那人背部，正中心口，全部没入。

最后一个刺客倒下。瞬息间，局面大变，宇文金还握着剑呆呆站在一边，见巽奴朝自己走过来，下意识退后了一步。巽奴面无表情地盯着他，盯得宇文金腿软，半晌才反应过来这位大佬是要干什么，手中的剑哐当掉了，伸手在怀里和袖袋里摸索，把身上的钱全部掏了出来。

“只、只有一张一百两的银票，还有这两锭金子和一点碎银。”宇文金有些羞愧，“我只是出门游玩，身上没带太多钱，不如你随我回去取……”

巽奴接过钱，扭头就走：“够了。”

宇文金：什么？够了？这么点钱就够了，我的命只值这一点零花钱吗？

他愣了一下，回头看看满地尸体，赶紧把地上的剑捡起来，跟着巽奴：“朋友，我说真的，其实我觉得我的命还是比较珍贵的，不然你送我回家，我给你十倍……不，百倍报酬？”

巽奴骤然停下脚步，寒星般的眼睛看了他一眼，声音又哑又冷：“不要跟过来。”

宇文金打了个寒战，毫不怀疑自己要是跟上去，会落得和那些刺客一个下场，顿时不敢跟了，只能站在原地眼巴巴地看着人消失。

唐梨等到巽奴回来，见他周身干净，气息平稳，没什么事的样子，放下心来。

“没事吧，这里似乎不太平，我们还是先离开。”唐梨说着，见巽奴拿出银票、金子和碎银子放到她手上。

唐梨一愣。

巽奴道：“方才给人帮忙得到的答谢。”

唐梨明白了，刚才小男神顺手赚了个外快。

“你……是因为我刚才说想开店但是没有钱，所以你才……”唐梨试探着问。

巽奴道：“我有钱，但在组织中，现在不方便去拿，你可以暂时用这个。”

唐梨这辈子向来自力更生，成年后都是她养别人，还是头一次被别人赚钱养。她看着巽奴明亮的眼睛，把钱放好，对他露出笑容：“好，都是你存在我这里的伙食费和住宿费，够你在我这里吃住很久。”

两人相携而去，而好心送了一拨创业基金的宇文金孤身一人站在树林里，思考着自己一个人又身无分文，该怎么回去。

他们都不知道，在原著里，女主角楚璃和巽奴二人遇见宇文金，从刺客手中救了他，楚璃性格跳脱，和宇文金很快成为朋友，他们便随宇文金一起去了东城。而现在，因为巽奴的阻拦，宇文金根本没有和唐梨见面，三人也没同行，剧情从这里开始偏移了。

北城城主府，城主闭关密室中，夏侯玄御蓦然睁开眼睛。

在他面前浮现出一块面板。

您的里人格是否已经觉醒？

夏侯玄御漠然道：“你说呢，这么短的时间，我的世界怎么会再度出现偏移？”虽然语气漠然，但眼里都是怒火。

前不久他才刚失去了一个世界的男主角气运，被该死的男配司马焦和女主角廖停雁合伙绿了一把，气都没消就发现掌控的世界里再度出现剧情偏移。

“这回又是什么情况？”夏侯玄御问道。

面板上显示道——

情况不明。提示：此世界剧情偏移度百分之六。

夏侯玄御皱眉：“这么小的偏移值，应该不至于需要唤醒我的里人格。”

剧情线和感情线都出现偏移。

夏侯玄御“啧”了一声：“感情线这么快也偏移了？偏移了多少？”

感情线偏移百分之百，经检测，此世界女主角和男二号感情状态为“两情相悦”，程度为“情有独钟”。

夏侯玄御：“……”

什么玩意儿？！

06

夏侯玄御的表情扭曲了那么一瞬：“什么情有独钟，只要杀了那个男二号，我自然有办法让女主角忘记他，按照原本的剧情爱上我这个男主角。”

经过上一次的教训，夏侯玄御觉得自己不能再纵容男二号和女主角搞在一起了，他不可能犯两次同样的错误。至于男二号死了之后，男二号的戏份该怎么办，比起女主角直接背叛，最后让他失去这个世界的气运，都是小事，总能有人代替男二号的戏份。

手指点着膝盖，夏侯玄御那张俊美无匹的脸上露出一个霸道而不屑的笑容："什么东西都敢跟我抢女人吗？"

想想原著里面女主角楚璃和东城九公子成了朋友后，一直生活在东城辖下的九严城，夏侯玄御发出命令，派出属下去九严城全面搜索楚璃踪迹。

…………

巽奴和唐梨来到最近的白鹿城，这座城不算大，但处在北城和东城的交界上，所以来往人流还不少。

"不如就在这里住下吧。"唐梨询问巽奴的意见。她还在担心巽奴身上的伤，那么重的伤不可能这么快就好了，还需要更多时间仔细调养才行，不宜奔波太久。

巽奴自进了城就默默观察四周人群和往来车马，听到唐梨询问，他点了点头："可以。"

城中多是普通百姓，看起来都比较富庶，这样的城应当适合居住。

由唐梨做主，二人选中了一处小宅子，这处宅子旁边是一条小河，门前还有一株垂柳。"你看，这个屋子不大，前面是店铺，能放三张桌子，可以先卖些早点茶水之类，后面的小院子自己住，还有水井，免得去街角那边的大水井打水了。"唐梨一点点指给巽奴看。

巽奴是个杀手，房屋是组织分配的，饭菜由组织解决或者完成任务后顺便找个酒楼吃饭，而对于这种普通人的生活并不懂，于是只能像个大型跟宠，跟在唐梨身后看她指点江山。

"这个房间留给你，我觉得这扇窗户你应该会喜欢，等有时间了，我给你在这里种点花吧，你喜欢什么花？

"这个厨房不错，我最满意这个厨房，很多材料需要采购，我选这里的时候也看了，离市集挺近的，以后买菜也方便。”

唐梨一样一样地说着，巽奴只会点头，因为在这方面，他根本比不上小姐姐一根手指头。只有买东西的时候，能体现他的价值。

两人在市集上买生活用品和米面肉菜，重物巽奴提着，没让唐梨插手，唐梨只得提着一篮子菜，时不时问他累不累。两人走到一个菜摊子前，卖菜的大娘看着他们两个直笑，对唐梨道：“小娘子这么心疼自家男人，感情真是好，刚成亲吧？”

唐梨：“……”

他们两人都穿着普通的布衣，走在一起，虽然没有那么亲密，但看向对方时都有些不好意思地躲闪，显得十分青涩，看上去就像一对年轻的小夫妻。不只卖菜的大娘，几乎市集上看到他们的人都这么以为。一个卖钗环的小贩还朝巽奴喊道：“小郎君，给你家娘子买支钗吧，你家娘子这样好看，穿戴得也太素净了。”

巽奴还是头一回被陌生人搭话开玩笑，毕竟以往他独来独往，一身黑衣，还拿着刀，看着就不好惹，自然没人敢随便搭话，然而此刻他背着米面，身边跟着个小媳妇样的年轻姑娘，两人互相体贴，哪怕他冷着脸，也显得无害。

“对啊，小郎君，来看看钗子吧。”

巽奴看了眼说话的年轻媳妇，发现她头上插了好几支银钗，又看向唐梨的头发，这才意识到她确实没戴钗环，只扎了根发带。看到那根发带他顿了一下，当真走到摊前，认真选了几样首饰。唐梨和那个开玩笑问他们有没有孩子的大娘解释，结果扭头看到巽奴在选首饰给自己，顿时红着脸无言以对。

大娘哈哈笑起来：“别不好意思啊，你家男人心疼你嘞，小娘子脸皮可太薄了。”

更让人不好意思的是，因为巽奴把钱都给她了，所以她要过去付钱。卖钗环的是对夫妻，妻子见状拍了丈夫一下，指着唐梨两人怒道：“你看看人家，人家丈夫多贴心，钱都给妻子收着的，你还背着我藏私房钱。”

唐梨拉着小男神赶紧走了。

去买被褥、衣服的时候，又被打趣，老板娘听他们说要被褥，一下子就拿出来一床红色的喜被，笑吟吟地说：“你们两个小夫妻看着刚成亲没多久吧，我家喜被很有名的，保准你们用了我家的喜被，三年抱俩！和和美美！”

唐梨受不住这热情万分的老板娘，连连摆手，不好意思极了，结果瞄了一眼旁边的巽奴，见他盯着喜被，竟然看得挺认真。

她看了看那上面的并蒂莲图案，试着问道：“巽奴，你喜欢这被子？不然，我给你买一床这样的？”

巽奴回神，移开目光，看向店门口：“……你选你自己喜欢的便可。”

唐梨看到小男神的耳根红了。她不知道怎的脑子一糊，被美色所迷，脱口而出：“那就这床吧。”

老板娘笑嘻嘻的，毫不意外：“好嘞，我给你们包起来，喜枕要不要哇？”

买了一大堆东西回家慢慢归置，唐梨拿出个本子记账，记完了开始打扫卫生，贴新窗纸。她个子矮贴不上，巽奴个子高，接过她手里的窗纸就往窗户上糊。因为不熟练，贴得不太平整，唐梨笑笑，踩着凳子上去修平整。她也不熟练，不过动手能力强，多试试就会了。她贴好窗纸后想看看有没有贴歪，结果脚下凳子摇晃，往旁边摔了下去。

巽奴张开手臂，一把将她接住，从凳子上抱了下来。

唐梨吓得心咚咚直跳，被巽奴拍了一下肩：“没事，我会接着你。”

这心跳是好不了了，唐梨心想。

挂床帐，套被褥，巽奴什么都不会，垂着眼睛一点点去学，显得笨手笨脚，有点可怜的样子，看得唐梨很想戳一把他翘起的浓密睫毛。

小男神察觉到她的视线，抬眼看过来。接触到那双干净平静的眼睛，唐梨立刻缩回去干活儿。那床喜被，被她抱到巽奴房间里，专门给他盖，巽奴没吭声。

虽然家里还没收拾好，但厨房重地，唐梨已经打扫出来。她特地买了鸡早早炖上，又在药铺买了几样炖汤的药材，专门给小男神做病号饭。就算是药膳，也要做到没有药味，闻到香味就让人食指大动。唐梨从前是私厨老板，尽管不会做一些大酒楼硬菜，但家常美食各种炖汤和新式菜式她都会，传统点心糖糕也会做。

看着唐梨一样样端出来的菜，巽奴眼神闪了闪，等唐梨也落座后，他才拿起筷子。

静夜中，城中各处门都关了，只偶尔能听见犬吠，和邻家院落中传来的孩童笑声，两人在一盏孤灯下静坐吃饭。灯光朦胧，饭菜飘香，巽奴吃着吃着，忍不住看向对面，他总觉得此时的一切都太过虚幻。

这样平静普通的生活虚幻，对面那个在灯下朝他微笑的人也虚幻，是他从未想象过，却又异常轻易就接受了的存在。

小河流水潺潺，清晨走过小桥的小贩，叫卖声吵醒了唐梨。她起身开窗，坐在铜镜前梳头，本来准备随便扎个辫子，但目光触及那几支银钗，她又犹豫了一下，最后拿起钗子盘起头发，原本的发带则收到了袖袋里。

收拾好走出门，旁边房间的巽奴恰好也打开门走出来。唐梨看向他的头发，仍是用那次随手撕下的一根布条扎起。她抽出袖袋里的发带："我有新的发饰了，这个，给你扎头发吧。"

巽奴接过，两人站在原地互相看了好一会儿，唐梨才轻咳一声，迅速钻进厨房。

唐梨不清楚这个世界开店要注意些什么，只好一边准备，一边去其他店内看看，又先制作了些甜糕，和周围邻居打好关系。不小心做得太多，剩下的放在还未开张的店铺中，结果因为卖相太好，看上去新奇，引来了路人询问价钱，竟然意外地卖出去一大半。

唐梨一想，觉得日后做个点心铺子说不定也行。

她对自己把虐恋狗血剧本变成了一个美食种田甜宠剧本毫无自

觉，开开心心地准备店铺开张事宜，不忘为巽奴做各种好吃的。巽奴也仿佛忘记了自己是个杀手，每天帮忙买菜、打扫卫生，闲着没事还把后面小院的土路整了整，一边啃汤包一边整。唐梨从厨房窗子看见小男神蹲在院子里铺石板，一边脸颊鼓鼓囊囊的，就特别想笑。

看一眼锅里炖的鸭子，她夹起一只去了皮的鸭腿，盛了汤，对院子里的巽奴喊道："巽奴，你来尝尝这个汤味道怎么样。"

巽奴鼓着的脸颊一顿，看向她手里托着的碗。热气腾腾，香气袅袅。

当天晚上，巽奴跳窗出去找了个地方练刀，练了两个时辰才回去。

唐梨不仅每天食补，还特地去药房里买了伤药回来每天给巽奴上药，也许是因为这样，巽奴的伤好得飞快，比从前每一次都要快很多，短短时间，身上的外伤都已经愈合，只剩下内伤需要慢慢养。

小小的食肆在唐梨手里开了起来，如果是她孤身一人，小铺子也没那么容易开，但多了个巽奴，很多事都方便了。

铺子开了没两天，有地痞流氓过来收"保护费"，几个大汉迈着外八字大摇大摆走进去，片刻后迈着内八字踉踉跄跄跑出来。

有人站在门口朝内大喊："你给我等……哎哟！"

还没喊完就被老大扇了一下后脑勺，那老大一抱拳，对店内拿着扫把的巽奴喊道："朋友，看你武功不俗，在这种小地方实在委屈了，不如来我们堂里，跟着我们兄弟一起干！"

巽奴面无表情地对那几个小混混说："道不同，不相为谋。"

唐梨见证了这一幕，不知道为什么很想笑，半天没憋住，奔到后面厨房大笑出声。

巽奴："……"

除此之外，还有唐梨的长相引来的麻烦。女主角楚璃是个美人，哪怕唐梨不施粉黛，布裙荆钗，仍然难掩丽色，这样一来难免招惹一些登徒浪子，食肆开张没几天，就有浪荡游侠，仗着会一点拳脚功夫，进店内调戏。

唐梨："客人想吃点什么？"

浪荡客："老板娘这样貌，做什么厨娘，不如随我去了。"

巽奴很快从厨房里走出来，走到唐梨身边："我来。"

对浪荡客，他的语气就没有这么温和了，二话不说先拔刀，刀光一闪后收鞘，与此同时，一大片薄薄的头发飘扬落下。男人只感觉头皮一凉，在死亡的威胁中回过神后，惊吓地瞪大了眼睛，眼珠都不会转了。

巽奴："吃什么？"

男人结结巴巴："吃……吃……吃……"

巽奴："吃面。"

男人："吃、吃面。"

巽奴转向唐梨，语气低沉："他要吃面。"

唐梨："……"

两人去后厨，看唐梨要动手煮面，巽奴道："我来。"

唐梨一愣："你来？可是，你会煮吗？"

巽奴拿起面扔进热水里烫了烫，随便捞在碗里，什么调料都没加，端着就走到前堂，哐当一声放在那坐立不安的男人面前，吐出一个字："吃。"

等那男人吞毒药一样吃完半生不熟的面，放下饭钱，夹着尾巴跑了，唐梨摇摇头，有些无奈。看来不管在哪个时代，开店都不是件容易的事，在这个法律约束力不强的世界尤其不容易，如果没有巽奴，她一个人要处理这些事，恐怕是麻烦无数倍，她还是把很多事想得太简单了，如果没有自保能力，她恐怕没法在这个世界好好活下去。

"巽奴，我拜你为师好不好？你教我一点防身的功夫。"这样以后要是巽奴走了，她也没那么怕。

07

巽奴沉吟片刻，抬手捏了捏唐梨的手骨，又单膝蹲下捏了腿骨，然后站起身道："不用拜师，我可以教你一些功夫，若是能熟练，往后对上普通人应当能自保。只是要练刀剑武器，你恐怕不太合适。”

唐梨揉了揉刚才被小男神捏过的手掌，轻咳一声：“没关系，我也只是想学点功夫防身，让我专门学你这样的，我也学不来。”

两人说好，唐梨便每日早上提早起来，在院子里向巽奴学习。

“你的力气太小。”巽奴一把捏住唐梨软绵绵的纤细手腕，表情严厉，“不用全力击打，根本不可能造成任何伤害。

“再来，要准确击打在我说过的那几个位置。”

唐梨没想到，甜心小男神教导她的时候，会严厉得好像变成了另一个人，板着脸，语气毫无起伏，动作干脆利落，简直可怕。可是这样“凶”的小男神看上去更帅了，尤其是给她示范时，明明是同一个动作，他做来就迅捷如闪电，一点都不拖泥带水，那股举重若轻的感觉，唐梨百分之一都及不上。

她性格温软，每每出手也下意识留着三分余地，不敢用上全部力气，尤其和巽奴对练，怕伤了他。

巽奴也很无奈，再一次轻易抓住她的手：“仍是力气太小。”

唐梨也没办法，朝他露出个讨好求饶的笑容：“我多练几次。”

巽奴一顿，走到她身后，默默抓起她的手臂，带着她往前挥出：“你要如此，记住这个弧度和速度。”

唐梨觉得自己向小男神学这个，可能是自讨苦吃，本来就不太明白，被他揽着这样“练习”，她更加记不住。

正想着，巽奴又抬腿轻踢她的脚跟，带着力道让她踢出去，同时讲解：“腿如此斜踢出去。”他做这个动作时一个招呼都没打，唐梨根本没反应过来，直接摔了出去，幸好巽奴抓着她的手把她拉了回来。

巽奴放开手后，唐梨有点羞愧地低下头，感觉像是当初拜师学厨艺时，没能达到老师的期望。

“今日就到这里，明日继续。”巽奴只说了这一句。

唐梨在厨房里切菜，手腕有些不灵活，手指关节也是红红的，还没有消退。旁边帮忙的巽奴一直看着她的手，在唐梨放下菜刀揉手时，忽然握住了她的手。

巽奴握着她的手低头看着，低沉的声音缓缓道："对不起。"

唐梨的手动了动，但没抽回来："怎么了？是我自己学不好，我明天多练一会儿，熟练了就好了。"

巽奴摇摇头："我没教过别人，可能是我不会教导……你的手，是不是早上被我捏疼了？"

唐梨这才明白他是在意什么，忍不住笑起来："不是，你教得很好，是我不习惯。学什么都要吃苦的，我刚开始学厨艺刀工，也切到过很多次手。"

巽奴还是握着她的手，拇指轻轻按着她泛红的关节，眉头微微皱起。他现在明白，什么叫舍不得了。

本来浸了冷水的手，被巽奴握着没一会儿，就暖和起来，一双手都微微泛着红。

前面店铺传来吆喝，唐梨这才收回手，端着托盘走了出去。没过一会儿，她匆匆回来，拉住巽奴，看看厨房门口还在晃荡的布帘，有些急促地低声说："巽奴，店里来了个客人，我觉得他不太对劲。"

巽奴："怎么？"

他的平静安抚了唐梨。唐梨冷静下来解释道："他一进来就坐在角落里，戴着斗笠，好像在躲什么，我看他伸手掏钱的时候露出中衣袖子，上面有新鲜的血迹，指缝里好像是没洗干净的血污，鞋子上也有几点血迹。最重要的是，我前两日在府衙门前看到了一张通缉画像，上面那个屠了十几户人家的流亡恶徒和他有些像，不过我只在他撩起斗笠的时候看了两眼，不能确定。"

巽奴按了按她的肩，语气不变："嗯，我知道了，我去看，你就在这里。"

斗笠男人叫了一壶酒、两碟小菜，在角落里坐了一会儿，然后在天快黑时匆匆离去了。

"怎么样，他走了？"唐梨掀开帘子走出来。

这会儿店里已经没有客人了，巽奴看了眼外面的天色，见开始飘起细雨，抬手将门板竖起，这个时间，店也该关门了。

“确实是个杀人惯犯，我虽不认识他，但能嗅到他身上有极重的血腥气，想必前不久还杀了不少人。”巽奴简单说了两句，没有细说的意思。

人都走了，唐梨也没再谈论下去，端出饭菜吃饭。

半夜里，巽奴房间的窗户被无声地打开，一个人影翻出窗户，消失在夜色里。

细雨渐急，整座城在大雨中寂然冷清，被湿润的水汽笼罩。

名叫王涣的男人从梦中惊醒，他突然坐起，警惕地推开旁边的窗子，透过细缝往外窥看。外面雨幕接天，一片水汽茫茫，没有任何异状。他擦了擦额间冷汗，因为刚才的噩梦而感到心悸，喉间干渴想要下床倒水，一转头却发现床边不知何时竟立着一个黑影。

王涣立刻拿起身边的一把大刀，举至身前：“谁！”

那人影开口问道：“王涣？”

王涣眯起眼睛，发现面前这年轻男子意外有些脸熟，似乎是之前那家小食肆里的老板，这让他一时间有些反应不过来。待反应过来后，他立刻凶恶起来，举刀便劈。

当的一声，他的刀撞上硬物，反震得他虎口开裂，王涣终于觉得怕了，喝问道：“你是什么人？找我所为何事？”

“杀你。”站在床边的巽奴说完这两字，拔出了巽刀。巽刀刀身雪亮，在黑夜里宛如一轮月影，照亮了执刀人的侧脸。

王涣看到那刀影，想起了什么，猛然瞪大双目，抓着刀的手都开始颤抖，失声道：“是你，你是那个巽！是谁，竟然去炼域买我的命？！”

巽奴：“无人买你的命。”

王涣却不信，谁人不知这位炼域里的第一杀手轻易不出手，出手便是万金的买卖，他不过杀了百来个人，充其量是个小贼，在江湖中根本没有什么名声，若无人出钱买他的命，怎么能劳动这尊大神亲自前来？不仅如此，为了摸清他的底细，对方竟然还在那种小店卧底观察他，对付他这种小角色，行事都如此缜密，当真可怕！

越想越多，王涣满头冷汗滚滚而落，他看着黑夜里静立的人影，感觉自己被死亡的阴影笼罩，几乎生不出逃脱的心思，这样的气势和杀气，何其迫人。

“求你、求你放过我，我不过是个不值一提的小人物，我们也无冤无仇，我愿、愿奉上所有金银，只求饶我一命！”

屋外大雨突然越发滂沱，屋内的床帐上乍然溅起一串血痕，无头躯体倒落在床榻上，那颗滴血的脑袋则骨碌碌滚下床去，停在巽奴脚边，暴突的双眼里恐惧未消。

…………

昨夜下了一夜的雨，唐梨睡得很沉，早上有些起晚了，匆匆扎着头发推门出来，看到厨房已经升起炊烟，看来是巽奴早起生了火。

唐梨微微一笑，刚准备去厨房问问小师父今天要不要练功夫，眼角余光无意间掠过小院某个角落，顿时定住了。

那个角落里多出了个球形的布包，底下是被浸透的污痕。周围一圈的泥土有些微泛红，想是因为雨水稀释了血水，走到近前，还能闻到一股土腥味混杂的血腥味。

这，该不会是人头？唐梨站在旁边，看着那个形状，很想打开包裹看一看是不是自己猜测的那样。

“不要靠近，脏。”巽奴从厨房里走出来，悄无声息地来到她身边，把唐梨吓了一跳。

“这里面是……”唐梨小心地问。

巽奴：“是昨日那个通缉犯，过一会儿府衙开门，我拿过去领赏金。”

唐梨一下子想起来那个悬赏金额，是三百两。她这个小店开了好些天，还没开始盈利，小男神难道是因为看她经营不善，担心她的店倒闭，所以半夜出去赚外快养家？

唐梨看着巽奴，有点不知道该怎么反应。

巽奴不知她在想什么，将她从那人头包裹旁边拉开，示意她去厨房：“这种恶徒有不少，他们以杀人为乐，武功虽不高，对付普通人却绰绰有余，放任他在这城里游荡太过危险。”

唐梨明白过来，小男神不是为了赏金，是担心她。

心咚咚跳了一阵，唐梨看着巽奴挺拔宽阔的背影，忽然觉得有种说不出的安心。她来到这个世界，只有巽奴能给她这样的安心感。有时候，她真希望巽奴能和原著里喜欢楚璃那样喜欢她。如果是那样，她一定会好好照顾他，珍惜他。

“巽奴。”

巽奴转过身来。

唐梨快走了两步上前，一把抱住了他。

“你对我这么好，是因为我在鬼哭原救了你一次吗？”

巽奴低头看着她的头顶：“救命之恩，自当报答。”

唐梨手一紧。

“但，我现在所做的一切，是因为我心悦于你。”

唐梨一时以为自己听错了，她呆了一下，放开巽奴，想抬头看看他的表情，却被巽奴抬手抱了回去，将脑袋按在了怀里。

“我心悦你，想保护你。”他再次说，声音比刚才更加低哑，沙沙的。

唐梨清楚地听到自己心脏急促地跳动，还有巽奴胸口传来的同样的震动。她抓紧巽奴背后的衣裳，感觉自己突然间沉入梦中，或者落入云端。

“我也是……我也喜欢你。”唐梨茫茫然，开口说了这么一句话。

说来也奇怪，这么多年，有不少人向她表白心迹，甚至有好几个相亲认识的男人提出结婚，摆出大阵仗求婚，她都毫无感觉，她从没有像现在这样，紧张而喜悦，又不知所措。

或许是因为，她明白从前认识的男人，说喜欢她，想和她结婚，都是因为想要一个贤妻良母，或者只是觉得他们合适。而巽奴，他看着她的时候，只是她而已。

这是一个和她所习惯的世界截然不同的世界，不乏残酷，却也有别样的浪漫，至少他们的相遇，是她从未想过的，相爱也是。

脚下忽然腾空。巽奴一把将唐梨抱了起来，放在了窗沿上。他直视着脸微红的唐梨，修长宽厚的手抚着她的脸颊，眼神比以往更加漆黑明亮。他的喉结滚动了两下：“你……当真喜欢我？”

唐梨垂着眼睛笑：“嗯，喜欢。”说完她大方地抬眼，直视巽奴，又说了句，“我一开始就喜欢你，现在更喜欢了。”她以为自己真实年纪怎么也比小男神大几岁，这会儿该表现得大方点，可接触到巽奴的眼睛，她又不自觉低下了头，满脸的羞涩。

她忽然听到了一个轻轻的笑声，很短，尾音沙哑而性感。她抬头，发现巽奴笑了一下，这是她第一次看到巽奴笑，虽然很短暂，一闪即逝，但她确实看清楚了。和他的笑声形成反差的是，那个笑容里还带着属于青年的羞涩与喜悦。

愣了一会儿后，唐梨身子前倾，手臂揽住巽奴的脖子，温柔而主动地送上了自己的唇。

08

亲吻一个人，是什么样的滋味？如果那个人在心里，看到他便想微笑起来，没看见他就心里想念，那亲吻的时候满心都是欢喜。

这并不是一个缠绵的吻，沾唇即分。唐梨对这种事并不熟练，巽奴同样如此，可他望着她温柔如春光一般潋滟的眼波，红润翘起的唇，心尖一片滚烫，漆黑的眼眸中仿佛也有暗火在燃烧。

唐梨没来得及退开，就被巽奴扶住腰间，再度亲吻住。距离太近，两人鼻息相闻，甚至能看进对方的眼眸深处。巽奴的吻与他这个人一般，初时冷淡沉稳，却又如刀一般锋利强硬，不容后退。

窗扇被风吹得发出吱呀声响，巽奴终于松开了满脸通红的唐梨，让她靠在自己肩上。唐梨只觉得嘴唇发麻，手都有些使不上力气，靠在巽奴肩上缓缓调整呼吸。她的呼吸吹起了巽奴颊边的几缕散发，巽奴略侧了侧脸，那红色的耳朵被唐梨看了个正着。

抱着巽奴的脖子，唐梨将红脸埋在他肩上，笑了两声，这才用手指捏了一下巽奴的耳垂，小声道："烫的。"

巽奴又不自在地躲了躲，拦腰将她抱了下来，放在地上。

"我方才……情难自禁，唐突你了。"巽奴的声音此刻更显沙哑，好似小钩子轻轻挠在心口，听在耳中，连脑后也泛起一片酥麻。

他一眼不眨地望着她，往日显得平静的眼睛里，充满一种被点亮的神采。唐梨看到他微红的眼角和湿润的薄唇，不知为何，忍不住多看了两眼，不仅想看，还想再……

面对自己喜欢的人，不管男女，都会有冲动的。唐梨拉住巽奴垂在身侧的两根手指："不唐突，我喜欢的，如果你觉得唐突我了，我可以唐突回去。"

巽奴一愣，忽然转开头，一只手握拳抵在唇上，遮住了突起的笑意。唐梨笑着一把拉下他的手："你笑起来真好看，想把你藏起来，不让别人看。"

巽奴："从来无人对我说这样的话。"因为没有人敢调戏一个凶名赫赫的杀手。

唐梨脸上是压抑不住的笑，拉着他的手亲了一下，然后提着裙摆飞快跑进了厨房，留巽奴一个人站在外面愣神。

两人互相道明了心意，都有些走神，偶尔对视，唐梨都会下意识地笑起来，巽奴虽然没有笑，但眼神也柔和两分，望着她，久久不会移开目光。

两人本就待在一起，现下更是形影不离。厨房里空闲下来，唐梨就忍不住伸手去钩巽奴的手，一大一小两只手很快交握在一起，互相传递温度。哪怕什么都不说，也觉得心满意足。

只是苦了唐梨小姐姐晚上给巽奴上药，先前还能忍住不被小男神的美色所迷，现在都明白两情相悦，按照一般情况来说是男女朋友了，看到男友漂亮的脊背和一双大长腿，也很难忍住不乱想，毕竟食色，性也，二十几岁的年纪，该知道的事都知道了。她觉得比起自己，小男神知道的恐怕还要少一些。

唐梨不好受，巽奴同样如此，他一声不吭坐在那儿脱掉上身的衣衫，任心慕的女子给自己上药，伤口结痂，细小的伤口已经开始长新肉，有些痒意，那双柔软的手轻轻涂抹的时候，他都不由得绷紧肌肉，注意力全都放在了身后之人身上。正是血气方刚的年纪，他要忍耐不露出异样，也实在费了些心神。

少年人多是知人事后才知情爱为何物，巽奴却是先明白何为情，心中有了人，才生出爱欲，因此他从未觉得，原来克制欲望是如此艰难。心爱的人就在身边，一颦一笑，每一个动作，甚至她身上的一缕香气，都能勾出心底的缱绻欲念，来势汹汹。

情热如火，两人都是头一次触及这些，但再迟钝，也能察觉到气氛不同寻常，慢慢地，房中空气都似乎变得暖融起来。唐梨放下装药膏的小罐："后背的伤口涂好了，剩下的你自己来，我就先出去了。"

巽奴"嗯"了一声，没有转头。唐梨快步走出去后，巽奴才轻轻吸了口气。

或许不该涂药膏的，他现在可能需要用冷水清醒一下头脑。坐在那儿半晌没动，巽奴终究没有起身去淋浴，而是拿起身旁的巽刀，披上衣服跳窗出去。

还是练刀吧。

唐梨睡不着，起身去厨房做了去火气的炖汤，准备给小男神送去，敲了门却没听到应声，推开门后发现他不在房中，只有窗户开着。

"我去外面练刀了。"第二日，巽奴如此回答。

唐梨顿时满心的怜爱，小男神，该不会憋坏了吧？

和唐梨对视片刻，巽奴突然醒悟她的眼神是什么意思，移开了目光，难得有些狼狈的模样："不是如此。"

唐梨："我懂。"

巽奴："……"

唐梨："你的伤，是不是好很多了？练刀无碍吗？"

巽奴："无碍了，外伤几乎已痊愈，很多事都能做。"说完他才察觉好像有哪里不对。

唐梨脸一红，钩起耳边一缕碎发："嗯。"

巽奴："不，我不是这个意思。"

唐梨："好，我知道，不是这个意思，你别急。"

巽奴："……"

待他走出去，唐梨表情一变，把脸埋在膝上，双肩抖动，闷声大笑，笑得几乎喘不过气。小男神怎么会如此可爱，她越来越想好好疼惜他了。

这天晚上，唐梨敲响了巽奴的房门。巽奴打开房门，见她端着两盏红烛立在门外，心中立时察觉了什么。

"我可以进去吗？"唐梨绾起头发，搭在一边肩上，眉目温婉，眼角眉梢俱是柔情。饶是铁石寒刀，在这一刻也化成了绕指柔，巽奴后退两步，将她让进了房内。

唐梨在桌上放下烛台，有些紧张地拢了拢发，侧脸看向他："今晚，我们用上那床喜被，好吗？"

巽奴目光灼热，静立桌前一动不动，忽然哑声问道："你真的不后悔吗？或许我无法给你稳定的生活和平静的一辈子。"

唐梨："此地此时此刻，就是我想要的。巽奴，你不知道，有时候我会想，或许我就是为你而来的。"她的神情与往日有些许不同，令巽奴无端想到蒲苇。蒲苇纫如丝，或许，她并不是枝头易落的梨花。

上前一步，巽奴道："那我今夜在此，再次起誓，会用我的生命守护你，不管他日遇到任何事，绝不改变，哪怕岁月长久，此心不移。"

他伸出手，唐梨将手放了上去，紧紧握住："我虽然没有你厉害，但我发誓，我也会用我的生命保护你，不管过多久，我都会爱你。"她说完，柔柔一笑，拉着巽奴来到床边，向后坐下，摸了摸那红色并蒂莲的被面。

巽奴反倒是有些局促的模样：“是否应该喝交杯酒？”

唐梨眨眨眼：“不行，你的内伤还没好，大夫说不能饮酒。”

巽奴：“……”

唐梨回味一下也觉得自己说得好笑，她感受到巽奴和自己相贴的掌心滚烫，心中也是一热，抛开羞涩，伸手摸向头顶，拔出簪子，霎时一头黑色长发垂落如缎，披散在脑后。她将簪子放在一边，抬手抚摩巽奴的脸颊。

“不喝酒，也可以醉的。”

巽奴觉得，自己似乎真的醉在那双带着笑的眼睛里了。心爱的人敞开怀抱，展露出万种风情，任是谁都会为之动容。巽奴低头吻住唐梨，带着她，躺倒在喜被上。唐梨在亲吻间隙，拉开了巽奴头上的发带，在他黑发垂落时，五指插入他的发间，温柔无比地拂过他的发。

“我从没想过要成为谁的妻子，但是成为你的，我心甘情愿。”

巽奴覆在她身上，在她耳边低语：“确如美梦一般。”

唐梨抱紧他，用手指描摹他的眉眼：“那我们共度美梦。”

红烛喜被，虽无高堂，盟誓为媒，当结良缘。只愿此良夜，岁岁年年朝朝。

…………

巽奴仍是醒得很早，外面天还未亮，怀中的人正熟睡着，因为昨夜睡得太晚而略显疲惫，长发凌乱散在肩后。哪怕睡着了，也握着他的一只手。

桌上的红烛燃尽了，红色的烛油融成一摊，在地上滴落成两点红色。窗户没有关严实，凉风乘隙而入，给室内带来几分冷意。巽奴将唐梨抱得更紧了些，完全容纳在怀中，另一个身体的温度驱散了秋日清晨的冷意，让时间都变得静谧而安宁，耳边只剩下那道轻缓的呼吸声。

唐梨醒来已经是一个半时辰后，她睁开眼，还有些困倦，小小打了个哈欠，才发现自己还在巽奴怀里。抬头对上巽奴的目光，唐梨想起昨夜自己的主动，顿时闹了个大红脸，勇气好像和昨夜的红烛一样烧光了，一把将脸埋进了巽奴的胸口。

碰到胸膛上的两处伤疤，她更觉脸红，一掌捂住了自己的脸颊。昨夜她大概鬼迷心窍，心疼巽奴这满身的伤，然后……不能多想，再想下去没法起床了。

巽奴在被子里抱着她的腰，让她的脑袋从被子中露出来，神情平静中带着一股亲昵，初见的冷淡如同被融化的霜花消失无踪，披散着头发更让他看上去有股比年龄更小的青涩。

“今日休息吧，不开店了。”

“嗯。”唐梨目光灼灼地看着他。

巽奴看了眼透过窗纸的阳光，坐起身来：“我先起来。”

他刚坐起，就被唐梨拉住了手。

巽奴转过头，握住她的手：“怎么了？”

唐梨没说话，仰着脸闭上眼睛。巽奴顿了顿，垂眸低头，吻了她一下，是一个很温柔的吻。

“你好聪明啊，知道我是什么意思。”唐梨躺回枕头上，拉着被子捂住半张脸笑。

巽奴坐在床边，摇摇头道：“我不知道你想什么，但方才的行为，是我心中所想。”

躺在一片红色里的女子脸颊红润，娇艳如海棠，颈项边有两点隐约红痕，巽奴看得又顿住了，伸手拂开纠缠在枕上的黑发，他垂下头，唇如蜻蜓点水般一触即走。

09

进入冬日，天气越来越冷，巽奴仍然是穿着单衣，即便他说不冷，唐梨还是看得难受，特地去城中最大的成衣铺子为他买冬衣。

这个时代的女子大多会自己裁衣，往往是买了布匹回去自己做，但唐梨不会，和邻家的大婶学了，只学会做袜子和腰带这种简单的物事，成衣仍然需要买。

“男子成衣啊，你看这件如何？厚实，能保暖。”铺里的伙计拿出一件藏青色的袍子，唐梨伸手摸了摸厚度。

她刚想说话，门外走进来两男一女，其中一个男子扬声道：“店家，把你们店里贵的斗篷都拿出来给我师妹挑选。”

唐梨扭头看去，见那三人腰佩长剑，脚蹬长靴，一副潇洒的江湖人装扮，还是有门派的那种。店家不敢怠慢，连忙让伙计抱出了好几件斗篷，连招呼唐梨的那个伙计也跑上前去了，唐梨不以为意，拿着那件冬衣比画，考虑着巽奴能不能穿。

“就这些？土里土气的，还比不上之前在阳城看到的那些，要是穿这种斗篷去西城拜会公西城主，被公西菱那个刁蛮女看见了，还不要笑话死我！我可丢不起这个人！”

唐梨听到那女子不满的哼声，动作顿了顿。虽然原著她大多不记得内容了，但在这里生活了一段时间，她也知道四方大城是盘踞各方的大势力，原著男主角就是北城城主夏侯玄御，也是四方城城主中最年轻的一位。结合现实听到的各种消息，再回想原著，唐梨弄清楚了之前把她扔进鬼哭林的那位少女的身份，就是男主角的表妹公西菱，也就是西城城主之女。

她没想到，自己会突然再听到和原著相关的人物，一时间有些失神。

那边师兄妹三人已经交谈起来，先前说话那男子在安慰自己的师妹：“那公西菱跋扈任性，师妹何必同她一般计较，今次我们奉师父之命去西城送上贺礼，也不须过多和公西菱打交道。”

把手中红色的斗篷扔到柜台上，女子满脸嫌弃：“我知道，可我就是看她不顺眼，仗着是夏侯城主的表妹，不仅在西城作威作福，还去北城嚣张，论容貌，论武功，连我都比不过，还想压过师姐，不说我，就连那边那个村姑长得都比她好看。”

唐梨后知后觉地发现，那位大小姐口中的“村姑”指的是自己。她不欲惹麻烦，见那师兄妹三人看向自己，便笑着微微点了点头示意，然后继续看自己的衣服。

师兄妹三人中自始至终没说话的那人见到唐梨容貌，微微皱了皱眉。这女子的容貌，怎么有几分眼熟？他似乎在何处见过。

“大师兄，大师兄？”

男子回神看向师弟师妹，师弟笑道：“大师兄怎么还看入神了，那女子真如此美貌，竟让我们大师兄一见钟情了不成？”

大师兄冷着脸：“莫开玩笑，选好了便走吧，我们还须赶路。”

三人出了铺子，刚走出门口，就见迎面走来一个年轻男子，身姿挺拔，容颜俊秀，虽穿着布衣布鞋，却不似普通人，观其气质更像是刀者或剑客，周身一股锐利之气。

三人不自觉避开，目送着他走进了店内，径直走向刚才那名貌美女子。女子拿起衣衫在他身上比画，两人站在一处，眉目间都是脉脉温情。

师妹探头看了眼：“倒是一对璧人。”

大师兄则是一直锁着眉，不仅那个女子，这个后来的男子，他也觉得有几分熟悉，却如何都想不起来身份。

直至三人骑马出了城，大师兄才猛然勒住马缰，往身后看去。师弟师妹见他神情不对，忙问道：“大师兄，怎么了？”

那大师兄神情愕然，眼神闪烁：“方才我们在布庄见到的那男子，我想起他是何人了。”

“不过一个路人，大师兄为何如此在意？”

“不，如果我没看错，他是巽，炼域第一杀手巽。”大师兄语气笃定。几年前，他曾见过巽一面，那时巽还是少年，比如今这个模样还要单薄几分，但身上杀气更重，整个人几乎与他手中的刀融为一体，只是一个眼神，都让他觉得后背生寒，仿佛能闻到阵阵血腥气。也许是印象太过深刻，直至今日，他竟还能记起巽的容貌。

另外两人听得此言，更是惊愕："不可能吧，怎么会，据闻巽行踪莫测，是个铁石心肠的恐怖杀手，怎么会隐居在这种小地方，还、还与一个女子如此亲密？大师兄，你定是看错了。"

大师兄沉吟片刻，没再多说："或许是我看错……算了，走吧，我们要尽快赶路。"

这不过是一个插曲，唐梨没有在意，她为巽奴选了冬衣和冬靴，如果不是巽奴拒绝，她还想给他买一件皮袍。

"习武之人内力在身，不似一般人畏寒，我不需要这些，你才需要。"巽奴如此说，最后买的那件皮袍是唐梨的。

小夫妻两个相携归家，途中路过糕点铺子，唐梨买了些糖，准备回去给巽奴做点新鲜的吃食，路过酒肆，又打了些酒。冬日寒冷，温些酒喝能暖身。巽奴的伤好之后，唐梨偶尔就会在市集沽酒回去，她自己也会喝一些，事实上她的酒量比巽奴还好。

过了两日，巽奴早起打开店门时，在屋侧临河的那棵柳树上，看到了一根迎风招展的布条，黑白相间的布条上画着不规则的图案。他眼神略沉，看了一会儿才继续手中的动作。到了下午，他提前关上店门，拉着唐梨坐在房内。

多日阴雨，屋内放了炭盆，架着竹编的熏笼用来烘干衣物，这边的人家都习惯用这个，唐梨前几日才在木匠那里做了一个，搬进房里后，夜间还能用这东西来温水。巽奴将她按着坐在炭盆旁边："今夜会来不速之客，你不必害怕，就在这里坐着。"

唐梨应了声好，没有多问，只是出去端了下午新做的糖糕，提了茶水，还端了一盘瓜子。

"你要吃瓜子吗？我给你剥。"

巽奴拿着刀坐在一旁看着门口，听到这话，扭头看向她，见她神情如常，当真开始剥瓜子。

唐梨瓜子都剥了三碟，外面终于传来动静，巽奴站起来，走到门口，推开屋门往外看去。唐梨在他身后瞄了一眼，发现小小的院子里站了不少人，大概因为院子太小，不够排场，屋顶上都站了人。不仅站着人，还有一顶四人抬的轿子。

“巽，如果不是前日有消息传来，我都不知道你还活着。既然还活着，为何不回炼域？”轿子里传来一个浑厚的男声。

巽奴立在门口，语气平静：“你命我密杀杜兰胥，给我的消息却有误，等着我的更是陷阱和震、离二人的追杀，你既要杀我，我何必回去？”

他嗓音沙哑，刚出声时，众多黑衣人都是下意识一凛，气氛隐隐有些紧张。

轿中人叹息：“你师父是我兄长，你从小在我们身边长大，如今更为我炼域第一杀手，我为何杀你？”

巽奴不为所动，锐利目光仿佛要穿透轿帘，反问道：“所以，你为何杀我？”

轿中人突然笑了两声：“罢了，巽，如今你是如何，要退隐不成？美人乡，英雄冢，你可想好了，不要做出糊涂之事，只要你回去，我会处置震、离二人，给你一个交代。”

巽奴毫不动摇：“不必，我如今有想护之人，不会再回去，你也尽可放心。”如果没有唐梨，或许他会回去，亲手杀掉那二人。

轿中人听明白了他的言外之意，沉默许久道：“想不到，你竟有为情所困这一日……巽，他日你定会后悔。”

话音刚落，破空之声响起，一物从轿中透帘而出，直射巽奴面门。巽奴眼也不眨，抬手接住，是一块录了他名字的玉牌。巽奴一只手握紧玉牌，气劲震出，玉牌瞬间碎成齑粉，飘散而下。

轿中人看见这一幕，眼睛微微眯起。果然不愧是那个人练出来的巽奴，那般严重的伤，竟能在如此短的时间内恢复如初。

“炼域已将你除名，今后你好自为之。”一声令下，屋顶上站着的黑色人影开始陆续退后，片刻后全数消失无踪。

想象中的受伤猛兽并无虚弱之态，相反，因为护巢，比起从前更显强势冷硬，一场风雨欲来的暗夜之会就此消弭于无形。

巽奴又站了片刻，感受到暗处窥探全部离去，方才转身回到房间里，对上唐梨的眼神，他神情微缓道：“我今后不再是杀手，你不用再担心。”

唐梨并不清楚方才的暗流汹涌，只觉得江湖人辞职场面真大，配得上小男神的名号了。她眨眨眼，拉住巽奴的手安慰他：“没关系，就算你辞职了，我们还有店呢，已经开始盈利了，我能赚钱养你和孩子。”

巽奴：“……”不，好像有什么不对。

“孩子？”

唐梨摸着他的手：“暂时还没有。”

唐梨以为这夜过后，就不会再同那些黑衣杀手有什么关系，谁知第二日，就有一个杀手兄弟上门。他很年轻，看着是个少年。唐梨开始并没有认出来，只当他是普通客人，询问要什么菜，结果少年上下打量了她一阵，笑嘻嘻地喊了声“小嫂子”。

虽然这少年一张笑脸，但唐梨看得出来，他似乎并不喜欢自己，喊“小嫂子”的语气也十分轻佻。

是个中二少年，唐梨在心里给他贴了个标签，淡定笑问：“你是？”

10

少年嬉笑道：“我是炼域的杀手，巽哥从前救过我的，他的妻子我自然要叫嫂子，哦，昨日我也来了，就站在东南角那个屋顶上，你估计没认出我来。”

“我今天过来是想找巽哥说个事，他在不在？”少年自顾自地说着，就要往后面闯，刚好帘子一掀，巽奴走了出来，两人当面撞上。

见到巽奴，少年收敛了些，退后喊了声“巽哥”。巽奴见到唐梨神情，对她摇了摇头，带着少年走了出去，两人一前一后走到附近的柳树下。

周围无人，少年脸上的笑立刻散去，直接道：“巽哥，我不知道你和老大究竟是怎么回事，但是有件事我必须告诉你。”他看了眼店铺里那个婀娜柔美的身影，眼里流露出几分猜忌和不屑：“巽哥你可知这个女人的身份？”

巽奴为他神情里的轻蔑而微微皱眉：“什么身份？”

少年撇嘴：“我看你恐怕连她真实的姓名都不清楚，就敢为她离开炼域？这才多久就被迷得神魂颠倒，也不知是吃了什么迷魂药。要是其他人我才懒得管，但你好歹救过我，我叫你一声巽哥，不想你被骗才会偷偷前来告诉你，她和北城城主有不同寻常的关系，夏侯玄御两个月前就在秘密寻她，为此还不惜找上了炼域。”

巽奴：“她以前如何，我不在意。”

少年闻言有些痛心疾首，但也知晓他的性格，恨恨道：“算了，既然你愿意，我也不多事，不过老大昨日往北城送信，恐怕那边很快会收到消息。夏侯玄御那人能以如此年纪成为四方城主之一，手段霸道凌厉，可不好招惹，巽哥如果不愿意放弃她，最好还是带着她远远避开。”

巽奴看了眼敞开的店铺，唐梨恰好也抬头看过来，对他露出个笑。

“我知道了。”巽奴收回眼神，对少年道，“你回去，不须再来，我不会再见你。”

少年欲言又止，咬咬牙，终究是头也不回大步离去。

巽奴回到店中，看了唐梨一会儿，对她道：“我们要暂时离开这里。”

巽奴突然说要离开，唐梨讶异之余也猜到肯定是那少年说了些什么，她第一个想到的就是寻仇。江湖人洗手不干之后果然还是少不了寻仇的戏码，武侠小说诚不欺我。唐梨想到这儿，又安慰地拍了拍巽奴的手臂，点头道：“好，那我现在就准备一下。”

唐梨手脚麻利地收拾出了一些必需品，又备了些干粮和点心，最后写了个牌子挂在店门外，表示要暂时关店一段时间。才收拾好，去市集买马的巽奴牵着一匹枣红色的马回来了。

关上店门，被巽奴抱上马的时候，唐梨忽然觉得，这要是放在现代，估计就是家里老公要来一场说走就走的旅行，换个思路想想，还是有几分浪漫的。唐梨心态很稳，就是骑着马不太稳，得小心地靠在巽奴怀里，略有些辛苦。

两人离开白鹿城，一路往东而去，出城一段时间后，下了官道，乡间小路边都是荒草，落日西斜，更显得荒凉。巽奴抱着唐梨，一路默默无语，此时才道："让你突然随我离开，是我不好，如果你喜欢白鹿城，等事情了结，我再带你回来。"

唐梨正看着落日想，可惜没有相机能把这么好看的景色拍下来留念，突然听到巽奴这么说，她诧异道："怎么突然说这个？离开到处看看也没什么不好的，我说过，我在这个世界，联系最深的就是你，所以只要你在我身边，去哪里都可以。"

"你啊，不要太执着给我什么'安稳的生活'，比起追求什么样的生活，现在才是最重要的，你怎么知道我现在不高兴呢？"唐梨靠在巽奴怀里，慢慢开解他。

她二十二三岁的时候，和两个朋友，经常是突然想去什么地方，就背着包一起去了，坐火车、坐大巴、坐船都有，还有一次是租了一辆面包车，去了好几个地方，回来后她才决定和朋友一起开店。

"不要太小看我，我很能适应各种情况的。"唐梨笑得温温和和，语气也软绵绵的，听着没有什么可信感。

巽奴拉着马缰，一只手抱着她的腰"嗯"了声，也不知信没信。

马儿跑累了，速度渐渐慢下来，两人循着炊烟，来到一个村子里借宿，农人热情，用待客的肉食招待他们，新做的被褥也让给了他们，身形高壮的农妇还给他们端来一大盆热水。两人洗漱过后，见巽奴坐在窗前凝视黑夜，一动不动，唐梨起身走过去，在身后依靠着他。

"怎么了，你是不是有什么心事？"她的长发披垂，在灯下尽显娴静，令人不由自主想到"温柔乡"一词。

巽奴的手忽然一紧，抓住了唐梨的手，用一种奇特的眼神凝视她："只要你不离开，我可以为你做任何事。"

唐梨茫然不解："我当然不会离开你啊，巽奴在担心什么，真的不能和我说吗？”

“你……”巽奴迟疑半晌，才想说什么，忽然神情严肃，看向窗外，头也不回道，“穿上衣服，我们现在就走。”

唐梨也不啰嗦，套上外衣，带上包袱，一边往外走一边扎起头发，两人直奔院外，没来得及和借宿的主人告别，骑上马飞快离开。

夜风扑面，带走了身上的热气，唐梨紧紧抱着巽奴，将脸埋在他怀中，脑海中猜测着，巽奴究竟是在躲什么人。是他从前的敌人，还是好像和他有什么不合的前公司？想想杀手组织，或许就和黑帮一样，没那么容易退出？

他们刚离开村子不久，就有一队人来到村前，这队人个个佩剑，衣服上都有北城城主府徽印，中间那辆挂了两排鲛烛灯的大车上同样有金色徽印。

车子停下后，一个瘦小的汉子从树影中蹿了出来，跪倒在车前：“夏侯城主恕罪，那巽奴实在太过敏锐，他发现我兄弟二人，便立即带人走了，不过我兄长已经追去，他会沿路给我们留下记号，定能追上他们。”

车中传来一声冷哼：“带路。”

汉子站起身：“是！”

这一队人浩浩荡荡，朝着唐梨二人离去的方向追去。

夏侯玄御斜倚在车中，心情极差。自从里人格觉醒，开始导正剧情，他就觉得事事都不顺。一开始是如何都寻不到女主角的踪迹，随后又被西城公西菱缠上，闹出不少事，使得他无法全心去找人，拖延到前几天才得到女主角的消息。

从他成为男主角后，世界的气运全都站在他身后，做什么事都如有神助——无比顺利，已经太久没有尝过失败的滋味了，而接连两个属于他的世界气运流失，这让他感觉到背后似乎有什么人在操控，这种被人掌控、被随意摆弄的感觉，更叫他恼火。

再看到系统面板提示上那个碍眼的感情线偏移，夏侯玄御心中怒气高涨，杀意也是节节攀升。听到探子回报，那二人先前在白鹿城做夫妻相处，夏侯玄御就决定这一回无论如何要先杀了男二号巽奴，若不是女主角死了会直接导致他和这个世界气运的联系消失，他当真想把那背叛自己的女主角也一并解决了。

既然不属于他了，不如毁掉。

目光移到还没过一半的剧情偏移值，夏侯玄御狠狠一闭眼，总算是暂时压抑住了那股杀意。

既然是女主角，那就再给她一次机会，希望这一次她能做出正确的选择，好好配合他将剧情拉回来，不要再惹怒他。

将要黎明之时，唐梨听到身后传来阵阵马蹄声，似乎有不少人在身后越追越近。与此同时，巽奴也察觉到身后十几道黑影乘着快马而来，呼呼风声中，有尖锐细小的破空声。他未回头，低声对唐梨道："抓紧。"随即一手抓起巽刀，在身后一个飞旋。

叮叮当当一阵乱响后，无数细小铁针被刀身击落。然而如此还没完，他们身后当先骑马追来的一人怪笑着，抬起一样奇怪武器，发射出无数细针。巽奴将刀舞得几乎看不见残影，一根不落挡住细针，不仅如此，眼看两马之间越靠越近，他突然勒马回转，和那怪笑男人擦肩而过。

唐梨在巽奴怀中，只看到一蓬血雾喷溅，那男人惨呼一声落下马去。巽奴并未就此停手，靠近他们的几人中，有三人都在一照面的瞬间落马，完全比不过巽奴出刀的速度。唐梨第一次如此近距离地看到巽奴动手，因为紧张，心跳得飞快，可她靠着的那个胸膛里，心脏依旧平稳跳动，半点不乱。

巽奴斩落几人，就要再度策马奔驰，然而被延缓了速度，又有十几人追了上来，将他们团团围住。再过片刻，造型华丽的大车缓缓驶来，停在二人面前。

此时黎明已至，天边泛起鱼肚白，晨曦映照在那个走出大车的男人身上，越发显得他容貌俊美，恍若天神一般。

这就是北城城主夏侯玄御，能成为男主角，他的外貌是无可争议地优秀，一现身，就能吸引所有人的目光。

看见夏侯玄御现身，唐梨整个人都愣住了，失神一般定定地望着他。

而她之所以失态，并不是惊叹这个男主角长得多好看，而是被他面前那块悬浮的半透明面板给惊住了。

唐梨：……那个，是什么？上面好像还有字？

11

夏侯玄御走出大车，看到男二号抱着本该属于他的女主角坐在马上，两人宛若一对眷侣，他目光一沉，杀意瞬间爆表。系统不得不出现提示——

警告，您对本世界女主角恶意过高，如果伤害女主角，会导致气运流失，发生未知混乱，对您十分不利。

夏侯玄御根本不管弹出的面板警告，对着那边似乎被吓到的唐梨伸出手，神情高傲地道：“楚璃，跟我回去。”

因为唐梨失神异状而眸色漆黑的巽奴，听到夏侯玄御口中的“楚璃”二字，更是下意识地抱紧了怀中的人。

唐梨回神，察觉到巽奴的动作，也顾不得夏侯玄御面前那块悬浮面板了，赶紧先握着小男神的手安抚：“别误会，我待会儿给你解释，我确实只喜欢你一个，也绝不会离开你。”

虽然巽奴没说话，但显然唐梨抓住重点了，他力道稍稍放松。不过眼睛里对夏侯玄御的杀意，半点儿不比夏侯玄御对他的少。他作为一个杀手，对杀气最是敏感，自然看得出夏侯玄御的意图，这人对他们二人都有杀意。

夏侯玄御：当着我的面卿卿我我，当我这个男主角不存在吗？

“楚璃，不要让我生气，随我回去，我就不追究你的私逃。”

唐梨：私逃？等一下，原著里女主角楚璃这个时候似乎和夏侯玄御还在欢喜冤家的前期，没有谈恋爱吧？男主角为什么一脸被老婆绿了的愤怒神情？他现在应该还在念着那个沉睡中的白月光南宫芩，对女主角的关注只因为女主角和南宫芩长得一样而已吧？

先前她在北城，据说身份是奴婢，唐梨之前觉得夏侯玄御不会为了区区一个奴婢大费周章来找，可现在事实摆在眼前，他似乎就是为她来的，其中的不合理之处，应该和那块面板有关。唐梨迅速推测出这个夏侯玄御很有可能是知道剧情的，不然他的态度不会这么奇怪。然后，他应该还不知道女主角楚璃的身体里换了个人。

脑子里想着这些，唐梨开口道："夏侯城主，我并非私逃，而是被您的表妹扔进了鬼哭林。"

夏侯玄御："那你出了鬼哭林，为何不回北城？"

唐梨："哦，回去送死吗？"她脸上挂着礼貌的笑，心想果然是她曾经讨厌过的那种霸道男主角，满脑子理所当然的大男子主义，前期一直很霸道，女主角究竟是怎么爱上他的？无法理解的同时，唐梨忍不住又看了眼自家巽奴。

还是巽奴好。

夏侯玄御被唐梨软绵绵地堵了一把，面沉似水："你不要忘记自己的身份，你现在还是我北城的奴婢。"

唐梨："夏侯城主真不愧是城主，事必躬亲，为了区区一个奴婢，竟然亲自带人前来捉拿，传闻夏侯城主醉心武学，看来果真只是传闻罢了，城主明明闲得很。"

她笑呵呵地说，仿佛没看见夏侯玄御越来越冷的脸色："当初城主花了多少钱，我可以还给城主，为了感谢城主府内诸位的照顾，十倍还给城主如何？还望城主能饶过我这小小奴婢。"

唐梨记不清女主角是怎么进北城当奴婢的，现在说出这番话，一来是厌烦这人的吾乃世界中心论调，二来则是那块面板。

她注意到那块面板，随着夏侯玄御的怒气越发明显，在她激怒夏侯玄御的时候，上面的字也越发鲜红清晰，甚至又出现了一行字。她看不太清，但觉得那一定很重要，于是咬咬牙，踢了踢马腹让马上前，同时从怀中掏出银子假意要送到夏侯玄御面前，趁机将面板上的字看了个清楚。

夏侯玄御险些被唐梨气疯，在他眼中，这个女主角楚璃没有从前那么咋咋呼呼胡搅蛮缠，反而变得温柔似水，偏偏这种温柔底下，是一种毫不相让的强硬，她竟然还敢出言讥讽侮辱他。

周身气势鼓荡，夏侯玄御大有一言不合动手杀人的意思，而唐梨终于看清楚了那块面板上的字，不得不垂下眼帘遮掩自己心里的惊异和混乱。同时她下意识抓住巽奴的手，将他挡在身后。

如这块面板上所说，比起巽奴，她应该更安全。

巽奴不明所以，见夏侯玄御怒气勃发，唐梨挡在自己身前，心中一动，握紧了长刀，反将她护住。

察觉到唐梨的厌恶之情，夏侯玄御觉得似乎有什么地方不对劲，他暂时压住心底怒意，仔细打量着唐梨的神情。他脑中忽然闪过一道灵光，微眯双眼道：“你是楚璃？”

唐梨捏紧巽奴的手，脸上神情不动，没露出丝毫端倪：“城主不认识我了？”

夏侯玄御没那么容易打发，一旦疑问种下，夏侯玄御就开始觉得到处都不对劲，甚至于上一个世界的廖停雁……他太自负，根本没想过自己的世界会出现这么大的失误。他的女主角，都出现了某种变化，很有可能都不是原来的女主角了。

“有趣。”夏侯玄御磨了磨牙。现在他更该把这个女主角带回去，好好弄清楚她究竟是怎么回事。

他看着唐梨的目光更加意味深长和势在必得，至于巽奴，他连一眼都没多看，说到底，他的身份是主角，比任何配角都要重要，其他角色就是为他而生，不需要在意。

夏侯玄御出手非常突然，唐梨没能反应过来，只听到身下的马一声嘶鸣，整个往前伏跪下去，巽奴一只手抱着她从马上翻身而下，一刀荡开了夏侯玄御的长袖。两人对了一招，夏侯玄御没再出手，而是一挥袖子，施施然对手下人道：“去，杀了这个炼域第一杀手，把楚璃给我带回来。”

说罢，他端坐大车中，周围一群人则纷纷举起武器，看向巽奴二人。

唐梨往周围看了一圈，觉得情势严峻。夏侯玄御再惹人厌，他也是那本书中的男主角，设定十分厉害，现在他一心要杀巽奴，今日他们恐怕很难逃脱。如果只是巽奴一个人，说不定他还能从这些人的围剿中逃出去，可带着她，情况就截然不同了。

“巽奴，你能逃出去吗？”唐梨抓紧巽奴衣襟，试探着问。

巽奴并没看她，锐利而沉默的目光观察着周围敌人的弱点：“我不会留你一人在此。”

唐梨苦笑，果然如此。她没有再劝，而是扬声对大车中的夏侯玄御道：“夏侯城主，如果你今日要杀巽奴，我与他同死，我说到做到。”

她只希望，夏侯玄御能对那块面板上的信息有所顾忌。

谁知夏侯玄御并不受此威胁，相反，他高高在上地露出嘲讽眼神，语气里尽是胜券在握的笃定：“我在此，你纵然想死也死不了，想为这个男人殉葬？放心，等他死了，你就会忘记他，到时候你不想忘也会忘。”

话中的意味深长让唐梨心中一凛，这个夏侯玄御究竟想做什么？如今她和巽奴处于弱势，该怎么办？

巽奴见她满眼都是焦急担忧，口中没说什么，手中动作愈加凌厉，哪怕是夏侯玄御手下心腹，一时也奈何他不得，不仅如此，还有数人死于他的刀下。二十几个武功高强的高手反被他一人一刀逼得后退，眼看包围圈都要被破开。

“不愧是凶名赫赫的炼域杀手，老夫来会会你！”站在大车旁的一名黑衣老者如蝙蝠一般飞入战局，干枯双手与巽刀相击，发出金石之声，钳住了巽刀刀身。

巽奴没有抽刀，反倒顺势往下刺去，其执刀力道让黑衣老者目露惊讶，一个失神，寒光已经如鬼魅般直刺面门，老者不得不放开刀身后退，巽奴骤然暴起，直追而上，一刀斩去了老者双腕，引得众人惊呼。

连夏侯玄御也终于正眼看向巽奴，目露忌惮。原以为不过是掌中之物，手到擒来，没想到如此不好对付。他一个眼神，身边一名灰衣中年人也拔剑上前，与巽奴战作一团。若论身手，巽奴并不输他，或许还要更胜一分，然而他怀中还有唐梨，无法施展，被那灰衣中年人压制住。

渐渐地，巽奴身上出现了道道伤口，唐梨却没被伤到分毫。见巽奴受伤，唐梨心急如焚，眼见剑光划来，巽奴转身为她挡下，唐梨更是大恨。这种成为累赘的感觉非常不好受，她总算明白，为什么从前看过的那些电视剧，被困的时候总有人要苦苦哀求另一个人放弃自己赶紧走，因为此时此刻，她也陷入了自责愧疚的深渊。

“别哭，我能带你出去。”巽奴沙哑的声音在耳边响起，唐梨才发现自己竟然落了泪。

“嗯。”她埋在巽奴怀里，紧紧抱着他，努力想给他减轻一些负担。

巽奴并不为眼下的劣势而慌乱，自始至终持刀的手都极稳，反倒是那灰衣中年人，越是和巽奴交手，心底就越忌惮。他的对手是个天生的刀者，他手中那柄刀仿佛有生命一般，正在飞快汲取营养，耐心等待着他露出破绽那一刻。

当真是个令人恐惧的对手，更加可怕的是他才这个年纪，若让他继续活下去……灰衣中年人有些明白炼域那位首领的忌惮了。有这样一个让人防不胜防的凶兽在侧，做了坏事的人自然会心虚不安。

灰衣人的气势逐渐被压制，观战的夏侯玄御终于坐不住了，他没想到巽奴会爆发出如此可怕的杀伤力，目光掠过他怀中的唐梨，夏侯玄御明了。

冷笑一声，夏侯玄御骤然一掌击去。

他一出手，其余人包括灰衣人全部退下。他抓的时机很好，恰是在巽奴一剑刺出防备不及之时，那一掌打的又是唐梨，巽奴瞳孔猛然一缩，毫不犹豫用自己的身体护住唐梨，硬生生挨下那一掌，无声吐出一口血来，浸透了唐梨肩头。

夏侯玄御在原著设定中，武力值就超过巽奴，如今他一出手，巽奴就落了下风。见到唐梨那恨到要杀人的目光，夏侯玄御唇角一勾心情舒畅，也不急着杀巽奴了，猫戏老鼠般吊着他，慢慢折磨，每招袭至都给他留下一道伤。

“楚璃，这样无用的男人，你怎么会看上他？你应该明白，在这个世界，我才是最优秀的存在，如何，后悔了吗？”

唐梨明白他在说什么，他是说，他是男主角，任何人都比不上。

见唐梨不愿理会他，夏侯玄御好胜心起，决心非要这女人臣服自己不可。他伸出一只手，慢慢握紧成拳：“那就等我杀了他，我们再慢慢谈。”

巽奴伤重，勉强抵住夏侯玄御这千钧一拳，张口又吐出一口血，血中带着碎渣，显然是脏腑有损。饶是如此，他依旧牢牢抱着唐梨，再度横刀在前。唐梨双眼通红，揪着他衣襟的手因为太过用力而泛出死白色。

夏侯玄御挑眉：“还能接下我一拳？这样都不死，我都有些烦了。”他周身突然涌起一片电弧般的青光，汇聚在拳上，猛然击向巽奴。他自觉这一击巽奴必躲不过，脸上露出狂傲笑容。

然而，仅过片刻，夏侯玄御脸上笑意凝固。他的拳头穿过了唐梨胸口，将她的胸口打穿，鲜血狂涌。

警告！警告！女主角即将死亡！非正常死亡！系统混乱！嘀——

跳出的系统面板变得通红，夏侯玄御猛然面色煞白，只觉一股剧痛袭来，仿佛撕裂魂魄般的疼，使得他往后倒去。

倒下之前，他看到唐梨对着面板处露出个冷笑，断断续续道：“你伤……巽奴，我死也、不让你、好过……”

她看得见他的系统面板！夏侯玄御眼前一黑，彻底失去意识。

场面一片混乱，夏侯玄御倒下后，北城护卫们都抢上前去，而巽奴，他看着倒在身前的唐梨，一时竟没能反应过来发生了什么。方才他自知避无可避，只将唐梨护在身后，可是原本安安静静的唐梨突然将他反推出去——用的是他曾教给她的巧劲功夫。这一招她一直没学好，力道总也不对，刚才那一下，是她做得最标准的一次。

不知是不是伤重，巽奴眼前是一片天旋地转的模糊，连唐梨的脸都看不太清晰，只见到大片的血迹，鲜红刺目。

他伸出手抱住唐梨，一只手捂在她胸口的血洞之上，那只手眨眼就满是血，他的血和唐梨的血，混合在一起。

“我不叫楚璃，叫唐梨……我没骗……”

从气若游丝，到声息俱无。

有反应过来的北城之人见巽奴这失神模样，觉得他毫无防备，可乘机灭杀以绝后患，谁知剑还没落下就身首分离。

浑身是血的巽奴提着刀站起来，看向被护在中间陷入昏迷的夏侯玄御，刀身轻颤，发出阵阵呜鸣。

“……你杀了她。”

“你杀了她。”本就沙哑的声音此时听来更加喑哑，让听者后背都泛起一阵凉意。

谁都没想到，巽奴看上去已经是强弩之末，却仍能留下数十条性命，北城这一队人，最后在这里死了大半，只剩几人护着昏迷的夏侯玄御逃走。

天上不知何时乌云密布，开始下起了雪，雪花纷扬，覆盖在四散的尸体和鲜血之上。

巽奴握着滴血的刀，面色惨白，走到唐梨的尸体旁边。他想伸手把她抱起，踉跄走出两步，却脱力跪倒在地。

飞雪沾在他的鬓角，那双漆黑的眼中也落了漫天大雪，雪融成水，轻轻滚落。

巽奴忽然完整地记起了师父说的那句话，他说：“你不会为逝去的生命感到难过，不会因为死亡而落泪，所以你这辈子都只是为刀所驱使的奴隶。

“如果有一天你懂了，就不再是‘巽奴’了……”

12

五年后——

东城城主府，宇文金丢开南城送来的信，满脸抑郁：“完了完了，这下我要怎么办，难不成真把东西交出去？我们东城和南城向来不合，这回要的还是我们东城的宝物蜜陀生，我要真给了岂不是很丢脸？我大哥和我爹都能气活过来打死我。阿鸣，你说我该怎么办？”

坐在他身侧的段鸣不疾不徐，端茶轻啜，斜睨他一眼：“你如今好歹也是东城城主，怎么还动不动就这么慌张？”

宇文金愤愤：“你又不是不知道南城城主那人，不要脸至极，我要是不给，他都能雇杀手过来取我狗命，逼我拿出东西来，我能不慌吗？”

“说到杀手，你不是认识一个人吗，请他来护持你不就是了？”段鸣道。

宇文金一愣，挠挠头：“你是说巽？”

段鸣：“就是他，五年前如果不是你救了他一命，恐怕他就死在雪地里了，有这份情义在，他总不会不管你。”

宇文金有些为难：“他先前帮我处理了东城反叛，又助我登上城主之位，已经算是报过恩了，我再挟恩图报也太不好吧。”

段鸣嗤笑：“笨，谁让你挟恩图报，巽在江湖上少年成名，作为炼域第一杀手时不知令多少人畏惧，如今虽然渐渐沉寂，但他三年前闯入北城重伤北城城主夏侯玄御，声名大振，如今武功恐怕更加深不可测，我虽没见过他，但也知道他的性格和行事，你与他有这份渊源，多少也算得上友人，帮友人一个小忙不是理所当然？”

宇文金迟疑：“可是……”

段鸣很看不下去他的优柔寡断：“可是什么！你看看你这没出息的样子，又没叫你做什么坏事，你就当请友人相聚，邀他来东城住一段时间，只要有这么一尊神在，就能镇宅了，到时候还怕南城那边搞什么暗杀威逼不成？”

宇文金虽然擅长经商，治下东城繁华热闹，但论起顶尖武力，东城还是比不过其他三城，特别是宇文金年轻，仓促接任城主之位，身边没有能完全信任的武功高强之人，段鸣也是与他投缘，才给他出了这么个主意。

宇文金考虑片刻，说道：“巽兄……我只知他几个月前还在漠北。他每年除了妻子忌日会回来祭拜，其余时候都踪迹难觅。去岁冬天，他回来祭拜时我还见过他，可惜你那时候归家了，没能见上一面。”

段鸣摇头：“见面就罢了，我这人最怕那些沉默寡言、孤僻古怪的刀者剑客，还是和你这样话多的小傻瓜做朋友比较开心。倒是你说的，他的妻子，令我有些好奇，我还没听说过有关他妻子的事，你不如给我讲讲？”

“其实我也不甚清楚。”宇文金想起五年前那日，他本是听说廊城有新奇的北地歌舞伎登台表演，准备去观赏一番，谁知走到中途时突然下起了雪，大雪纷飞，几乎看不清道路，经过榔头附近，护卫来报说前方发现一地刚死不久的尸体，不少尸体穿的衣物有北城城主徽印。

宇文金这人武功不行，偏生长了颗好奇心，遇到这事觉得稀奇，就跑去看了。

看到巽时，他就半跪着坐在那儿，身上积着一层薄薄的白雪，闭着眼睛宛如死去的雕像，怀中则紧紧抱着一个看不清面容的女子。

宇文金被两人的样子吸引，凑上前去看，发觉巽的面容眼熟，想起来他是先前救过自己，只取了一点报酬的大兄弟，于是惋惜感慨之余，二话不说让人替他收殓尸身。谁知手下来报，人没死，还有一口气，他怀中的女子则早已死透了。

宇文金将人带回去救治，因为分不开二人，只得将那具女子尸体也一并带了回去。

后来人很快醒了过来，抱着那具尸体拒绝任何人靠近，也不发一言，等情形稍稍好转，他有一日突然带着那具尸体消失，过了半个月才回来，那时尸体已经不在。

然后宇文金才知道，他就是巽，而那个死去的女子，是他的妻子。

“其实我都没能看清那个女子长什么模样，当时她浑身是血的，而且巽兄片刻不愿松手，也不让人接近，他那把刀凉飕飕的，削人就和砍瓜切菜一样，我可不敢冒险。”宇文金如今想起来当年情形，依旧心有余悸，摸了摸鼻子。

见好友神情有嘲笑之意，宇文金又加了句：“巽兄虽然名声可怕，但他性格其实不错，除了不爱说话些，眼神冷冽吓人了些，还挺好相处，帮了我不少忙。”

最后宇文金抱着试一试的心态送出了信，谁知当真有了回信，信中写着不日将到达东城。宇文金大喜过望，日日在府中等待，几乎望眼欲穿，看得好友段鸣直摇头。

宇文金理直气壮：“怕死怎么了？”

段鸣：“你大约是东城有史以来最窝囊的城主。”

宇文金不以为意，自豪道：“也是最能赚钱的城主！”

府中管事忽然快步而来：“城主，您吩咐迎接的贵客到了。”

宇文金：“巽兄这就到了？哈哈，我这就前去将巽兄迎来，劳阿鸣你给我们泡壶好茶！”

段鸣：“还喝什么茶，直接喝酒。”他吩咐管事：“去把你们城主藏的那几坛子佳酿挖出来。”

宇文金走到半路，就见到了侍者带进来的人。与他去岁冬日见过的样子差不多，仍是满身化不去的风霜冷冽，披着漠北之地最常见的斗篷，拿着一柄木鞘黑刀，看上去风尘仆仆，与这繁华富丽的东城城主府格格不入。

宇文金笑着迎上去，热络地喊了声巽兄：“巽兄请，这一次要劳烦巽兄在此多住上几日，我还要为你介绍一个朋友……”

两人穿过长廊，走到后院中庭，宇文金忽觉不对，扭头看去，发现巽不知何时停了下来，他的目光在院中那株新植的梨花树上。

正是四月间，梨花盛开，满树堆雪，风一吹，洁白的梨花就如雪一般飞舞，落在廊下，落在巽满是灰尘的脚边。

巽久久没动，宇文金不明所以，小心地走过来问道：“巽兄怎么了，可是喜欢这树梨花？”

他本以为巽不会回答，谁知他竟然开口了，他似乎许久未开口说话，声音沙哑而缓慢：“我在她墓前也种了梨树，一直未曾开花。”

宇文金一顿，他几乎是立刻明白巽兄话中的“她”，指的是他死去的妻子。他将妻子葬在哪里，宇文金并不清楚，于是只能斟酌道：“或许，是地方不合适，土质和气候都会影响开花的。”

巽终于转开头，继续往前走，宇文金赶紧追上去，心中暗暗奇道，巽兄竟然会喜欢梨花。

与此同时，距离东城很远的南城，城主府后宅一个院落里，一个面色苍白的年轻女子被侍女扶着，小心翼翼走出房间，来到外面布置好的软椅前，又被扶着坐下。

女子容貌美丽，可惜身形单薄，仿佛大病初愈一般。白皙的肌肤在阳光照耀下莹莹生辉，纤长的睫毛颤抖，盖住了那双颜色略浅的眼眸。

她靠在软椅上，神情平静，一言不发。侍女们候在身侧，等候她的吩咐。

几个抱着妆盒和新布匹的侍女远远在廊下看到这一幕，其中一个侍女忍不住感叹：“今日阳光这么好，院中的花都开了，那都是小姐当年还未出事时种下的，如果她能看到，一定很欢喜。”

另一个侍女撞了撞她的胳膊：“可别说这种话了，要是被别人听见，你非得受罚不可！”

南城城主府上下都知道，因为受了毒伤而沉睡好几年的小姐南宫芩，前些时日终于醒来，这本是大好事，可惜她身上余毒未清，导致双眼失明，无法视物，城主特地请来的神医说，须得用东城特有的蜜陀生为药引，才能完全去除余毒，为此城主数次给东城城主宇文金送去书信，然而至今都没有好消息传来。

南宫芩沉睡几年，哪怕一直用着各种珍贵良药养着，醒来后身体仍然虚弱，侍女们都小心服侍着不敢怠慢，更加不敢在她面前说起眼睛的事。

一个高大身影从院外走进来，奴仆们纷纷垂头行礼：“城主。”

南城城主南宫贤大步走到南宫芩身边，一张端方的国字脸上满是疼爱之色：“芩儿，今日可觉得好些了？”

南宫芩睁开一片空茫的眼睛，低声道：“侄女已经好多了，叔父不用忧心。”

南城城主南宫贤是南宫芩叔父，从小便十分疼爱这个父母早亡的侄女。城中曾有传闻，南宫芩并非前任城主亲生，而是叔父南宫贤与大嫂私通所生之女，因此南宫贤才会疼爱她如亲生女儿一般。

“芩儿放心，叔父一定会治好你的眼睛。”南宫贤探望过侄女，说完这句话，又吩咐下人好好照看，这才再度匆匆离去。

南宫芩在太阳底下坐着，无人打扰，她看不见周围场景，但鼻端能闻到各种花香，还有风吹来不知名的花瓣，恰好落在她手中。

她握住手中那片柔软的花瓣，心中却有种难言的焦躁。

不知道现在，她的巽奴好不好。

在她记忆中，自己被夏侯玄御一拳打穿胸口，应当是死透了，可前几日，她骤然苏醒过来，原本以为是自己侥幸未死，谁知胸口上毫无伤口痕迹，周围人都称呼她为小姐，她觉察不对，小心打探才弄明白现如今的身份，她竟然成了南宫芩——也就是那本小说里第一号恶毒女配，男主角前中期的白月光，女主角的双胞胎姐姐。

13

南宫芩这个因为阴谋设计替夏侯玄御受伤陷入沉睡，以至于成为夏侯玄御心中的白月光，被他惦念了半本书的角色，在醒来后就搅风搅雨，一度造成男女主角各种误会和虐心。但这现在都和她没关系，因为她不是南宫芩，而是唐梨，她不想关心这些，只想知道自家的小男神如今怎么样了。

身体虚弱加上眼睛看不见，给她打听消息带来了很大的困难，好在也是出于这个原因，哪怕她和原来那个南宫芩有些不一样，没有从前的记忆，也没人怀疑过她。唐梨用着南宫芩的身体，拐弯抹角打听巽奴的事，她不能直接问巽奴，便先问了夏侯玄御。

谁都知道，南宫芩和夏侯玄御青梅竹马，还有婚约在身，南宫芩当年更“痴心一片”，为夏侯玄御受伤。侍女们没有怀疑，将夏侯玄御的事大致与她说了。

在她们的诉说中，夏侯玄御五年前不明原因地陷入昏迷很久，醒来后神志不清，偶尔会表现得像是两个人，而三年前，北城出了一场乱子，有个人孤身杀入北城，杀死了夏侯玄御麾下五大心腹，又在对战中重伤夏侯玄御，所以这三年来，夏侯玄御大半时间都在闭关养伤。

唐梨将各种细节询问对照，赫然发现距离当初夏侯玄御杀她，已经过去了整整五年，难怪连南宫芩这身体都醒了，只是不知道她为什么又会在南宫芩身体里重生。

“那个三年前杀入北城重伤夏侯玄御的是什么人？”唐梨心下有预感，略有些紧张地询问。

侍女们并不太清楚细节，只有一人迟疑道：“好像是一个杀手，叫什么巽的。”

唐梨心头一跳，又慢慢放下来。太好了，她想，巽奴没有死。

“那你们可知道，这个巽现在何处，他有没有事？”

侍女们奇怪她为什么会追问这个，纷纷道：“奴婢们都不知道，好像是个很厉害的杀手，但江湖上没有他的消息，我们身在城中，也不清楚这些。”

唐梨闻言感到失望，但她明白不能继续问下去了。只要她好好活着，尽快把眼睛治好，总有机会找到巽奴的，她一定要找到巽奴，告诉他，她没有死。如果可以，他们能一起回白鹿城去，或者去其他的什么地方，就像她当初答应他的那样。

当然，在这之前，如果可以，她想找机会杀了夏侯玄御。必须让这个垃圾知道，不要随便得罪女人。

远在北城的夏侯玄御并不知道“白月光”也换了芯子，他此刻在闭关密室中痛苦地喘息着，头疼至极，一块面板在他面前时隐时现，很不稳定。

“该死！”夏侯玄御狠声怒道，抬手打碎了周围的玉器摆设，忽然，他身子一顿，闭上眼晕了过去。没过多久，晕倒在地的人醒了过来，坐起后他看着自己的手，神色阴沉而疑惑，又看向周围破碎的玉器。

这些玉器究竟是什么时候打碎的，他毫无记忆，脑子里好像空了一块。这几年，这种情况时常出现，夏侯玄御也清楚，可他始终没找到治疗之法，也没找到源头，不由得神情郁郁。

“城主。”密室外有人按响密铃，夏侯玄御起身走了出去，见手下畏惧地看了他一眼，呈上了一封信，“这是南城城主送来的书信。”

夏侯玄御目光一闪，拿着信坐到主位上，拆开信细看。看到中途，他露出讶然之色，旋即笑道：“苓儿已经醒来了，这么多年，她终于醒了。”

对于南宫苓，因为当初她舍身相救，夏侯玄御十分感动，每年都会送大量珍贵药材去南城，替她维系生机。

看到信的后半部分，夏侯玄御收敛笑意。南宫贤在信上说，苓儿双目失明，需要一样宝物蜜陀生治疗眼睛。蜜陀生，夏侯玄御知晓，那是东城宇文家的秘宝，宇文金恐怕不愿意轻易交出来。

南宫贤那只老狐狸，难怪会写信给他，原来是搞不定宇文金，想借他的手得到蜜陀生。先不论南宫贤如何，为了治疗南宫芩，他自然要出手，毕竟是他心爱的女人，也是他日后的妻子。

沉思片刻，夏侯玄御道："拿笔墨。"他写下两封信，一封送去南城给南宫贤，表明他不日将前往南城探望未婚妻，一封则送去东城，跟宇文金讨要蜜陀生，随信的还有一份重礼。

先礼后兵，如果宇文金不识趣，他不介意动手威逼。夏侯玄御想起宇文金和巽相识，似乎还交情不浅，心中的恶意更添几分，甚至开始想如何在宇文金拒绝后，以此为理由侵略东城，就算不能吞下东城，也要给他们一个教训。

巽……夏侯玄御一想起这个名字，心中就升起杀意，虽然关于这个人的记忆他很模糊，当初护卫说的那一次追杀他也记不太清，但他记得三年前那场大战，名为巽的男人杀入北城，在他北城内放肆，与他一战更是狠狠打了他的脸，所以自己与这人是新仇旧恨，若有机会，必要杀他。

两封信被快马送至两处，东城先收到信，拿着信的宇文金再次发出一声哀号："南城就算了，怎么现在北城也来逼我？他们两方不会联合起来搞我吧！我看他们要蜜陀生是假，找由头对付我东城是真！"

段鸣："你放心，东城虽然有你这个没用的城主，但底下的商道颇有一番利害纠葛，南城不会草率地大动干戈，不过北城……"说到这儿，段鸣看向廊下那个被木门遮住一半的挺拔身影，扬声道："巽兄，你觉得北城会如何？"

宇文金捏着信，也看向映出人影的隔扇门。比之五年前初识，巽显得更加成熟坚毅，多了份被风霜磨砺过的沧桑，他站在那儿静静地看着外面的蓝天，语气无悲无喜，平静无波："我会护宇文金无碍。"

段鸣朝宇文金挑了挑眉，从他手中拿过信，看了一遍道："这夏侯玄御当真有趣，想求你手中的蜜陀生，语气却如此狂傲，比南宫贤更不客气。不过，他说是为南宫贤的侄女南宫芩讨要蜜陀生，我还是第一次知道，原来他与那位'南宫美人'有婚约。"

宇文金好奇心强，最爱这些八卦消息，闻言暂时忘却了被逼的事，兴致勃勃地问道："我早年就听说南宫贤与他大嫂偷生了个女儿，被誉为南宫美人，但南宫贤藏得紧，我也没见过，阿鸣你有没有见过那位南宫美人？是不是名副其实？"

段鸣嗤笑，展开扇子扇了两下："我确实见过，只能说，盛名之下名不副实。那位南宫美人南宫芩，美则美矣，却没有传闻中那么美，而且那是个小小年纪就颇有心计的女子，还有一副蛇蝎心肠，这样的美人，纵使再美，我也看不上眼，不过和夏侯玄御倒是绝配。"

"那可真是可惜。"宇文金摇头，满脸可惜之色，"据说那南宫美人沉睡几年，如今终于醒来，需要蜜陀生治疗眼睛，我之前还想着美人失明可惜，有些动摇，想着实在不行要不然就给一半蜜陀生，现在看来，还是算了。"

两人聊着聊着，话题就变成了如今江湖上的各种美人，气氛一片火热，而木门就好像一个隔断，把另一边的巽和他们隔成两个世界，一边春意融融，一边风刀霜剑。

宇文金说着，忽然发现巽不知什么时候消失在门外，遂感叹一句："巽兄当真是长情，如今还记着妻子，换作是我就不行了，世上如此多美人，各有千秋，怎么能为一种花而放弃欣赏其他的花呢！"

段鸣："他这种人心有执着之物，很难被美色所迷，有妻子，本身就很不可思议了，更不可能像你这样对各种美人感兴趣。"

宇文金："巽兄这样的人生，真是少了很多乐趣。"

巽并没有离开，而是站在屋顶上，靠着翘起的屋檐，远远望着某个方向，宽厚的手掌拂过巽刀那粗糙漆黑的刀鞘，默然无语。比之从前，他更显得难以接近，若说当初与唐梨相识的人是沉默，那如今便是沉寂，灰烬般的沉寂。

南城那边也很快收到了夏侯玄御的信，南宫贤第一时间拿着信去找南宫芩：“夏侯城主要来探望你，芩儿高不高兴？”

唐梨高兴得起来才怪，她觉得自己现在这情况不适合见夏侯玄御，万一克制不住杀意被看出来什么就糟糕了，再说她现在看不见，想动手也困难，暂时还是避开为上。

唐梨低头对南宫贤道：“叔父，我如今这个样子，怎么好让夏侯城主看见，我的眼睛……”

南宫贤扶着她的肩头安慰：“芩儿，夏侯城主不会介意这些的，等他来了，我们再一同去向东城求药，定要拿到蜜陀生为你治好眼睛。”

唐梨摇头：“叔父，我想亲自去东城求药。”

南宫贤闻言吃了一惊，皱起眉头打量她的神情，半晌才恢复了慈爱的表情，劝道：“芩儿，你的身体不好，何必千里迢迢去东城？只要好好在这里养着，蜜陀生你不用担心。”

唐梨十分坚持：“为表诚意，本就该我自己前去求药，听说蜜陀生乃东城秘宝，宇文城主不愿轻易给出也是正常，一味强逼反而不好，不如让我前去展现诚意，也免得大家伤了和气。”

最终因为唐梨的坚持，南宫贤还是妥协了，派遣了心腹和大队人马护送她前往东城求药。

14

南宫贤带着侍从，站在城上眺望东去的车队。

“城主，就这样让她去了东城，万一……”

南宫贤摆手：“东城城主宇文金虽然年轻，但能坐稳这个位置，也不是个如表面般无害的人，她此去必然无法如愿。这样也好，让她明白失去了我这个叔父的帮助，只靠她如今这样，根本不能做到任何事。”

南宫贤脸上带笑，语气却尽是冷漠：“这个孩子虽然长得像她母亲，性格却和我那大哥一样，不愧是他的种，都是养不熟的，我给她做了这么多年慈爱的好叔父，她还是不肯松口告诉我那地方在哪儿，更把钥匙藏得紧紧的。我原以为吃过了教训，醒来后她应当能乖巧些了，没想到……哼！”

心腹侍从觑着他的表情，道：“城主太过顾念小姐，可是欲得宝物，难免要有所牺牲，城主须早做决断啊。”

南宫贤神色阴晴不定：“你说得对，如果这条路走不通，那我也只能用其他办法。”

…………

唐梨坐在马车中，随着赶路中途的摇晃，有些昏昏欲睡。她现在眼睛看不见，很多事情都格外不方便，周围情况不明，她更是不敢露出什么异状，因为知晓多说多错这个道理，每日大部分时间都很沉默。离开南城，离开那位叔父的视线之后，唐梨觉得放松了许多。

虽然不记得具体剧情，但在那本小说里，这位叔父仿佛是个坏人，就是这种影影绰绰记不清的印象让人更觉如芒在背。

马车行进得很快，因为唐梨完全不想遇上夏侯玄御，更不想被轻易追上，夏侯玄御要是真到了南城，就先和南宫贤聊着吧。等她到了东城，脱离南宫贤掌控的环境和身边这些看似忠心的侍女，就能向其他人询问巽奴的消息，而不会引起南宫贤的怀疑。

在唐梨的催促下，这一队人不久后，终于进入东城治下，又一路顺畅地来到东城主城。进入主城后，唐梨第一个感觉便是热闹，哪怕她看不见，也能听见马车外各种吆喝叫卖声、人群絮语声，她能想象那种熙熙攘攘、摩肩接踵的场景。

进城后，马车速度明显变慢了很多，这些时日快速赶路，唐梨这身体虚弱，有些受不住，头晕得厉害。

“先找地方暂时休整一下，着人送拜帖至城主府。”唐梨唤来侍女，简短吩咐下去。

“是，小姐。”

很快，车队停在一处客栈前，这客栈富丽堂皇，内里摆设不比一般富贵人家差，在东城也十分有名。客栈小二迎上前来，见到被扶下马车的唐梨和那一群护卫侍女，无比热情地将人引进去安置。

就在唐梨一行人走进客栈没多久，宇文金和好友段鸣以及巽骑马经过客栈门口，来到客栈斜对面，东城最高的酒楼。

“今日他们楼内新到了一样珍贵食材，据说滋味鲜美无比，吃过一次就令人终生难忘，段兄、巽兄，你们有口福了！”宇文金通身上下金光闪闪，一副豪气冲天的模样。段鸣摇着扇子，是个风流潇洒的翩翩公子，他们两人站在一处，活脱脱就是两个不务正业的纨绔子。而巽与他们二人气质完全不同，有他在，连敢接近的人都少了很多。

宇文金得了清净，坐到临窗的位置上，感叹道：“有巽兄和我一起出门，感觉方便多了，连一个护卫都不带也觉得安心。”遥想从前，城主位置还没坐稳的时候，他时常被几个兄弟雇杀手行刺，那时候不带上几十个护卫都不敢出门。

段鸣对他的尿习以为常，靠在窗边望着下方街道，在等着上菜的过程中，仍不忘欣赏街上的漂亮姑娘。

“欸，阿九你看那客栈门口，虽然看不清脸，但只从身形姿态就能看出，必定是个美人。”段鸣用扇子指着客栈门口。

宇文金闻言看过去，见到个身穿白衣黄裙的女子，身形纤细，仿佛一阵风就能折断。他点头赞同道：“必是个美人，欸，她似乎有些病弱啊，还需要侍女搀扶。不过病美人也别有一番惹人怜惜的娇弱呢。”

巽对他们的谈话恍若未闻，坐在一旁，丝毫没有转头看上一眼的意思。

宇文金扭头见他这样，朝着好友耸耸肩，将小二送上来的饭菜摆到巽面前：“巽兄不爱看美人，那就尝尝美食，我敢说，没人能做出比这更好吃的菜了。”

他只是习惯性地吹牛，谁知听了这句话，巽竟然筷子一顿，朝他看了一眼。

宇文金顿了一下，欸，发生了什么，巽兄为什么突然瞪我？我的话有什么不对吗？

唐梨在客栈中稍坐片刻，缓了头晕后，觉得有些饿，侍女询问她想吃些什么，唐梨没什么胃口，忽然想起马车驶过来时，闻到过一股奇特的辛香，这让她想起从前去蜀地看一位朋友时，被她带着去吃过的食物。

她一时心血来潮，循着味道出了客栈，到那家小店，吃了一份味道令人怀念的辣味细面。轻轻触碰着碗沿，唐梨想，如果能和巽奴重逢，等她的眼睛好了，她一定要给他做很多好吃的，她会做的很多菜色都还没来得及给他一一尝过，其实这种辣菜，她也很擅长，只是当初在白鹿城买不到辣椒，所以没能给他做。

她那时候都想好了，余生要和巽奴一起做很多事，想做给他吃的菜也有很多，如果不能完成，她万分遗憾，死都不甘心。

“小姐？”

唐梨回神，扶着侍女的手，慢慢出了小店。

街上人流汹涌，往来人群喧嚣，各种声音听在耳中显得格外嘈杂，唐梨有些不适，加快脚步上马车。

“城主，方才收到的拜帖，南城南宫芩已经到了城中，下午便会来府中拜会。”城主府来人将拜帖送上，宇文金只看了一眼就发出一声长叹，懊恼道：“怎么来得这么快，我真心不想见这位南宫美人，如果她真像阿鸣说的那样，我还不如去天音楼看跳舞。”

他们三人刚用完饭，才走到酒楼下，就收到了这份拜帖，宇文金拿着拜帖抱怨，谁知一抬眼，忽然发觉眼前一闪，原本站在身边的巽眨眼淹没在人群里。

宇文金傻眼了：“欸？巽兄？”他转头看向旁边的段鸣：“阿鸣，巽兄去哪儿？”

段鸣耸耸肩表示不清楚：“我也不知道，不过他方才步子好像很急，我还是第一次见他这个模样，莫不是发生了什么大事？”

宇文金忽然靠近他，警惕地看着四周，弱弱干笑道：“该不会是有人故意调虎离山，把巽兄引开，要行刺我吧。”南城可是来人了！

段鸣：“……你冷静点，别趴在我身上。”

巽站在人群之中，转头四顾，入目的都是陌生脸庞，每张脸庞上都有着各自的喜怒哀乐，唯独没有刚才惊鸿一瞥的那张熟悉的脸。

他慢慢停下脚步，乍然翻涌起伏的心潮也平息下来。

大概又是看错了。是啊，她已经死去，他曾抱着她冰冷的尸体坐了很久，甚至亲眼看着尸体开始腐烂，最后也是他亲手将她埋葬，她已经死亡这个事实清晰无比，可即便如此，刚才那一瞬间，他恍惚间看到一张相似脸庞的瞬间，仍然是下意识地追寻而来。

天地苍茫，蜉蝣漂萍，无处可归。巽静静地站在热闹的人群中，可那些热闹，没有一点是属于他的。他转身往回走，和一辆马车擦肩而过。

风吹起青纱制成的轿帘，露出一张苍白柔美的脸，旋即又轻轻落下。

“巽兄！你终于回来了！刚才你怎么一言不发就走了，是不是发生了什么？”宇文金见巽回来，立刻由压缩状态变成膨胀状态，中气十足地招呼。

巽摇摇头，什么都没说。段鸣察觉他身上气息比方才更加冰冷，撞了撞宇文金的胳膊，让他闭嘴。宇文金好奇死了刚才巽的异样，但不敢问，于是只能干笑：“哈哈哈，没事就好，没事就好，那咱们不如先回去吧。下午南城来人，我还要打起精神去招呼呢。”

说到这儿，宇文金就是一阵叹息：“真是麻烦。”

再麻烦，客人也得迎接，回到府中，宇文金肚子里琢磨着见到那个传说中蛇蝎心肠的心机女子应当如何应对，又觉得这么一个双目失明的女子敢孤身一人前来实在蹊跷，猜测是不是其实身边带着刺客准备来威胁他。

“巽兄，你可要护着我啊！”

“不会有事。”巽说罢，起身走了出去。

“啊？啊？什么，为什么没事？巽兄你要走吗？等等啊！”宇文金满脸惊愕，还想再说什么，被段鸣一把按住：“好了，喊什么，你没看见巽兄心情不好吗？我估计他现在想一个人静静，你太吵了。”

宇文金：“什么，我哪里吵了，而且巽兄心情不好你从哪里看出来的，他不是一直都这么个表情吗？”

他不放心，出去站在廊下抬头看屋顶，见到一片黑色衣角，这才放心地坐回去。

没过多久，客人上门。当那位“南宫美人”被侍女扶着来到面前时，宇文金有些讶异，因为面前这女子，和他想象中的南宫苓不太一样。

她瘦弱而纤细，白色的纱衣罩在鹅黄的裙摆之上，朦胧中透出一种浅淡的鲜嫩，长发用缎带束起一半，还有一半披散在身后，随着行走微微摆动，那张脸虽然并非绝色，但她神情柔和婉约，唇浅肤白，那份久病的虚弱让她气质更加缥缈——宇文金见到她的第一眼，就无端觉得，这位美人好似枝上梨花，气质外貌，令人心动。

糟糕，这么好看，没法恶言相对啊！宇文金看了眼旁边的好友段鸣，给了他一个“你之前是不是骗我”的表情。

段鸣打量眼前的南宫苓，眼中也有几分疑惑，不过接收到宇文金眼神，他还是回了个“不要被外貌欺骗”的眼神。

唐梨看不见，不知道他们的眼神交流，她十分客气，朝宇文金的方向微微行一礼，声音如水般温柔：“冒昧来访，失礼了。”

宇文金咳嗽一声：“咯，哪里哪里，招待不周，还望南宫小姐不要介意，请坐。”

唐梨被侍女扶着坐下了，仆从上了茶，宇文金习惯性地伸手道：“请喝茶。”说完才意识到她看不见，有些尴尬。唐梨神色如常，伸手往前摸索了一下，碰到了茶杯，端起来浅啜一口，茶水并不烫，是温的。

双方喝茶，谁都没有先开口的意思，宇文金身为主人，气定神闲，可唐梨这个以求药为名上门来拜访的人，也稳稳坐着，没有一点心急。

反倒是旁边坐着玩扇子的段鸣先开口了，他道：“南宫小姐，在下东海段氏段鸣，从前曾去南城拜访，与南宫小姐见过一面，不知你可还记得？”

唐梨并没有南宫苓的记忆，闻言她做思考状，过了一会儿才露出歉意，笑道：“实在抱歉，我因中毒昏睡几年，醒来后很多事都忘记了。”

她神情自然而坦荡，没有丝毫破绽，段鸣越看她，越觉得和当初那见过一面的南宫苓不一样，还待说话，忽然见到屏风旁站着一个人。

巽不知何时站在那儿，他神情僵硬地看着坐在那儿温柔浅笑的美人，整个人都仿佛一张绷到极致的弓，就连段鸣都能看出他此时有多不对劲。宇文金很快也注意到了巽，同时发现他的异样，不由得和段鸣对视了一眼。

巽兄为何这个表情？他为何这么看着那位南宫美人，两人有仇不成？

唐梨没听到其他声音，只感觉室内一下子静下来，气氛有些微妙。

“怎么了？”唐梨迟疑地问道。

15

因为巽的表现太古怪，宇文金不得不出声道：“这位是南城城主南宫贤的侄女，南宫苓小姐，我们之前说过的……”

他一边介绍一边观察巽的神情，见他绷紧的脸颊放松，眼神也慢慢变得沉寂。重重闭了一下眼睛后，他再也不看一眼面带疑惑的南宫美人，握着刀毫不犹豫转身就走，很快走过屏风，消失在了廊下。

唐梨看不见，只能从一些细微的声音中听出来，方才好像是来了一个人，不过很快又走了，她不明所以，端庄又沉稳地坐在原地。

宇文金目瞪口呆，觉得今天的巽兄怎么奇奇怪怪的，但眼前还有客人，他也不好太失礼，笑了笑赔了个罪：“哈哈哈，方才是我一位友人，他性子比较怪，不爱与人相处，唐突之处请南宫小姐勿怪。”

唐梨摇头笑道：“无事。”

宇文金是个喜欢金子也喜欢美人的人，美人当面，他态度很不错，没一会儿就忘记了段鸣说过的话，觉得南宫苓温柔又善解人意，半点架子没有，说话也大方不扭捏，不由自主和她聊了起来，对于段鸣的白眼，他是半点儿没注意。

聊到最后，宇文金盛情邀请唐梨在府中住下，唐梨欣然应允。等人随着侍女下去休息了，宇文金扭头见到好友似笑非笑的神情，才想起来自己先前说过的话，拍了一下脑袋：“哎呀，糟糕，我大意了。”

“不过，阿鸣，你真的不是看错了吗？我看这位苓小姐并不像你说的那种人。”

段鸣凉凉地说：“能这么快收服你，让你改变对她的看法，我只能说这位南宫小姐可能比从前更能伪装了。”

宇文金笑起来：“其实阿鸣你也不必如此，我留下她也只是因为给南城面子，还有……”

段鸣：“我知道，你是好奇巽兄为何见到她的时候如此异常。你这人，总有一日要死在这好奇心之上。”

宇文金不以为然：“你就不好奇？”

段鸣哗的一下展开扇子，露出意味深长的笑容：“当然好奇，虽然认识巽兄不久，但能让他变了脸色的人，我也觉得十分感兴趣。”

唐梨身边是两个从南城带来的侍女，还有两个东城派来伺候的侍女，后者一路将她们引到客院，途中为她介绍一些东城之事。唐梨静静地听着，心里却在思索，究竟该如何让宇文金甘愿送出蜜陀生，从今日的见面中她能感觉到宇文金此人，和南宫贤那种老谋深算的心机深沉之辈不同，自有一分磊落，或许这事也没有她先前想的那么难。

还有便是，怎么支开原本的两位南城侍女，不引人怀疑地询问巽奴的消息，东城的侍女大约也和南城的一般，不清楚这些江湖秘事，倒是宇文城主很有可能知晓，从谈话中能听出，他是个八卦爱好者。

唐梨心中思考这些，却不知附近的屋顶上，远远望着她的人，正是她心心念念的巽奴。

两人一个看不见，另一个不认识。

“南宫小姐，到了，这处客院名为‘空翠’，清静雅致，还有宽阔的庭院，种了许多我们东城特有的湘竹和香草，您若有兴致，可以在旁边的小竹径走走。”侍女客气地介绍。

唐梨坐到窗前摆放的软垫之上，侧耳听着外面的鸟鸣，感受到清新的风拂过身畔，稍稍放松了些。侍女们坐在一边，她摆摆手温声道：“不必在这里，你们也下去休息吧。”

只剩她一人时，她终于缓缓吐出一口气，露出疲惫之色，揉按起自己的太阳穴。

巽轻轻落在院中一棵树下，隔着半个院子，静静望着那个坐在窗边的人。明知这不可能是唐梨，他还是忍不住跟过来，身体仿佛有自己的意识，等他回过神，人已经来到这儿。

阳光下那个人的脸显得朦胧，像是一个真实的梦境，巽有一瞬间怀疑这又是一个梦。几年前，她刚离开的时候，他常会做这样的梦，一转头，好像看见她在人流中朝他挥手。到一个陌生的地方，忽然听到她的声音，寻过去看见一个相似的背影，仔细看看却发现只是幻觉，就连漠北的风沙中，都曾出现过她的影子。她总是笑着，看他一眼就离开，毫不留恋的模样。

如今五年过去，他很少再想起她了。因为他一年比一年明白，人死不能复生，他独自行于这个世间一天，她在黄土之下的躯体就腐烂一分，如今恐怕已经变成一具白骨，不复他记忆中的模样。

人一生中最美好的事物，譬如朝露，总是眨眼即逝，追寻不及。

那是一张和唐梨格外相像的脸，容貌像，神情更加像，特别是那展颜一笑中舒展的眉眼，像到了骨子里，这一分相似使他浑身都开始隐隐作痛。

巽扭过脸，用力捂住了额头，他脸色苍白，漆黑的眼睛盛满了痛色。这个和唐梨十分相似的南宫芩，像是一把利刃，剖开了他陈年的伤口，撕扯出内里血淋淋的脏腑。

站了好一会儿，巽终于放下了手，他朝着独自坐在那儿的人走去，像一片树叶那样轻轻跃起，站在了窗外的栏杆上。他动作轻盈，呼吸轻缓，哪怕离得这么近，唐梨依旧没能察觉他的存在。

这院中有一棵树，开着不知名的白花，大概快过花期，落了满地白色，也落在了巽的肩头，像雪一样。

一朵小花打着旋儿从树枝上落下，巽出神间伸手接住，回神后又一松手，让它继续飘飞。原本它应该落在栏杆上，但窗边坐着的唐梨不知是不是察觉到了什么，蓦然伸手，恰好接住了那朵白花。

她似乎没想到会有什么落在自己手中，收回手后摸了摸，发现是一朵花，脸上便露出个浅笑，拈着花放在鼻端轻嗅。

巽看着她，一瞬间心中有个很强烈的念头，他觉得这就是唐梨。他沉寂许久的心，因为这个浅浅的笑容而忽然一动，他只有曾经看到唐梨这样笑起来的时候，才会有这种感觉。

可是目光仅仅迷离一瞬，很快变得清明。巽忽然间觉得无法再直视这张脸，脚尖一点，跃上花树，旋即整个人消失不见。

唐梨拈着花靠在栏杆上，无神的双眼看着庭院，丝毫不知道身旁曾站着一个人。

晚上，宇文金作为主人，要款待南城来客。唐梨自然是盛装出席，哪怕东城与南城之间关系并不好，但事关脸面，还是得尽到礼仪。唐梨入席时，宇文金已经到了，他笑道："今夜是款待南城诸位来客的小宴，大家不必拘束，尽可随意。"

此次除了唐梨，还有南宫贤的一个心腹，名为仇涂，以照顾为名陪着唐梨一同前来，此时也在席上，和宇文金寒暄。见宇文金那边还空着一个席位，他似不经意般问道："怎么还有一处空席，此席位如此重要，不知是宇文城主什么人？"

宇文金语气轻松随意："是我一位友人，只是他性格与一般人不同，不喜这种热闹的宴会，此时迟迟不现身，大约此次又不想来了。"

仇涂同样是面上带笑，眼睛里的探究却掩藏不住："说来，我听到了一个传闻，据说那位传说中的刀客巽与宇文城主交好，近来曾出现在东城，莫非，宇文城主所说的友人，便是这位？"

宇文金还没开口，先听到了一声瓷器碎裂的声响，他诧异望去，见到仇涂上首的南宫芩失态扫落了一个瓷杯。他以为是南宫芩无法视物，不小心摔了杯子，刚准备唤人为她重新布置，忽然听她问道："巽？不知是哪个巽？"

哪怕已经压抑过了，仍能让人看出她此时的激动。宇文金诧异，先前见这位南宫芩，沉稳端庄的印象深刻，现在怎么如此表现？他忍不住又想起巽兄先前见到她时的异样，心中一动，眼中好奇之色更甚。

仇涂也是奇怪于南宫芩的反应，据他所知，南宫芩应当和那个巽没有交集才是，可她现在的表现又不像。

双方都摸不着头脑，只有唐梨努力克制着自己，她没想到会突然在这里听到巽的名字，本以为还需要很久才能得到他的消息，谁知竟然可能就在身边。她焦灼又紧张地等待着回答，就在这时，一道人影走进了厅内。

宇文金见到来人，眼睛一亮，唤道："巽兄，你来得正好，我们正说起你呢。"

唐梨呼吸一滞，脸转向门口处，第一次恨自己怎么看不见。

"是吗？"

只是简单两个字，却让唐梨乍然间双眼一热。是巽奴，这个声音就是巽奴！她忍不住站起来，因为太急切，长袖拂过面前的小几，将上面的杯盏拂落了大半，响起一片稀里哗啦的声音，引得厅中大半人朝她看去。

但唐梨已经顾不得这些，她提起裙摆，匆匆绕过面前的小几，朝着声音处走去。

“巽奴，是巽奴吗？”

其他人都有些愕然，不知道这位南宫小姐是怎么了，更为她对巽的称呼感到讶异。巽奴，是的，他当年曾在炼域当杀手的时候，是叫这个名字，只是后来他不知怎么退出炼域，又和北城城主夏侯玄御对上，两人打了一场两败俱伤之战，从那之后，就再没人敢叫他巽奴，只称他为巽。

巽露出一点愕然之色，站在原地看着她有些踉跄地朝自己而来。

仇涂皱眉，扬声道：“小姐，你可是醉了，怎么如此失礼？”

唐梨一顿，这才想起仇涂的存在，她咬咬牙，吸了一口气勉强稳住心绪，还是有些急地道：“巽，我有要事同你相商，不知稍后可否请你单独相见？”她必须单独和巽奴说这事，否则被其他人听见，一定会引来大麻烦，仇涂那边也不得不防，还有，她更怕巽奴拒绝。

听了唐梨这话，仇涂眉毛抽搐，宇文金险些把酒杯摔了。这位南宫美人，难道是有什么阴谋不成？他第一个想到美人计，顿时看厅中两人的眼神就有些不对。

巽面无表情，仿佛看不见面前这张和唐梨一样的脸，冷淡道：“不必，我与你并不相识，没什么好说的。”

唐梨有些急了，循着声音抓住了他的袖子，然而很快就被拂开手。巽的声音再度响起：“我先告辞。”

他说罢，利落转身就走，竟是不准备再参加宴会。

唐梨听到他脚步声远去，什么都顾不得了，抬脚就追上去，她看不见，不小心踢到一人面前的小几，杯盘碎裂一地。她踩上去，感到脚上一阵刺疼，仍是咬牙往前追，又不小心撞倒了一扇屏风。

仇涂看不下去，朝手足无措的两个侍女喝道：“小姐醉成这样，你们还不快去把她带回来！”

两个侍女匆匆跑过去搀扶，却被唐梨推开，她焦急万分，只要想到巽会离开，可能这一次过后两人再也没有见面的机会，就此错过，她就难过又害怕。

“巽奴，巽奴你站住，是我，是唐梨！我回来了！”她不知道巽奴有没有走远，只能大喊。忽然，她脚下一空，整个人往前扑去。她的面前是一处台阶，整个人踩空，眼看就要往前摔倒。

腰间一紧，唐梨只感觉一条有力的手臂将她整个人拉住抱了起来，她撞在那个胸膛里，闻到了一股熟悉又陌生的气息。

眼圈一红，唐梨毫不犹豫揽住这人脖子，小声道：“巽奴，我是唐梨，你还记得我吗？”

“你是……唐梨？”那个令她想念的沙哑声音，缓缓在耳边响起。

“是，我是。”唐梨笑着点头，眼泪顺着脸颊不停滑落。

16

宴会上所有人，包括以宇文金为代表的东城诸位，和以仇涂为代表的南城诸位，同时陷入了一种微妙的气氛之中。

先是南宫苓失态，大喊追着巽跑出去，如果只看这一段，大约是个郎无情、妾有意的绯色逸闻，但旋即两人仿佛久违的恋人一般，执手相拥，这就令人捉摸不透了。

饶是宇文金，起身追出去，看到巽兄将美人拥在怀中，也忍不住露出个天崩地裂的表情。

巽兄，那冷漠到不容任何人近身的巽兄，你在干什么？你当着众多南城人的面抱着人家尚未出阁的小姐不放，还越抱越紧了！

等等，南宫小姐好像有婚约的？宇文金抽了抽嘴角，心想，这下糟糕了。

仇涂和宇文金对视了一眼后，两人都莫名地感到尴尬。仇涂比起宇文金更加蒙圈，遥想从前的小姐，冰清玉洁，目下无尘，小小年纪就如冰山雪莲一般，如今沉睡醒来，比从前温和了些，也是端庄知礼，可谁能想到，一转眼工夫，她就跟中了邪一样，矜持全无，大喊着去追一个男人。

他只听到自家小姐大喊的那一句："巽奴你站住，是我，是唐梨！我回来了！"这句话让他乍听百思不得其解，细细一品又隐隐感觉到了一段混乱的感情纠葛——不管怎么样，别人不清楚，他们南城人还不清楚吗？自家小姐可是和北城城主夏侯玄御有婚约在身，据说当年他们二人互相有情，不然当初小姐也不会为夏侯玄御挡那么一下，导致中毒昏迷几年。

可如今看来，这位小姐当年不止招惹了一个夏侯城主，只怕和这个从前闻名的杀手巽也有私情，似乎她当初用的是假名。这其中，绝对有不足为外人道的一些内幕。

仇涂表情复杂，心道，小姐究竟是喜欢哪一个？这哪一个都不好惹啊，另外，他总感觉夏侯城主浑身散发出绿光。

他这人想得比较多，很快联想到巽当年和夏侯玄御的一场大战，当初众人都不知晓原因，如今看来，都是因为感情纠葛。感觉自己找到了原因的仇涂神情更加复杂，甚至有点担心夏侯玄御要是真的和自家城主一起过来这里，看到未婚妻和另一个男人纠缠不清，会不会一怒之下出手做些什么。

他们南城的南宫芩小姐，一不小心，就要翻船了。而他们想和北城联合的愿景也要破灭了，这不行！

仇涂坚强地站了出来，第一个上前试图抢人："小姐，你今夜醉得太厉害，还是先下去休息吧。来人，快扶小姐下去！"

妄图从巽手里抢人的仇涂，还未靠近十步之内，就被巽一个凌厉的眼神给定在了原地。

唐梨先前为了留下巽奴，顾不得那么多，如今巽也是同样的心情，他迫切想弄清楚，这究竟是怎么一回事，也顾不得这些心情复杂的旁观者，直接一把抱起唐梨就往外走。

迫于他的气势，没人敢追上去，几个南城的侠士勉强在仇涂的压力下追出去两步，脸上和腿上就感到一阵刺痛，几人抬手一摸，触到了满手鲜血，顿时畏惧地停下了脚步。

他们都很清楚，这是一个警告，如果再敢往前，绝对是一个死的下场。

仇涂眼睁睁地看着巽把人带走，脸都青了。宇文金摸摸鼻子，上前拉着他坐下，仿佛什么都没发生一般从容地道：“仇先生不必担心，巽兄与南宫小姐看样子是旧识，两人有情有义的模样，叙叙旧也没什么，先生何必惹得两人不快？来来，不管他们，先生喝酒！”

仇涂：……酒入愁肠愁更愁，欲语泪先流。北城南城联姻怎么办？！他们城主的大计怎么办？！

因巽一言不合要杀人的气势太可怕，他们得以暂时脱身，寻了个清静地方，避开众人说话。唐梨抱着巽的脖子，之前还万分焦急，此刻心绪慢慢平静下来，反而不急着开口，只静静靠着他的胸口，听着里面略显急促的心跳声。

她在这个身体里醒过来后就从未放松过，而靠着巽奴，自然而然就松懈下来，好像当初一睁开眼发现自己成了女主角楚璃一样，只有在这个人身边，才有这种安心感。

她不知巽将自己带到了哪里，被放下之后，她立刻伸手往前抓住了巽的手腕：“巽奴，你相信我，我是唐梨，没有骗你。”

巽一恍惚，突然想起了唐梨死前的情形，她最后说的仿佛也是这么一句话。他瞳孔一缩，下意识地反手握住了唐梨的手。

唐梨能体会到他此刻的心情，因为她也是一样无法平静，她缓缓道：“我在差不多三个月前从这具身体上苏醒，我最后的记忆是被夏侯玄御杀死，这具身体叫南宫芩，是南宫城城主的侄女，我没有她的记忆，醒来后打探才知道，距离我的死，已经过了五年。

“死而复生，你可能不相信，但这确实是事实。”

巽望着她在月光下的脸庞，声音沙哑至极：“如此荒谬之事，我不敢相信，但我想相信。”

唐梨看不见他的表情，只能从声音中听出他的情绪，这让她忐忑而心疼，她忍不住再次放缓了声调，细细柔声说："我们在一起的每一件事我都记得，我讲给你听好吗？"

"最开始遇到你是在鬼哭原，你重伤在身，几乎没有了气息，我觉得你长得很好看，所以决定留在那里照顾你……"不是因为他好看，而是因为她早在少女时期就知道了这个人的一生，在她刚刚明白什么叫喜欢的年纪，最初心动的人，因为这个特殊的情节，喜欢他好像是件非常简单的事情。

"……后来我们被红狐狸带出鬼哭林，去了一家客店，我一开始没发现那是一家黑店，结果半途借用厨房的时候，在柴垛下看到了一具尸体，吓了一跳……"

"我们在白鹿城住了下来，我那时候想得很简单，我只想找个地方住下来，能有一个办法养活自己，也能给你一个可以休息的地方。"唐梨说着，忽然笑了一下，"你陪我出门买东西的时候，其他人都把我们误认为是夫妻，我当时想着，如果是真的就好了，如果你也愿意喜欢我，那我余生一定会好好对待你。"

就像她最初在那本小说中知道那个名为巽奴的人，她那时就觉得如果自己有幸能得到这样一个人默默守护的爱，一定不会和女主角一样弃之如敝屣，她会好好珍惜回报。

"……除了最开始的那两支银簪和绢花，后来你又给我买了木簪和耳铛，我最喜欢那一对小小的珍珠耳铛，可惜有一天掉了一枚，不知掉到了哪里，我不好意思与你说，自己偷偷地找，结果有一天醒来时，在妆台上看见了，我当时就猜是你替我找回来了……"唐梨细细述说。

对于巽来说，这已经是几年前的事，但他丝毫没有忘记，唐梨说起，他就清晰地记起了那段短暂的相伴时光。他将唐梨紧紧抱在了怀里，终于再度开口，哑声道："其实，那一枚耳铛是我另买的，并不是找到的。"

虽然唐梨没说，但他发现她没戴之前最喜欢的珍珠耳铛，妆台上的耳铛只剩下一枚，她又总是在角落里寻找什么的样子，就猜到她是掉了一枚耳铛，于是也默默帮忙寻找，可惜他也没找到，见唐梨不太高兴的样子，他就去找之前那卖耳铛的小贩。小贩开始并不想单独卖一枚给他，是那小贩的妻子听他说了这事后，做主卖给他的。

唐梨："其实，我知道那是你另外买的，因为后来，我在大水缸角落里找到了我丢失的那一枚。"她于是明白了，就把那个失而复得的珍珠耳铛藏在了妆盒最底下，当作什么都没发现。

这只是一件很小的事而已，不管是丢失，还是找回来，两人都没有说起过这件事，那本来并非一对的珍珠耳铛，后来就一直戴在她的耳朵上，直到她死。

"你回来了，是真的。"巽几乎是叹息着说。

唐梨心头一酸，抬手摸索着巽的脸颊。她用手指勾勒出他现在的面容，仿佛是瘦了一些，那锋利的弧度有一点陌生。她慢慢摸索了一遍，又摸了摸巽的双手，仍然是那双宽厚的手，只是指节粗硬，仿佛还有留下的几道细碎伤疤，她摸着，问："这是伤疤吗？"

"只是小伤，早已愈合。"巽一动不动地任由她摸索，双眼盯着她，不愿移开片刻。

"我记得以前你的手这里，没有伤的。"唐梨用拇指轻轻摩挲，动作和语气里都是疼惜与歉疚，"对不起，我让你一个人这么久。"

巽脸上惯常的冷漠表情崩塌了，他又想起死去的唐梨，手不由得颤抖着："不，是我让你承受了那样的痛苦，我没能做到当初的承诺。"

唐梨："但你活下来了，那就是我当时期望的，谢谢你现在还好好的。"她说着，又试着摸索巽的脑袋，把他的脑袋抱在怀里亲了亲。

巽一时无言，他不明白，为什么自己心爱的妻子，明明年纪比自己小，却总是喜欢这么充满疼惜意味地抱着自己。

但因为是唐梨，他没有挣扎，任她抱着。他想说，以后不会了，他不会再让她承受那样的痛苦，不会再让她出现那样的意外，但他还没说出口，就听到唐梨说："巽奴你放心，我不会再让你受这种苦了，也不会再有这样的意外。”

巽：“……嗯。”被抢了想说的话，他一时不知道说什么，只能“嗯”了一声。

他沉默片刻，又想说夏侯玄御那边也不必担心，结果刚张开口，又听唐梨说：“还有那个夏侯玄御，也不要担心，我已经想到办法对付他了，我绝不会让他好过的。”

巽：“……嗯。”早在五年前，亲眼看着唐梨死在面前，他就决定必要亲手杀了夏侯玄御。

“你的眼睛，”巽摸着唐梨的眼角，“会治好的。”

“好。”唐梨将脸贴在他的手掌上，神情温柔静谧，像一朵柔软的睡莲，“只要你在我身边，我就不怕了。”

两人坐在湖边的水榭里，隔着湖面，前面隐隐传来宴会上的歌舞声，唐梨靠在巽身上，听了一会儿那缥缈的乐声：“我们要回去吗？”

“不，我送你去休息，你需要好好休息。”巽已经察觉到她如今的身体虚弱，扶着她站了起来。

唐梨站起来，忽然“嘶”了一声，抬起了右脚。巽奴看向她的脚，这才发现她方才虚虚踩着的地方有几滴血迹。

“你受伤了？”巽扶着她坐回去，抬起她的脚查看，发现她的鞋底被划破了，整个鞋底都是血，他刚才心绪大乱，竟然丝毫没有察觉。

17

巽在城主府内也有一处居所，因为他的性子孤僻，这处居所非常偏僻，寻常没有人在，院中种满了梧桐芭蕉，幽静冷清。

巽抱着唐梨走进屋内，点亮了灯，来到她面前细细查看她脚底的伤口。是脚心被划开了一条血口子，不算深，但流了不少血。看到鲜艳的血色，巽就忍不住面色煞白，沉默不语地将伤口清理好，再度伸手抱住了唐梨。

虽然看不见，但唐梨能明白他的心情，抬起脸亲了亲他的下巴当作安慰：“当时听到你要走，我不知道如果你真的走了，还能不能再见到你，就有点心急，不小心踩到了摔碎的瓷片，后来光顾着你，连脚上的疼都忘记了，其实现在也不怎么疼，只觉得高兴。”

巽握着她瘦弱的手，不敢用力：“你就留在这里，我会照顾你。”

唐梨毫不犹豫地答应了他，什么话都没多说。被她半途扔下的那个烂摊子，唐梨并没有那么在意，毕竟她唯一在乎的只有巽奴，和他的意愿以及心情比起来，任何人和事都不重要。至少眼前不重要，什么事都可以暂时放下慢慢解决，只有事关巽奴，才半点不能拖延。

巽失而复得，如今虽然表面看似冷静，心中却极不平静，他只想唐梨能一直待在自己看得到的地方，哪里也不去。他有种错觉，觉得唐梨只要一离开自己的视线，就会再度消失。这种极强的不安感，变成了另一种保护欲，他就如同不安的兽类，守在巢穴边，对任何试图靠近的人都露出敌意。

唐梨就一直温顺地靠在他怀里，握着他的手安抚他。

仇涂带着几位南城护卫过来，说要接自家小姐回去，才刚进院内，就感到一阵强烈的杀意。

“滚出去。”有声音清晰地从屋内传来。

仇涂脸色发青，他虽然忌惮巽，但想到城主南宫贤，也不敢真的不闻不问，因此还是示意左右，一同走进了院中。门吱呀一声开了，唐梨被巽搀扶着出现在门口，她对仇涂道：“仇先生先回去休息吧，不用担心我。”

仇涂皮笑肉不笑：“小姐，您可是有婚约在身的，如此和一个陌生男子深夜单独相处，怕是不合适吧，若是城主知晓了，也不会答应。”

唐梨面带微笑：“可我留在这里，你又能拿我怎么样呢？”

仇涂：“……啊？”不是，这不对啊，她怎么这个反应？

唐梨直接说道：“我知道叔父背地里做的那些事，也知道他对你嘱咐了些什么，更知道他到底想要什么，等他来了，我会亲自和他好好谈谈。仇先生，我想做什么，你其实不必过多干涉，这才是聪明人的做法。”

仇涂一惊，颇有些心惊胆战地看着这个显得无害又柔弱的小姐，又忍不住想得多了些，渐渐地，他额上浮出一片汗水，最后复杂地看了两人一眼，拱拱手走了。

不走又能怎么样呢？抢人又抢不过，真把南宫芩得罪狠了，他也不敢。当人下属真是苦矣！

除了仇涂的到来，这一夜梧桐客居里很安静。到了后半夜，忽然下起了小雨，滴滴答答，唐梨迷糊中醒了过来，她才刚动了动，就感觉身旁的人跟着动了，他为她牵了牵被角，手就护在她背上轻轻拍着。

他是坐着的，似乎这一晚上都没有睡。唐梨朝他靠近了些：“什么时候了？”

“寅时二刻，还很早。”他拍着她的背，“你继续休息。”

“你不睡吗？”唐梨的声音因为初醒，还有些含混。

“我已经睡过了。”巽告诉她。

唐梨寻到他的手握上：“外面是不是下雨了？我听到雨声了。”

“是，刚开始下的雨，是不是太吵？”

唐梨摇了摇头，黑发随之滑动：“我觉得这样很安静，很好。”

巽也觉得这样很好，不管什么时候，醒来能看到她在，只有他们，不被人打扰，他感到久违的安宁。他愿意用所有换取这样的安宁永远陪伴。

淅淅沥沥的雨下了一夜，天明也未歇。

宇文金刚醒来不久，随意吃了些东西，就在自己的居室里等着，果然没过一会儿，听人禀报巽和南宫芩来了。他笑了笑道：“请两位过来。”

见到巽竟然是抱着唐梨过来的，宇文金迅速摸出一把扇子遮住了自己的表情，他觉得自己终于明白为何阿鸣喜欢用扇子了，在这种失态的时刻，扇子就是保留脸面的重要工具。要是被人看到他惊得张大嘴巴，口水都流下来了，岂不是很丢脸？

不出宇文金所料，巽对他提起想要用蜜陀生治疗南宫芩眼睛的事，并说出“但凡我所有都可交换，任何事都能答应”这种话。

宇文金饶是有准备，还是被巽这话给震了一下。任何事都能答应……他心中一瞬间出现了好几个念头，可片刻后又被他全部否决了，最后他摸了摸自己的良心，遗憾地长长叹了口气，语气真诚道：“巽兄是我的友人，曾于危难时救过我数次，既然你开口了，我自然要给，只是这毕竟是我东城的宝物，轻易给了你，我也无法交代，这样吧……巽兄答应护我东城十五年，十五年内不离开，我便答应。”

“可以。”巽干脆应下。

宇文金令人带巽去取蜜陀生，留下了唐梨一人。

“去吧，我在这儿坐一会儿等你。”唐梨劝走了巽，居室内只剩下她与宇文金二人时，她对宇文金的方向行了一个礼：“多谢宇文城主。”

宇文金打量她的目光与之前不同，并非友善，还有着忌惮与探究，只有声音还是带着笑意：“南宫小姐不必谢我，这是巽兄所愿所求。”

唐梨微微一笑：“不，我谢的是五年前，你救了巽奴一命，只此一事我就万分感激你。”

宇文金吃了一惊，奇道：“你既然知晓这事，那你可知晓，巽兄从前有过妻子？”

唐梨点头：“宇文城主将巽奴当作友人，那我便直言了，其实巽奴的妻子，从头至尾都只有我一人，其中一些纠葛秘辛恕我不能多说。”

宇文金没想到会是这样，但又隐隐觉得这样才是正常，他就说嘛，他认识的巽兄可不是那么容易移情别恋的人，更不可能被美色所惑，只是如果南宫芩是巽兄的妻子，五年前那具尸体又是怎么回事，难不成搞错了人？

——半遮半掩的说法非常有效，宇文金自动脑补出了中间复杂的剧情，不知究竟脑补了些什么，看向唐梨的表情缓和了不少。

“我听巽奴说，如果当初不是你恰巧路过，他怕是会死在那场大雪中，所以我非常感激你，这份恩情，我希望能报答一二。”唐梨不疾不徐地说。

宇文金看她这个样子，想起了昨晚她失态喊着“巽奴”跑出去的样子，觉得她所说的更加可信了，如果不是真情流露，昨天那样的场面，她不管不顾，不可能不知道会引起多大的波澜，光是那些流言就足以让她名声全无，毕竟人言可畏，她还与夏侯玄御有婚约在身。

宇文金突然用扇子敲了自己的脑袋一下，原来如此，巽兄当年去闯北城，乃是因为夺妻之恨！真是复杂的感情纠葛，但他为何这么幸灾乐祸呢？唉，都怪夏侯玄御太嚣张霸道，他看不顺眼。

心情颇好地想象了一番夏侯玄御知晓自己未婚妻跟对手跑了后的心情，宇文金差点儿笑出来，语气里都满是笑意：“南宫小姐想如何报答？”

唐梨不知道这位宇文城主为什么突然心情这么好，她将自己的想法和计划缓缓道来：“我希望夏侯玄御死，而如果他死了，对于宇文城主来说，也是一件好事。据我所知，我的叔父欲与夏侯玄御结盟，他们私下有蚕食东城的协议。但我会破坏这个联盟，让叔父转向东城，因为我手中有他很想要的东西，我只能说，就算叔父到时候不愿意向着东城，也绝不会再和夏侯玄御结盟。

“除此之外，还有西城，西城城主虽然与夏侯玄御是表亲，但就我所知，西城城主早就与夏侯玄御结怨，甚至几年前那场毒杀都是西城那边动的手脚，若非如此，西城城主也不会拒绝把自己的女儿公西菱嫁给夏侯玄御，基本上不用担心西城会援手，他们甚至还会配合……”

从南宫芩的身体中醒来后，她虽然没有南宫芩的记忆，却奇迹般地想起了那本小说中的不少内容，如果不是如此，她想对付夏侯玄御，恐怕还没有这么容易。

“我会和叔父说清楚，夏侯玄御一旦来了东城，就将他彻底留下，此事还需要具体的计划，这个不急，如果宇文城主愿意帮忙，此事就更加万无一失，我们可以如此……”

宇文金看着面前病弱的温婉美人一句句说着，毫无攻击力的外表和态度，和她说出的话天差地别，她在认真而平静地谋划一个人的死，这反差令人有种毛骨悚然的错乱感。宇文金搓了搓自己的手臂，干笑："哈哈，你为了巽奴，能这样千方百计想除掉夏侯玄御，感情真是好。不过，我有些好奇，你们两人应当是错过好几年了，据说你先前在沉睡，就未曾怀疑过巽兄已经另觅良人？"宇文金是真的好奇，他是个风流人，不太相信世界上有人深情不移，也不相信一个深情的人能恰好遇到另一个深情的人。

唐梨讶异道："我为什么会怀疑他？他是巽奴，是不会变的。"

宇文金："不不，人是最容易变的。"

"他不会变，因为他是巽奴，如果他变了……"话没说完，唐梨垂眸笑了。如果爱的人变了，她当然就不会爱了，这不是一件很简单的事吗？毕竟，她爱的只是"巽奴"。

明明是个同样温柔的笑，宇文金却觉得其中有什么令人别扭的意味。

巽拿了蜜陀生回来，带着唐梨回去找随行的大夫治疗双眼。宇文金看着他们离开的背影，一个沉默而深情，一个温柔又体贴，是一对很恩爱的有情人，可他想起方才南宫苓那个表情，总感觉心里毛毛的，不自在。

段鸣从屏风后走出来，宇文金问他："你现在觉得这位南宫苓小姐如何？"

段鸣沉吟片刻道："真是奇怪，昏睡几年，能变得和从前判若两人吗？从前我见过的那个南宫苓，是一个虚荣自私的女子，现在这个，则是看似温和，内里偏执，这样的性格有好有坏，若是巽兄一辈子不变心，那他一定是这世上最幸福的男人，因为他会有一个永远将他放在第一位的温柔爱人。"

宇文金："那个，要是巽兄变心了呢？"

段鸣似笑非笑："你没听到刚才她说要怎么对付夏侯玄御？女人

可不是天生就善良，她们也有凶狠的一面，一旦被触及底线，会比男人更可怕。对了，方才她请你一起对付夏侯玄御，你怎么转移了话题？不想冒险掺和这事？这可不像你啊。”

“哈，我当然有兴趣，死了一个夏侯玄御，我能趁机在北城占多少便宜，此等难得的机会错过岂不是可惜？”宇文金眯起眼睛笑，“只是做生意嘛，不能急，我们大可以先等等。”

南宫贤态度和蔼亲切：“玄御你也莫客气了，以后等芩儿嫁过去北城，大家都是一家人。”

夏侯玄御点头，虽然收敛了，态度仍有些高傲：“确实如此，不过叔父让芩儿独自去东城还是太轻率了。”

南宫贤眸光一暗，又笑道：“说得对，是我不该放任那孩子的，好在玄御你来了，她想必愿意听你的话。”

夏侯玄御把他那些心思看得清清楚楚，心中嗤笑，却道：“南宫城主放心，我们的盟约绝不会变，日后，南城北城亲如一家。”

南宫贤的笑容真心了些：“玄御这样说，我便放心了。”

两人高高兴兴谈着结盟，借着夏侯玄御与南宫芩的婚约，亲热得好像当真已经成了一家人，直到某个传言沸沸扬扬，传到他们耳中——

南宫芩对东城城主座上宾巽投怀送抱，如今二人出双入对，亲密无间，甚至同游东城，毫不避讳。

夏侯玄御：“……”

南宫贤：“……”

这就尴尬了。

18

“一定是有宵小之辈在故意中伤我们芩儿！玄御你也不要多心，你知道的，芩儿与你感情深厚，不可能做出这种事……”南宫贤试图解释，被夏侯玄御高冷地堵了回来。

他看也没看南宫贤，捏着一个玉杯淡淡地道："究竟是怎么回事，去看过就知晓了。"

南宫贤回到自己的马车上，脸立刻拉了下来，嘴里骂了声。夏侯玄御天资过人，早早继承北城，被捧得太高，实在过于高傲，这样的态度，若不是南宫贤有所图谋，早就不能忍他。

夏侯玄御在南宫贤走后，怒气再也无法遮掩，手中玉杯化成了一撮灰。

"巽，又是这个人！"他当然不会怀疑南宫芩，在他的记忆里，南宫芩爱自己爱到愿意放弃生命，怎么可能背叛他，会传出这种流言，肯定就是巽的挑衅。他就不该放任这个碍眼的男人活这么久，不到他眼前来晃便罢了，若是敢出现在他面前，他定要斩草除根。

想到这里，夏侯玄御忽然觉得脑海中一片清明，眼前渐渐浮现出一块面板，他感觉自己突然进入了一个奇怪的状态，好像一下子明白了很多事，可是这样的情况没能维持多久，片刻后，他就感觉头疼欲裂，先前那些出现在脑海里的东西，全部化成一团糨糊，不仅什么都不记得，还让他头疼得险些晕过去。

连接不稳定，重连失败，里人格觉醒失败。

成形了大半的面板溃散。

夏侯玄御慢慢缓了过来，缓过来之后，他不知哪里来的一阵怒火，只觉得自己更加厌恶那个巽，恨不能杀之而后快。

而此时东城里，巽独自站在廊下，等待着房间里唐梨的眼睛治疗结束。房间的门没有关，只有一扇屏风作为隔断，让他能看到唐梨的身影。

从那一夜开始，巽几乎没有让唐梨离开自己身边超过一盏茶时间，同样地，除非必要也极少允许别人靠近唐梨，所有事他都亲力亲为，到了草木皆兵的程度。

他看上去很轻易地接受了唐梨死而复生回到身边的事实，然而在这份平淡甚至有些冷漠的态度之下，是一种压抑与不安。

在宇文金等人看来，巽非常冷静，只有唐梨察觉到了他的情绪不对。创伤后应激障碍，他的反应和很多行为都让唐梨想到这个。

这几日与他交谈，唐梨时常试着安抚他，然而效果并不理想。巽夜晚在她身边，从不休息，只是守着她，他可能会短暂地陷入睡眠，然而睡眠很浅，特别容易惊醒。唐梨看不见，夜晚时为了弄清楚巽有没有休息过，她耐心等着，结果发现无论自己何时有任何动作，巽都会立刻有所反应，看上去他不仅没睡，眼睛还一直盯着她，没有移开过。

除此外，他对于一切靠近唐梨的人都有本能的排斥，哪怕是照顾唐梨的侍女，只要靠近唐梨，他都会怀疑对方会伤害唐梨。

那两个侍女伺候唐梨洗澡的时候，有一个侍女要为唐梨修剪指甲，然而她刚把那把根本无法杀人的小剪刀拿出来，屏风后等待的巽就忍不住将巽刀出鞘了一寸，吓得那侍女花容失色。唐梨没法，只得温声安慰那侍女，让她出去了。

因为巽的过度反应把侍女吓走了，唐梨便趴在浴桶里和他开玩笑，喊他："巽奴，我看不见，你来替我洗吗？"

巽沉默片刻，当真清洗了手，去帮唐梨洗澡。他心中早已当唐梨是自己的妻子，可在这样的情境下，他还是有些不好意思，过程中一声都没吭。

唐梨看不见他的神色，故意逗他："你是不是故意把人吓唬走，好来替我洗澡？"

巽看出来她的揶揄，没有回答她，只仔细把她的长发绾起来垂在一边，再给她擦背，力度轻柔。唐梨发现他只擦着她背后那一块，没有擦其他地方的意思，扑哧笑起来。

她趴在浴桶上笑："巽奴，你的力气越来越小了，你放心，不会被你擦下一块皮来的。"

她猜巽奴现在的表情肯定很有趣，只可惜她看不见。

之后，唐梨洗漱就没有用过侍女，都是巽帮她。唐梨找到了眼睛看不见这个情况下和巽相处的乐趣，算着他什么时候不好意思，就特地逗他，非得逗得他有些失态才心满意足。

对所有人都冷淡沉默的无情刀客，只有在她面前会变成另一种样子，他会不厌其烦地回答她的问题，和她闲聊，心甘情愿为她做那些琐碎的小事，把所有的包容和温柔都给了她。他就像一片因为汇入温暖洋流而渐渐融化的冰川，一切脉脉温情都在冰雪之下。

大夫为唐梨取下裹在眼睛上的白布，贴在她眼睛上的蜜陀生已经从剔透的淡黄色变成了灰霾的颜色。

“余毒拔得差不多了，只要再治疗一次，眼睛就能完全复明。”大夫欣慰地说。

唐梨客气地道谢：“多谢您，明日还要麻烦您了。”

见巽走进来，大夫很快告辞离开，巽单膝跪在唐梨面前，衣摆铺在地上。他抬手抚着唐梨的脸颊，仔细看她的眼睛，原本无神的双眼确实逐渐有了些神采。

“感觉好些了吗？”巽问道。

“嗯，我能隐约看见一些影子了，只是还看不清楚。”唐梨往前凑了凑，“真希望能快点好，我想看清楚你现在的样子。”

巽：“不急，不管你什么时候好，都能立刻看到我。”

蜜陀生不愧是东城的秘宝之一，唐梨以蜜陀生为引用了七日药，终于能看清东西了。她迫不及待地看向旁边等待许久的巽。

看到巽的第一眼，唐梨恍惚了一下，直到此刻，她才有了一种时间确实已经过去五年的真实感。她记忆中那个挺拔的青年已经完全成了一个成熟的男人，在他身上，已经丝毫看不见当年那种青涩，取而代之的是沧桑感。

看得太久，唐梨的眼睛还不太适应，有些酸疼感。她眨了眨眼，眨去泪意，抬手撩起巽的一缕头发："你……怎么有白发了？"

她的手往下抚摩过巽的头发，触到了他脑后的发带，那根洗白了的发带她最开始没认出来，看到底下有一个小小的叶子图案，她才发现，那是自己送给巽奴的那根发带。这根发带已经很旧了，甚至断了一截，看上去有些寒酸，可巽还在用着它。

唐梨低头，擦了一下眼泪，忽然站起来，拉着巽往外走。

宇文金和段鸣二人本来也在一旁看热闹，见这两人忽然起身就走，好奇之下也跟了过去。"阿鸣，你说巽兄他们要去哪儿？"

"说不定是准备找个清静地方互诉衷肠。"段鸣道。

宇文金："那咱们跟上去岂不是坏人好事？"

两个人说着，兴致勃勃一路跟上去，结果跟到了厨房。

宇文金茫然："厨房？为什么是厨房，走错路了？"

唐梨扭头对他道："城主，我想借用厨房做一些东西，不知可否？"

宇文金衣冠楚楚，风流潇洒一笑："自然可以，南宫小姐请自便。不过南宫小姐竟然要亲自下厨，不知道我们有没有那个口福能一起尝尝南宫小姐的手艺？"

巽突然看了他一眼，宇文金眉头一跳，下意识就收敛了些自己的风流潇洒，往段鸣身边蹭了蹭，眼观鼻，鼻观心。

唐梨笑笑，把巽按着坐在一旁，接着她揉了揉自己的手，挽起袖子，开始挑选食材。

因为不是饭点，厨房中的仆人们都比较清闲，此时见到几位贵人前来，都等在一边，同样好奇地看着唐梨动作。

唐梨做菜的时候很专心，她动作娴熟，一样样把材料料理了，又一样样下锅。她没有做很复杂的东西，只做了一锅面——和当初她们走出鬼哭原，在那家黑店里做的面一样。

她盛好面，拌了卤料，端到巽面前。

巽看着那碗面，无声地拿起筷子吃起来，他吃了好几口，放下了筷子，重新看向唐梨，眼睛里带着血丝。

唐梨温柔地看着他："你现在能相信，能肯定，是我回来了吗？"

巽握着她的手盖在自己的眼睛上，重重吸气保持冷静，声音仍旧有些不稳："是，你回来了。"

"真的，一点都没变。"他放开唐梨的手后，忽然露出了一个宛如冰消雪融的笑。

宇文金和段鸣的扇子同时啪嗒一声掉在了地上。

宇文金心中震惊：巽兄笑了？什么，这个人竟然是会笑的吗？

段鸣心中感叹：南宫芩真乃神人也，能化腐朽为神奇，服了。

唐梨满足地看着他的笑容，有些着迷地摸了摸他的脸颊。真好，还是她的巽奴，忠贞、执着，又这样可怜可爱。

"你想吃什么，我都给你做，你这些年肯定没有好好吃饭，你看看，脸都瘦成这样，我之前摸着就觉得你的脸颊都能割伤手了，这怎么行？"唐梨心情好，特别想做菜。

这个大厨房里有各种食材，是唐梨见过最丰富的，她大显身手做了一顿丰盛的午饭，还做了几样小点心，蒸的两种，炸的两种，还有一样甜羹。

宇文金和段鸣自觉地坐了下来一起吃，宇文金对唐梨做的几样开胃小菜情有独钟，几口吃完了，意犹未尽道："这个口味新鲜，我怎么从来没吃过这种？"

巽只是看着唐梨好心情地哼着歌做菜的样子出了会儿神，就发现桌子上唐梨端来的几样前菜都快被桌上另外两个人吃光了。

"欸，巽兄，嫂夫人手艺很不错啊。"宇文金神态自若地招呼他，"巽兄也吃啊，嫂夫人专为你做的。"

巽一言难尽地看了他一眼，显然对他这个性格也很是无言以对，只好拿起筷子一起吃了起来。

唐梨看着他吃东西的目光慈爱又欣慰，还不忘端来一大碗汤："太瘦啦，我以后每天给你炖汤喝，一定得好好补补，把这几年都补回来。"

巽突然感受到了一种沉重的爱，他低声应了声，默默喝完了汤，这种吃到撑的感觉是久违的熟悉，当初和唐梨在白鹿城过日子那段时间，几乎每天都能有这种感觉，令人怀念又……无奈。他刚放下碗，面前就出现了一双纤纤玉手，手中端着好几碟样子漂亮又新奇的点心。

巽不自觉摸了一下自己身侧的刀。

唐梨微笑着拍拍他的手："没事，这是饭后甜点，我知道你现在吃不下，过一会儿再吃，这种点心冷了才好吃呢，待会儿还要浇一层糖汁，这糖汁得现熬，不会太甜，你肯定喜欢。"

宇文金打着饱嗝走到巽身边，看着满脸笑容去熬糖汁的唐梨的背影，真心实意地对巽说道："巽兄，如果你以后每顿都这么吃，肯定会长胖的。"

他说完这句，又悄摸摸做贼一样小声说："小心你长胖了之后嫂夫人觉得你变了就不喜欢你了。"宇文金是真的担心。

巽弹开了宇文金搭在自己肩上的手。

"刀客不会胖。"他冷冷地说。

19

唐梨死后那一段时间，巽其实记得不太清楚，很多事都变得模模糊糊的。他不记得当时的场景，也没办法去回想，就好像身体有自己的意识，明白那一段记忆太过痛苦，所以会下意识去淡忘一切。

他那段时日在东城养伤，成日独自坐在梧桐客居的窗边，无论是晴日还是下雨，都只坐在那儿，不言不语，一坐便是一日。他从未有那样茫然而痛苦的时刻，无论什么都没有意义，身体里的力气不知被什么抽干。

身上的伤在日渐痊愈，心里的伤却从没愈合。

宇文金偶尔会过来，有一回好奇地问他："你就当真那么爱你的妻子吗？天下的好女子那么多，你就独爱这一个，为什么呢？"

为什么？他和唐梨的相遇与相爱都太仓促，相伴也太短暂，那段时间巽没有想过为什么，只是贪恋那样的日子，因为有那样一个人在身边而感到满足，想不到其他的事。在遇到唐梨之前，他没有爱过别的什么人，更不知道所谓爱一个人是怎么样的。

可能是唐梨出现的时间太好，或者，是她太温柔……他从未见过这样的人。

巽不知该用什么样的词语去形容唐梨，他描述不清楚，但他记得自己从死亡的寒冷中醒来时，清晰地感受到了来自唐梨的温暖，她动作轻柔地抱着他，充满了珍重和爱意。

这是令巽不能理解的，从最开始，唐梨对他就仿佛对待珍惜多年的爱人一般，细致又小心地照顾他。他们相拥在寒风凛冽的鬼哭原，夜晚的鬼哭原冰冷又可怕，有各种各样奇怪的声响，是一个令人恶心不快的地方，可唐梨在这里，她与环境格格不入，带着一种和这个世界截然不同的暖意。

巽在昏迷中听过她的歌声，她偶尔会轻声哼唱一些调子，那些调子无端令他想起和风细雨或是酒肆人家，鲜活又亲切。巽在睡梦中感到平和，感到前所未有的平静。

他们完全不同，巽的前半生孤独又匆忙，从未得到过什么美好的东西和感情，会被唐梨吸引，似乎是理所当然的一件事。他终于有了想要的，想主动去追寻一样事物。

如果唐梨并不喜欢他，或许他也会留在她身边，好好守护她，就像守着自己心底最安谧温柔的角落。

幸运的是，唐梨也喜欢他，他们异常顺利地在一起了。巽决定离开炼域，很大一部分是因为唐梨，他不想唐梨营造出的平静生活被来自他身边的意外打破。

然而最后，她还是离他而去。他体会过了世间最美好的感情，又骤然失去。他这一辈子唯一一次被彻底地击败，溃败得连刀也无法再拿起。身上的伤在两个月后愈合，可他足足用了两年，才不再沉溺在痛苦中。

在东城两年报了宇文金的恩情，他又去了北城，抱着必死的决心去杀夏侯玄御，可惜夏侯玄御没有那么好对付，他们两败俱伤，巽不得不离去。那之后，他一直辗转各地修炼，将一切的专注都留给了追求更好的刀法。

唐梨离去后，巽发觉自己比从前更加漠视身边的一切，也再没办法对任何人和事投注感情。

他心如死灰。

而唐梨回来了，于是死灰复燃。

与此同时，当年唐梨死亡的情形，他突然能清晰记起，不仅如此，还如噩梦一般缠绕着他，令他不得安眠。

“我并非故意不睡，而是无法入眠。”

“我清楚你已经回来，知道你没死，就在我身边，可你在我怀中死去的样子，会经常出现在我梦中，让我觉得恐惧。”后知后觉的恐惧，怀疑眼前一切并非真实的紧张。

巽哑声说：“我或许确实太紧张，但我无法控制。”

唐梨静静地听巽解释自己为什么晚上不睡，她忽然伸手托住了他的脸颊，语气平静地说：“巽奴，其实你这个情况，应该是一种病，叫作‘创伤后应激障碍’。就是因为目睹了我的死，给你造成了精神伤害，焦虑紧张，这些都是很正常的情况。”

巽听不太懂：“……什么创伤，什么障碍？”

唐梨：“简单来说，就是你需要治疗，食疗就可以了。”

巽这回听懂了。

唐梨：“所以消夜还是要吃的，你不要怕长胖。”

巽：“……我没有。”

唐梨：“其实，也不是只有练刀才能锻炼运动，还有其他的办法，或许这个办法能让你更安心，病好得更快。”

巽并不知道她说的是什么意思，直到晚上被拉到床上。

为了避免唐梨不适应现在的情况，巽非常克制自己，结果反而又被柔弱的妻子抢先了。

唐梨一点儿不怕，还抱着他的脖子安慰他：“配合治疗，很快就会好的，睡觉一定要好好睡，不然没精神，很影响身体健康。”

在唐梨的全方位关爱下，巽的情况果然在好转。

他们俩好得这么快，宇文金看出来了，过来蹭吃的时候对着唐梨感叹：“你和巽兄动作也太快了吧，这没几天，感情就越发好了。”

唐梨端上一笼包子给他，笑眯眯地说：“感情中最要不得的就是犹豫和猜测，再好的感情都会被疑虑消磨，所以有疑问就要早早问出来，有问题就一起解决。时间不等人，所以更要把握好当前，不能犹豫，谁都不知道在犹豫的时候，会不会出现什么意外。”

宇文金“呃”了一声：“可并不是所有人都能坦陈自己的想法。”

唐梨低头笑了声，盛起一碗甜汤，盖上白瓷盖子：“所以巽奴很难得啊，只要我问，他从不瞒我什么，而且他不怀疑我，这份信任是其他人绝对做不到的。”不然，她为什么这么喜欢这个人呢？

提起食盒，唐梨道：“城主继续吃，我去练武场给巽奴送甜汤。”

宇文金犹犹豫豫，咽下了一个包子，叫住了她，半开玩笑道：“我说，嫂夫人，你这样一天几顿地喂，万一把巽兄喂胖了，你不就不喜欢他了？你可悠着点，要是你不喜欢巽兄了，巽兄一定很难过的。”

唐梨诧异地看着他，半晌忽然失笑出声：“城主是不是误会了我上次说过的话？我说的改变可不是外貌的改变……城主还没遇到自己最喜欢的人，可能不明白。”相貌可能是通往一个人心里的路之一，一旦走进那个人心里，决定不再离开，那这条路就不再重要了，即使断了也没关系。

宇文金无语，怎么突然感觉好撑？

巽答应了要在东城留十五年，这期间他要保护宇文金，坐镇东城，宇文金又请他锻炼府兵，算是正式请他做了东城的武教之一。巽从前也在东城住过一段时间，然而那时候他只是作为深居简出的“客人”，而不是自己人，如今确定了身份，东城府上下，都会客气地称他一声巽先生。

只有唐梨一个人还在叫他巽奴。对此，巽并无异议，不过他也只允许唐梨一人这么称呼他。

关于唐梨和巽的关系，因为他们两个毫不掩饰，所以大家都心照不宣，背地里众人怎么说，唐梨不管，至少明面上没人敢得罪他们，毕竟巽的威慑力实在太强。跟着唐梨一起来东城的仇涂等人，这些日子都只能闭眼装瞎，假装自己是来旅游的，反正管不了，他们能怎么办呢，只能等着南宫贤早点过来了。

唐梨穿过长廊到演武场，见到一群府兵在练刀，她远远站在一边等了会儿，就见到巽走过来。他穿着黑色的短打武衫，头发微微汗湿，脱去了外袍，肩宽腿长就显得腰格外细。

唐梨瞄了一眼他的腰，其实，她还挺期待巽奴长胖的，但他好像有挺重的形象包袱，对这个莫名在意，最近几天吃得多，练刀也格外刻苦，连带着宇文金麾下那伙懒散府兵都被训得叫苦不迭。

“你累不累？其实也不用这么认真，多休息也可以的。”唐梨委婉道。

巽：“不累。”

“喀，其实我是觉得他们快受不了了。”唐梨指了指那些眼神呆滞的府兵。宇文金不敢自己和巽说，特地来找她，希望她能帮忙传达“不要把府兵当作杀手来训”的诉求。

巽淡淡摇头：“不像话。”就是因为这样，东城武力才会一直弱于其他三城，如果不是底下有商道在辖制，恐怕早就出事了。

唐梨想起从前巽教自己的时候，就连教她都那么严厉，更不要说其他人。

巽多少还是听进了些唐梨的话，没有再折磨那些府兵。只要唐梨来找他，他就会放过那些府兵，早点跟着唐梨回去，因此几次下来，那些府兵最期待的就是唐梨过来，好早点解放。

这样的日子没过多久，夏侯玄御和南宫贤到达了东城。

宇文金知道他们来者不善，但两个城主亲自前来，他还是得前去相迎。一大群人浩浩荡荡穿过东城城主府演武场，恰好撞见巽和唐梨从旁边走过去，唐梨还拿着手帕为巽擦拭额上的汗，两人一边走一边低声说话，任谁都能看出他们的关系亲密。

宇文金心想，这真是赶巧了，当面打脸。他瞄了眼旁边的夏侯玄御，果然见这位下巴抬到天上去的高傲公子，此时脸色绿得泛黑，南宫贤倒是老神在在——仇涂早就给他送过信，他现在关心的不是南宫芩喜欢谁，而是她答应交出那东西是不是真的。

唐梨和巽也发现了这一大群人。巽看见夏侯玄御后，眼中的温情迅速被杀意代替，拿着刀的手青筋暴起，下意识地将唐梨拦在身后。

唐梨按着巽的胳膊，朝几人颔首："叔父，夏侯城主，你们来得比我想象中要快。"

夏侯玄御忍无可忍，见她的手一直放在巽的手上，恨不得剁了那两只手，语气不善地责问道："你这是什么意思？你要背叛我？"

唐梨眼神奇怪地打量他，语气里全是厌恶与恶意："夏侯城主说的什么话，我们又没什么关系，什么叫背叛？"

夏侯玄御眼神一沉，被她气笑了："没关系？你是我的未婚妻！"

"现在不是了。"唐梨温温柔柔一笑，"可惜夏侯城主来得太早，要是晚两个月，我连巽奴的孩子都怀上了。"

20

唐梨的话嘲讽得太厉害，配上她的容貌神情，更有一种微妙的讽刺挖苦意味。

夏侯玄御听了这话，差点儿没气疯，身为天之骄子，他什么时候被人这么折辱过，如果不是顾忌着南宫贤和宇文金都在，他此刻就要动手杀人了。

深吸一口气，夏侯玄御眼神复杂地盯着唐梨，他想起从前那个爱自己爱到愿意为自己去死的南宫芩，他没想到，从前的深情她能说忘就忘。

“我再给你一次机会，苓儿，你可知道自己在说什么？”夏侯玄御沉声道。

唐梨却没再理他，只是向宇文金告辞，拉着浑身冒冷气的巽离开了这里。

“你们！”夏侯玄御哪里忍得住，还想拦住他们，被宇文金拦了下来：“欸欸，夏侯城主消消气，咱们先安顿下来，有什么事稍后再说，这么多人看着呢。”

夏侯玄御看了一圈那些看好戏的下属和随从，黑着脸拂袖走了。

唐梨用力握住巽的手，轻轻抚摩上面暴起的青筋，小声劝道：“巽奴，我知道你生气，不过你先不要急，我们很快就不用再看见他了。”

巽一顿，低头看她：“何意？”

唐梨但笑不语：“我们先去吃饭吧，这种小事之后再说。”

这一顿饭没能吃完，南宫贤来了。唐梨毫不意外，朝巽使了个眼色安抚他，起身走了出去：“叔父，你来找我，可是想好了？”

南宫贤看了眼巽，直接往外走，带着唐梨走到院中，确保没人能听到他们的话。

“你让仇涂送来的信中，说的都是真的？”南宫贤眼神探究。

唐梨不管他是不是猜到自己不对劲，只是简单又直接地说：“我说的都是真的，只要叔父肯配合我们一起除掉夏侯玄御，那东西的另外半本我就会交给你，叔父已经按照提示拿到前半本了吧，既然如此，应该相信我的诚意。”

南宫贤仍旧有疑虑，几十年前，他的大哥得到了一本武术秘籍，能配合他们南宫家的武技，让他们更加强大，甚至能延长寿命。南宫贤垂涎不已，然而他的大哥唯恐他胜过自己，不愿与他分享，南宫贤多年嫉恨之心爆发，终于设计害死了大哥。可惜那本重要的秘籍被他大哥临死前交给了妻子，也就是南宫贤的大嫂。南宫贤为此不惜背上觊觎嫂子的名声，将人囚禁起来。

然而那女人怎么都不愿说出秘籍下落，南宫贤为了威胁她，将她产下的一对双胞胎姐妹之一带走，可就算用女儿的性命威胁，她也半点不透露秘密。后来那个被带走的孩子突然失踪，下落不明，就是后来的女主角楚璃。

而大嫂在大女儿南宫芩十岁时去世，去世前告诉了女儿秘籍所在地。南宫芩继承了父母的性格与心狠，她一心只想修习秘籍，自己成为南城之主，可惜她的身体并不适合，于是她又想攀附夏侯玄御，想借助他的力量夺回南城。

之后原著里那一大堆的剧情，都是这一对姐妹花和夏侯玄御的感情纠葛，唐梨虽然想起了这些剧情，但她并不关心，她只找出了秘籍所在，然后将其中一半的所在地告诉了南宫贤，以此说服他与自己合作。

南宫贤并不完全相信她，但唐梨不在乎，她轻言细语，又将自己与宇文金的协议说了一遍。除去夏侯玄御之后，不仅能得到他想要多年的秘籍，还能从北城得到好处。南宫贤自然心动，这时候，唐梨又拿出一封信示意他看。

“这是我昨日收到的信，来自西城公西城主。”

南宫贤接过信一看，不由得流露出诧异神色，看向唐梨的目光也渐渐变了：“没想到，你连公西城主都能拉拢说服。”

不过是利益交换而已，对于一个知道全局人物关系和各种秘密的人来说，要打破平衡是很容易的，原文中那四城混战，早就为各种矛盾与仇怨埋下伏笔了。

唐梨弯了弯唇：“叔父这是答应了吗？”

南宫贤又看了眼站在不远处拿着刀的巽，终究说道：“好，我答应你。”

唐梨将南宫贤送走，来到巽身边，靠在他肩上道：“夏侯玄御不好对付，好在叔父已经答应了我会帮你。最近几天都是好日子，虽然不是冬天，没有下雪比较可惜，但我给夏侯玄御选了个好地方，你应该也会喜欢，我们现在就可以去那里等着夏侯玄御了。”

他们骑着马，悄悄离开了东城。

夏侯玄御刚到东城一日，还没来得及找唐梨和巽的麻烦，就接到了传书，脸色很难看地匆匆告辞。南宫贤与宇文金对了个眼神。

南宫贤：“宇文城主麾下的商道当真不凡啊，速度如此快，恐怕论起各种消息，没有谁能比宇文城主更清楚了。”

宇文金含笑：“只是做了点微小的工作而已，南宫城主才是，应该动身追上去了吧，不然怕误了大事。”

两人各自离去，宇文金用扇子敲着手心自言自语：“希望嫂夫人计划成功，南宫贤愿意配合才好，不然只能用另一种办法了。”

夏侯玄御眉头紧皱地坐在大车之中，他有些心绪不宁，又拿起信看了两眼。北城出事，现在他的主城大乱，如果不是他这些年忙着养伤，又时常状态不稳，无心管理太多，城内也不会人心涣散，导致被人轻易搅得大乱。

车内窒闷，夏侯玄御拉开车窗，忽然觉得车窗外景色有一丝熟悉。他正思索间，大车一个急停，伴随着一片惊叫与马嘶。

“出了何事？”

夏侯玄御推开车门，见到一个人拦在车队之前，是巽。在他身后的林中，还有许多黑色人影。

夏侯玄御明白了，轻蔑一笑后站起身走了出去：“想截杀我，就凭你？自不量力，你莫不是觉得几年前趁我受伤与我打了个平手，就真能杀我了？很好，你自己送上门来了。”

巽立在荒草中，往周围看了眼，语气冰冷：“你可还记得这是什么地方？”

夏侯玄御一愣，扫了眼周围，脑海中忽然间出现了一个画面，他在这里杀死了一个人，那人长着和南宫芩一样的脸……不对，那是楚璃。他的那一段记忆和感觉都很扭曲，心里只有深深的，被人愚弄了的愤怒。

“你想说什么？”夏侯玄御面色不好，他终于察觉情况不对，收敛了自己的狂妄。

巽不再说话，他什么都不想说，带着满身杀气抽出了自己的刀。

如果只有巽一个人，夏侯玄御不会输，但紧接着南宫贤也出现了。他虽然装得像个好人，动起手来却很阴狠，夏侯玄御不明白南宫贤为什么会突然冒险要杀自己，带着这种不解，他重重摔在血泊中。

他能感觉到自己要死了，可这是不可能的，他怎么会死呢？他一直就有一种强烈的自信，觉得这个世界都是为他而生，这样的他，怎么可能会被人杀死？

沙沙的脚步声在耳边响起，夏侯玄御看到了南宫芩那张熟悉的脸。

她说："夏侯城主不必担心北城如何，公西城主一定会帮你好好照料。"

夏侯玄御这才猛地明白，北城的混乱，是西城所为，他喉咙里发出一阵"嗬嗬"声响。

唐梨继续说："公西城主明明厌恶你，却为何容忍自己的女儿一次次去北城纠缠你？公西小姐确实是为你去的，她身边那些人，却是公西城主早有安排的，你的北城，早就千疮百孔了……你要死了，你的北城也要没了。"她语调温和，说出的话却满带恶意。

夏侯玄御回光返照般重重动弹了一下，愤恨的目光直射她的脸。

唐梨并不怕他，低声询问道："你不是这个世界的人吧，你应该有个系统？我不知道你究竟是人还是别的什么东西，但你现在可以死了。千万别再回来，否则我一定再杀你一次。"

夏侯玄御最后一口气没上来，大睁的眼睛里失去了神采，也不知道是重伤而死，还是被气死的。

虚无空间里，夏侯玄御睁开了眼睛，此时已经不能称呼他为夏侯玄御了。他并没有一个固定的名字，或许从前是有的，但早已被他遗忘了。他自诩为"神"，拥有无法被磨灭的意志和无数分神，能穿梭无数个大小世界，肆意夺取那些世界的气运来反哺自身。

"系统，出来。"这个"神"醒来后十分生气。

"我要再次进入那个世界，我要杀了他们。"

系统适时出现——

抱歉，您已经失去和那个世界的连接，无法再进入了。您是否要溯洄世界，查找他们现在的状态？

“神”：“……”

系统自动运行——

叮，角色“南宫苓”“巽”达成与子偕老成就，达成携手天涯成就，达成儿孙满堂成就……

“神”怒道：“给我关了！”

简直气到想毁灭世界。

一般来说，他想要夺取某个世界的气运，是有要求的，其一是所谓的“剧情”，这个剧情越曲折纠葛，就能产生越多的气运，使剧情按照他设想的运转，就能保证气运流通，而“女主角”，就是他与那个世界的连接，女主角对他的“爱”，是他能吸收那个世界气运的前提。

因为您在那个世界里亲手杀死了女主角，导致那个世界对您产生排斥，现在您在那个世界的身体已死亡，完全无法再登录世界。

“神”沉默半晌，忽然说：“我已经接连失去两个世界了，这绝不是偶然，有什么在影响我的世界，我要弄清楚。如果没猜错，下一个异常的世界很快会出现，这一回，我一定要找到原因。”

叮——异常世界已出现，“丙卯仙侠世界”出现剧情偏移。

“神”面色冷肃，眼带怒意：“好，觉醒里人格。”

幽浮山。

纯白玉石造就的大殿悬浮空中，凌驾于周围的十数个小岛之上，那是上神玄苍独居的神殿，神侍和小仙们都没有资格去殿中。空旷的大殿里，只有玄苍一人坐在玉台中央闭目修炼。

忽然间，玄苍周身气势一凛，睁开了眼。与此同时，他的面前出现了一块面板。

这个世界的表人格冷漠无情，每个世界的分神性格因为设定而有所不同，哪怕主人格觉醒，也会被影响。此时的玄苍眼中没有在虚无空间中时的怒火，只有冰冷与威严。

“查探剧情偏移。”他冷冷地道。

系统面板沉默片刻，出现了一片乱码——

&*%* 女主角未能成功 %#* 拜……师 *&%……

刚显示完，系统面板突然溃散，同时玄苍两眼一翻晕了过去。

…………

再次出现在虚空之中的“神”气急败坏：“怎么回事，好好的为什么突然回来了？！”

遗憾地告诉您，那个世界目前恐怕还无法觉醒里人格，不能进行主人格降临。

“什么？！”

上个世界您亲手杀死女主角，对世界连接枢纽产生了伤害，因此出现了闪退现象，目前正在修复，请耐心等待修复完毕。

故事三

白绫：大兄弟，你真是个好人

01

“那什么幽浮山，究竟在啥子地方哟！”白绫一屁股坐在一根枯树枝上，面对着茫茫绿林，发出一声哀号。

她捞起腰间挂着的那个紫色贝壳：“老贝壳，找不到路，我不要去咯。”

紫色贝壳一张一合，叹着气说：“小主人啊，你化形后去幽浮山拜玄苍上神为师，这是老主人临终前的吩咐啊，一定要去的。”

白绫快给这个老贝壳跪下了，她抓狂道：“老贝壳，你听好，不是老子不想去找那个什么鬼的幽浮山，拜那个什么神，是老子确实找不到路啊，我在这片见鬼的林子里转悠半个月了都没出去，连个人影都没见到，我要疯掉了！”

老贝壳被她说得一阵沉默。他的小主人白绫，是白龙一族的小公主，是这个世间仅剩的一条白龙。当年白龙灭族，只有最小的公主殿下还在蛋中没有孵化，被老族长藏在洛水灵窟中，因此得以保存。他作为白龙族最忠诚的仆人，一直肩负着照顾龙蛋小公主的责任，好不容易等到龙蛋孵出来了，小公主能从龙形化作人形了，结果不知道怎的，他觉得小公主和自己想象中不太一样。

在他的想象中，刚出生的小公主应该是个天真烂漫、善良又可爱的小姑娘，说话软软糯糯，而不是现在这样——

白绫脱下了白色的靴子，抓着鞋帮子往下倒，倒出来两粒小石子后，把鞋扔在地上，嘴里气不顺地小声骂道：“拜个球的师，路又认不得，人又找不到。”

老贝壳一阵无语，虽然声音确实软糯，但为什么这个语气怎么听都不对？老主人啊，是我对不起您，我没有教好小公主！

“贝壳老头儿，你拿出个章程来，现在咱们该怎么办？”白绫抛了抛手里的紫贝壳，“反正我爹都死了，他又看不到，哪里晓得我有没有去拜师，咱们干脆就不要去算了。”

她本来就不想去，要不是被老贝壳每天念叨得她脑壳疼，她压根儿不会出洛水地界。她的方向感上辈子就不好，这辈子变成龙了，同样不好，又没有地图，只说向东南走，走着走着她就迷路了，都不知道现在到底在哪个旮旯儿里。

老贝壳还在试图挣扎，用哄小孩子一样的语气说：“小主人，说不定我们快到了呢，不然你化为龙形飞过去，咱们飞过去很快的。”

白绫捂住了脸，没错，她可以化为龙形，龙是可以飞的，但是，她不行，因为她恐高。你敢相信吗，变成龙了，恐高的毛病半点儿没好，甚至更严重。她第一次以龙形飞的时候，看着底下的水面，整个身体和四个爪爪都是软的，感觉自己虚得不得了，头晕恶心想吐，后来直接啪嗒摔水里面，就再也不肯飞了，一般龙形时只肯用走的。

感谢龙有爪子，不然她就只能像蛇一样在地上爬着了。

“老贝壳，死心吧，老子不会飞的，困死在这里都不飞。”

老贝壳痛心疾首，作为白龙族最后一条龙，他的小主人有那么美丽的鳞片和流畅的身姿，却不会飞！不会飞的龙还叫龙吗？这个问题，他已经痛心了八百次，可惜，毫无效果。

一龙一贝壳陷入沉默。

突然，有个人影在树林中一闪而过。有人？！白绫瞄到那个人影，瞬间来了精神。“老贝壳你看，那边有个人！”她蹦起来就兴奋地追过去。

她走起路来轻盈无声，林中草木又因为她身上的气息而自动避开，于是她很快追上了前面那个身影。

那看上去确实是个人，只是佝偻着身子，穿着一身破布麻袋似的衣服，一头乱发，看上去脏兮兮的，要是不认真看，还以为是林中的什么野兽。他似乎很是慌乱，一点都没注意周围，闷着头往树林子里钻，好像被可怕的东西追赶一样。

白绫喊住他："哎，前面的大哥你等一哈[1]！"

那个人影被突然响起的声音吓了一跳，脚下一崴，滚进了荆棘丛里。

白绫没想到他反应这么大，连忙跑上前去帮忙把他从刺丛里解救出来。就这么被刺丛一扎，大兄弟整个人的形象看上去更糟糕了，头脸和手都被刮出了道道血痕。白绫把他拖出来仔细一看，发觉这兄弟真的长得很别致。

他的半张脸上长着一种瘤一样的纹路，一只眼睛都挤在一起去了，更可怕的是他的上唇到鼻子底下那一块都是缺失的，能看到牙齿暴露在外面，非常奇怪。如果是一般人看到他，可能会尖叫出声，但白绫没有，洛水那里有几只小妖怪，化形不成功，怪模怪样，她都看习惯了。

"你没事吧？"白绫本着人道主义精神关心了一句，但这兄弟呆呆地站在那儿，愣愣地看着她，眼珠子都不会转了，半晌忽然扑通一声跪了下来，朝着她不停地磕头，痛哭流涕："神仙，求求你，求求你救我，求你……告诉我，我为什么要活在这世上……求你……"

他姓陆，叫林生，因为他娘是在林子里把他生下来的。山下的彭家村有几十户人家，都姓彭，只有他一个人姓陆，因为他娘是从前村子里一个老酒鬼不知道从哪里买来的媳妇，可是买来没几天，老酒鬼失足落水死了，陆娘子成了寡妇，在村子里无依无靠，人人都能欺负她，陆林生就是不知道谁欺负了陆娘子之后的一个产物。

他刚生下来的时候就是这副丑样，看过他的人都说："那看上去就像个妖怪，陆娘子不会生了个怪物吧？怪吓人的。"

---

1 哈：四川方言发音，即下。一哈，即一下。

陆娘子后来死了，陆林生就一个人在那个破屋子里长大，村子里没人管他，他就跟着村子里的几只狗到处捡食吃，甚至偷偷跑到人家的猪棚里偷猪食吃，就这样奇迹般地长大了。他从来就是其他人肆意戏弄、欺负的对象。

从一个只知道肚子饿想吃东西的小孩子，长成了一个明白什么叫羞辱的青年，他痛苦无比，因为他无法逃开那些肆意的嘲笑和打骂。因为吃猪食狗食长大，他就只能活得像猪狗。

痛苦，怨恨，每次被村子里那些年轻人嬉笑着打骂的时候，他就恨不得杀了他们。可他不敢，从小被打着长大，面对那些拳脚，下意识地只会觉得害怕，只会缩成一团等着他们打完。

他以为日子会一直这样过下去，可是昨天晚上，他杀了人。村里彭四婶的小儿子彭有福是平时最喜欢欺负他的人之一，曾经用石头砸断他的鼻梁，砸掉了他的牙，还曾经把他踢到池塘里，用竹竿敲他的头，差点儿把他淹死，平时心情不好更是看到他就要把他打一顿出气。

昨天，彭有福喝了些酒，醉醺醺地经过他那小屋门口，而他难得地乞讨到了一些吃的，彭有福过来，一脚把他的食物踩在地上，笑着使劲踢他的肚子。

“就你这种丑东西，也配当人吗，也配吃人吃的东西？”

彭有福说他不配做人，可“人”难道是什么好东西吗？

陆林生也不知道怎的，只感觉脑子里一片空白，等回过神来的时候，他已经用旁边的柴棒把彭有福打死了。破了一边的脑袋里流出红红白白的东西，刚才还笑着踢打他的人躺在地上，一点声音都没有了。

他杀了人。陆林生露出了一个恐惧混合畅快的诡异笑容，在他那张脸上就如同恶鬼一般可怕。他一边恐惧着，一边高兴着，哆哆嗦嗦地拖着尸体趁着夜色进了山，一直往山里面走。他要找个地方把这具尸体埋了，他不能被任何人发现，只要没有人发现他杀了人，那他就不会有事的。

对，不会有事的，不会有人知道是他杀了人。

他来到了深山中，将那具尸体埋在了一个大土坑里，他身上沾满了泥土，双手都是泥。准备回村的时候，后知后觉的巨大恐惧将他笼罩，陆林生浑浑噩噩地往前走，身子颤抖得不像话。

直到被一个清脆的声音喊住，他浑身一颤，摔进了刺丛，而从刺丛中出来，看清楚那个喊住自己的人，陆林生痴了。

他从没有见过这么好看的人，就连从前在县城中远远见过一回的县令小姐，都比不上面前这个女子的一点点。她的眼睛干净明澈，肌肤白皙如雪，穿着洁白的裙子，上面的银色纹路在阳光下散发着朦胧的光芒，她整个人都在发光，简直就像……就像是不存在于人世间的神仙一样。

她是神仙吗？陆林生想，她一定是神仙，而神仙什么都知道，她一定知道他杀了人。

畏惧、恐惧，还有一种压抑在心头说不清的愤恨与不甘击溃了他，让他跪在地上痛哭失声。他也不知道自己究竟想要说什么。

不知道前情的白绫简直被面前这个哭号的大兄弟吓到飞起。干啥呢这是？泪花乱飞的，哭得也太惨了。

她有点儿蒙，只能蹲下，摸了块手帕出来帮人擦了擦眼泪：“那个，你先把眼泪擦擦，咱们有话好好说行吧？”

过了好一会儿，陆林生停下哭泣，一脸痴相地跪在地上和白绫大眼瞪小眼。

“您……您不是神仙吗？”

“不是啊。”是龙而已。

“您，那、那您怎么会在这里？不不，您有什么吩咐？”

挺上道嘛兄弟，白绫立刻说：“我想问个路，我在这里迷路了，你能不能带我出去？”

陆林生低着头不敢看她，自惭形秽地遮住自己的半张脸，点点头，连声答应：“好……好，我带您出去。”

他们一个前一个后走在山间，白绫和老贝壳说悄悄话，老贝壳说：“小主人，你要小心啊，人类中可是有很多坏人的，说不定看您长得好看，会做出什么坏事来。”

白绫：“他要是个坏蛋，那我就变成长条条，当场吓死这龟孙。”

然而陆林生一路把她带出了那个老林子，当看到那山下的一片炊烟时，白绫激动地欢呼了一声：“谢谢你啊，大哥，你真是个好人！”

02

白绫站在简陋的茅草小屋前，心想，这破屋子真的能住人？怕不是风一吹就要倒。

村子里其他的屋子虽然也不是什么青砖瓦房，多的是土屋，但破成这个样子的，绝对只有这一个。白绫跟着这个丑丑的大兄弟回来，是因为她想喝水，于是大兄弟惴惴不安地把她带了回来，又把屋里那个最干净的碗洗了不知道多少遍，最后小心翼翼地给她端上来一碗清水，是甘甜清冽的井水。

其实白绫现在压根儿就不在乎这些，在她当龙的时候，她还在洛水学习作为一条龙怎么游泳，不知道喝了多少洛河水。那么长一条河，上、下游和分支河流两岸都有人居住，谁知道那些人在里面洗了些啥玩意儿，河里面还有大鱼小鱼，经常被她一张嘴就给吞进去了，都不知道有没有吃进去不该吃的东西……

算了算了，这种事不能细想，一想就觉得肚子里头不爽快。

喝完水，白绫又按了按肚子，感觉有点饿。当然嘛，龙也是要吃东西的，按照龙族的年龄来讲，她现在还是条幼龙崽子。她自从变了物种之后，最喜欢吃的就是鱼，可这大半个月了，在山中迷路，连个湖都没遇见，她出发前存在灵囊里的鱼都被吃光了。

存粮没了，她得先去弄点吃的。

一直像块泥巴一样缩在角落里的陆林生忽然说话了，他说：“我、我去给您找点吃的。”然后，他佝偻着腰，很快跑了出去，白绫都没来得及拦住。

虽然她解释了自己不是神仙，但这大兄弟好像还是把她当成了仙人，战战兢兢的，好像有点怕她的样子。

啧，小老弟你怎么回事，小妹儿长得这样水灵，又不会吃人，啷个怕成这个屃样子？

不过吃了这么久的鱼，她还真有点想吃人类吃的东西。白绫安生坐在屋里等着，过了一会儿，忽然听到屋外传来一阵笑骂声，很是嘈杂。

她走出去一看，心头一阵火起。

是几个村里人，围着小老弟在打，一边打一边高声嘲笑他。而那个可怜的小老弟抱着脑袋缩在地上，蜷成一团，发出哀哀的痛叫，身边散落着几个红薯和不知名的茎块。

几个人踢他的肚子和背，嘴里骂骂咧咧："谁准你上山挖这些红薯的？打死你个丑东西。"

"他怎么打都打不死，不然我们把他丢粪坑里试试？"

"臭死了，以前不是丢过？他自己爬出来了，在我家门前那条路走过，路都被他走臭了。"

白绫怒火陡生：这几个狗儿子，你们惹到老子咯。

她快步上前，那几个大笑的村人被她抬脚踢飞了出去，倒在一边的菜地里啃泥巴。

"你怎么样了？快起来。"白绫把手放在那破麻袋一样的衣服上，将贴在地上的一团人形扯了起来。

陆林生被她扯得踉踉跄跄，他又用那种发痴似的目光盯着面前的仙子。手里紧紧抓着的一个红薯骨碌碌滚落在地上，掉在白绫脚边。

白绫看了一眼，看他好像真的没事，这才蹲下去，把那些红薯和茎块捡了起来："走吧。"

陆林生浑身都疼，但他顾不得身上的疼，一瘸一拐地跟上了前面的白绫，心中充满了憧憬向往和畏惧羞愧。而那些被大力踢飞的人，在看清楚白绫后，全都傻了，愣愣的，不知道该做出什么反应。他们肆意欺负的丑八怪身边，为什么会有那么美丽的一个女子？

白绫吃到了久违的烤红薯，这味道竟然和她大学后门冬天推车来卖的红薯味道很像，她不由得出了一会儿神，又将目光放在了小黑灶旁边的那个兄弟身上。

他离她远远的，没敢凑近，本来正在看她，见她看过来，立刻就惶恐地低下了头，整个人快要和小黑灶融为一体。

白绫无语，怕个铲铲，怎么哈戳戳的？

她忽然记起来在山里的时候，这个兄弟跪在自己面前痛哭的样子，他还问她，自己为什么要活在这个世界上。她默然片刻，觉得心里不得劲。只是因为长得不好看，就要这样被人欺负，被人随意打骂吗？

“你过来。”她一招手。

陆林生带着恐惧和自己也没察觉的希冀走了过去。白绫又说：“你把眼睛闭上。”

陆林生照做了，白绫抬起一只手，虚虚地停在他脸上，掌心忽然蕴起一团柔和的白光。她腰间的老贝壳吓了一跳，连声传音：“小主人，你可不能这么浪费灵力啊！”

白绫没理他，径自努力了好一会儿才放下手。结果，大兄弟的丑脸还是那么丑，毫无变化。

白绫一时无言，好丢人，完全没效果！根本治不了，这个灵力没有用！

老贝壳痛心传音：“小主人，你这样就是浪费灵力，不会有用的，所以我才让您一定要去拜师学会使用灵力和各种法术啊！”

好吧。

白绫搓了搓鼻子，见大兄弟还闭着眼睛，暗搓搓从灵囊里掏出来一颗金色珍珠：“好了，睁开眼睛吧。”

“这个珍珠送给你，就当是你给我引路的谢礼。”她假装自己并不是治疗失败，而是一开始就想拿珍珠当谢礼，才会叫人闭上眼睛。

陆林生瞪大了眼睛看着她手中的珍珠，哪怕他再没见识，也知道这珍珠是个宝贝，他扑通一下又跪了，不停磕头：“我、我不要这个，仙人，求你带我走吧，我做什么都可以，我可以给您当仆人。”

白绫抬手抵着他的脑门，阻止了他继续磕头：“我不收仆人，你不想要这颗珍珠就算了，你有什么愿望吗？”

陆林生看着她，她的眼睛好像有奇特的力量一样，让他移不开目光，最后他近乎喃喃地低声说了一句话：“我的愿望，我的愿望就是一辈子都能吃饱，不会挨饿……”

“饥饿”这两个字几乎有生以来就伴随着他，他的一切卑微和伤痛，都来自这两个字。

白绫忽然放下了手：“可以，这个愿望，我满足你，跟着我来。”

她把陆林生带到了附近的县城里，找了个酒楼，直接找上掌柜，给了他一小袋莹润的白珍珠，又指着身后的陆林生：“看好这个人，以后他的一日三餐，你们酒楼都包了，这一袋子珍珠就是饭钱，怎么样？”

掌柜的看着那袋漂亮的珍珠傻了眼，回过神后连连点头，看着白绫的眼神就像在看财神爷，连带着对丑得吓人的陆林生也态度和蔼。

白绫：“记着你的承诺，给我写一份契书交给他。以后我会回来看，如果你没有做到……”

掌柜的：“不会不会，我们酒楼是百年老店，最讲信誉的，您放心！”

白绫没有在这个小城多留，处理完这件事后她就离开了。她没有将这一次萍水相逢记在心上，她甚至没有问大兄弟叫什么名字。

然而对陆林生来说，他这辈子都忘不了白绫。白绫走后，他带着酒楼掌柜让人准备的食盒回到自己的草棚里，呆呆坐着，忽然，怀中掉下来一颗金色的珍珠。

是之前那一颗珍珠，不知道什么时候到了他身上。陆林生瞳孔一缩，跪在地上一把抓住那颗珍珠，紧紧攥住。他想起她临走前轻轻一摆手的样子，明亮、干净。他真想追上去，想一直看着她，做她的奴隶，为她做任何事，甚至被她杀死都好。

可是……她不愿意。是啊，他这个样子，所有人都嫌弃，有什么资格跟在那样的人身边。

白绫一边问路一边往前走，三个月后又不负众望地迷了路，凡人都不知道幽浮山在哪里，她只能朝着东南方向直走，遇到障碍就绕圈，结果方向偏了十万八千里，偏到了东北方向的一个繁华大城里。

“贝壳老头儿，我跟你讲，我这回真的不要去那啥子幽浮山咯！”白绫狠狠地说。老贝壳不吭声，他的心也好累。

白绫用珍珠换金子，然后找酒楼快活，叫了几十道特色菜，全是鱼。她还特地吩咐：“给我做辣菜，有多辣放多辣，要重辣！特辣！”

一道又一道菜上来之后，越来越多的人看向她，这回不仅看她，还看她的菜。

“您这真的没事？”小二看着那一大片铺满了辣椒的菜色，迟疑地问。

白绫尝了几口，很嫌弃：“你们这儿的辣椒啷个回事，一点辣味都没还有脸叫辣椒？”

她成为龙之后好久没吃过辣，这段时间迷路到处走也很少见到心心念念的辣椒，好不容易闻到这酒楼里有辣香，没想到一尝完全不对劲，就这种程度，微辣而已。

周围的食客和小二一同露出了敬畏的神情。

虽然说只有微辣，但在这个世界想吃辣真的难，所以白绫还是珍惜地吃了。她一边怀念家乡的火锅一边吃的时候，听到旁边桌有食客在感叹闾阳瘟疫。

“听说已经死了不少人了吧，还好离咱们这儿远，不然我可是怕了。”

“闾阳那地方，穷乡僻壤，瘟疫应该传不到这里，再说了，咱们南边可是有个仙宗的，要是真的死了很多人，那些仙人肯定不会放着不管。”

白绫认不清路，也不知道自己当初迷路的那片山林就属于闾阳地界，而那个曾被她帮助过的丑八怪陆林生，此时此刻，已经死了。

白绫走后没多久，陆林生就出了事。他杀了彭有福的事被人发现，有人看见他那天晚上拖着类似尸体的东西去了山里，又在他家中找到了沾血的柴棒和属于彭有福的一枚铜扣，所以他在彭四婶的咒骂和众人异样的目光中，被关进了大牢，等待处刑。

“就是他，你看他长成那个样子，难怪会杀人呢。”

“是啊，看着就不是个好东西，说不定不止杀了这一个人。”

那些人朝他指指点点，用厌恶、恐惧又好奇的目光看着他。

在县衙简陋的大牢里住了一段时间，陆林生听那些狱卒闲聊说城内有不少人忽然染了怪病，情况一天比一天严重，闹得人心惶惶的。他隔壁囚室有一个被关进来几天的小偷，犯了病死在牢里，尸体没人处理。外面的情形越来越不好，都说是瘟疫，狱卒们跑了，没人再来这臭气熏天的湿冷大牢里送饭，犯人们也出不去，只能在里面等死。

有人在哭，有人在叫骂，陆续有人死去。

没两天，陆林生也染上了疫病，他躺在昏暗的囚室角落里等待死亡，临死前，他拿出一直藏在怀里的那颗金色珍珠，将它吞进了肚子里。

那是她给的，就算是死了，也不能被其他人夺走。

他在那天夜里悄无声息地死去，尸体慢慢变冷。

黑暗中，有窸窸窣窣的细碎声音，一只比普通老鼠大一倍的老鼠慢慢钻进了这个囚室，来到了陆林生的尸体边。这只老鼠身上有一股淡淡的妖气，但它还没变成妖，差几分机缘。它嗅到了面前这具尸体里面有精纯的灵力和属于龙族的气息，便循着气息找了过来。

老鼠的眼睛里浮现红光，它爬到尸体上，咬穿了尸体的肚子，钻进尸体内，开始啃食。

在黑暗中，陆林生的尸体被啃得露出骨架，而那只老鼠身形又大了一圈，泛着红光的眼睛里满是凶残和贪婪。

03

天明时，囚室里的那具尸体被啃食得只剩下一副骨架，而那只食人的老鼠，则钻回了黑暗的洞中。

这只身上弥漫着微弱妖气的老鼠，循着自己的贪欲和本能吞吃了陆林生，可是陆林生死前的执念太强烈，被老鼠吞噬之后，陆林生的残存意识模模糊糊苏醒，最终融合了那只老鼠的一点微弱意识，它开始有了神志，还有执念。

“啊……我好想跟着她……我要去找她……我要找她……

“她在哪里……

“她……是谁？”

体形已经成了猫一般大小的老鼠在黑暗之中颤抖着，双眼中的红光闪烁，它神志混乱，浑浑噩噩，在曲折幽深的地下洞穴里爬动，顺着某个气味，开始向前。

白绫在城中留了三日，日日去那座酒楼里吃鱼，掌柜、小二和常去的食客都记住她了。这几日她没能打听到幽浮山的事，却得知南面有个归一仙宗，凡人不通仙神之事，把修仙之人都叫作仙人，所以那所谓的仙宗大概也就是个凡人修炼的门派。

如果是修仙之人，应该知道幽浮山怎么去。

白绫因此决定先去南面找那仙宗弟子问路。然后她就一路迷路找路，从一片茫茫原野出来，好不容易找到一个有人烟的城，结果一看城门口那个名字，景山城。夭寿，是她来过的，转了一大圈她又兜回来了，中间的路白走了。

白绫：“……老贝壳儿。”

老贝壳知道她想说什么，二话不说开始哭，哭得整个贝壳一开一合，振得跟电动的似的，还一边往外狂飙眼泪和白色的珍珠。

“老头子我这辈子就只有这一个心愿，呜哇哇哇！不能看到小主人你拜进幽浮山玄苍上神门下，老头子死不瞑目，呜哇哇哇！”

这辈子白绫身边只有这么一个老贝壳一直在照顾她，眼见他哭成这个样子，白绫也没什么办法，只能弯腰去捡那些白色的珍珠，都装进自己的灵囊里。

老贝壳是一个厉害的贝壳妖怪，活了很久，产出的珍珠都很珍贵，哪怕是这种随便哭一哭飙出来的珍珠，放在人间那都是上好的品相。现在白绫的灵囊里就有几大麻袋这种珍珠，让她完全不用担心出行经费——先前用出去的珍珠都是这种，因为太多了，用着完全不心疼。

眼看老贝壳哭个没完，白绫看着一地珍珠都懒得捡了，一只手捏住贝壳不许再张开："好咯好咯，哭什么，我去还不行嘛！"

老贝壳见好就收："小主人，来来，把珍珠都收好了，咱们找个地方先歇歇脚，你多吃点好吃的，这些日子奔波辛苦，看看小脸都瘦成这个样子了，要是老主人看到，还不知道要多心疼呢，可怜我们小主人，一出生就要受这种苦……"

白绫堵住了自己的耳朵。大爷实在太吵咯！

她走进城里，发现和自己上次来的时候有点不一样，上次来，这城里人虽然不多，但街上还有几分热闹，可现在几乎家家关门闭户，行人稀少，空气中还飘着一股奇怪的气味。

"老贝壳，你有没有发现啥子东西，我感觉着有点子怪怪嘞。"白绫吸了吸鼻子。

老贝壳："是妖气啊，小主人，你要试着用龙族的本能去感知。"

白绫无语，不好意思，上辈子人当久了，现在做条龙很多问题都需要克服。

她试着感受了一下，感受了两下，半天终于感受到了老贝壳说的妖气，一旦开始注意，那就像是玩游戏的时候出现了怪物的毒圈，那一大片地方在她眼前都标红了。她还嗅到了一股狐臭，是狐狸妖怪！

白绫有点兴奋："是活的狐狸妖怪！"狐妖，是从古至今的各种小说、影视剧里，最常出现的一个妖怪物种，大多以美貌女人或者男人的面貌出现，迷惑众生，与男男女女展开无数段缠绵悱恻的爱情故事。

"小主人！你激动什么哟！万一是个坏东西，您可就危险了，还是避开比较好！"老贝壳赶紧出声，"说不定人家会把你给吃咯！"

白绫："你莫吓我，我晓得，妖怪要是吃龙，会被雷劈的！"

老贝壳："要是他拼着被雷劈也要吃你呢，万一扛过去了他不就赚大发了？总之防妖之心不可无，你还是不要在这里停留太久。"

“好，我晓得咯，问清楚路我就走。”

景山城里最近不安生，邻近的闾阳许多人染上了瘟疫，他们这里也被影响，这也就罢了，最近一个月，这城里接连死了十几个人，全是妙龄的少男和少女。这些人都在一夜之间无声无息变成了干尸，干尸之上还散落着粉色桃花瓣。更叫人称奇的是，这些人死前似乎都是含着笑的，干尸脸上能看出来诡异的笑容。

白绫在城中转了半圈，最后去了上次去过的那家酒馆，里面的人倒是稍微多一些，全都在谈论闾阳的瘟疫会不会传到这边，还有城内最近的古怪死人事件。这座城比较封闭，不像她上次去的那个繁华大城，她接连问了几个人，都没人知道归一仙宗，更不知道路怎么走，只给她指清楚了向南的方向。

她好怀念现代的各种地图，还有网络，什么事不晓得都可以上网去问。白绫感觉自己现在就像是在玩一个大型的单机游戏，地图特别大，她的主线任务是去幽浮山拜师，但是这个游戏没有地图，所以她就瞎走，绕来绕去，不小心绕回起点附近，现在还触发了一个奇怪的支线——景山城狐妖之患。

想都不用想，肯定是城里那只狐狸精干的，然后她就要去打怪。

都没人组队，她还是孩子，打什么怪！

“城中东边有浓重的妖气！城中近日出现的奇特死亡事件，应当都是那只妖所为。”一个器宇轩昂的男子背着长剑走进酒楼中，身后还跟着五男一女，七人都穿着样式相似的衣服，气质出众，一看就是正派人物。

白绫心道：队友？

“我们是归一仙宗弟子，下山处理瘟疫之事，途经此处感觉妖气冲天，发现狐妖在此害人，特来除害。”男子看上去非常靠得住，“各位请放心，我们今夜就会前去城东除妖，还请各位互相通知，不要靠近城东，以免被误伤。”

酒楼中众人面面相觑，最后有一个人弱弱地道：“归一仙宗？刚才好像有个人在打听这个仙宗。”

角落里的白绫：“……是我。”她拉开了挡在前面的帘子。

七个归一仙宗的弟子唰地看向她，白绫很明显看到几个弟子眼睛咻地亮了，为首那个男子也露出惊艳神色，随即他走过来道：“通身灵气氤氲，原来也是一位仙友，失礼了，仙友也是为了那妖物而来吗？”

白绫：“不是，我是问路的，想问问归一仙宗在哪儿。”

师兄男：“不知仙友问我归一仙宗所为何事？”

白绫：“问路，想问你们幽浮山怎么走，普通人都不知道。”

师兄男：“幽浮山？那十分遥远，我们也不得其门而入，只有宗门内的长老们知晓进入之法，据说幽浮山被玄苍上神用神力悬浮于空中，能一览万里壮阔山海，居于其上的仙人们都能驾云御风飞翔于天地，是我辈修仙中人向往之地……”

白绫越听脸越绿，悬浮空中？人人都会飞？！老贝壳骗她！他压根儿没说幽浮山是这样的！要是早知道幽浮山是这样的，她就是看着老贝壳哭死都不要去！她恐高啊，要在那种地方生活真的会死！

老贝壳自知小心思暴露，瞧见白绫头上跳动的青筋，不敢吭声，乖得像个假贝壳。

师兄男说完了，又问她：“仙友也想去幽浮山吗？”

白绫看看几人，忽然想，反正都是拜师，拜哪里不是拜，干脆拜进归一仙宗算了。这么一想，她觉得自己真是个天才，脑回路四通八达到罗马。

“朋友，我想问问，你们归一仙宗是悬浮在天空上的吗？”

“啊？当然不是，我们归一仙宗在归山之中。”

这就好，这就好，只要不是悬在天上就好。

白绫再问：“那你们还收弟子吗？”

师兄男一听，顿时明了她话中之意，态度更加热情了：“仙友是想拜入仙门吗？这自然是可以的，我观仙友有透彻琉璃之姿，一定有上佳的修行天赋，我归一仙宗求才若渴，师妹不如随我们一起走，等事情了结，我们再带你回宗门？”

这就叫上师妹了？白绫很欣赏这种热情，愉快地跟着走了。

老贝壳弱弱地传音：“小主人，不能……”

白绫使劲捏贝壳。

“师妹，我们先处理了这城里的狐妖。”

“师妹，你就在一旁休息，我们除妖要用北斗剑阵，阵光可好看了，师兄给你找个好地方欣赏。”

几个师兄说完，那个年纪看上去还小的唯一一个女弟子也挤过来，拉着她的手：“师妹，你这裙子真好看。”

白绫：这宗门靠谱吗？弟子都这么热情，简直像传销团伙。

结果没过多久，她就亲眼看着这七个人试图用剑阵困杀作恶狐妖，僵持了大半宿，最后让狐妖逃出了剑阵。

“不好，狐妖冲着新师妹去了！”

“快快，快去救人啊！”

七人焦急万分，眼看那狐妖变为原形张大嘴扑向白绫，满以为这下要发生惨剧了，谁知就在那一刹那，光芒大作，几人都清楚地看见光芒中的新师妹头上出现了龙角，手上脸上浮现出一片片白色龙鳞，在一声高亢威严的龙吟之后，那只折磨了他们大半夜的狐妖被打死了，啪的一声摔在地上。

天地之间，一片寂静。

白绫平复身体里的灵力，将脑袋上的角和鳞片都收回去。

老贝壳心有余悸，庆幸地小声道：“还好老主人将龙珠放在你体内，为小主人你挡住了这一击，不然就危险了！唉，可惜这龙珠也只能护住小主人你一时，恐怕再被攻击几次，老主人的龙珠就要碎了。”他的语气十分落寞难过。

几个归一仙宗弟子冲了过来，其中那个女弟子颤颤巍巍地伸手摸了摸白绫的手：“师父师祖啊！弟子摸到龙了，摸到真的龙了！”她“嗷”的一声厥了过去。

其他男弟子："龙龙龙！是龙！"

白绫："……你们归一仙宗不收龙的？"

师兄男满脸激动："收收收！什么山头什么师父，师妹你随便选！"

几人在这儿说话，废墟里的狐妖尸体边上，冒出来一只老鼠，老鼠红着眼睛，朝着白绫所在的方向爬动了几下，又被眼前带着妖力的新鲜血肉所吸引，犹豫着还是开始啃食这具狐尸。

白绫几人准备离开，一个弟子想起底下的狐尸还未处理，自告奋勇前去收拾。他在废墟中寻找一阵，忽然动作一顿，露出了嫌恶之色。

"什么东西，老鼠？"

见到一只硕大的老鼠将狐尸啃咬得鲜血淋漓，这弟子毫不犹豫，举剑就将老鼠斩杀了，黑血洒了一地。

"这老鼠好像要变成妖了。"捡起狐尸，这弟子随口嘀咕道，"天灾人祸，死的人多了，难怪什么东西都容易变成妖。"

他转身追上离开的几位师兄师妹，再没多看一眼那狰狞肮脏的老鼠尸体。

这处废弃的宅院荒凉，无人敢过来探看，只有几只黑色的乌鸦嗅到血腥和腐臭味，落在老鼠尸体边上，开始慢慢啄食。

04

老鼠尸体眼中的红光散去，而啄食老鼠的其中一只乌鸦，突然发出一声凄厉鸣叫，张开翅膀，原本漆黑的眼睛变成了红色，吓得其他几只乌鸦仓促飞走。

那只吃了老鼠心脏的乌鸦稍稍飞起来一段距离，又摔了下去，扑通一下落在地上，周身泛起一股黑气。

乌鸦的叫声类似"啊——啊——"，此时听起来有些变调，仿佛人的惨叫一般，令人毛骨悚然。漆黑的翅膀不断在黑气里挣扎，它在短时间内融合了鼠妖和狐妖的部分力量，又借由满是阴邪之气的乌鸦躯体，融合成了一个新的怪物。

忽然，砰的一声，漆黑的乌鸦整个炸开，从一堆烂肉中爬出来一只小小的、浑身漆黑的老鼠。

老鼠有红色的眼睛，像流动的血液一样，它口中发出茫然的呻吟：“好饿……我好饿……吃……找、找她……”

爬动了一段距离之后，它忽然整个躯体伸缩，眨眼又变成了一只乌鸦，展翅飞过树梢，消失在被夕阳染红的天幕边。

“好了，把这颗灵玉珠安置在这里，这个小阵就能成了。”归一仙宗那位领头师兄站起来，指了指他们脚下的那一片法阵，对白绫解释道，“师妹你看，这个阵法是我们宗门内的长老所制，这样的小阵共有四十九座，除了这一处，还有其他同门在各处安置。小阵互相之间连接，会形成一座大阵，将间阳和周围那一大片全都笼罩其中。

“近些时日的间阳瘟疫，其实是那里裂开了一道缝隙，妖魔涧里的邪气从缝隙里溢出，才导致生活在附近的人染上恶浊之气，现在连那一片的污秽之物都容易变成妖邪。我们暂时没办法将那道缝隙闭合，只能先将里面的气息阻隔开来，以免扩散，再请擅长除秽治病的道友前来救人。

“好了，我们的任务完成，现在可以回去了。”

处理好阵法之事，众人准备起程回宗门。

师兄男不太好意思地说：“我们其实只是普通的弟子，还没学会御剑飞行，所以……”

白绫：“很好，我就喜欢脚踏实地的人！”

一路上有人引路，白绫终于成功到达了归一仙宗。那果然是个坐落于山中的宗门，面积很大，周围被群山环绕，错落的建筑群后面还有一大片湖泊，在阳光下泛着粼粼波光。

白绫：还有那么一大片洗澡的地方，来对了！

老贝壳："小主人啊！"

白绫："不许说话。"

老贝壳："嘤。"

拜入归一仙宗的事异常顺利，不知道那七个弟子怎么上报的，白绫几乎在归一仙宗引起了轰动，从上头的宗主到下面的外门杂役，全都跑到广场来围观。

"竟然是龙族啊，好多年没有龙族现世了！"

"不知道以后有没有机会看到龙族原形，我听说祭拜龙族能转运，最近我有点倒霉，不然咱们试试？"

"听说龙族成年后都可以施云布雨，不知道这位有没有成年啊？施云布雨也太帅了吧！"

宗主感动落泪，看着白绫，一脸被天降横财砸中的表情："来来来，你看看要拜入哪一个山头啊，听说你对幽浮山很感兴趣，只要拜入我们主峰嫡支，有很大机会能进幽浮山长见识的。"

其他山头的峰主将他挤开，个个舌绽莲花："小白啊，你看你和我们这一峰最合适了，我们都是主修御剑飞天的，都是在天上飞嘛，等你入门，我让你的师兄师姐们陪你飞着玩啊，很快乐的！"

"不不，还是我们这一峰比较合适，我们修习水系法术，咱们不御剑也能飞，我们还会驾云术呢，成为嫡传弟子就能学啦！"

"滚开滚开，你们都这样，别把人吓着了，白绫啊，考虑一下我们峰头啊，我们峰可是整个归一仙宗最高的峰头，能一览群山小……"

好像一群在火车站拉客的黑面包车司机和小旅馆老板。

白绫听得头皮都炸了，为什么都要飞？你们修仙的就没个脚踏实地修炼的吗？

她坚定地说道："我要选不用学御剑，不用学驾云，没有住在山上的。"

最后，在她的坚持之下，她在宗主和其他峰主充满可惜的目光中，被一个两米高、头发赤红的大汉领走了。

“选择拜我为师，娃娃你真是好眼光，我是赤炎仙人，从前在仙庭就是负责锻造兵器和各种器物的，现在在归一仙宗内，是烈焰谷主人，和其他几个峰都不一样，咱们谷里人少，但没人敢惹咱们，你放心，入了我门下，以后师父和师兄们罩着你，绝对没人敢欺负！”赤炎声如洪钟，说话像打雷，身上的肌肉像岩石，露出的半条胳膊上全是火焰灵纹。

烈焰谷是归一仙宗内弟子数量最少的一支，除了师父赤炎，还有六个师兄，一水儿跟师父一样的高个大块头，壮得像座小山一样的壮汉一排站在那儿，拉出来一看，足以遮天蔽日，跟这几位师兄比起来，白绫个头只到他们的腰。

被六个师兄围在中间观察的白绫，就像是一个误入怪兽巢穴的小可怜。白绫瞅着师兄们，一时间竟然还有点脸盲，忍不住想，她这个新师父是不是对这种体形有着什么特殊偏好？徒弟全都是一个型号的——XXXXL号。

赤炎蒲扇一样的巴掌一掌一个把熊徒弟们推开，指了指白绫：“以后这就是你们的小师妹了，我们烈焰谷第一次有女弟子，你们都要好好照顾。这娃儿跟咱们不同，还是个幼崽龙，你们给我当好师兄，不许动歪心思，也不许欺负她，听到没！”

众师兄齐声道：“是，师父！”

这跟《黄河大合唱》似的。

赤炎满意地点点头，又对白绫道：“咱们烈焰谷是锻造神兵的地方，虽说是锻造，但你可别小看这事，这也是一种修行，我们成就神兵，神兵也在成就我们，这人世间处处是修行，来，师父和师兄们先带你四处看看。”

白绫跟着师父、师兄一众壮汉在烈焰谷参观，看到了壮观的炼炉，还有熔岩池里成千上万把赤红的刀剑，流动的岩浆从地底冒出，让那一片的温度都升高了不少。一一看了个遍后，白绫明白了，自己以后要跟着师父学打铁。

打铁挺好的，只要不让她飞，什么都好。不如说这种暴力的感觉她还有点跃跃欲试，非常感兴趣呢。

察觉到她的心思，老贝壳差点痛哭出声，他有点害怕自己美丽的小主人以后会变成和这一堆大汉类似的模样，在传音中凄惨地大喊了一声：“小主人，不要啊！”

白绫笑嘻嘻传音：“不，我觉得打铁不错。”

看过了谷内各处，赤炎又说：“乖徒儿，你刚来咱们这儿，师父送你一样武器，你想要什么啊？”

什么武器？白绫思考起来。几位师兄见她犹豫不决，纷纷上前给她展示自己的武器：“小师妹你看，大师兄我用的是大刀，这把刀重达百斤，乃是用太阳陨石打造的。”

“师妹，看我这个，我用的是钉耙，别看它样子不好看，威力甚大！”

白绫：用钉耙，不愧是二师兄。

“师妹看三师兄这个怎么样？巨剑，每回背着走出去，姑娘们都盯着看，很受欢迎的。”

到了最后一个师兄，他拿出了一把巨大的武器，看上去像把铲子：“师妹你看我这把铲，是师父替我打造的，不仅打架的时候厉害，平时挖矿石什么的也很方便实用，师父那里还有一把更小的，肯定适合师妹！”

白绫看着那把金色的大铲子，嘴角抽搐：“选个铲铲，我还选个锤锤哟！”

赤炎哈哈大笑：“好，不愧是我看中的小娃儿，有胆气，有气魄，你说用锤，咱们就用锤！恰好师父那里有一对裂山锤，用了不少珍贵材料锻造，这回就送给你了！”

白绫还没说话，那六个师兄就开始瞎吹，拍着手掌轰然叫好：“师妹威武！师妹厉害！师妹特别适合锤！”“师妹不愧是龙族，果然不同凡响！”“师妹是当世豪杰！师兄佩服！”六个人吹出了千人广场演唱会的声势。

就这么一耽搁，雷厉风行的师父已经把那对锤给拿出来了：“来看看，这锤，一把是用重阴石锻造，一把是用重阳石锻造，浑然一体，拥有能破开阴阳的能力，这一锤子下去，能锤开一座山，一般的仙人都不敢正面相接，还有这个护手，用的是我早年攒下的凶兽皮……”

白绫突然觉得，这对锤子也还不错啊。她伸手接过锤子，感觉两条胳膊一沉，两把锤子咚地抵在地上，地面摇晃了一下。

白绫：“……好，够霸气，我喜欢！”她咬着牙把锤子拿了起来。

赤炎目露欣慰：“不错，这对锤三百斤，比你师兄们的武器都要重，你是龙族，力气本来就大，以后力气会更大，到时候师父给你重新锻造，锻造成千斤、万斤，到那时候，你拿着这锤，普通的妖怪小仙，一锤就能锤死一个！”

众师兄很配合地再次一顿猛夸，夸得白绫高兴不已，当场表演了一个甩锤子，不小心把其中一把锤子甩到了山壁上，深深嵌了进去。

众师兄：“哇哇！师妹厉害！师妹再来一个！”

此时远在幽浮山的原著男主角玄苍上神并不知道，本来该属于他的女主角徒弟因为恐高和不认识路，就地放弃，转投了归一仙宗去学打铁了。本来剧情里软糯可人、用银铃和彩绸做武器的小徒弟，如今手持大锤，走向了力能扛鼎的另一条道路。

白绫在归一仙宗安顿下来。她还挺喜欢烈焰谷，师父和几个师兄心思都不多，对她不错，特别是师父赤炎，要不是知道自己亲爹是白龙族族长，她都要怀疑这个师父其实是她失散多年的亲爹了。

因为担心她不喜欢烈焰谷那岩浆滚滚的环境，师父特地为她在后山草木繁盛的温暖之地开辟了一个新居，又因为她是个幼崽龙，还喜欢戏水，师父直接给她在居所附近弄出了一个湖——他老人家把那一片地方的水脉凿穿，硬生生造出了个湖。

到了这个世界就是一条失怙龙，白绫还是头一次被长辈这样宠爱，心中不由得有些感动，但她感动的同时心中也有些疑惑，便直接问了出来。

“师父，你为啥子对我这么好，一定有其他原因吧？”

赤炎一愣，哈哈笑出来：“小龙儿，你可真是个直爽的孩子。

“其实……也没什么，很多年前，我被仙庭逐出的时候，受了很重的刑罚，险些就魂飞魄散了，当时有一个女子救了我，她是白龙族人。我们相处几载，互相倾慕，就在成亲前夕，她说白龙族有危难，要前去帮助族人，后来……就再没回来。没过多久，就听说白龙族被灭族，世间再无白龙。”

“现在看到你，我觉得有些欣慰，原来白龙族还有人在。你是她的族人，若是她还在，一定也会如此照顾你。”赤炎小心地摸了摸她的脑袋，粗犷的脸上，露出了一个堪称温柔的表情。

05

烈焰谷连接着后山，山脚下就是属于白绫的屋子，因为师父和师兄们擅长炼器，炼制区区一个居所不在话下，所以她这个屋子非常漂亮，就连里面的各种摆设和小玩意儿都特别精致，准备的东西也格外周到。

白绫住进去之后觉得，给自己准备屋内这些装饰摆设和用具的，一定是位蕙质兰心的人妻姐姐，不知道师兄们哪里找来的外援。结果没两日她那位胸肌发达的六师兄在她无意间问起来的时候，笑得很不好意思地说：“啊，是我准备的啊，很多还是我自己做的。”

白绫：“……那些花花，那些漂亮裙子，还有那张能开花的水床？”

“对，是我做的。”六师兄憨厚地笑道，“我这样是不是有点奇怪？”

白绫跳起来拍了一把六师兄的肩：“哪里奇怪了，我觉得六师兄这样很好！厉害还是六师兄你厉害！”

她在洛水那个洞府住了几年，那里还像个狗窝。

除了这个屋子，还有师父赤炎给她造出来的大湖，湖水清澈，每到中午的时候，白绫就喜欢变成原形泡在湖水里面，有太阳晒着，不冷不热，温度刚刚好，非常适合睡午觉。

师兄们好奇白龙的原形，偷偷来看小白龙，被师父黑着脸揪回去打铁打了三天三夜后，就再也没敢来看过，所以每到这个时间，这里就只有一个在湖中心盘成个圆圈的白长条。

这一日，白绫从炼炉回来，照例变回原形泡在湖水里睡午觉，迷迷糊糊中，听到湖边花丛里传来几声低弱的啊啊叫，叫声怪怪的。

湖中心的小白龙睁开眼睛，游到了岸边，将脑袋搁在岸边的花丛上，对上了一只可怜兮兮的乌鸦。那只乌鸦羽毛零落，翅膀上散发出一阵焦臭，伤得严重，看样子是飞不起来了，在花丛底下瑟瑟发抖。

白绫看着乌鸦的红色眼睛，感受了一下，发现面前这好像是个小妖怪，属于那种非常没用、灵力微弱，根本没法化形的小妖，比她在洛水见过的那几只化形不成功，只能变出头或者手的小妖还惨。

白龙张开嘴，吐出一口龙息，黑乌鸦被吹得往后滚了两圈，却不怕死地没有逃跑，仍然待在原地，朝着她发出弱弱的啊啊声，弱得可怜。

变回人形，白绫弯下腰把那只乌鸦小妖提了起来，放在手上去找六师兄。

烈焰谷六师兄，几个大老爷们儿中心思最细腻的人，在小师妹到来后，被他们师父委以重任。赤炎师父是这么说的："你们师妹才化形没多久，你比较细心，平时要好好照顾她，就把自己当她亲娘那样去照顾！"

六师兄："……是，师父。"

六师兄这个"娘"当得非常称职，不到一个月，白绫遇上什么事要喊妈的时候，第一个想的就是去找六师兄。

"六师兄，你看我捡了一只鸟！伤成这样，要不要治一哈子？"

六师兄看了一眼她手里那只乌鸦："只是只小妖，咱们归一仙宗外面有阵法的，大的妖怪进不来，小的妖怪不敢进，这只可能是太弱了，阵法不怎么爱管……你看这翅膀上的焦黑，是强行突破大阵的伤。奇怪了，一般的妖怪感觉得到阵法危险，都不爱往这边来，这小妖怎么进来了？”

白绫随手捏了捏乌鸦的鸟喙，猜测道：“可能是被别个妖怪追着，慌不择路逃进来了？”

六师兄：“不管怎么进来的，这种小妖都是些污秽之物形成的，还是别玩这种东西比较好。”他说着，就从白绫手中拿过乌鸦，准备扔去其他地方，像一个不允许家里孩子碰脏兮兮流浪猫的老妈。

奇怪的是，那只在白绫手中一动不动，任她捏鸟喙、扯翅膀都乖乖的乌鸦小妖，被六师兄拿过去后，立刻发出一声凄厉的鸣叫，猛地张开翅膀就挣扎起来，险些把六师兄的手都给啄了。

白绫手疾眼快，一把揪住乌鸦：“别给扔咯，先让我拿过去耍耍。”她说完转身就跑了。

抓着乌鸦回到自己的屋子，她正想找个什么给这小妖怪当个窝，她腰间挂着的老贝壳说：“小主人，这东西脏得很，还是早点扔了，不要碰。”

白绫找出来一个碗，团了一团草，把乌鸦塞进去：“怎么脏了？我看这羽毛黑亮黑亮的，红色的眼睛也怪好看嘞。”

老贝壳：“不是指外表，形成这种小妖怪的，都是被污染过的脏物，不是什么好东西，你可长点心吧。”

“好好，我晓得咯，点心点心。”白绫随口敷衍。

老贝壳绝望地发现自家小主人压根儿没听进去自己的话，她拿出来一个小瓶子，往那乌鸦焦黑的断翅上倒了一滴乳白色的灵液。

老贝壳的贝壳嘴磕得嗒嗒响，要是有脚，他现在就能跳起来了：“啊！小主人，太浪费了！”

白绫：“不就是一滴灵露，我灵囊里头还有一大罐子嘞。”

老贝壳痛心疾首：“但用在这种东西身上就是太浪费了！”

耸耸肩，白绫收起瓶子：“我用都用咯。”

白绫端着碗放到外面，打算让这乌鸦好点了就自己飞走，接着她就把这事给忘在了脑后。她忘了个彻底，但那只黑乌鸦没有再飞走，它时常藏在屋子的角落里，有时候还会停在树枝上看着湖里的一条白龙戏水。那个放在角落的碗中，白绫随手团的草变成了干草，那只乌鸦每天夜里就钻在干草里。

它的神志时而混沌，时而清明，有时候，它会想起自己名叫陆林生，有时候却只会被身体里的吞噬欲支配，只想着去找些自己能吞食的血肉——它只能吞食一些小动物，任何大点的妖怪都能吞噬它。

可是每次被本能支配离开了这里，等清醒过来，它想起自己的名字，又会被执念影响，回到白绫所在的屋子周围。

白绫不知道这里的住客又多了一位，她的住所灵气比较浓，吸引了很多小动物，她偶尔闲着没事，就抓一把灵米像喂鸽子那样喂给附近的各种小鸟，她还扯过灵草去喂兔子。

白绫喂食的时候，黑乌鸦从来不敢靠近，它就躲在黑暗的角落里看着，等白绫起身离开，它才会飞过去，啄食白绫扔下的那些灵米。

如此相安无事过了几个月，白绫在归一仙宗混得熟悉了，偶尔也会有几个弟子过来找她，譬如她最开始认识的那七个弟子中唯一的女弟子孙笑琴。

“我早就想来看你了，但现在你是赤炎谷主的亲传弟子，我不过是个普通弟子，还要叫你一声师叔呢，所以不太好意思过来。”孙笑琴有些虚荣，热情地给白绫送了不少有趣的小玩意儿，话里话外都很殷切。

两人谈了一会儿，白绫被师兄叫去拿东西，孙笑琴一个人待在房中。她本来也没想做什么，只是好奇白绫这屋子，忍不住四处看看，等见到妆台上那些大大小小的盒子，她心中一动，瞧了一眼门口，觉得白绫不会这么快回来，就拿起一个看了看。

宗门里很多人都好奇白绫这个龙族，作为最先接触白绫的人之一，孙笑琴这些日子过得十分风光，从前不爱搭理她的弟子都会过来询问她关于白绫的事。孙笑琴尝到甜头，一边胡诌了些白绫的事情博人眼球，一边心里发虚，这会儿看着房里这些东西，她又动了小心思。这回回去，能和别人说不少事，要是白绫能再送她点什么东西，就更好了。

她一一打开那些盒子，见到其中有一匣子珍珠，莹润的白色珍珠堆在一起，还夹杂着几颗紫色的珍珠，十分引人注目。她最喜欢这些漂亮东西，忍不住抱着匣子来回翻看，越看越喜欢。

要不，拿几颗走？反正这里面还有这么多，只拿几颗应该不会被发现。而且自己也送了白绫不少东西，拿她几颗珍珠应该没关系吧？

孙笑琴挣扎着想，手不由得抓向那些珍珠，就在这个时候，她发现妆台和柜子的角落里有两点红光，她定睛一看，猛地往后退去，发出一声尖叫。

白绫走进屋内，恰好听到孙笑琴的尖叫，又看到撒了一地的珍珠。

“唧个回事？”

孙笑琴勉强笑了一下，指着角落里一动不动的东西：“我、我刚才被那只老鼠吓到了，不小心打落了你妆台上的珍珠匣子。这里怎么会有老鼠呢？太恶心了，吓了我一跳！”

白绫挑了挑眉，看了看满地珍珠，又看了看白着脸露出心虚之色的孙笑琴。她什么都没说，上前一把提起了角落里那只小小的黑色老鼠。老鼠有一双红色的眼睛，看上去像是个假的，被白绫提着尾巴抓起来了，也没挣扎一下。

将老鼠放在桌上，它也没跑，又缩成一团静静待在那儿。

孙笑琴看样子是真的害怕老鼠，眼里的厌恶遮都遮不住：“这怎么、怎么好像还是只小妖，不知道怎么跑到这里来了，不如我帮你处理了扔掉吧，听说老鼠最喜欢偷东西了，放它在这里，还不知道它要咬坏什么。”

白绫忽然掏出来一把灵米，撒在老鼠面前，慢吞吞地说：“又不是只有老鼠才会偷东西。”

孙笑琴的脸忽红忽白，匆匆告辞离开了，估计也不敢再来。白绫有些出神，想起了上辈子，寝室里三个室友，也有个这样的，那时候自己还老是和她吵架，可现在都不记得她长什么样了。

一低头，瞧见桌上的黑老鼠安静地趴着，也没有去吃灵米，白绫推了推它：“咋个不吃啊，吃啊。”

黑老鼠动了动，这才开始一点点吃起周围的灵米。等它吃完，白绫捏着老鼠后脖子，给它放到了屋子外面。她从来不怕这些，觉得这老鼠和以前室友养的仓鼠也没什么区别。但是老贝壳又喊了起来：“小主人，不要玩这些东西，很脏的！”

见白绫不理他，他又开始嘀嘀咕咕地抱怨：“这个地方怎么回事，好歹是个仙宗，怎么总是有这种来历不明的小妖怪窜来窜去，我就说还是去幽浮山才是正道……”

白绫充耳不闻，收拾了一下屋子里的珍珠，跑回谷内去跟师父学打铁——这只是她的说法，实际上他们现在炼的是一块十万年的星陨，不仅锻炼力气，还锻炼精神控制力和灵力输出，白绫想炼一小块都累得半死，只能先跟在师父师兄身边学，不过她最近挥动锤子时流畅了不少。

白绫走后，吃得肚子滚圆的黑老鼠忽然变成一只黑乌鸦，跟着白绫飞向烈焰谷，只是它不能靠近，就待在外面的一根树枝上。

浮于高空的幽浮山，最高殿门忽然开启，玄苍上神出关。

他不知为何这些时日一直心神不宁，感觉自己仿佛错过了什么机缘一般，连入定都无法静心。

“上神，卜星大人求见。”仙侍前来禀报。

“让她过来。”

卜星跪伏在地，裙裾如花一般散开，她双手托起一块星盘：“上神，我昨日卜算，算出您有一命劫，此劫落于洛水，有白龙异象。”

玄苍上神：“白龙？”他想起自己当年取走白龙族长心头鳞片入药时，白龙族长以此相求的一件事。他说日后他的女儿，这世间最后一条白龙，会来幽浮山，希望自己能收那龙女为徒，庇护她一段时间。

现如今若说世间还有白龙，应当就是她了。

“区区一条白龙，会是我的命劫？”玄苍威严冰冷的声音响在大殿之中，卜星女仙不敢回话，只将头压得更低。

玄苍上神突然站起身，挥一挥袖子，消失在原地。

06

玄苍上神去了洛水，他当年要用白龙心鳞入药，垂死的白龙族长主动将心鳞送上，只求他一件事，既然他答应了，那如今也该去践行诺言。恰好这命劫卜算一出，他也想看看，那白龙异象，有如何能耐威胁到他。

威严高贵的玄苍上神来到洛水，灵力一出，洛水里的大小妖怪都瑟瑟发抖，唯恐避让不及。他本以为那头白龙会主动现身，然而在洛水之上站了好一会儿都没见到白龙踪迹，他伸手探查，才发现到处都没有白龙踪迹，周围只留下一丝龙族气息。

竟然已经离开了？玄苍微微皱眉，闭目卜算，然后放下手，向着南方而去。

他还未主动探寻，就听到有人在谈论白龙之事。

是两个小小修士，一人说：“那归一仙宗真是好运气，竟然能收到龙族为弟子，据说还是白龙族。”

另一人说：“白龙族不是早灭族了，怎么如今又出现了一个白龙族人？”

“谁知晓呢，到底是强悍的龙族，有侥幸生存下来的也不奇怪。”

像这些谈论，玄苍上神听到了不少。那条白龙拜入了归一仙宗？他心下觉得奇怪，那白龙族长当初求了他一个承诺，应当也和这条白龙说过，既然有约定在前，怎么不上幽浮山，反倒去了那什么归一仙宗？莫非，是因为那白龙自觉身份不配入幽浮山？

不管如何，他都要先见一见那白龙。

玄苍上神纡尊降贵来到归一仙宗，宗门上下受宠若惊，宗主带着一群峰主和亲传弟子躬身迎接。玄苍上神成神已有万年，自然不屑于此等凡俗仙门，看也未看众人，只对最前面那宗主道：“本尊要见白龙，带本尊去见她。”

玄苍上神走进烈焰谷的时候，白绫正在完成师父布置的任务，炼制一块阴陨铁。她个子娇小，手里却拿着一把大锤，抬锤，轻如鸿毛，落锤，重若千钧。火花四溅中，地动山摇，整个炼炉都回荡着当当的钝响。

“白绫啊，快停一停，来拜见玄苍上神！上神可是特地来看你的。”宗主瞥见玄苍上神颦起的眉头，连忙招呼白绫。

沉迷打铁的白绫一扭头，瞧见了宗主和宗主身边那个大帅哥。

白绫：哇哦，好帅嘞锅锅！

白绫对玄苍上神好感度“+100”。

她穿着一身白衣，因为太热而撩起了衣袖，头发也有些汗湿，脸颊红扑扑的，看上去形象有些不羁。放下锤子走到玄苍上神面前，白绫态度非常好地拜了一拜。

“白绫拜见玄苍上神，上神啷个晓得我在这里，还特地来看我？”

玄苍上神的眉头皱得更紧，淡淡开口道：“怪腔怪调，没人教过你好好说话吗？”

白绫笑脸一僵，脸一秒拉了下去。很好，这还是她来到这个世界后，遇到的唯一一个撑她口音的。我说话有口音关你屁事？

白绫对玄苍上神好感度“-1000”。

玄苍上神语气淡漠：“收拾一下，随本尊去幽浮山，日后你会是本尊座下弟子。”他看了眼白绫此刻的打扮，又皱了皱眉，不喜之情溢于言表，“去了幽浮山，须得守幽浮山规矩，不得衣衫不整。念在你还是幼崽，缺乏教养，这些事本尊会令人教导你。”

白绫觉得他简直莫名其妙，心头一阵恼火：“说够了没有？说够了就自己走。我都有师父了，谁说要拜你为师？”长得这么帅有屁用，眼睛都长头顶上去了，还嫌弃她这样那样，老子给你脸了，什么东西！

玄苍上神："……你说什么？"

要不是对方太厉害，白绫都能当场骂人，但她现在只能压着心里的恼火："我是说，请您自己回去，我就待在这里。"

玄苍上神没想到，自己主动前来收徒，竟然还被拒绝了，他成神多年，从未遇到这样不识好歹的人。

"白龙族长当年帮了本尊一个小忙，本尊答应他收你为徒当作报答。"他沉声说，"你可想好了。"

白绫很光棍，就是一句话："我不去幽浮山。"

见她如此顽固，玄苍沉默片刻，睥睨着这条小小的白龙，语气冰冷："龙族中以玄黑为尊，本尊原身乃黑龙，成神后独占一方世外天地，造幽浮山，修为岂是此地那点微末小技可比。你却说不愿为本尊弟子，当真愚不可及。"

白绫听着面前这个大佬的语气，忽然有种似曾相识的熟悉感，就好像上辈子她那个三姑，说要介绍她毕业后去自己公司实习。三姑当年是这么说的："我这个公司是全国五百强企业，就你们那个学校的毕业生能来我这公司实习那是不可能的，要不是你爸当年帮过我一点小忙，我是不给人随便走这个后门的，你做不好，就是丢我的脸。"

白绫对玄苍上神好感度"-9999"。

她面无表情："您老人家从哪儿来回哪儿去，我高攀不起。"

玄苍上神不再说话，拂袖而去，只留下一句："日后，你没资格再上幽浮山。"

等玄苍上神离开了，白绫才吐出一口浊气，骂道："我去你个仙人板板！谁要上你的破山！"

见情况不对，刚才一直在旁边当壁画的宗主这会儿晃荡过来笑眯眯地对白绫道："白绫啊，玄苍上神可是很厉害的，你之前不是还想上幽浮山看看吗？怎么这会儿玄苍上神亲自前来，你又不肯去了？"

白绫重新提起自己的锤子："我改变主意了，幽浮山再好我也不想去咯，你看那个上神嫌弃我的样子，看到就来气，要是去了，我说不定要和他打起来，打又打不赢，我为什么要去？我最讨厌这种看不起我，对我呼来喝去，还自以为是在向我施恩的人。”

“那个幽浮山再厉害，要是我自己去了不开心，那我就不想去，我感觉这里过得开心，我就想待在这儿。说起当师父，我赤炎师父比他好多了，我赤炎师父不嫌弃我，把我当亲女娃养，他嘞？看着就像个后妈。”白绫撇了撇嘴，抬起锤子咚地锤了下去，整个炼炉震了两下。

等宗主也背着手溜了，白绫停下锤子，敲了敲腰间的贝壳。

“贝壳老头儿，你唧个不说话？”

老贝壳的声音有气无力：“唉，我没什么想说的啊。”

白绫摸了摸鼻子：“我还以为你要骂我。”

老贝壳：“我怎么会骂小主人啊！我是想你去幽浮山，拜一个厉害的师父，那样就不会有人欺负你了，但是玄苍上神不喜欢小主人，小主人这么好，他不喜欢，去了幽浮山肯定要被欺负……唉，既然这样，小主人你还是待在这儿吧，你在这儿有人疼爱，过得开心，老头子我也高兴。”

白绫没想到老贝壳会这么说，捞起贝壳在脸上贴了贴，笑道：“老头儿你真好，你放心，我会越来越厉害的，谁敢来欺负我，我都能一锤子给他锤死！”

一直不太满意可爱的小主人用锤的老贝壳，在这一瞬间突然体会到了锤子带来的厚实沉重的安全感，忍不住想，其实用锤子也不错啊。

再说玄苍上神，他被熊孩子嫌弃了一顿，完全绝了收她为徒的念头。本来若是个乖巧听话的孩子，他也就顺手收了，但他见到的是一个完全和听话两字搭不上边的家伙，说话也让他心生不喜。既然是她自己的选择，那他也不必再把当年那点小恩挂在心上。

他回到幽浮山，准备再次闭关，然而这一次，他才刚刚进入殿中，就感觉一阵眩晕。片刻之后，他抬起头，本就冷漠的神情变得更加冷然，同时身边浮起了一面光屏。

连接成功，里人格觉醒成功。

在虚无之间，他一直思考着，要如何应对发生偏移的世界，最后得出结论，无论如何，要先把女主角拢在手中，只要女主角依然爱着他，那就一切都没关系，等女主角爱上他了，剧情可以之后再展开，或者适当偏移一些也无所谓。然后很重要的一点就是，清除女主角身边那些虎视眈眈的男二号——已经经历了两次被男二号抢走女人，他对此感到深深的憋屈，并发誓不会让这种事发生第三次。

虽然想象是好的，但在里人格觉醒于玄苍上神这个表人格身体里，并且回想表人格刚刚做了些什么的时候，他还是忍不住骂了一句："愚蠢！"

也不知道是在骂谁。

博取女主角好感这件事，难度陡然提升。

而且这回这个女主角……就算他是瞎的都能看出来不对了，这绝对不是他原来的女主角。那个奇怪的口音，还有那把锤子的奇葩审美……玄苍冷静了一下。

他看不上这样的女人。如果不是因为"女主角"在这个世界里太过重要，不能出现任何问题，他又被世界的意志约束着不能触碰禁忌，否则一定会试着将女主角身体里那个东西消灭，找回原来那个爱他爱到愿意牺牲一切的女主角。

唯一值得庆幸的是，因为这个女主角没有走原来的路线，所以她在原著里应该认识的几个男二号，现在全都没见过面。

是的，在这个世界中，男二号有好几个，一个骄傲的凤凰族凤池，一个痴心的人类修士剑云子，一个幽浮山弟子东原，还有一个从妖魔涧里逃出来的妖魔之体无名。

前三个都需要重点关注，最后一个倒暂时不需要管，因为他还要等十年后的妖魔涧彻底开启才能出来。

除了这些男二号，还有其他男角色也不得不提防。不行，他还是得去女主角身边盯着。

玄苍隐藏身形，再次下了幽浮山，来到归一仙宗烈焰谷。他是为了查清楚女主角身边是否有能威胁自己男主角地位的人，可看了半个月后，他发现这个女主角白绫，完全将锻造兵器当成了终身事业，天天抡着锤子咚咚锤，身边来来去去只有几个壮汉师兄和师父，完全没有可疑情况。

唯一一个不和谐之处，就是他发现有只小妖怪，一直在窥视女主角。那东西力量微弱，不知怎么侥幸觉醒了两种形态，能变幻成老鼠和乌鸦。

那是他的女主角，一只小妖也敢觊觎，真是可笑。

玄苍考察完女主角的情况准备回去的时候，顺手将那只可笑的老鼠妖抓着一起带走了。原本他准备将这老鼠妖直接捏死，但恰好路过閰阳地界，见到那里开了一条通往妖魔涧的缝隙，他又改变了主意，直接将那老鼠丢进了妖魔涧。

这样的东西进了那个地方，立刻就会被凶残的妖魔吞噬，而且被吞噬的过程极为痛苦——这是他对这只胆大小妖的惩罚。

07

在原本的世界线中，有一个特殊的男二号，他和女主角初识便是个书生模样，女主角问他姓名，他说自己无名，于是女主角称他为无名。

这个最初看似无害的角色，在当时出场的男主角和男二号们中间显得平平无奇，然而他在后来慢慢展露出了可怕的一面。原来他出身妖魔涧，原身并非人族，也非妖族，而是非妖非魔，天底下唯一一个阴差阳错之下造就出的生灵。它能吞噬并且融合活物，是一个没有人类感情，聪明又残忍，充满了怨恨且被吞噬欲望所支配的怪物。

天演四百八十六年，妖魔涧不知何故在人间界出现了数道裂缝，其后十年，裂缝突然扩大，渐渐与人间界重合，妖魔涧之中的妖怪与魔物倾巢而出，给人界带来了毁天灭地的灾难，而那个无名，便是借此机会从妖魔涧逃到人间界，和女主角相遇。

在原本的剧情中，他前期对女主角呵护备至，让因为痴恋师父而不得痛苦万分的女主角得到了安慰，然而随着剧情发展，无名的阴谋败露，原来他只是想借女主角打破男主角玄苍上神的心防，想寻机让那位高高在上的玄苍上神痛苦受创——只有削弱玄苍上神的力量，他才能吞噬对方。

无名的阴谋当然没有得逞，女主角终究还是和男主角玄苍上神在一起了。至于无名，他于死前本有机会杀死女主角，报复伤他的男主角，然而在最后关头却放弃了，他只看了一眼女主角说："我第一次见你时，你是白龙之形，那是我出妖魔涧后见过最美的画面。"说完，化作一撮尘土。

关于无名的来历，他到底在妖魔涧待了多久，又是如何变成了那个怪物的模样，这些问题，都无人知晓，哪怕在原剧情中，他的第一次出场，也只是巧遇女主角在湖边戏水。他从前的一切都是空白的。

没人知道，彭家村那个因为外貌丑陋而被人欺辱的陆林生，在原本的世界里，杀了人后浑浑噩噩迷失山林，再没能下山，被闾阳山林中那道裂开的妖魔涧缝隙吸引，坠入了妖魔涧。他就是"无名"最初的形态，最后的无名是陆林生变化而来，却也不再是陆林生，所以他舍弃了这个名字。

在原本的世界，"陆林生"这个存在和女主角毫无交集，可是在现在这条世界线中，白绫误入闾阳山林，与陆林生相识一场，成了他的执念。也因此他追随白绫而去，没有迷失山林进入妖魔涧，如果一直如此，恐怕原著中的妖魔"无名"根本不会出现。然而造化弄人，因玄苍一念之差，"陆林生"的命运仍旧是回到起点，回归原位。

距离妖魔涧与人间界融合，连通的缝隙彻底打开，还有十年。

对这一切，玄苍毫不在乎，白绫毫无所觉。

只有妖魔涧中那块看不清原样的模糊血肉，每日每夜，试图爬上深渊，回到那个有它执念存在的世界。

“嘎嘎，上不去的，没有任何妖魔能上去！”

“这里进来容易，想出去，嘿嘿，难啊。”

“妖魔涧是将我们这些邪恶妖魔彻底关起来的囚笼，除非等到东海倾覆，神剑崩碎，否则我们不可能重现人间，还是不要徒劳了。”

黑暗中有无数的窃窃私语和嘲笑，那个血肉模糊的怪物仿佛没有神志一般，不回应任何话语，只日日做着如此毫无意义的尝试。妖魔涧中妖魔互相吞吃，自有弱肉强食的生存法则，最开始，那只老鼠小妖落进来，立刻就被一只妖给吞进了肚子里，然而没过多久，那只妖就整个炸开了，从他的身体里掉出来一只怪物。

每次有妖魔将那怪物吞下，过不了多久都会死去，弱小些的直接炸开，稍微强些的，则会痛苦万分地死去，因为那怪物在他们体内，就像活物一般，会吞吃他们的脏腑和身体，再从他们的肚子里爬出来。这就像是一场博弈，双方谁先被侵蚀，谁就会死。

实力强大的那些大妖大魔，有好奇之下试着吞过这怪物的，然而过不了多久都会吐出来，对于他们来说，这个怪物就和随处可见的破石头一样，吃了半点用都没有，放在肚子里还不舒服。怪物也没法吞噬这些对目前的它来说力量过于强大的妖魔。

这个看似弱小无害的怪物，也会有主动吞吃其他妖魔的时候，最开始它恐惧着周围的一切，可是慢慢地，随着被吞噬和吞噬的次数多了，它身上某些东西消磨殆尽，逐渐被其他的东西取代，它开始习惯这一切，并且享受得到更多血肉的过程，除了试图离开这里之外，其余的时间它都在寻找可以吞噬的妖魔。

怪物渐渐变得聪明且贪婪，会寻找最适合的“食物”，甚至会伪装自己，或者将自己当成饵。

妖魔涧很大，有着许多从未被探索的地方，还有各种各样的妖魔，这里就是个容易滋生各种肮脏之物的巨大巢穴。怪物在里面四处游荡，每日经历的都是吞噬与被吞噬。怨气、戾气、魔气，滋养着这无边黑暗里的每一个活物。

烈焰谷后山的向阳花开了一大片，几乎要蔓延进白绫戏水的那片湖泊里，大片的黄色向阳花围住了被天映成蓝色的湖，黄、蓝两色相接，干净得令人心旷神怡。

六师兄站在小屋那边朝湖面喊了一句："小师妹，幽浮山来人了，师父让你去见一见！"

连喊了三声，平静的湖水才乍然破开，冒出来一颗白色的龙头。白龙喷出一口气，很不爽快："唧个又来人！"她最近正在换角，脑袋总痒痒，变成原形泡在水里就会舒服些，所以总是待在这里，要出去见客，她老大不愿意，磨蹭了半晌才变回人形，挠着脑门去了。

自从玄苍上神被她拒绝拂袖而去之后，三不五时就有几个幽浮山的仙人来归一仙宗见白绫，目的只有一个，说服她去幽浮山当玄苍上神的徒弟。

白绫无语，看那个玄苍上神走得那么干脆，没想到还玩这招！

所谓伸手不打笑脸人，这些带着任务前来的仙人大多态度非常好，白绫知道幽浮山了不起，也不好撕破脸，回回都要出来应付一下，随便他们东拉西扯、明示暗示，把幽浮山和玄苍上神吹上天，白绫最后都是一个回答——不去。

除了这些说客，幽浮山还送了不少珍贵的礼物过来，全都是给白绫的。玄苍本意是修复两人的关系，然而白绫看着那些花样繁多的礼物，心里更是怀疑，觉得那个玄苍上神肯定有所图谋，不然两个人非亲非故，他还看她不顺眼，为啥子平白无故要送这么多的好东西?

"无事献殷勤，非奸即盗！"白绫完全不肯收那些礼物，怎样来的让它们怎样回去。

到后来，赤炎师父也怀疑起来："他肯定是看上我们绫娃儿了！才千方百计要让绫娃儿去他那里！老不羞的，多大岁数了还搞这些！"

白绫：“师父，你学我说话好像呀！”

赤炎：“哈哈哈，我是你师父嘛！”

白绫：“哈哈哈，师父厉害！”

压根儿没人在意戏很多的玄苍上神。

前去归一仙宗的小仙又无功而返，一脸忐忑地走进玄苍神殿内：“上神，龙女仍是没有改变主意，礼物也没收。”

玄苍上神周身气息冰冷，闻言动了动手指：“下去。”

人走了，玄苍闭目思索。这个女主角，真的摸不清她到底要如何，简直软硬不吃。要说诚意，幽浮山他手下的十二个主位仙人都去请过，这个阵仗，就是去仙庭请仙帝也足够了，她却仍然不为所动，也未免太狂妄。

不过算了，也不急于一时，她看上去年纪也不大，过上一段时间或许就忘记这事了，到时候再去让人哄哄说不定更有效。实在不行……那就等几年后，等到东海倾覆，龙神剑崩碎，白龙族的那位仇人再次现世，到那时候，她就不得不向他寻求庇护了。

至于归一仙宗，等到妖魔涧被打开，妖魔现世，恐怕他们都自身难保，更没有办法庇护白绫，说不定白绫还要反过来求他庇护宗门。

如今这样傲气，他倒要看看她有什么资格这样一直傲气下去，他就在这儿等着她求上门来。

无论是什么样的女人，他都会征服她。

白绫：“阿嚏！”

六师兄：“小师妹，你啷个打喷嚏了，是不是遭了风寒，夜里泡水泡太久了？”

白绫：“六师兄，你啷个也学我说话？”

六师兄一愣：“……欸？我不注意就这样了，怎么回事？”

两人说着话，二师兄扛着钉耙路过：“六师弟、小师妹，我在地里头挖了些瓜，甜脆脆嘞，你们要不要尝哈子？”

白绫带着一篮子谷内自产自销的灵瓜回去，百思不得其解，忍不住问老贝壳：“老贝壳，为啥子师父师兄们都忍不住学我讲话嘞，你跟了我好久，也不学我？”

老贝壳为自己掬一把辛酸泪：“……小主人，为了给您示范正常的说话方式，我可是拼了老命啊！”天知道当初听到龙蛋里孵出来的可爱小公主一张口这样说话，他有多绝望。这到底哪里来的口音？难道是当年王妃怀着小公主的时候吃了什么奇怪的东西？

白绫：“这样说话哪儿不好嘛，我从出生起就这样说话，不觉得奇怪啊。”

老贝壳：“好好，小主人说什么都好！”

白绫成功换下了第一对龙角的时候，亲手把换下来的龙角和一些炼材一起炼了，打造出了一把短剑，这是她第一次独立完成作品。作为纪念，她给这柄短剑起名为龙角，当了自己的佩剑，平时用来切割东西。毕竟很多事，是锤子做不到的。

为了庆祝她成功换角，师父和几个师兄聚在一起吃了顿酒，白绫也凑趣喝了几杯，喝着喝着就人事不知了。等她醒过来，发现自己变回了龙形，像面条一样挂在架子上，龙须垂在地面，尾巴浸在酒坛里，几个师兄都揉着胳膊腿，师父脑门上一个大包包。

白绫提起自己的尾巴甩了甩，又晃了晃晕乎乎的大脑袋：“我喝醉了以后，跟你们打起来了哇？”

大师兄摇头：“不是不是，小师妹你喝醉了，变回了龙形，说要带我们几个上天飞一圈，飞得好高哦！就是飞到一半你突然松爪子把我们几个丢下来，师父接得有点累。师父脑壳上的包包，是被你丢下来的锤子砸的。”

白绫蒙了：“……我会飞？我喝醉了以后还敢飞？我还敢带人飞？！”

她对于这场飞行事故毫无印象，但师父师兄都言之凿凿，不像在骗人，就连老贝壳都感动得哭了：“呜呜呜，小主人你真的会飞啊，你这回飞得多好啊，一会儿飞成人字，一会儿飞成一字，要是能一直这样就好了！”

白绫：你当我是南飞的大雁吗？！

08

相处得久了，白绫的师父师兄都知道了她不会飞这件事。

前两年白绫还有点包袱，放不太开，但是和几个师兄混成一团后，她就完全放飞了自我，时常变成原形在谷内撒欢，师父、师兄们也都习惯了烈焰谷内出现一条到处溜达的白龙。龙有四只爪，但身体是长条条的，虽然看上去别有一番威武，可用这模样走起路来当真十分喜感。

有时候白绫变成原形在炼炉旁边打瞌睡，师兄们要用炼炉，又叫不醒她，只能两三个师兄一起，齐心协力一人扛着一段龙身给她背开，场面异常搞笑。

有一次恰好被幽浮山来人给看见了，对方那个表情之古怪，几个师兄好几年都没能忘记。

这些年，幽浮山始终没放弃对白绫的招揽和示好，如果从前白绫不愿意去幽浮山主要是因为恐高严重和不喜欢玄苍上神，那么现在不愿意，很大原因是与谷里的师父、师兄们几年相处下来，她已经将他们视为和老贝壳一样的亲人，当然是和疼爱她的亲人们在一起生活比较开心。

可玄苍上神不知从哪里知晓了她的恐高症，竟然派人来通知她，只要她愿意去幽浮山，他愿意为了她将幽浮山整个安置在地面上。此言一出，连幽浮山上下都是一片哗然，更不要说归一仙宗，白绫本就因为连连拒绝玄苍上神而被许多人嫉妒诟病，如今又出了这種事，暗地里就多了不少风言风语。

说她不识好歹，配不上玄苍上神垂爱的；说她不懂事，恐怕惹怒了玄苍上神要连累到宗门的；说她装腔作势，迟迟不肯答应就是为了显摆玄苍上神的宠爱的……总之，几乎个个都恨不得摁着她的头替她答应下来。

“我还能说啥子，我愿不愿意去，关他们什么事？人人都觉得我应该受宠若惊赶紧答应，我答应个锤子！他们就没想过我愿不愿意去，他们想去自己去啊，关我什么事！

“还有那个上神，他脑壳遭门夹了？他是不是感觉自己好厉害，感觉自己好给我面子？”

白绫整个龙都气炸了，要是龙形，估计龙须都能绷成直线。她真心觉得玄苍上神脑壳有问题，她在这儿过得好好的，又没招惹他，三番五次来找麻烦，现在还逼她接受这一份“恩赐”，白绫那小暴脾气都忍不住，要不是被师兄拼死拦住，她都能提上锤子锤上幽浮山——如果她敢飞上去的话。

“师妹，你消消气，这块石头都遭你打穿了。”五师兄心疼地看着那块磨剑石，这块石头用了好些年了，他们用来磨剑磨了十几年都没能磨掉一层皮，可小师妹这一生气，没控制力道，竟然直接把这块石头给打穿了。

赤炎师父一挥手：“反正都打穿了，干脆让你师妹打破，打成几块，一人分一块算了！”

白绫动了动胳膊，把面前的磨剑石想象成玄苍上神，又是狠狠一锤子下去，磨剑石一下子崩碎四散，几个师兄纷纷寻找自己心仪的石块，只有赤炎师父拍了拍气呼呼的小徒儿：“白绫儿啊，你想不想出去走走？”

白绫丢下锤子喘粗气：“出去？去哪儿？”

赤炎的粗糙大手盖着她的脑袋：“幽浮山老是来人，你不是烦吗？最近宗门里又有好多人说闲话，你听到生气，不如趁这个机会出去走走，你来这里好几年了，出去见见世面也好，让你师兄陪你去。刚好，你刚才打碎了磨剑石，这回出去，你就找一块更大的磨剑石回来。”

白绫想了想，答应下来：“好！我去找更大、更坚硬嘞磨剑石回来！”

目前正在天上装模作样的玄苍上神不知道女主角对他的好感度因为他一拨又一拨的操作，直接变成了负无穷，还被他逼得出门散心，他自己是真心觉得这回姿态放得很低，并且觉得自己都这样迁就了，女主角不可能不感动。

为了挽救这个世界的气运，高傲如万年冰山的玄苍上神，也能放低身段。

“上神，龙女……”

“答应了？”

“拒绝了……”

“……”

幽浮山，因为玄苍上神的怒火，崩掉了一个小岛。

白绫和五师兄一起出宗门，两人商量了一下，朝着东去。

“听说那里有个与焉山，山上好多奇石，我们可以去那旦头找。”白绫认真考虑过，提出建议。五师兄睁着铜铃大眼点头，一副全都听她的样子。

五师兄在几位师兄中是性格最憨厚的一个，老实勤快，他被师父选中和小师妹一起外出的最大原因就是他擅长记路，白绫跟着他绝对不会迷路。对于五师兄超神的方向感，白绫拜服，从上路后她最喜欢的事就是询问五师兄现在是在哪里，朝哪个方向能去哪儿，听着五师兄如数家珍，白绫简直羡慕得跳脚。

还有就是，五师兄长得最凶，平时谷里人不希望其他弟子来骚扰的时候，就会把五师兄派到烈焰谷门口站着，效果显著，有他在白绫身边，大家都很放心。虽然师父担心的是有人会欺负小徒弟，而几位师兄担心的是小师妹会一时生气用锤子没轻没重搞出人命。

师兄妹两人朝着东走，谁知还没到地方，就遇上了几个仙人正在令当地百姓迁移。

这里所谓的仙人，除了修成仙身，被仙庭召入得享仙籍可以称为仙人外，就是因为依附于上神，被赐予了仙身的人。

见到那几个白衣翩然的男男女女，白绫最开始还因为好奇多看了几眼，结果发现他们身上都挂着幽浮山的玉牌，顿时没了兴趣，只想赶紧避开。拜玄苍上神所赐，她现在对整个幽浮山都敬谢不敏。

她推着五师兄想走，可他们两人在面带惊慌之色的人群中分外显眼，特别是白绫，她穿着白鳞化作的洁白衣裙，气质灵透动人，那几个仙人一眼就看见她了。

说来也巧，这几个幽浮山弟子，属于没有资格前去归一仙宗当说客的那一批人，所以没能认出白绫来，而其中为首的男子，名叫东原——正是原著里痴恋女主角的男二号之一，后来因为求而不得黑化，给女主角和男主角之间的感情增添了许多阻碍，还差点因为执念而害死女主角。

东原见到白绫二人，只以为二人是凡人修士，于是上前矜持地道："二位仙友，我乃幽浮山弟子东原，我们在此地救助凡人，正需要帮手，不知二位能否帮忙？"

白绫板着脸道："帮啥忙？"

东原见她相貌乖巧可爱，眼神灵动，心下有些喜欢，语气便非常温和："是这样的，近日东海生乱，出现了一道巨大的深渊，有冲天邪气溢出，还出现了一些妖魔。这些都是临近东海的住民，我们准备将他们暂时迁至内陆的城里。因为人聚集得太多，难免有妖魔嗅到人气前来作乱，我们需要人手帮忙护送……冒昧打扰，实在过意不去，但如此非常时候，大家同为仙友，正该齐心对抗妖魔，不知两位意下如何？"

白绫皱了皱眉，望着一队队的人，这些人的脸上都是惶恐担忧，还有木然的神色。她低声和五师兄商量了一下，还是答应了下来："好，要把他们护送到哪里？"

东原见她答应，满意地点了点头："我的同伴们要去其他地方迁移百姓，这边就由我和你们一起护送。"

东海深处镇压着的龙神剑剑身裂开无数缝隙，随着神剑的崩裂，东海边上的巨大深渊越扩越深。这深渊，就是妖魔涧连通人间界的最大一处入口，此时这入口处，不断出现妖魔的身影，这些妖魔从黑暗中出来，见到明亮繁华的人间界，都兴奋无比，纷纷四散开去。

妖魔涧深处仍旧有些大妖魔看着出口没有动作，他们还要等待这道口子变得更大一些才行。

“那个家伙已经出去了吧？”

“是啊，他不知道哪来的那么大执念，从进来的第一天就想着出去，如今好不容易开了个口子，他当然早早就跑出去了。”

“嘿，那家伙出去了，就他那什么都能吞下去的贪欲，外面肯定要乱成一团，我都不想出去了，待在这里没有那个家伙威胁，挺好的。”

“你怕了那怪物了？亏你还是千年的大妖！”

“你不怕？你不怕，上回怎么避开他了，手底下的两个大妖将都被他吃了吧？”

“……我、我不过是嫌他脏而已，你真当我怕了！”

黑暗深处窸窸窣窣的说话声断断续续，过了一段时间后又沉寂下来。

妖魔涧出去的大小妖魔，大多形状奇怪，可能是在黑暗中生活习惯了，长相都特别随意，哪一个拎出去都能夸一句造型凶猛狰狞。一般而言，有尖锐的鳞甲，或者身形特别高大的妖怪会更厉害些，不过，也有例外。

譬如那个像人一般大小，背生黑色翅羽，身上既无尖锐爪子，也无锋利牙齿的怪物。他身上垂着丝丝缕缕的黑丝，包裹着整个身体，没有脑袋，自然也没有眼睛、嘴巴之类，只是一个佝偻人形，用来行走的“双腿”格外长，垂下的“双手”也很长，根本没有手指。

他的气息非常奇怪，并没有一般妖魔的邪气，反而特别无害。可他出现在妖魔涧出来的妖魔之中时，那些狰狞可怕的妖魔就仿佛见到瘟疫一般，四下逃散，根本不敢靠近他。

他也不在意周围妖魔们的反应，就这么离群而走，朝着某个方向而去。缓缓离开了大群的妖魔潮，他一直来到一座空城附近，被两只小妖给袭击了。

这两只小妖并非出自妖魔涧，而是人间界的妖，被邪气吸引过来，见到“无害”的妖魔涧妖魔，准备捡个漏，然而他们才接近，那个身上垂满了黑丝的人形就猛然散开，丝缕黑丝眨眼将两个小妖包裹，就一瞬间，两只小妖被完全吞噬，连半点残渣都没留下。

他走进空城，在城门口处发现了一具新鲜的人类尸体，尸体瘦骨嶙峋，衣着破烂，看样子是个乞丐。丝丝缕缕的黑丝裹上尸体，将之吞噬，片刻后，佝偻的人形妖魔消失，出现的是那个才被吞噬的乞丐。

他看了看自己的手，忽然笑了，抬步往某个方向去：“在哪……在哪里？”

一路走到另一个城，他看见几个御剑飞在天空的仙人正在喝令城内百姓搬到其他地方。一个乞丐，没有引起任何怀疑地融入了人群之中。

“不知道仙友宗门何处？”东原路上几次试图和白绫搭话，白绫还记着他是幽浮山的人，不好被他知道身份，就不怎么爱搭理他，被问烦了，直接将五师兄推过去应付，自己跑到一边去。

因为要护送这么多人，时不时就要停下来歇息。时近正午，大家找了片地方休息吃东西，白绫独自坐在一边，普通人没人敢接近她这位“仙人”，她就从灵囊里摸了个桃出来啃。刚啃了两口，她发觉有个人朝自己慢慢走了过来。

是个乞丐。

他走到她面前，没有说话，只是突然跪了下来朝她伸出手，因为脸很僵硬，他脸上的笑有几分诡异，疯疯癫癫不太正常的样子。

白绫沉默片刻，从灵囊里拿出个桃子放在他手里。看这大兄弟瘦成这个鬼样子，饿得双眼放光，都跑过来跪下了，她总不能见死不救。

“吃吧，这不是普通的桃子，你吃一个就差不多咯。”

乞丐握着桃子，看了一会儿，又抬头看她，露出了个僵硬的笑，张口说：“我……弄丢了……你送的……珍珠……但是，但是，我会……找回来……”

他声音含混，白绫没太听清他说了些什么，只听到一个“弄丢”和“找回来”，她觉得这大兄弟也太惨了，估计是个傻的吧。

“我……叫陆……林生……”

这句白绫听懂了，她点点头随意道：“陆林生？哦，我叫白绫。”

她并不知道当年自己随手帮过的一个丑八怪，就叫陆林生，也不知道这个名字，是隔了多少的人事已非，才被告诉了她。

09

陆林生在大部队起程后就一直跟着白绫，白绫发现这人一直盯着自己不放，好像还是非常饿的样子，忍不住问他：“你没吃饱？”

陆林生：“不，我想一直……看着你……”

白绫没觉出这句话有什么问题，是她腰间的老贝壳忽然传音大喊：“小主人，这登徒子太可恶了，竟然敢打小主人的主意，小主人锤他！锤他！”

白绫这才反应过来，心想，我个乖乖，老子这是遇上桃花咯？虽然对方是个乞丐，但这真的是她遇到的第一个直接上来表达好感的男子。

说起来，白绫自己也百思不得其解，她上辈子都有人追，这辈子长成这么好看的样子，反而没人追求，这岂不是很奇怪？看着眼前面目模糊的乞丐，她心情复杂，思考了一下才说：“是这个样子的，我其实要求也不高，你是人也没关系，但是嘞，我比较喜欢那种干净点儿、乖一点儿的男娃……你晓得吧？”

老贝壳快疯了：“小主人哪！他癞蛤蟆想吃龙肉，你还和他说这些干什么，你的锤子呢，给他一下，让他清醒清醒！”

白绫不理这顽固的贝壳老头子，只要没惹她生气，她一般还是很好说话的。

陆林生一双黑黝黝的眼睛盯着白绫。他虽然自称“陆林生”，但实际上他从陆林生那儿继承来的只有深重的执念，还有渴慕、怨恨等感情，关于其他的记忆都格外混乱，特别是最初几次被吃的痛苦经历，在他的记忆中，最清晰的画面几乎都和白绫有关——第一次在山中见到她、她送给他金色的珍珠、她化作白龙在湖泊中戏水……所有的画面都温暖干净，让他每次想起都觉得自己身体里永不餍足的贪欲有了片刻满足。

与之相对的则是那些漫长的吞噬与被吞噬的过程，他拥有清晰完整的神志已经是在妖魔涧内，不知吞噬了多少妖魔后才有了这样一个类似人的样子。而现在，他正在尝试成为一个“人”，拥有人类的身体，学着人那样说话，学着用“笑”来表达感情。

他无疑是非常聪明的，只是意识不到作为人需要注意一些什么问题，如今听白绫这样说起，他就慢慢点了点头：“好，我会……干净……”就这么一段时间过去，他的笑已经比最开始流畅自然多了。

两人站在那儿单独说了好一会儿话，被派去应付东原的五师兄和东原两个人都待不住了，五师兄生怕小师妹天真不谙世事被人骗，撂下东原走过去，东原赶紧也跟着过去。

“仙友，可是发生了什么事？”东原抢先问道，又看了一眼陆林生的模样，眼中藏了点鄙薄之色，“我刚才看到他向你讨了什么东西，凡人大多不懂规矩，有不少人还十分贪心，你一时心软给了他们帮助，他们就会理所当然要求更多，有这种人来纠缠，你也不需要……”

白绫听他越说越奇怪，直接打断他：“停停停，不晓得就莫乱讲。”这幽浮山风气真的不好，从上到下都一个样，因为自诩仙神所以高高在上的样子她最不喜欢。就像归一仙宗里也有不少弟子觉得自己是修仙者所以看不起凡人一样，她也不喜欢。

见白绫不悦，东原也很是尴尬，不能对着师兄妹两人发脾气，只得肃然对陆林生道：“还不快下去！日后记住不得再来纠缠！”

这时人群中走出来一个中年妇人，看衣着打扮家境还不错，收拾得齐整干净。她看上去是个爽利的性子，只是对着几个“仙人”难免胆怯，走过来盯着陆林生细细打量了两眼后，赔着笑对东原说：“仙人息怒，这人我认识的，原是我的邻居，从前我们城内有名的路秀才，打小在寺里苦读，后来因没能考上举人，家中老父又发生意外死亡，人就变得有些疯癫，我们都以为他乱跑出去死在哪里了，没想到还能在这儿遇上。

“他也是个可怜人，有什么冒犯的地方，小妇人在这儿给几位仙人赔个不是，我这就把他带走。”

陆林生被那妇人拉着走了，也没挣扎，只是看着白绫，一直被拉进人群里，还在看她。

目送他离去，白绫和五师兄走到一边，撞了撞他的胳膊随口感叹：“果然，啥子桃花运都是假嘞，不可能有嘞。”

五师兄哄她：“……小师妹，你还小，咱们不想这个，啊。”

老贝壳传音：“小主人！你还是头幼龙啊！你的龙角都还没换完！而且就算你要找伴侣，也不能这么随便！配得上小主人的，必定要是个有出身、有名声、有相貌、有能力的出众妖族！可不是什么阿猫阿狗都能肖想的！”

白绫掏了掏耳朵，刮刮贝壳表面，低声抱怨：“哪个有那么多要求嘛，我看得顺眼就好咯。”

陆林生被妇人拉到人群外的偏僻处，那里还有几个人，都是妇人的亲人，也是从前认识路秀才的，七嘴八舌地问了起来。

“路秀才，你这些时候去哪里了？”“路秀才，你刚才在那里，仙人给了你什么？”“路秀才……”妇人朝他们摆手：“好了，一边去，让路秀才歇歇……”

陆林生看了看这些人，脸上没有半点儿表情，妇人被他看了两眼，只莫名地觉得害怕，小心地说：“你是路秀才吧？我刚才就看着像你，你还记得婶子吗？”

陆林生突然走到几人中一个衣着最干净的男人身前，朝他抬起手。可是抬到一半，他顿了顿又放下了，朝那个满面奇怪茫然的妇人说：“我要打理……干净。”

过了半天，等到晚间，白绫再次见到了陆林生。

“你是上午那个陆林生？”白绫惊讶地瞧着面前的男子。

他穿着套干净的衣服，头发脸庞都打理过了，露出的真容意外地年轻秀气，是个弱不禁风的书生模样，又文弱又无害。因为太过瘦削，还有点可怜兮兮的，一个大男人腰瘦得都能和她比了。

“我是陆林生。”

只半天不见，他说话顺畅了很多，白绫有点弄不清他到底是不是疯傻，略有点迟疑地看他。她不说话，陆林生也不主动说话，只那样专注地看着她，看得白绫感觉自己浑身不对劲。

白绫无语，大兄弟是不是太热情了，因为我给了他一个桃就对我一见钟情？这眼神直勾勾的，好像要吃人一样，吓死人咯。

她腰间的老贝壳突然传音，语气很紧张，他说：“小主人，这人不对劲，他很危险，你离他远一点！他好像、好像不是人类！”

老贝壳毕竟活了多年，又有着一种天生的感知神通，陆林生直勾勾地看白绫的时候，他有一瞬间发觉了违和感。白绫听了这话，迅速警惕起来，考虑着是不是立刻亮武器。

陆林生上前一步，靠她更近了些。白绫刚想让他站住，陆林生就伸出手，他的手在瞬间，像流泻的黑色丝线一样垂落，露出里面一颗浑圆的红色珠子。

“我要把这个送给你。”说话的人很真诚地笑着，就是突然散开的手太可怕了。

白绫还没能做出反应，营地里休息的人群中，陡然传出了一声尖叫，人群轰然散开，有人撕心裂肺地痛哭哀号，有人惊恐万分地求救。

“有妖怪！啊！妖怪吃人了！”

“救命！仙人救命！”

白绫立刻跑了过去，见到人群中间一片混乱，有不知何时潜入的几只妖物正在撕扯着血淋淋的人，东原和五师兄已经迎了上去，和那几只妖物缠斗在一起。东原显然更厉害，一人对付了好几只妖物，五师兄则在两只妖物之间左支右绌，还有好几只妖物正在人群中物色食物。

白绫提着锤子毫不犹豫就上了，说不怕那是假的，毕竟她还没真的杀过妖，但她明白迟早会有这一遭，师父让她出门，未尝没有锻炼她的意思。她举着锤子锤下去的时候，整个地面都震动了，她怕一下子锤不死，又补了一锤，等把锤子抬起来一看，那个怪模怪样的妖物半个身体都被她锤成了糊糊。

白绫：“呕——”死得好恶心哟！

五师兄担心地朝她这边大喊：“小师妹！你没事吧！”

白绫：“呕——我没得事，你等我一哈子，我吐完就去弄死剩下嘞！呕——”

一只妖物乘她不备扑了上来，白绫一锤子甩了过去，连妖带锤一起飞出去撞到了地上。那咚的一声响，又把众人的尖叫吓得一顿。

白绫手上就剩一把锤，她一边擦嘴一边去捡锤子，还没碰到那锤子，地底下忽然钻出了十几个狰狞的大脸妖物，一齐朝着她扑了过来。白绫看清楚这些妖物的同时，心里暗道一声要糟，此时身后忽然一阵黑影掠过，丝丝缕缕的黑色丝线铺天盖地地涌了过来，将那十几个妖物全部裹进了黑丝里。十几个黑茧存在不过几息就消失了，那些黑丝又以极快的速度汇聚成一个人形，变回了陆林生的模样。

他神情自然地对白绫露出无害的笑容，喉咙一动，好像刚把什么东西吞咽了下去。

白绫还举着锤子没放下，身边已经空荡荡的，不剩一只妖物。另一边解决了剩余妖怪的东原和五师兄已经赶了过来，他们也看见了方才的一幕，东原手中剑没收，直刺陆林生。

这一剑刺了个空，陆林生出现在另一侧，原本离得近的人迅速连滚带爬尖叫着退开了。

“妖物！你变成人混迹在这里有什么阴谋？！”东原喝道。

陆林生对着他表情冷漠，没有说话，看他的目光和看一块行走的血食没有任何区别。

“受死！”东原剑光暴涨，刺向陆林生。陆林生浑身黑丝吞吐，眼看就要散开，白绫终于反应过来，上前一把抓着他推到一边，自己拿着锤一挥，把东原整个打了出去。

东原难以置信：“你在做什么？！你没见到他是妖吗，为什么要护着他？！”

白绫锤子往地上一戳：“我才要问你在干什么！你眼瞎咯？没看见他刚才帮我解决了那么多妖？上来就要杀。”

东原：“这样会吞噬同类的邪恶妖物，不可能是什么好东西，方才肯定也是别有用心。非我族类，其心必异，自然要杀，你快让开！”

白绫提着锤子怒道：“我让你个锤子，老子也不是人欸，你有本事就过来打，看老子不锤得你脑壳开花！”

10

因为白绫要护着陆林生，五师兄听小师妹的，也默默站到了她身后，场面一下子僵持了起来。

东原迟迟没出手，旁边恐惧的普通百姓们骚乱起来，人群中有人忍不住大声喊道：“仙人快动手啊！赶紧杀了妖怪！”

“是啊是啊！赶紧杀了吧，太可怕了！他们护着妖怪，肯定也是妖怪，仙人不要放过他们，都杀了！”

“对啊，我听说很多妖怪变成人的样子混在人群里，就是要吃人的，他们肯定也是这样！”

“杀了他们！杀了妖怪！”

这样的声音越来越多，白绫听得火往脑门冒，举着锤子朝四周指了一圈，喝道：“哪个狗东西在下面喊？给老子站出来，不要以为老子不敢弄死你们！”

所有被她看过的人都下意识地缩着脑袋往后退去，虽然她长得好看又娇小，但在场众人目睹了她刚才锤死妖物的雄姿，地上那两块肉饼还明晃晃在眼前，一时间真没人敢再大声说话。

白绫半点儿没客气，指着刚才喊得最大声的方向就骂：“老子又不是你们亲娘，也没有保护你们的义务，我愿意过来出力帮忙，你们不感谢就算咯，还要杀我？来啊，我看哪个杀得了我，你们信不信，真惹火了老子，这里所有人都活不成！”

在这一刻，所有人都被白绫的反派嘴脸吓到六神无主，刚才叫嚣得最狠的那些人傻眼了，胆子小的已经哭了起来，不少人缩成一团，显然把她的话当真了。

白绫一阵无语，是不是吓唬得太狠了？

东原面色复杂，沉重地开口：“我没想到，你也是妖，你和他其实是一伙的，你们混在这里是不是别有用心？”

什么玩意儿？白绫差点给他气笑：“你该不是走路把脑壳掉出去咯，是你自己要我们来帮忙，又不是我要来的。”

东原想起这一遭，感觉心情更加复杂，笃定道：“你故意引起我的注意，费尽心机接近，肯定有更大的图谋，劝你放弃吧，就算我现在只有一个人，但我背后是幽浮山，没有人能挑战幽浮山的权威。”

白绫在这一刻，想起了上辈子最爱的外婆，外婆还活着的时候经常对她说：“乖娃儿，你要记到，不要跟那些脑壳遭门夹了的人讲话。”

外婆说得对。

白绫提着锤子招呼五师兄：“五师兄，走咯。”

一脸凶相的五师兄刚才很配合地在她身后扮恶人，人群里哭的，很大一部分是被他吓哭的。

“这就走了？”五师兄问。

白绫：“不走还在这里结婚生娃儿啊？”

他们俩旁若无人地走了，陆林生也就跟着他们一起走。

东原：“等等……你们、你们就这样走了？”

白绫不耐烦地回头瞪他：“你还想跟我们打一场再走？”

他们扬长而去，东原本想追，但周围大群的人拦住了他：“仙人，你可不能抛下我们啊，你不是幽浮山的仙人吗？我们全家都是虔诚供奉上神的！”

“对啊，求仙人别走啊！”

东原没办法，只能留了下来继续保护人群，他隐隐有些后悔，觉得自己也许误会了他们。那女子不像是坏人，但想到那个奇怪的妖物，他又觉得自己没错，那样的妖物，只从气息就能知道他是邪恶的，他们能什么都不做地离开也好，否则他还真没把握胜过他们。

白绫雄赳赳气昂昂走出去一大段路，瞧瞧没人追过来，她扶了一把自己的额头：“没想到会搞成这个样子。”

“你还小，以后多走走，见得多了就习惯这种事了。”五师兄安慰地拍了拍她的肩，“师父让你出来，就是让你多接触人。”

白绫抱怨：“那些人真是奇怪，我又没做坏事，还帮了他们，他们翻脸不认人，说杀就要杀，哪个这样不讲道理？气死我咯！”

五师兄：“其实那么多人，心真坏的占少数，大多数人是有良心的，只是坏人比好人声音更大。”

白绫：“反正就是无论什么简单的事情，人一多就搞得好复杂。”

师兄妹两人说了几句，听到身后传来一个幽幽的声音：“你是在生那些人的气吗？”

白绫转头一看，见陆林生就在她右侧几步远，悄无声息的，要是不出声，很容易让人忽略他的存在。

“……你哪个还跟着我？”

陆林生直白地告诉她：“我想一直跟着你。”

白绫按住老贝壳，好奇地问陆林生："你是妖怪？"

陆林生也不知道自己到底是什么，但他想了想后还是点头了："是啊。"

白绫想起他那个样子："你是头发变的妖怪？"

陆林生这回很快摇头："不是，开始是什么，我不记得了，但我没有见过跟我一样的。"

瞧着他那张斯文秀气的书生脸，白绫问："你这张脸是别人的吧？"

"我刚出来，看到的第一具尸体，就是这个人。"陆林生内敛一笑，"你要是不喜欢，我可以换一个人。"

白绫摆手："不了不了，你不要乱吃人。我刚才是吓唬他们的，我也不会乱杀人，其实我的宗门是正派，你晓得吧？"

陆林生点点头，非常好说话："晓得，我不乱吃。"普通的人对他来说并不是好的食物，如果不是需要，他也不会选择吃，就像大型食肉动物懒得去吃蚂蚁一样。

白绫听他这么说就觉得这大兄弟肯定是个好人，不对，好妖。拿她自己来说，上辈子是人，这辈子变成龙，心里就对种族之分不太在意了，反正她觉得是好的，不管是人还是妖，她都愿意交个朋友，要是她觉得不好，神仙她也不想理。

"欸，你跟着我，是不是没地方去啊？"白绫突然觉得这个妖怪像只雏鸟，估计是因为她给他吃了一个桃，才会这样跟着。她是个软硬不吃的臭脾气，唯独看不得别人惨兮兮的样子，她和五师兄商量："五师兄，要不然就让他先跟着我们，我看他也不像坏东西。"

五师兄感觉不出来陆林生身上的气息多邪恶，他只觉得既然师妹都这么说了，她大概也需要交妖怪朋友，于是答应了。

但老成精的老贝壳怎么可能答应把这种危险的奇怪妖物放在小主人身边，哇哇大喊着不行，被白绫直接忽略。这位贝壳老爷子，但凡她做点什么，都要喊不行，她都习惯了。

白绫邀请陆林生和他们一起上路："我们是要去找最硬的石头做

磨剑石，你可以跟我们做伴，要是你什么时候想走，要跟我说一声。”

“好，我不走。”陆林生说，笑起来像一朵小白花。

白绫：这个妖怪好乖哦！

他们上路之后，五师兄提醒白绫：“师妹，你又走错路了，去与焉山要往东边。”

白绫：“我知道，我们先不去与焉山，先去一趟胥城。”

胥城就是他们之前答应护送那群人去的地方。

白绫板着脸很不情愿地解释：“我都答应咯，也不能真就这么走，我们先走到他们前面，看到要吃人的妖怪就帮着处理哈子，等他们快到地方，我们再去与焉山，好不好？”

五师兄：“扑哧。”

“好，先处理妖怪，再去与焉山。”微笑怪物陆林生，一个把白绫当成生命之光与永生执念的忠犬。

他们走到大部队前面，遇到那种会主动袭击的，白绫最开始还会自己抡着锤子上，后来发现自己的锤子很容易把他们打成一摊，而被她锤成这样了，陆林生还要吃，白绫就有点看不下去了。

“都锤到地上变成碎碎咯就不要吃嘛。”她这样和陆林生说，对方也很顺从地应了，果然没有再动那些散发着奇怪煞气的妖怪碎碎。白绫又觉得自己像个老妈子，让孩子不要吃掉在地上的饭粒。

这个想法让她觉得坐立不安，下次再遇上需要处理的妖物，她就不用锤了，让陆林生去吃。不然，她总觉得自己是在浪费孩子的口粮。

——也就只有她会把陆林生当成一个需要怜爱的孩子。五师兄这一路上眼睁睁地看着陆林生吞噬妖魔，终于有了些忌惮之心，因为那些妖魔里面，甚至有几个他看着都觉得害怕的，他猜测着哪怕是师父在这里也不一定打得过，可这个陆林生都是寻常地吞掉了，就和之前吞其他小妖怪时一样自然。这样厉害的角色，为什么这么听师妹的话？

五师兄见陆林生与小师妹相处得很好，也不随便告诫小师妹什么，只自己平时仔细观察陆林生，多加注意。然后五师兄发现，这个陆林生实在古怪，对着小师妹的时候，他永远都在笑，仿佛没有其他表情，而有小师妹在场的时候，他基本上不看别的什么，就算要看，那神情也截然不同。五师兄说不出来，他只知道陆林生看自己的眼神令人很不舒服，和看着小师妹的时候截然不同。

而且陆林生不离小师妹左右，无论他何时去看这两人，都会发现陆林生就跟在小师妹身后，用那种……说不太清楚的目光看着小师妹。

五师兄这个外人看着都有些怕了，可白绫毫无所觉，顶多觉得陆林生黏人了点。可能是个年纪还很小的小妖怪吧，果然是雏鸟情结，她想。

等五师兄实在忍不住过来提醒她的时候，白绫还反过来安慰师兄："没事的，陆林生他就是年纪还小。"

五师兄心中震惊：什么？师妹你自己还是条幼龙啊！看他吞妖魔的架势，怎么也不可能"还小"吧！

老贝壳比五师兄更加担心，每天都像一个要棒打鸳鸯的王母娘娘，恨不得在小主人和陆林生之间画一条银河，并且坚持不懈地在小主人耳边念叨："小主人你要警惕这个陆林生，连我都看不出他的原形，他平时这个样子肯定都是装出来的，说不定他就是想吃小主人！"

总被人这么说，白绫心里也纳闷，她对着坐在自己身边的陆林生左看右看，只看到他眼睛里写着信赖，脸上印着乖巧。

她随手揪了朵花送给他，他能捧在手上捧到花干枯，最后一口吞了。

"你不是只吃妖怪吗，怎么这个也吞？"

白绫奇怪地问他，他就露出个秀气的笑来："舍不得扔。"

不能怪白绫没警惕心，关键是陆林生对她，确确实实没有表露过一点点恶意。她也只能在内心纳闷地猜测，是不是因为同性相斥，师兄和老贝壳才对陆林生有点偏见。

"呼——终于到胥城了，咱们休息一晚，明天就往回走，去与焉山找石头。"白绫看着一大群人平安到达城内安顿，也松了口气。

为了方便白绫泡水，他们在城外找了个湖边休息，半夜时候，靠在树下的陆林生悄无声息地站起来，消失在了黑暗里。

纤长瘦削的书生人影出现在寂静的城内大街上，他循着气息，来到了城内最大的一家客栈门口，抬头望向二楼。

东原察觉到周围气息不对，从打坐中惊醒，猛地睁开眼睛。

一张秀气的书生脸庞近在咫尺，因为脸上神情木然，又靠得太近，显得格外可怖。

烛火猛然跳动，屋内光线暗淡了一瞬，又很快恢复明亮。映在墙面上的两道人影中，有一个忽然膨胀，片刻后，墙面上只剩下一个人影。

风吹开房间的窗户，屋内已经没有了任何人的身影。

陆林生回到湖边，他坐到白绫身边，望着她在月光下闪闪发亮的白鳞，眼中满是贪欲和扭曲的渴慕。

他的本能就是贪食血肉，带着灵气的血肉对他有天然的吸引力，但白绫是不一样的，哪怕饿死，他也舍不得吃她。

11

白绫还没拜进归一仙宗的时候，独自在洛水住了段时间，后来又带着老贝壳孤身上路，迷路到四面八方都走遍，那会儿她觉得到处都很安逸，作乱的妖怪比较少。可这回出来，简直是群妖乱舞，妖魔狂欢，越往东边，奇怪的妖物越多。

又一次看着陆林生吃掉了一片聚拢过来的妖怪，白绫揉了揉提着锤子的手腕，上前问陆林生："你吃了好多妖怪，会不会撑到？"

陆林生朝她笑着摇摇头："不会，我还饿着。"

白绫瞧了眼他那一把书生瘦腰："……你要吃多少才能饱哦？"

陆林生是永远不可能"吃饱"的，这和他吃多少没有关系，就像他的本能是追寻白绫，执念也是白绫，同样写在他本能中的，还有"饥饿"，这表示他无论吃多少都永不会餍足。所以他说："我有意识以来，从来没有吃饱过。"

白绫误会了，看他的眼神就像在看一个从没吃过饱饭的流浪儿童，之后她再看到那些扑过来要吃他们的妖，心里不仅没有紧张害怕，还会诡异地生出一点欣慰——有种丰收了的错觉。

可是就算这样，当路上的妖魔越来越多，白绫还是不可避免地产生了紧张的情绪。

“这么多妖怪，到底是从哪个地方跑出来嘞？”白绫奇怪地问。

“之前那个幽浮山的弟子东原说，东海边上出现了一道巨大的缝隙，妖魔的频繁出现似乎和那里有关。”五师兄一边啃食物一边说。

他们两人正坐在河边的大石头上吃饭，频繁有妖物来袭后，他们就很少能像现在这样好好坐下来吃饭和睡觉。虽然妖物来袭，他们大多数时间不动手，但以防万一还是要警惕的，总是提心吊胆也很累。他们三个之中，只有陆林生还是那个模样。

五师兄是最憔悴的一个，论肉体强度，他当然比不上非人的两个，此时一脸连续熬夜打了几天铁的颓废样：“那我们还要不要去与焉山？似乎很危险。”

白绫在思考别的问题，手里的食物举了半天都没吃一口：“出现这样多流窜的妖魔，咱们宗门要不要派人出来救灾啊？”

五师兄揉揉脸，诧异地反问：“宗门为什么要派人救灾？”

“一般出现这种事情，凡世的宗门都是紧闭山门，固守门内，只要能自保就很了不起咯。”五师兄叹气，觉得小师妹真是小孩子心性。

凡世宗门虽说是修仙者，实际上对上妖魔却没有什么优势，白绫是龙族，天生力量强大，陆林生更是诡异，他们亦非人，所以对于目前的情况认识得不清晰，五师兄作为人类修仙者，却能很清楚地感觉到双方的差距。

他在宗门内也算是佼佼者，可在如今这样的危机四伏中，仍属于拖后腿的那种，可以想见宗门内其他的小弟子们，要是对上那些凶狠的妖魔会如何惨烈。

“不用担心这个。”五师兄一副过来人的样子指点小师妹，“还有仙庭呢，如果人世情况严重，仙庭里的仙人们不会坐视不理，还有人间供奉的上神们，他们也会派遣信徒来帮忙，幽浮山就是这样。”

白绫听了这个说法，觉得奇怪：“既然仙人会管，为啥子不现在就赶紧下来管，要等到情况更严重了才来管？到时候人都死好多咯。”

五师兄：“本门的仙祖曾说，人间的劫数都有定数。意思就是说，如果这些人当有这一劫的话，是躲不过去的，仙人再厉害也不能干预，这是天道自然的平衡之法，所以他们只有等到情况失衡的时候才会干预。”

年轻的小白龙妹子并不吃这套，她的年纪和心性还不足以让她体会到其中的道理，听完后她只想在心里骂“屁话”，把两条眉毛皱成毛毛虫。

与焉山离东海不远，他们三个在赶往与焉山的路上遇到的妖物越来越多，还渐渐出现了魔的踪迹。

魔和妖不同，他们是在特殊之地滋生出来的种族，数量比较稀少，没有妖和人的感情，也没有基本的喜怒哀乐，只有暴虐和嗜杀的本性。他们从不成群结队，而是独自游离觅食，因为神出鬼没，比妖物更棘手。

五师兄眼看情况不对，就开始劝白绫回归一仙宗。可是白绫有些固执，说要去与焉山找磨剑石就一定要去，怎么都不肯半途而废。她脾气上来了就爱一意孤行，旁边还有个她说什么都支持的陆林生，老贝壳最近又不知道为什么非常安静，几乎都不出声。五师兄孤立无援，愁得都开始掉头发了。

结果眼看快到与焉山的时候，五师兄受了伤。五师兄自己也很是无奈，他只是落单了一会儿就遇上了一只魔，要不是白绫出现得快，他估计就交待了。

“算咯，不去与焉山咯，我们先回去。”之前怎么说都不肯回的白绫远远望了眼已经能看到隐约轮廓的与焉山，很快做出了选择，“师兄要赶紧回去好好养伤才行。”

白绫的选择让五师兄心中感动，也确实松了好大一口气。只是他们要回宗门，又有一个问题摆在眼前。

“小师妹，是不是要问问陆林生准备去哪里？”五师兄瞧着远处树下的陆林生，拉着小师妹悄悄说。白绫能听明白师兄的意思，他是说宗门可能不会欢迎陆林生。她自己不在意陆林生那吞噬妖魔的行为，但其他人不一样。

白绫迟疑，相处了一段时间，她没法就这么扔下陆林生不管。

五师兄看出来她的犹豫，略头疼地劝她：“小师妹，你莫担心陆林生一个人，你还没看出来吗？他很厉害，不需要你担心。”

白绫却说：“我晓得，就是因为我晓得他很厉害，才不能不管。你们都说他是个坏妖怪，我也看出来他肯定原身有点问题，但他听我的话，我想就好好教他，要是我不管咯，他肯定要做坏事嘞，到时候他变成大坏蛋了唧个办哦！”

五师兄一阵无言，他没想到看着没点心眼的小师妹竟然还想了这么多。

“算咯，我自己去跟他说。”白绫跑到陆林生身边去了。

五师兄远远看着，见刚才面无表情注视着树林深处的陆林生，在小师妹跑过去之后，立刻朝她露出了笑容。

五师兄一时无言，脸果然是可以骗人的。

白绫双手一撑，坐到一根凸起的树干上，直接问旁边的陆林生：“我们要回归一仙宗去了，你还是要跟着我？”

陆林生几乎每天都有变化，现在的他和白绫刚认识他的时候已经完全不一样。可能是因为和人相处多了，他学习了该如何做“人”，身上没了那种异类的违和感，不吞吃妖魔的时候，让谁看几乎都要觉得他就是个文弱的书生，连说起话来也不像之前那么直眉楞眼的。

“我没有其他的去处了……你不愿意让我跟着你了吗？”陆林生望着白绫，眼神里是直白的舍不得。

他开始知道用什么样的姿态会更容易博得白绫的好感，她喜欢一切真诚、自然、简单的方式，所以他也表现得自然且真实，或者说学会了怎样让自己看上去更自然真实。

白绫瞅了一眼不远处的五师兄，忽然朝陆林生勾了勾手指。陆林生低下头凑到她身边，白绫就扒着他的肩，在他耳边小声说了几句话。

陆林生垂着眼睛，安安静静地听她说，在她问起好不好后，答了句好。

果然答应了，陆林生这样子，以后肯定是个炽耳朵，白绫心想。

回程的路上，因为五师兄伤了腿，白绫打算背他，毕竟是自己的师兄。可五师兄对着小师妹，根本没法丢掉良心的谴责爬上那小小的背，哪怕他知道小师妹其实力气大得可以一拳头捶死两个他，哪怕他清楚小师妹的原形重得他一个人都搬不动。

最后是陆林生背着五师兄。

五师兄心惊胆战地被那个看上去文文弱弱的书生背起来，总感觉自己在对方身上闻到了若隐若现的血腥味——那很有可能是他的错觉。但他真的害怕，总觉得下一刻自己就会和那些上来找死的妖魔一样，被陆林生吃了，连骨头都不吐一根。

就这么紧张着回到了归一仙宗，五师兄脑子里紧绷着的那根弦还没来得及松，就发觉宗门的情况不对劲。

宗门里仙祖留下的护山大阵已经完全开启了，往常没事的时候，山门前总有很多弟子来来往往，那个湖泊上面也常有练习驾云术的弟子，大家都喜欢围在旁边看那些弟子失误摔到湖里去，以此找乐子。可现在那些都没有了，他只看到宗门大阵外面，围着一圈大小妖物。

那群妖物簇拥着一个双眼澄黄、眼角往上吊起的蟒妖，他下半身是长长的蟒身。带着艳丽花纹的巨蟒盘在归一仙宗山门前那座石像上，正在和身边的小妖们大声谈笑："不是说这是个修仙宗门吗？怎么这么胆小，都没人敢出来！"

周围那些显然不如他的妖物们便连声捧他，喊着："乌流君威名赫赫，人族听了您的名号就吓破胆子了！"

这位号称乌流君的蟒妖，出自妖魔涧，也是在其中占了一方地盘的大妖。他是比较晚出妖魔涧的一批，和那些匆匆忙忙出了妖魔涧就到处祸害普通百姓的妖魔不一样，他自觉身份更高，就算要吃，也得吃点不一样的，比如说修仙者，他们总比普通人好吃。

选了这个归一仙宗后，他就聚集了一帮手下，在这山门前叫嚣，想激他们出来，先吃几个尝尝味道，谁知道这归一仙宗里的人压根儿就是缩头乌龟，怎么都不出来，他只好一边继续坐在门口羞辱，一边暗地里令手下们攻击结界。

乌流君被手下的小妖们捧得高兴，有意要逞逞威风，就施施然起身，蟒身游走到大阵前，张口吐了个黑团。黑团触到阵法屏障，发出滋滋的声响，令人听着紧张不已。

在暗处观察情形的五师兄看到这一幕，担心得不行，生怕屏障被破，却也没有办法。他们如今不能越过乌流君那伙妖怪进宗门里去，只能躲在这儿眼睁睁地看着。

白绫盯着乌流君：“这是哪个？看上去很厉害的样子，我怎么没听说过？”

陆林生忽然说：“我认识他。”

白绫和五师兄都转头看他。

陆林生思考了一下措辞，最后说：“好像是我的……邻居。”

图书在版编目（CIP）数据

逆袭的男二们 / 扶华著 . -- 南京 : 江苏凤凰
文艺出版社 , 2021.8（2022.2 重印）
ISBN 978-7-5594-5921-3

Ⅰ . ①逆… Ⅱ . ①扶… Ⅲ . ①长篇小说 – 中国 – 当代
Ⅳ . ① I247.5

中国版本图书馆 CIP 数据核字 (2021) 第 093356 号

逆袭的男二们

扶华 著

责任编辑　张　倩
特约编辑　席　风
封面设计　酢　暖
出版发行　江苏凤凰文艺出版社
　　　　　南京市中央路 165 号，邮编：210009
网　　址　http://www.jswenyi.com
印　　刷　三河市冀华印务有限公司
开　　本　880mm × 1230mm　1/32
印　　张　11.125
字　　数　300 千字
版　　次　2021 年 8 月第 1 版
印　　次　2022 年 2 月第 3 次印刷
书　　号　ISBN 978-7-5594-5921-3
定　　价　48.00 元